LUZIFER
VERLAG

ANDREAS ZWENGEL

HAUSER

IMMER FESTE DRUFF!

KRIMIKOMÖDIE AUS FRANKFURT AM MAIN

LUZIFER
VERLAG

Deutsche Erstausgabe

www.luzifer.press

Umschlaggestaltung: Michael Schubert | Luzifer-Verlag
Lektorat: Angelika Hartl

ISBN: 978-3-95835-529-3

Dieses Buch wurde nach Dudenempfehlung (Stand 2020) lektoriert.

Bibliografische Information der Deutschen Nationalbibliothek:
Die Deutsche Nationalbibliothek verzeichnet diese Publikation in der Deutschen Nationalbibliografie; detaillierte bibliografische Daten sind im Internet über *http://dnb.d-nb.de* abrufbar.

PROLOG

Die Aussicht war schon immer das Beste an diesem Dreckloch, dachte Dustin Kohl, während die beiden Männer ihn mit dem Kopf nach unten von seinem Balkon im vierten Stock hielten. Er spürte deutlich, wie die Arme, die sein linkes Bein umklammerten, absackten. Der Boss hatte deutlich weniger Kraft in den Armen als sein maskierter Begleiter und würde früher schlappmachen. Aber planten sie überhaupt Kraftreserven ein, um ihn wieder heraufzuziehen? Dustin sah nach unten, wo die geparkten Autos seiner Nachbarn standen. Wenn er mit den Armen flatterte, schaffte er es vielleicht, den giftgrünen Kombi des ewig griesgrämigen Hausverwalters zu erwischen, der ihm ständig wegen der Miete im Nacken saß. Auf die Art konnte sein Tod noch etwas Sinnvolles bewirken.

»Kichert der etwa?«, fragte über ihm der Boss den Maskierten.

»Der Kerl ist völlig hinüber! Wer weiß, was der sich eingepfiffen hat.«

Doch Dustin Kohl war angesichts seines bevorstehenden Todes so klar wie selten in den letzten Wochen. Er fühlte beinahe Erleichterung darüber, dass es bald vorbei sein sollte. Endlich würde der Druck enden, den verschiedene Parteien unentwegt auf ihn ausgeübt hatten. Daran war er natürlich nicht unschuldig, denn er hatte in der Vergangenheit viele Fehler begangen; den falschen Leuten vertraut, sich verschuldet und weitere Schulden gemacht, um die vorherigen zu tilgen. Er war Verpflichtungen bei Leuten eingegangen, die dafür berüchtigt waren, gnadenlos die Schulden samt angefallener Wucherzinsen einzutreiben. Um die anstehenden Raten aufzubringen, hatte Dustin Einbrüche begangen. Eine Tätigkeit, bei der er noch nie besonders glänzen konnte, die aber immerhin keine Interaktion mit anderen Menschen verlangte. Trotzdem hatte ihm die Aufregung so schwer zu schaffen gemacht, dass er zu bewährten Drogen griff, um die Anspannung zu lösen. Man brauchte keine Kristallkugel, um das Ende dieser Geschichte vorherzusehen: Bei seinem letzten Bruch lief er heftig zugedröhnt der Polizei direkt in die Arme.

Da man auf dem Revier mit seinen diversen Abhängigkeiten bestens vertraut war, stellte ein hochrangiger Beamter Dustin vor die Wahl: Gefängnis oder Spitzeldienst. Im Grunde handelte es sich um keine richtige Wahl. Dustin wollte zwar keine Ratte sein, denn wer wollte das schon, aber er wusste genau, wie es ihm im Gefängnis ergehen würde. Typen wie er konnten dort nicht überleben und bestenfalls als Fußabtreter für die anderen Insassen dienen.

Also begann Dustin Kohl, die Leute auszuspionieren, denen er Geld und Gefallen schuldete und war dabei erfolgreicher als erwartet. Da die schweren Jungs ihn nicht für voll nahmen, sprachen sie in seiner Gegenwart recht freimütig. Die meisten *Informationen* bestanden aus hohlem Angebergeschwätz, besonders im Bereich sexueller Aktivitäten, hinsichtlich deren Quantität und Qualität. Seine Polizeikontakte erkannten dies schnell und reagierten dementsprechend unzufrieden. Sie verlangten mehr Einsatz und bessere Ergebnisse von ihm, andernfalls würden sie ihn von der Straße nehmen. Dustin fürchtete sich allerdings davor, die kriminellen Schwergewichte auszufragen, weil ihm jeder deutlich seine Aufregung ansehen konnte. Doch niemand in der Frankfurter Unterwelt verdächtigte das schwitzende Nervenbündel, ein doppeltes Spiel zu treiben. Stattdessen machte man Scherze über das männliche Klimakterium oder steckte ihm wohlwollend ein paar Zellophanbeutel zu, um die heftigen Entzugserscheinungen zu lindern.

Sechs Monate verbrachte Dustin auf diese Weise: Aufgerieben zwischen mehreren Parteien, die sich mit ihren Drohungen und Einschüchterungen ständig gegenseitig zu übertreffen versuchten. Aber von jetzt an ohne ihn.

Er verspürte eine tiefe Ruhe, die von seinem aufgeputschten Körper und Geist Besitz ergriff. Unter sich sah er den Postboten aus dem Haus treten. Der junge Marokkaner hatte zwar nie Post für ihn, doch die anderen Hausbewohner mochten ihn. In ihrer Straße entsprach dies einem Ritterschlag, denn die Hausbewohner galten nicht als sehr freigiebig mit ihrer Gunst. Gerade ihm wollte Dustin nicht auf den Kopf fallen.

»Ein weiter Weg nach unten«, rief der Boss höhnisch, aber seine Stimme verriet die Anstrengung, die ihm selbst ein Fliegengewicht wie Dustin bereitete. Er gab sich gern als harter Kerl, aber eigentlich steckte nicht viel Saft in seinen aufgepumpten Sportstudiomuckies. Auch seine falschen Knasttätowierungen täuschten niemanden, der sich damit auskannte, und boten Anlass für gehässige Bemerkungen. Sein Leibwächter dagegen – denn um niemand anderen handelte es sich bei dem maskierten Mann an seiner Seite – galt als Vollprofi, der seine Gefährlichkeit eher noch tarnte, anstatt sie hervorzuheben. Vor ihm sollte man sich in Acht nehmen. Also nicht Dustin, denn der hatte es wohl bald hinter sich, aber alle anderen.

Dustin hörte einen überraschten Ausruf rechts von sich und die drei Männer drehten ihre Köpfe in die Richtung, aus der der

Schrei kam. Es handelte sich um die Frau mit den riesigen Brüsten, die schräg unter Dustin wohnte. Sie stand auf ihrem Balkon und ihre voluminöse Stimme verhallte in den Straßenschluchten von Mainhattan. Erschrocken schlug sie die Hand vor den Mund und verschwand wieder in ihrer Wohnung. Die Ärmste! Sie war nun eine Zeugin.

»Hast du noch irgendwelche letzten Worte, du Ratte?«, brüllte der Boss von oben. Kniend auf seinem Wohnzimmerteppich mit einem Pistolenlauf an der Stirn hatte Dustin bereits versucht, alles zu erklären, bevor er die Flucht auf den Balkon antrat. Nichts, was er jetzt noch vorbringen konnte, würde etwas an seiner Lage ändern. Diese Inszenierung hier diente ohnehin nur dem filmverrückten Angeber, um sich in Szene zu setzen. Für diesen Kerl stellten Mafiafilme ein authentisches Abbild der Realität dar. Mit einem Mal ärgerte sich Dustin darüber, dass er durch die Hand einer solchen Witzfigur sterben sollte.

Die dickbusige Nachbarin kehrte auf den Balkon zurück. Bei sich führte sie kein Telefon, sondern ihren Ehemann. *Was machst du nur?*, stöhnte Dustin innerlich. Der bedauernswerte Schwachkopf war nun ebenfalls ein Zeuge. Das aufgeregte Rufen der Frau ließ den Postboten nach oben sehen. Zeuge Nummer drei. Die Frau stellte eine Gefahr für die gesamte Nachbarschaft dar. Neben dem Postboten trat die süße Studentin aus dem Dachgeschoss auf die Straße. Dustin hatte sie bei mehr als einer Gelegenheit versucht anzugraben, aber sie war standhaft geblieben. Sie stammte irgendwo aus dem Nahen Osten und war sicher schon jemandem versprochen oder längst verheiratet. Eine andere Erklärung fand er nicht für ihre ablehnende Haltung ihm gegenüber.

»Was ist das für ein Lärm da unten?«, schrie die Witwe aus dem Dachgeschoss und Dustin musste fast lachen, weil die ganze Szene zunehmend surreal wurde. Er ging jede Wette ein, dass der

Boss ihm noch einen saublöden Spruch à la »Guten Flug« mit auf den Weg geben würde, denn so was entsprach genau seiner eingeschränkten Vorstellung von Coolness. Doch bevor es dazu kommen konnte, rutschte Dustin aus dem Griff des Gangsters und wurde nur noch von dessen Leibwächter gehalten. Der Maskierte wurde von dem zusätzlichen Gewicht überrascht und musste das Bein freigeben. Er versuchte noch nachzugreifen, aber es war bereits zu spät.

Dustin gab auf dem gesamten Weg nach unten keinen Laut von sich und schlug um Haaresbreite neben dem giftgrünen Kombi auf.

1

BLACKOUT

Die untergehende Sonne veranstaltete ein psychedelisches Farbenspektakel über dem Pazifik. Am Strand tummelten sich halbnackte Tänzerinnen gemeinsam mit betrunkenen Rettungsschwimmern und kreischenden Surfern. Musikalisch unterlegt wurde die Szene von den schiefen Klängen einer sturzbetrunkenen Mariachi-Band, die sich verzweifelt an die Noten von *When the saints go marching in* zu erinnern versuchte. Ein englischer Butler, deplatziert wie ein eiterndes Ekzem auf der Nase einer Schönheitskönigin, bahnte sich seinen Weg durch die feiernde Menge, um den nächsten Drink zu servieren. Er lächelte einer Baywatch-Nixe zu und wurde im nächsten Moment von einem Grizzly von den Beinen gerissen.

Hauser wusste, dass er träumte. Er wusste es nur zu gut, denn vor dem Fenster lag Frankfurt und was seine Nase wahrnahm, war keine frische Meeresbrise, sondern der Geruch von verschüttetem Bier und kaltem Rauch. Der Gestank kroch in sein Bett wie die schleimigen Ungeheuer in den Albträumen seiner Kindheit. Er war immer noch betrunken. Hauser bewegte den Kopf und wollte das unwillkommene Eindringen in seine Strandfantasie abschütteln. Doch der rüttelnde Grizzly war hartnäckig und als die Sonne zischend im Meer erlosch, öffnete er die Augen.

Über ihm stand die Polizei. Genauer gesagt Hauptkommissar Richard Lessing. Der mittelgroße Endvierziger sah aus wie aus dem Ei gepellt. So wie man ihn kannte. Und wie immer zeigte er sich leicht angewidert, von dem Bild, das sich ihm bot.

»Der große Detektiv. Wenn die Öffentlichkeit dich so sehen könnte, würden viele Kriminelle sorgloser zur Arbeit gehen.«

Hauser brummelte Unverständliches. Kriminalistische Kompetenz und moralische Integrität waren ihm zwar nicht völlig fremd, aber die gängigen Laster des modernen Lebens standen ihm eindeutig näher. Er kämpfte sich von seinem Futon hoch und machte pappende Laute mit seiner Zunge, die immer wieder am Gaumen festklebte.

»Alkohol bekommt dir einfach nicht, Hauser. Du solltest bei deinen Gewohnheiten bleiben.«

»Das klingt aber sehr nach Verharmlosung sogenannter weicher Drogen«, antwortete Hauser und stemmte sich mühsam auf die Beine, wo ihn der Drehschwindel in Empfang nahm.

»Wir haben es eilig, willst du dich noch umziehen?«

Hauser schüttelte den Kopf, was diesem überhaupt nicht guttat. »Wieso? Irgendeinen Sinn muss es doch haben, in seinen Klamotten zu schlafen.« Er knöpfte die Weste über dem buntbedruckten Hemd zu, dessen Enden er nachlässig in den Hosenbund seiner Jeans stopfte. Unsicher schritt er ins Badezimmer, wo er sich notdürftig auffrischte. Er fuhr sich mit den Händen durch die Haare und fühlte sich gekämmt. Dies stellte weitaus mehr Zuwendung dar, als er für gewöhnlich seiner Frisur widmete. Sein Äußeres wirkte wie aus der Zeit gefallen. Der Schnauzbart und die Un-Frisur gehörten in die Siebziger, die Kleidung wirkte wie aus mehreren Epochen zusammengepuzzelt und nichts davon passte ins einundzwanzigste Jahrhundert.

Auf dem Weg zur Tür zog er sein Jackett über und griff nach seinem Beutel. Eine Umhängetasche, die er stets bei sich trug. Trotz der überschaubaren Größe befanden sich in ihr immer die Sachen, die er gerade benötigte. Sie war mit unzähligen Aufnähern übersät und mit Notizzetteln gefüllt, die für Hauser eine Art Ersatzgedächtnis bildeten.

»Wo fahren wir eigentlich hin?«, fragte Hauser, kaum dass sie in Lessings Mercedes Platz genommen hatten.

»Zum Revier natürlich, wo vor zehn Minuten die Pressekonferenz beginnen sollte. Die ersten Journalisten waren heute Morgen schon vor mir da und werden immer ungeduldiger. Die Verdächtigen sind ebenfalls erschienen, gemeinsam mit ihren Anwälten. Das wird eine heiße Angelegenheit.«

»Aha.«

»Was bedeutet *Aha*?«

»Nichts weiter«, sagte Hauser und sah aus dem Fenster. Die Stadt war lange vor ihm erwacht und lief bereits auf Hochtouren. Aber das tat sie eigentlich immer, abgesehen von ein oder zwei Stunden vor dem Morgengrauen, die man benötigte, um schnell feucht durchzuwischen. »Aber ich bedanke mich für die Wertschätzung meiner Arbeit.«

»Wovon redest du bitte?«

»Na, die Pressekonferenz! Ich sage, ich kenne den Täter und ihr trommelt sofort die Meute zusammen. Das ist doch nicht selbstverständlich, oder?«

Lessing blickte starr geradeaus und begann langsam den Kopf zu schütteln. »Mann-Mann-Mann, Hauser, du weißt es wirklich nicht mehr?«

»Was meinst du?«

»Die Pressekonferenz war sicher nicht unsere Idee. Du hast letzte Nacht in deinem besoffenen Kopf so ziemlich jeden Frankfurter Journalisten angerufen und für heute Morgen ins Revier bestellt.«

»Warum sollte ich so was tun?«

»Das weiß der Herr allein. Jedenfalls haben genug Medienvertreter deine Einladung angenommen und stapeln sich nun im Revier. Muss ich erwähnen, dass meine Chefin dir den Kopf abreißen möchte?«

Hauser verneinte. Kathrin Bornemann war die einzige Frau, der er einen solchen Gewaltakt zutraute. Wer so schnell in diesem Beruf aufstieg, ohne seine körperlichen Attribute einzusetzen, der konnte gar nicht anders als knallhart sein.

Lessing wirkte erstaunlich fröhlich, während er den Wagen von Bockenheim aus durch den Stadtverkehr lenkte. Er befand sich sogar in Plauderlaune. »Das war erstklassige Arbeit bisher. Wir mussten den Leichnam im Krematorium in letzter Sekunde vor der Einäscherung bewahren, aber inzwischen hat die Gerichtsmedizin deinen Verdacht bestätigt. Es war kein Unfall.«

Hauser nickte geschmeichelt, während er sich gleichzeitig angestrengt die Schläfen massierte. Er fürchtete die Frage, die Lessing auch prompt stellte.

»Wer hat den alten Ludlow erledigt? Jetzt kannst du mir ja sagen, wer der Täter ist. Nur, damit ich später nicht zu überrascht aus der Wäsche gucke«, sagte Lessing fröhlich.

»Hab ich den Namen bei meinem Anruf nicht genannt?«

»Dann würde ich wohl nicht fragen«, antwortete Lessing mit aufkeimendem Misstrauen in seiner Stimme.

»Sorry, erst wenn mein Honorar genehmigt wurde«, versuchte Hauser Zeit zu schinden.

Erfolglos, wie sich sofort zeigte.

Lessing hielt mit quietschenden Reifen in einer Parklücke, von der Hauser geschworen hätte, dass sie kleiner als der Mercedes sei.

»Den Namen, Hauser! Jetzt sofort!« Die Stimme des Hauptkommissars klang scharf genug, um geschmeidig durch Stahl zu schneiden.

»Er wird mir schon noch einfallen.«

»OH-MEIN-GOTT!«, stieß Lessing stakkatoartig hervor.

Als sie vor dem ungewöhnlich beschaulichen Polizeirevier am östlichen Stadtrand hielten, wurde der Mercedes sofort von den Vertretern der Presse umringt. Die meisten von ihnen hielten sich nur zum Rauchen im Freien auf, aber sie erkannten den ermittelnden Beamten sofort. Kameras zoomten auf Hauser, Mikrofone wurden ihm ins Gesicht gestreckt. Werbung in eigener Sache konnte einem Privatdetektiv nicht schaden und so setzte Hauser sein charmantestes Lächeln auf.

»Warum haben Sie es getan?«, erkundigte sich der erste Journalist.

»Kannten Sie das Opfer?«, wollte der zweite wissen.

»Hat die Ehefrau Sie für den Mord bezahlt?« Die Gesichter begannen vor Hauser zu verschwimmen und wurden zu einer brüllenden Masse jenseits seiner Wahrnehmungsgeschwindigkeit.

»Oder der Sohn?« Wieder der erste.

»Oder Boris Schneider?«

»Brauchten Sie das Geld für Drogen?«

»Oder für Kleidung?«

Lessing schob Hauser grinsend ins Gebäude, die Szene hatte seine Stimmung ein wenig aufgehellt. Der Detektiv dagegen glaubte, in seinen Strandalbtraum zurückversetzt zu sein und ersehnte ein erneutes Erwachen.

»Hey, Hauser, du hattest ja gestern Abend im *Asbest* ganz schön einen sitzen. Betrunken kennt man dich gar nicht«, polterte

Mayerbach, ein älterer Polizist, mit dem Hauser früher einmal in einem Drogenfall zu tun gehabt hatte. Allerdings nicht beruflich. Zumindest er nicht, Mayerbach schon. Das Frankfurter Original hatte innerhalb der Stadt schon mehrmals die Dienststelle gewechselt, sodass sich ihre Wege immer mal wieder kreuzten.

»Mach's dir bequem, ich hole Bornemann«, sagte Lessing und drückte ihn auf einen Stuhl.

Hauser zog seine Lesebrille aus der Westentasche, setzte sie auf und wühlte in seinem Beutel nach Informationen. Er betrachtete Bierdeckel, die Serviette eines Fastfood-Restaurants, mehrere abgerissene Zeitungsränder, das Flugblatt einer Demonstration, ein Streichholzbriefchen und einen Einkaufszettel für Brot und Milch. Warum schrieb er Lebensmittel auf, die er ohnehin bei jedem Einkauf brauchte? Er begann, die vollgekritzelten Zettel und Fetzen nach ihrer Bedeutung für diesen Fall zu sortieren. Leider enthielten sie keinen einzigen Hinweis auf den Täter.

Lessing kam mit einer gestresst wirkenden Frau zurück. Kriminaloberrätin Kathrin Bornemann war seine Vorgesetzte bei der Kriminalinspektion 60. Lessing arbeitete dort im Bereich *Organisiertes Verbrechen*. Dass er sich gerade mit einem Mordfall beschäftigen musste, verdankte er einzig und allein seiner Bekanntschaft mit Hauser. Worüber er einiges empfinden mochte, aber Dankbarkeit gehörte sicher nicht dazu. Hausers Telefonstreich, wenn man es so nennen wollte, hatte hohe Wellen geschlagen, sodass sich die Kriminaloberrätin nicht freiwillig zum zuständigen Polizeirevier für den Fall Ludlow begeben hatte, um dort Schadensbegrenzung zu betreiben.

Bornemann trug ihr mittellanges, blondes Haar fest am Hinterkopf zusammengezurrt. Auch ruckartige Bewegungen und schlechtes Wetter konnten dieser Frisur nichts anhaben. Hauser und Lessing hatten sie noch nie mit offenem Haar gesehen und wahrscheinlich war der Kreis derjenigen, denen das vergönnt war, sehr überschaubar. Ihre sehr schönen, aber auch strengen Gesichtszüge blieben meist unbewegt. Man hätte sie sicher hinter ihrem Rücken *Eiskönigin* genannt, wenn das nicht so ein klischeehafter Ausdruck wäre. Viele männliche Kollegen und Gegner hielten sie für lesbisch. Meistens aus gekränkter Eitelkeit, weil Bornemann so unempfänglich für den vermeintlichen Charme dieser Kerle war. Die Kleidung an dem asketischen und gestählten Körper tat ein Übriges. Sie trug ausschließlich dunkle Hosenanzüge und wirkte darin wie ein Manager mit Marathonambitionen. Kathrin Bornemann hatte ihren Ruf durch Härte, Fleiß, Unbestechlichkeit, Entschlossenheit, Mut, Beharrlichkeit und einer geradezu legendären Humorlosigkeit erlangt und damit die Latte für die männlichen Kollegen ziemlich hoch gelegt. Letztere Formulierung gebrauchte sie bewusst.

Sie kannte Hausers Namen nur von den horrenden Rechnungen, die er für seine Dienste ausstellte. Zweifelnd betrachtete sie seine Kleidung, den unmodischen Schnauzbart, den halb schläfrigen, halb zugedröhnten Gesichtsausdruck. Der Detektiv ließ die Musterung über sich ergehen und drehte dabei mit dem Daumen einen schwarzen Ring an seinem Zeigefinger.

Bornemann musterte den Schmuck. »Onyx?«

»Nein, das ist ein Stimmungsring«, brummte Hauser.

»Ich habe ein ganz schlechtes Gefühl, was Ihren Experten betrifft«, sagte Bornemann an ihren Untergebenen gewandt. »Wir werden die Presse nicht mehr los. Sorgen Sie dafür, dass er seinen Text beherrscht.«

Die Experten stritten noch darüber, ob sie ihre Gefühle besonders gut verbergen konnte oder einfach keine hatte. Jemand wie Hauser war bestens dafür geeignet, den Beweis für die Existenz von Gefühlen aus ihr herauszukitzeln.

Lessing sah ihr nach, bis er sicher sein konnte, dass sie sich außer Hörweite befand. »Kannst du dich inzwischen an den Namen des Täters erinnern? Es wäre nämlich genau der richtige Augenblick dafür.«

Hauser verzog das Gesicht. »Warum redest du nicht noch lauter? Ich glaube, der Mayerbach konnte dich hinten an seinem Schreibtisch nicht hören!«

»Doch, jedes Wort«, kam es vergnügt aus der Ecke.

Lessing packte Hauser am Arm und zerrte ihn über den Gang. »Wenn du die Sache versaust, wirst du berühmter, als du es je sein wolltest. Vielleicht fällt dir ja etwas ein, wenn du den Leuten gegenüberstehst.« Der Hauptkommissar öffnete die Tür eines kleinen Besprechungsraumes und schob ihn hinein.

Da saßen sie, die Verdächtigen im Mordfall Ludlow. Dem Unfall mit Todesfolge, der seit wenigen Stunden als Mord gehandelt wurde. Von links: Rudolf Ludlow, der Sohn des Opfers. Ein gutaussehender junger Mann, der einen äußerst sympathischen Eindruck machte. Hauser konnte sich gut vorstellen, dass er Menschen beiderlei Geschlechts mühelos um den Finger wickelte. Neben ihm saß seine Stiefmutter Monique Ludlow, etwa zehn Jahre jünger als er. Ein hübsches Püppchen, das durchaus ein Anreiz sein konnte, als steinalter Mann viel Geld zu besitzen. Der dritte Verdächtige war ein riesiger Kerl, der mit hochrotem Kopf in sein Handy brüllte. Sein Name lautete Boris Schneider. Er war der Anwalt des alten Ludlow und ein Großteil der Presse hatte ihn längst verurteilt, weil er weder eine trauernde Witwe noch ein gebrochener Sohn war.

Außerdem befanden sich in dem Raum noch drei Männer in identischen Anzügen, die Hauser schnell als die Anwälte der drei Parteien identifizierte. Sogar der Anwalt hatte einen Anwalt dabei.

Hauser hatte mit ihnen allen innerhalb der letzten vierundzwanzig Stunden gesprochen, aber er konnte sich nicht mehr an den Inhalt dieser Gespräche erinnern. Außerdem versuchte er, sich seine Überraschung darüber nicht anmerken zu lassen, dass Rudolf Ludlow der Butler aus seiner Strandfantasie war und Monique die Badenixe, die er angelächelt hatte. Die junge Witwe schnüffelte und rümpfte die Nase. »Wonach riecht es hier? Sind *Sie* das?«, fragte sie Hauser.

»Nein, meine Kleidung.«

»Ziemlich herb«, urteilte sie.

Lessing sah Hauser an. »Und?«

»Nichts.«

»Entschuldigen Sie uns bitte«, sagte der Hauptkommissar und führte Hauser wieder aus dem Raum heraus. »Also, das nenne ich mal eine gelungene Zeitverschwendung. Und was machen wir jetzt?«

Eine junge Frau trat vor Hauser. Sie war Anfang oder Mitte zwanzig mit mittellangen, schwarzen Haaren und ausgesprochen hübsch auf eine ungekünstelte, naturbelassene Art. Ihr Anblick kam ihm irgendwie bekannt vor, aber da sein Gedächtnis ohnehin wie ein Sieb war, dachte er sich nichts dabei.

Sie verpasste ihm ansatzlos eine schallende Ohrfeige. Hauser hielt sich die Wange und blickte die Frau irritiert an. »Sie sind ein altes Ferkel!«, stieß sie hervor und machte auf dem Absatz kehrt. Einige Fotografen riefen ihr hinterher, ob sie den Schlag nochmal wiederholen könne. Mayerbach hielt die aufdringliche Meute halbherzig zurück.

»Kennst du sie?«, fragte Hauser den Polizisten und wies der Frau hinterher.

»Na klar, das ist doch die Kleine, die dir gestern Abend einen Schnaps nach dem anderen ausgegeben hat«, gab der Polizist fröhlich Auskunft. »Ihr Name ist Melanie Beck. Sie ist Schneiders Sekretärin oder Assistentin. Du wolltest gestern unbedingt mit ihr sprechen.«

»Das habe ich wohl auch getan«, murmelte Hauser und für einen Moment lichtete sich der zähe Nebel, den er sein Gedächtnis nannte. Er hatte mit der Sekretärin gefeiert. Der einzige Grund, der ihm dafür einfallen wollte, war, dass Melanie sich über die Ermittlung des Täters freute. Je nachdem, wie sie zu ihrem Chef stand, hatte sie sich entweder über den Beweis seiner Unschuld oder seine bevorstehende Verurteilung gefreut. Hauser fühlte sich mit einem Mal wie elektrisiert. Sie musste wissen, wer der Täter war, er hatte es ihr bestimmt erzählt. Und anschließend hatte er wohl noch etwas anderes getan, worüber sie immer noch verstimmt war. Rasch kritzelte Hauser eine Nachricht auf einen Zettel und drückte ihn Mayerbach in die Hand. »Hol sie zurück und gib ihr das.«

Mayerbach lag auf der Zunge, dass er nicht Hausers Laufbursche war, doch er freute sich auf eine Fortsetzung der Begegnung, also zuckte er mit den Schultern und eilte der jungen Frau hinterher.

Kathrin Bornemann erschien im Eingang des großen Konferenzraumes der Dienststelle, den man eilig für die Pressekonferenz vorbereitet hatte, indem von überall her Stühle und andere Sitzgelegenheiten herangeschafft worden waren. Bornemann winkte Lessing und Hauser energisch zu sich. Der Detektiv konnte sich nicht länger drücken, er musste sich der Presse stellen.

Die vorderen Reihen bis zum Rednerpult waren von Reportern besetzt. In der letzten Reihe, direkt an einer Trennscheibe zu dem Großraumbüro, saßen die Verdächtigen und ihre Anwälte. Letztere hatten ihren Klienten zum jetzigen Zeitpunkt dringend davon abgeraten, an einer Pressekonferenz teilzunehmen. Doch die drei bestanden darauf, ihr reines Gewissen zu demonstrieren. In Wahrheit konnte keiner von ihnen vor der Presse kneifen, ohne sich gleichzeitig verdächtig zu machen.

»Viktor Ludlow war, wie Sie alle wissen, einer der vermögendsten und einflussreichsten Männer der Stadt …«, begann Lessing seine Einleitung.

»Weswegen Sie jetzt auch genug Druck von oben bekommen«, warf ein Reporter fröhlich ein und mehrere seiner Kollegen lachten. Einige Teilnehmer dieser Veranstaltung hatten durchaus ihren Spaß.

»In der Nacht zum Fünfzehnten dieses Monats wurde Herr Ludlow von seiner Frau Monique tot aufgefunden, als diese kurz nach dreiundzwanzig Uhr von einem Theaterbesuch nach Hause zurückkehrte. Sie verständigte zuerst ihren Stiefsohn Rudolf und gemeinsam mit ihm die Polizei. Allem Anschein nach hatte Herr Ludlow auf seinem Treppenlift den Halt verloren und stürzte die neununddreißig Stufen bis zum Fuß der Treppe. Der verständigte Arzt stellte seinen Tod durch Genickbruch fest. Es war keine Fremdeinwirkung erkennbar, zumal der Tote sich zum Unglückszeitpunkt allein im Haus befunden haben soll.« Lessing machte eine Pause und holte tief Luft. »Aber dann hat Herr Hauser hier einige interessante Entdeckungen gemacht, die zu einer erneuten Untersuchung des Falles führten.«

Lessing wandte sich an Hauser und machte eine einladende Geste zum Mikrofon, doch Hauser winkte ab. »Er fand heraus«, fuhr der Hauptkommissar routiniert fort, »dass Herr Ludlow aus seiner Sitzposition niemals so unglücklich hätte fallen können. Dies führte dazu, dass der Leichnam vor der Einäscherung einer genaueren Untersuchung unterzogen wurde. Wir fanden heraus, dass die Knochenbrüche vom Treppensturz post mortem entstanden waren. Außerdem gab es Spuren von Blutergüssen an Herrn

Ludlows Rücken, die sich durch Liegen nach Eintritt des Todes bilden. Allerdings fanden wir den Toten auf dem Bauch liegend vor.«

Die Reporter hingen an Lessings Lippen und schrieben eifrig mit.

»Darüber hinaus fand Herr Hauser Blut an einem Ort, an dem sich normalerweise keines befinden konnte. Die Tat muss sich deshalb folgendermaßen abgespielt haben: Der Täter ließ zuerst den Lift nach unten fahren und warf erst dann den bereits toten Ludlow die Treppe hinunter. Für den Täter vielleicht unbedeutend, aber nicht für die Lösung des Falles. Beim Sturz erhielt die Leiche durch den harten Aufprall auf die Stufen mehrere Platzwunden und hinterließ feine Blutspritzer. Unter anderem auf dem Treppenlift. Dies bedeutet, dass der Lift vor dem Toten unten war. Wäre Herr Ludlow tatsächlich während der Fahrt herausgefallen, hätte dies nicht geschehen können.«

Lessing beendete seine Ausführungen. Hauser hatte mit offenem Mund zugehört, was er alles herausgefunden haben sollte. Das war tatsächlich ziemlich clever von ihm gewesen. Einer zweiten Aufforderung, zum Mikrofon zu gehen, konnte er sich nicht verweigern. Und Bornemann wollte ihm gar nicht erst die Gelegenheit geben, darüber nachzudenken. Sie schob Hauser an das Rednerpult, wo er einen Moment unbeholfen herumstand. Die Vertreter der Presse waren inzwischen über Hausers Identität im Bilde und fanden die Verwechslung vor dem Revier wesentlich amüsanter als er.

»Herr Hauser ist gelegentlich als Ermittler für uns tätig«, erklärte Bornemann freundlich und machte eine auffordernde Handbewegung in Hausers Richtung. »Er hat in diesem Fall nicht nur den richtigen Riecher bewiesen, sondern inzwischen auch den Täter ermittelt.«

Hauser trat an das Mikrofon.

»Haben Sie den Schuldigen überführt?«, herrschte ihn eine Reporterin aus der ersten Reihe an, sodass er zurückzuckte.

»Ja, das habe ich«, hauchte er in das Mikrofon.

Eine Pause entstand.

»Und?«, hakte die Reporterin nach.

»Nach den Ermittlungen gibt es drei Hauptverdächtige …«, begann er.

Ein Reporter wedelte abwehrend mit der Hand. »Das wissen wir alles. Wer war es?«

Hauser sah verzweifelt zum Eingang. Wo blieb Mayerbach mit der Assistentin? Er musste Zeit gewinnen. Die Anwälte machten sich Notizen, die Verdächtigen sahen unwillig auf ihre Uhren, Bornemanns Gesicht rötete sich und Lessing wich immer weiter in Richtung Tür. Die Situation wurde brenzlig.

»Nachdem wir die Todesursache ermittelt hatten, mussten wir herausfinden, wer ein Interesse …«

»Halloooo?«, fragte ein Reporter ungeduldig. »Wer war es?«

Bornemann räusperte sich und trat nach vorn. »Meine Damen und Herren, ich muss Sie doch bitten, ein wenig Geduld zu haben. Herr Hauser wird Ihnen alles sehr genau erklären, damit es anschließend weniger Fragen gibt.« Sie deckte das Mikrofon mit der Hand ab und streckte sich zu Hausers Ohr: »Sonst gnade Ihnen Gott.«

Hauser räusperte sich lang und ausgiebig. Mehrere Reporter in der ersten Reihe schauten angewidert. Der Detektiv nahm noch einen Schluck Wasser, bevor er sich über das Mikrofon beugte. »Was ist an diesem Abend wirklich passiert? … Äh, das fragen Sie sich sicher alle.«

»Nein, das fragen wir Sie!«, rief eine Reporterin.

Melanie Beck erschien hinter der Glasscheibe.

Mayerbach tauchte hinter ihr auf und war völlig außer Puste. Trotzdem grinste er und machte eine präsentierende Geste. Hauser stieß erleichtert die Luft aus, doch Melanie stand nur mit verschränkten Armen dort und ließ ihn zappeln. Ihr Gesichtsausdruck zeigte weder Mitleid noch Milde. Sie wirkte eher, als wolle sie zuschauen, wie er hier geröstet wurde. Und davon bekam sie eine Menge geboten. Die anwesenden Reporter reagierten genervt wegen der langen Wartezeit und der spärlichen Informationen. Sie stellten ihre Fragen nicht brav hintereinander, sondern bombardierten den Clown am Mikrofon förmlich damit. Hauser wand sich unter den Fragen und warf flehende Blick in Melanies Richtung.

Endlich ließ sie sich erweichen und nickte. Sie simulierte einen gebrechlichen alten Mann und zog anschließend die Innenfutter aus ihrer Jeans. Hauser war nie besonders gut bei Gesellschaftsspielen dieser Art gewesen, doch dies verstand sogar er. »Viktor Ludlow war pleite, seine Firma stand vor dem Ruin«, begann Hauser zögernd. Ein Raunen ging durch die Zuschauerreihen bis hin zu den Anwälten.

Melanie drückte Mayerbach auf einen Stuhl und gestikulierte wild vor ihm.

»Sie hatten einen Streit«, übersetzte Hauser.

»Wer?«, fragten mehrere Reporter gleichzeitig.

Melanie wies auf Monique und machte eine kreisförmige Bewegung vor ihrem Körper.

»Ludlow und seine Frau Monique. Denn sie hatte eine Brustvergrößerung.«

»Was hatte ich?«, schrillte Moniques Stimme über die *Aha*-Laute der Reporter hinweg. Melanie wiederholte ihre Bewegung, diesmal hektischer.

»Äh, nein«, korrigierte sich Hauser rasch. »Sie ist aufgebläht … hat Essstörungen?«

Melanie schlug sich mit der flachen Hand gegen die Stirn. Da die Trennscheibe nicht durchgängig bis zur Decke verlief, reichte das Geräusch noch weit genug, damit sich einige der Reporter neugierig umdrehten.

»Sagen Sie mal, raten Sie gerade die Lösung?«, fragte ein Reporter lauernd.

Hauser verzog nachdenklich das Gesicht, dann klarte sich sein Blick auf. »Monique Ludlow ist schwanger.«

Das war allerdings eine Sensation, die kritischen Stimmen verstummten augenblicklich.

Melanie arbeitete weiter hinter der Glasscheibe, mit Unterstützung von Polizeihauptmeister Mayerbach, der ihr widerwillig assistierte. Bornemann und Lessing mussten dem pantomimischen Schauspiel zusehen, bemüht, keine Aufmerksamkeit auf den Hintergrund zu lenken. Was besonders der Kriminaloberrätin schwerfiel. Sie hatte die Zähne so heftig aufeinandergepresst, dass Lessing neben ihr hören konnte, wie der Zahnschmelz Risse bekam.

»Der alte Ludlow packte Monique und schüttelte sie heftig durch. Sie ohrfeigte ihn … mehrmals … und er packte sie an den Haaren. Dann kam ein Pizzabote herein … und sie taten so, als wäre nichts gewesen.«

Hauser sah zu, wie der Pizzabote das Großraumbüro irritiert wieder verließ.

»Quatsch, vergessen sie den Boten … den gab es nicht. Also, sie wurden handgreiflich, Ludlow ging zu seinem Schreibtisch, öffnete die Schublade und holte eine Pistole heraus.«

Die Reporter beugten sich geschlossen nach vorn.

»Was geschah dann?«

»Weiter! Los weiter!«

»Lassen Sie sich doch nicht jedes Detail aus der Nase ziehen!«

Hauser musste die Augen zusammenkneifen, um die Einzelheiten des Schauspiels verfolgen zu können, dann nickte er verstehend. »Monique versuchte vor ihrem Mann zu fliehen. Sie rannte davon und warf dabei einen Stuhl um, über den Ludlow stolperte. Dabei fiel er unglücklich auf eine Tischkante und … uhh … brach sich das Genick.« Hauser wartete gespannt, bis Mayerbach wieder auf die Beine kam und ihm signalisierte, dass alles in Ordnung sei.

Melanie simulierte mit Daumen und kleinem Finger ein Telefon und wies auf Rudolf.

»Als sie erkannte, was passiert war, rief sie ihren Stiefsohn Rudolf dazu«, erklärte Hauser.

»Warum ihn und nicht gleich die Polizei?«, unterbrach ein Reporter.

»Warum? Tja …«, er sah fragend zu Melanie. Sie wies mit einem Zeigefinger auf Rudolf und mit dem anderen auf Monique, dann hob sie beide Finger und führte sie zusammen.

»… echt? Äh, die beiden sind ein Paar.«

Melanie formte mit ihren Händen ein Fernglas, schwenkte von Rudolf zu Monique und zurück.

»Der alte Ludlow wusste davon, weil er sie beobachtet hatte.«

Melanie hielt eine Hand mit hochgestrecktem Zeigefinger und kleinem Finger hinter ihren Kopf.

»Er war ein Teufel.«

Melanie hielt zwei Finger senkrecht unter ihre Nase.

»… und ein Diktator.«

Hauser strahlte so stolz und zufrieden in Melanies Richtung, dass sich erneut einige Reporter zu ihr umdrehten.

»Die beiden hatten nun ein Problem«, fuhr Hauser rasch fort.

Mayerbach zeigte zunehmend Talent und Begeisterung für das Spiel. Melanie übernahm die Rolle des alten Ludlow und ließ sich durch den Raum ziehen. Mayerbach blieb stehen, warf Melanie von sich und machte mit dem Kopf Bewegungen, als würde er jemandem dabei zusehen, wie er Stufe und Stufe eine Treppe nach unten hopste.

»Der Tod von Viktor Ludlow war ein Unfall. Aber ein so dummer, dass er sehr unglaubwürdig klang und nur schwer zu beweisen war. Deshalb inszenierte Rudolf einen zweiten Unfall, der überzeugender sein sollte.«

Die Anwälte sprangen auf wie ein Mann. Rudolf und Monique klammerten sich aneinander, was die Presse als Bestätigung von Hausers Ausführungen nahm. Melanie wies auf ihren Chef.

»Ach ja, was Boris Schneider betrifft …«

Melanie legte die Handflächen aneinander und blickte sanftmütig zur Decke hinaus.

»… er ist vollkommen unschuldig.«

Später, nachdem sich der Trubel gelegt und die Reporter die Suche nach ihm aufgegeben hatten, verließ Hauser die Damentoilette des Polizeireviers. Er setzte seine Sonnenbrille auf, als glaubte er wirklich, dadurch nicht erkannt zu werden. Die Pressemeute dürfte längst weitergezogen sein. Sie hatten ihre Story bekommen, wahrscheinlich auch Stellungnahmen von Lessing und Bornemann, sowie Interviews mit fast allen Beteiligten. Da konnten sie es bestimmt verschmerzen, dass er sich klammheimlich aus dem Staub gemacht hatte. Ein paar Tage lang würde sein Telefon klingeln, aber das ließ sich ignorieren.

Er sah die Ausgangstür schon vor sich, als Kathrin Bornemann aus einer offenen Bürotür erschien, als habe sie dort auf ihn gelauert. Die Kriminaloberrätin respektierte Kompetenz und harte Arbeit. Schon allein deshalb stellte jemand wie Hauser eine einzige Provokation für sie dar. Ihr Gesicht blieb ausdruckslos, während er sich mit der Hand nervös durch den Nacken fuhr. Dann zuckte es leicht um ihre Mundwinkel, und schließlich nickte sie anerkennend. »Alles, was recht ist, das war die erbärmlichste Show, an der ich jemals teilnehmen durfte.«

2

IM AUFTRAG VON BORIS

Hauser lebte streng nach der Maxime, dass Planung nur der Ersatz des Zufalls durch den Irrtum sei. Deshalb verzichtete er darauf, dem Universum allzu lenkend ins Handwerk zu pfuschen. An diesem Morgen musste er allerdings feststellen, dass mangelnde Planung die Abwesenheit von Kaffee, Brot und Milch am Frühstückstisch zur Folge haben konnte. Also machte er sich zu einer Uhrzeit, die er trotz Sonnenschein definitiv noch zur Nacht zählte, auf den Weg zur Bäckerei seines Vertrauens.

Wenn er seine Wohnung verließ, lauschte er zuerst in den Flur hinaus, ob seine Nachbarn unterwegs waren. Er fand Smalltalk unglaublich schwer und anstrengend, obwohl dabei doch nur die üblichen Belanglosigkeiten ausgetauscht wurden.

Hauser war in der Straße bekannt und wurde wie ein zutrauliches Haustier behandelt. Die Leute hielten ihn für einen Exoten und Exzentriker, doch niemand verspürte den Drang, sich über ihn lustig zu machen. Er wurde selbst von Leuten toleriert, die Toleranz nicht unbedingt zu ihren Kernkompetenzen zählten. Vielleicht lag es an der Gleichmütigkeit und an dem völligen Mangel an Aggression, die er ausstrahlte.

Hauser mochte die Großstadt.

Er konnte sich nicht vorstellen, auf dem Land zu leben. Nicht einmal eine kleinere Stadt kam für ihn infrage. Und wie die meisten Frankfurter hatte Hauser nichts dagegen, wenn die Weltgeschichte einen großen Bogen um die Stadt machte. Sollte sie ihr Anliegen doch in Offenbach vorbringen.

Als er aus der Bäckerei trat, einen Becher Kaffee in jeder Hand und ein Frikadellenbrötchen zwischen den Zähnen, entdeckte er Melanie Beck auf der anderen Straßenseite. Seine unbezahlbare Souffleuse lehnte an einem Laternenpfahl, der mit mehreren Schichten aus Aufklebern und Kleinanzeigen beklebt war, sodass man erst ab einer Höhe von zwei Metern aufwärts das Metall sehen konnte. Auf dem gepflasterten Parkstreifen vor ihr stand ein schmutziger Corsa. Sie schien auf ihn zu warten.

Hauser war überrascht, sie so schnell wiederzusehen. Er berichtigte sich: Tatsächlich war er überrascht, sie überhaupt noch einmal wiederzusehen. Er stellte die beiden Kaffeebecher aufs Autodach und nahm das belegte Brötchen aus dem Mund, um ein ausgesprochen selbstzufriedenes Grinsen aufzusetzen. »Ich weiß um meine Wirkung auf …«

»Oh bitte, ersparen Sie mir das. Ich bin bestimmt nicht freiwillig hier. Mein Chef möchte Sie sprechen.«

»Boris Schneider?«

»Ich habe nur den einen Chef.«

»Weshalb will er mich sehen?«

»Ihre Leistung hat ihn sehr beeindruckt.« Der Spott in ihrer Stimme war nicht zu überhören.

Hauser war überrascht. »Dann hast du ihm nicht erzählt, wie es abgelaufen ist?«

»Nicht die Vorstellung auf dem Polizeirevier. Die Ermittlungsarbeit, die Sie vorher geleistet haben.«

»Ach so. Worum geht es?«

»Das weiß ich nicht. Eine Modeberatung können wir wohl ausschließen. Ich nehme an, er hat einen Auftrag für Sie. Mehr kann ich dazu nicht sagen. Aber ich würde die Angelegenheit gern rasch hinter mich bringen. Also, einsteigen!«

Melanie startete den Motor. Kaum hatte Hauser auf dem Beifahrersitz Platz genommen, galt seine ganze Aufmerksamkeit dem Kaffee, den er unbedingt in den Bechern behalten wollte. Das Brötchen hatte er vor dem Einsteigen mit vier raschen Bissen verschlungen und nun trank er abwechselnd aus beiden Bechern, um den Pegel darin rasch zu senken. An der Ampel vor der Friedensbrücke schüttete er die Kaffeereste in einem Becher zusammen, damit er eine Hand zum Festhalten am Türgriff nutzen konnte. Die Fahrt dauerte weniger als zehn Minuten, was nicht an der Kürze der Strecke lag, sondern an der Geschwindigkeit, mit der Melanie diese zurücklegte. Glücklicherweise waren dem Kleinwagen Grenzen gesetzt, was die Beschleunigung betraf, und so blieben sie die meiste Zeit auf der eigenen Fahrspur. Trotzdem war Hauser anschließend der Meinung, genug Aufregung für diesen Tag gehabt zu haben.

Das Büro von Boris Schneider lag am nördlichen Mainufer, in einem der gläsernen Paläste, die auf dem ehemaligen Gelände der Degussa errichtet worden waren. Gebäude und Lage unterstrichen noch einmal die Exklusivität von Schneiders Kanzlei und damit auch die seiner Kunden. Der Mann schien ausgezeichnet zu verdienen. Eine Eigenschaft, die Hauser bei seinen eigenen Klienten sehr schätzte.

Melanie fuhr in die Tiefgarage und stellte den Corsa zwischen Fahrzeugen ab, die etliche Preisklassen über ihm lagen.

»Ich muss dich bei der Gelegenheit auch mal zu mir einladen«, sagte Hauser, als sie mit dem gläsernen Aufzug ins Obergeschoss fuhren.

»Ich wohne hier nicht, ich arbeite hier nur«, gab sie giftig zurück, als hätte er ihr irgendetwas unterstellt. Als der Aufzug hielt, blickte Hauser weiter nach oben.

»Was ist über uns?«

»Dort befindet sich die Privatwohnung von Herrn Schneider.« Hauser pfiff beeindruckt. »Ein Penthouse am Main. Langsam verstehe ich, warum dein Boss auf keinen Fall in den Knast wollte.«

Er trabte fröhlich hinter ihr her durch die Glastür und den verlassenen Empfangsbereich. Außer Melanie schien um diese Uhrzeit noch niemand hier arbeiten zu müssen. Sie erreichten ein lichtdurchflutetes Büro mit einer phänomenalen Aussicht durch die riesige Panoramascheibe. Hauser gab einen anerkennenden Laut von sich. Als er sich in dem Raum umschaute, stellte er fest, dass die Inneneinrichtung trotz der Flusslage nicht aus nautischen Objekten bestand, sondern eher den Eindruck erweckte, Schneider habe einen Hessenshop geplündert. Hausers Blick blieb an der erdrückenden Fülle an Devotionalien hängen, die eine tiefe Verbundenheit mit der Stadt Frankfurt und dem umgebenden Bundesland ausdrückten.

»Einen Moment, ich hole Herrn Schneider«, sagte Melanie und ließ ihn allein. Hauser sah sich um, spazierte am Schreibtisch entlang und tippte beiläufig auf dem Laptop herum. Er sammelte einige herumliegende Zettelblöcke ein und steckte sie in seinen Beutel. Für jemanden, der von seinen Notizen abhängig war, durfte der Nachschub nicht abreißen. Kein Gratiskugelschreiber war vor ihm sicher und mit Post-its könnte er ganze Räume tapezieren. Ohne dass ihm das bewusst gewesen wäre, hatte er in den vielen Jahren seiner Detektivarbeit noch nie für Büromaterial bezahlt.

Boris Schneider kam telefonierend herein, beendete das Gespräch und knipste ein professionelles Lächeln an. »Ich hatte noch gar keine Gelegenheit, mich zu bedanken«, sagte er und packte die Hand des Detektivs, bevor dieser sie richtig ausstrecken konnte. Dann bewegte er Hausers Arm auf und ab, als müsste er eine störrische Wasserpumpe bedienen. Hauser wurde zusehends unwohl. Schnell befreite er sich aus dem Griff und ging auf Abstand. Die Freundlichkeit des Anwalts war alarmierend. Er sah hilfesuchend zu Melanie, die sich im Hintergrund hielt, ihm aber keine Signale zur Flucht gab.

Schneider marschierte um seinen Schreibtisch herum und ließ sich in den Stuhl fallen. »Kommen wir zum Geschäft!«

Hauser fiel auf, dass Schneider sich entgegen seiner Ankündigung noch nicht bei ihm bedankt hatte. Der Mann wirkte in seinem Büro völlig anders als auf der Polizeistation. Vor allem war seine Gesichtsfarbe annähernd normal und besaß nicht mehr diesen cholerischen Teint.

Selbstbeherrschung und Verstellung gehörten für den Anwalt zum Handwerkszeug seines Berufs. Wer Boris Schneider besser kannte, wusste, dass er zum Ausgleich und zur Psychohygiene Jahreskarten fürs Stadion besaß. Die einzige Großveranstaltung, die der Anwalt nicht zur Kontaktpflege besuchte. Sein Verhalten bei den Spielen der Eintracht eignete sich auch kaum dazu, neue Freunde zu finden. Er befleißigte sich dort einer Sprache, die Hooligans peinlich berührt abrücken und Väter ihren Söhnen die Ohren zuhalten ließ. Wie für viele andere Fußballfans auch diente ihm ein Stadionbesuch als Therapie und Katharsis. Die Unterwürfigkeit, mit der er seinen Mandanten begegnen musste, ließ er auf dem Parkplatz zurück.

»Ich habe mich über Sie informiert, Hauser. Man erzählt sich interessante Dinge über Sie. Angeblich sind Sie mindestens so clever wie Sherlock Holmes. Sie wissen schon, so Zeug wie: Sie hielten sich die letzten drei Monate auf Madagaskar auf, hatten als Siebenjähriger einen Reitunfall und ihr Cousin dritten Grades mütterlicherseits ist ein direkter Nachfahre des Dalai Lama.« Schneider lachte herzlich über seinen eigenen Scherz.

Hauser spielte mit dem Gurt seines Beutels und zuckte mit den Schultern. »Wenn Sie auf sowas stehen, kann ich natürlich damit dienen: Sie wurden auf Helgoland geboren, haben eine Lehre als Einzelhandelskaufmann gemacht, waren zweimal verheiratet und haben einen siebzehnjährigen Sohn, der sich nur an Ihrem Geburtstag meldet. Sie mögen schnelle Autos, waren dieses Jahr auf Teneriffa und Kreta, sprechen drei Sprachen und üben sich in Ihrer Freizeit in Kalligrafie. Außerdem sind Sie patriotischer Frankfurter und verehren die Eintracht.«

Schneider war sprachlos und sogar Melanie hob überrascht eine Augenbraue. »Du lieber Himmel, das ist alles richtig«, entfuhr es Schneider ehrfürchtig. »Melanie, hast du das gerade mitgekriegt?«

»Ich war anwesend.«

»Der Mann ist ein verdammtes Genie. Woher wissen Sie das alles über mich?«

»Berufsgeheimnis.«

»Kommen Sie schon!«

Hauser wies auf den Laptop. »Ihr Facebook-Account ist offen.«

»Haben Sie etwa meine Einträge gelesen?«

»Ich dachte, wenn es die ganze Welt darf, dann würden Sie es mir auch zugestehen.«

Schneider schien in Schnappatmung verfallen zu wollen, doch dann vollzog er einen innerlichen Kurswechsel und begann schallend zu lachen. »Das ist genau die clevere und kaltschnäuzige Vorgehensweise, die ich mir wünsche«, sagte er und wies auf den freien Sessel vor seinem Schreibtisch. »Ich habe ein Problem, bei dem Sie mir behilflich sein könnten, aber dazu müsste ich weiter ausholen.«

Hauser stellte seinen Beutel neben den Sessel und setzte sich. Er streifte die Schuhe von seinen Füßen und brachte sich in eine halb sitzende, halb liegende Position.

Boris Schneider sah zu, wie der Detektiv sich gemütlich einrichtete. »Äh, so lange wird die Geschichte vielleicht doch nicht.«

Hauser machte lächelnd eine auffordernde Handbewegung loszulegen und faltete die Hände vor dem Bauch.

»Also, Sie sollen fünf Personen für mich ausfindig machen.«

»Das ist quasi mein Job«, sagte Hauser und rechnete sich aus, was ihm ein dauerhaftes Arrangement mit einem Promi-Anwalt einbringen könnte. Wer Klienten wie den alten Ludlow betreute, der rechnete sicher einen ordentlichen Stundensatz ab. »Worum geht es? Eine Erbschaft?«

»Äh, ja, das ist tatsächlich der Fall.«

»Obwohl natürlich Ehebruch mit fünf beteiligten Personen noch viel interessanter wäre«, grinste Hauser und bemerkte Melanies Augenrollen. Es hielt es für angebracht, ein paar Pluspunkte bei ihr zu sammeln. Das würde er als Nächstes in Angriff nehmen.

Schneider nahm eine Akte von dem Stapel rechts von ihm, legte sie vor sich und begann zu erzählen, ohne den Hefter aufzuschlagen. »Es handelt sich um eine Erbschaftsangelegenheit. Ein Mandant hat vor seinem Tod verfügt, dass ein Teil seines Nachlasses an fünf Menschen weitergegeben wird, ohne dass seine leiblichen Verwandten davon erfahren. Um moralischen Bedenken Ihrerseits vorzubeugen, kann ich versichern, bei Letzteren handelt es sich um sehr vermögende Menschen, die keine Erbschaft benötigen, um auch weiterhin als steinreich zu gelten. Natürlich würden sie aus reiner Gier alles dafür tun, um auch an dieses Geld zu gelangen.« Schneider machte ein Gesicht wie kurz vor der Heiligsprechung. »Es geht nur darum eine Erbschaft an die richtigen Personen zu verteilen, nämlich an diejenigen, die den Verstorbenen gemocht und unterstützt haben. Sie wären ein moderner Robin Hood, Herr Hauser.«

»Robin Hood finde ich gut. Kann Ihr Mandant denn nicht vererben, an wen er will? Gibt es kein Testament?«

»Er hat es nie schriftlich festlegen lassen, nur ich wusste von diesem Wunsch. Außerdem sind die Verwandten wie gesagt vermögend und könnten mit teuren Anwälten einen jahrzehntelangen Rechtsstreit anzetteln. Die fünf Begünstigten hätten keine Chance, zu Lebzeiten an das Geld zu kommen.«

»Fünf Erben und Sie können keinen von ihnen finden? Das klingt merkwürdig. Man hinterlässt doch Spuren, selbst bei einem Umzug.«

»Ich weiß es leider nicht.« Boris schob den Schnellhefter über den Tisch. »Fünf Personen. Drei Frauen und zwei Männer. Zwei davon ein Ehepaar.«

»Welche Art von Ehepaar?«

»Bitte?«

»Mir fallen drei Kombinationsmöglichkeiten ein.« Hauser hob die Hand, um sie einzeln aufzuzählen.

»Die … äh … altmodische«, stammelte der Anwalt.

»Und wie haben Sie diese fünf Personen verloren?«

»Sie sind einfach verschwunden, irgendwann am frühen Montagmorgen. Alles, was ich über sie weiß, ist in dieser Akte enthalten. Melanie hat einiges an Vorarbeit geleistet und die Personen überprüft.«

Hauser beugte sich vor, zog den Hefter vom Tisch und blätterte ihn rasch durch.

»Die haben alle im selben Haus gewohnt«, sagte Hauser stirnrunzelnd, »und an keiner Adresse, an der man einen vermögenden Mann vermuten würde.«

»Das ist richtig.«

»Der Fall könnte doch interessanter sein, als es auf den ersten Blick aussieht«, sagte Hauser. »Ich vermute mal, die sind nicht gemeinsam in den Urlaub gefahren. Sind sie freiwillig mitgegangen oder hat man sie entführt?«

Boris machte ein Gesicht, als sei er noch gar nicht auf die Idee gekommen.

»Vielleicht wäre es hilfreich, wenn ich mehr über den Verstorbenen wüsste«, fuhr Hauser fort. »Es hat doch nichts mit Ludlow zu tun, oder?«

»Nein, überhaupt nicht. Ich habe durchaus noch weitere Klienten.«

»Genau genommen haben Sie diesen Klienten nicht mehr. Zumindest, sobald Sie seinen Nachlass abgewickelt haben.«

»Danke für die Erinnerung«, sagte Boris sarkastisch.

»Gern geschehen«, antwortete Hauser so unbefangen, als würde er Untertöne nicht bemerken. »Ob die Witwe Ludlow weiterhin Ihre Dienste in Anspruch nimmt, ist auch nicht sicher.«

»Jedenfalls hat das Verschwinden der Fünf nichts mit dem Namen des Verstorbenen zu tun. Das versichere ich Ihnen.« Boris Schneider rutschte unruhig auf seinem Sessel herum. Der Gesprächsverlauf gefiel ihm nicht, das merkte jeder außer Hauser. »Wie können Sie da so sicher sein?«

»Ich weiß es eben«, beharrte Schneider.

»Woher?«

»Können wir es bitte darauf beruhen lassen?«

»Ich dachte nur, es könnte hilfreich sein, wenn ich sämtliche Informationen zu diesem Fall hätte. Auch wenn Ihnen manche Fakten unwichtig erscheinen, können sie in bestimmten Situationen vielleicht entscheidend weiterhelfen«, sagte Hauser, während er weiter die Akte durchblätterte. Als nach einer Weile noch keine Antwort gekommen war, blickte er von den Papieren auf und sah Boris Schneider in einem ähnlichen Gemütszustand, wie er ihn schon vom Polizeirevier her kannte. Der Anwalt wollte wohl wirklich nicht mit dem Namen herausrücken.

»Also gut, dann ohne weitere Informationen«, sagte Hauser beschwichtigend und klappte den Hefter zu.

Boris kühlte langsam auf normale Betriebstemperatur herunter. »Ich verlange ja nicht, dass Sie diese Leute hier abliefern. Sie sollen sie nicht mal zu einem Treffen mit mir überreden. Ihr Job besteht einzig und allein darin, den Aufenthaltsort ausfindig zu machen und mir mitzuteilen. Um alles Weitere kümmere ich mich selbst.« Der Anwalt schnipste mit dem Finger, als sei ihm noch etwas eingefallen. »Die Behörden dürfen nicht eingeschaltet werden, die Suche soll nirgendwo schriftlich vermerkt sein«, teilte er in einem Tonfall mit, den er für Belanglosigkeiten reserviert hatte.

Hauser seufzte. »Sind Sie sicher, dass Sie nichts ausgelassen haben, um diesen Auftrag noch schwerer zu machen, als er ohnehin schon ist? Wenn diese Leute nicht gefunden werden wollen, kann das eine ganze Weile dauern.«

»Zeit ist allerdings ein entscheidender Faktor. Was für einen Wagen fahren Sie?«, fragte Schneider.

»Ich habe gar kein Auto«, antwortete Hauser mit starkem italienischen Akzent. Doch dem Gesichtsausdruck nach zu urteilen, kannte Boris den alten Werbespot nicht.

»Ich könnte Ihnen einen Wagen zur Verfügung stellen. Sie müssen für diesen Fall mobil sein.«

»Ich habe auch keinen Führerschein, sondern nutze die öffentlichen Verkehrsmittel.«

»Ach herrje, dann gibt es bei Ihren Ermittlungen wohl nicht oft Verfolgungsjagden, was?«, grunzte der Anwalt. »Sind Sie aus irgendwelchen ideologischen Gründen gegen Autos?«

»Sie meinen so abwegige Spinnereien wie Umweltbewusstsein? Nein, ich war nur nie in der Verlegenheit, einen Führerschein machen zu müssen.«

Schneider wandte sich dann an Melanie: »Such dir unten einen Wagen aus.«

Melanie hatte das Gespräch bisher schweigend verfolgt und nur darauf gewartet, endlich gehen zu können. Sie betrachtete ihre Aufgabe als erledigt. Schlimmstenfalls würde sie Hauser noch nach Hause zurückfahren müssen, aber auch das nur äußerst ungern. Als die Worte ihres Chefs in ihr Bewusstsein drangen, ruckte ihr Kopf alarmiert in seine Richtung.

Doch Schneider hatte sich zu Hauser gedreht. »Melanie wird Sie während der gesamten Zeit unterstützen.«

Hauser sah grinsend zu Melanie. »Wird sie das?«

»Werde ich das?« Melanie durchbohrte Schneider mit ihrem Blick.

Hauser zuckte mit den Achseln. »Ich brauche eigentlich keine Assistentin.«

Schneider ließ nicht mit sich reden. »Sie sollten sie nicht nur als Assistentin sehen, Hauser, mehr so eine Art … Betreuerin. Sie wird Ihnen die Tücken der modernen Welt vom Hals halten.«

Melanie trat neben ihren Chef an den Schreibtisch. »Was habe ich denn falsch gemacht? Sag es mir, und uns wird eine andere Form der Bestrafung einfallen.«

Es schien ihr nichts auszumachen, dass Hauser jedes Wort mitbekam.

Schneider lehnte sich in seinem Schreibtischstuhl zurück und sah zu ihr auf. »Also hör mal, was redest du denn? Ich mache das, weil ich so viel von deiner Arbeit halte und die Angelegenheit für mich so wichtig ist.«

»Na klar«, höhnte Melanie.

»Dieser Auftrag hat absolute Priorität, es geht leider nicht anders«, beharrte Boris und sah Hauser an. »Sie haben sicher mitbekommen, welches Opfer dieser Auftrag für meine Assistentin bedeutet. Deshalb möchte ich Sie bitten, in diesem Fall besonders schnell zu arbeiten, um sie nicht unnötig leiden zu lassen.«

Hauser sah nachdenklich von einem zum anderen. »Ihr beiden wollt mich doch auf den Arm nehmen, oder? Also wenn ich nur das kleinste bisschen Selbstachtung hätte, würde ich mir das nicht bieten lassen.« Er nahm seinen Beutel auf und erhob sich. »Außerdem steht es doch in Ihrer Macht, diese Bürde von ihr zu nehmen.«

Boris Schneider ging nicht darauf ein, sondern griff sich einen dicken Filzschreiber. Vergeblich suchte er nach einem Zettelblock und schrieb schließlich auf einen Briefumschlag. Es war eine fünfstellige Zahl. Er drehte das Papier in Hausers Richtung.

»Nicht Ihre Postleitzahl, nehme ich an«, sagte Hauser. »Also schön, niemand soll mir nachsagen, ich wäre nicht käuflich.«

Schneider grinste zufrieden und winkte ihnen zum Abschied. »Viel Erfolg euch beiden!«

Hauser folgte Melanie zum Empfang und sah ihr zu, wie sie in einem Schlüsselkasten herumkramte. Er schwieg, weil es das Beste war, was er tun konnte, wenn er nicht die ganze Wut abbekommen wollte, die Melanie gerade für ihren Chef empfand. Als Sekretärin, Anwaltsgehilfin oder welche Funktion sie auch immer hier besaß, hielt sie es sicher für eine Verschwendung ihrer Kompetenzen, den Chauffeur zu spielen. Sie nahm einen Schlüsselbund und ließ den Ring um ihren Zeigefinger wirbeln. Dann marschierte sie im wütenden Stechschritt auf den Lift zu, ohne darauf zu achten, ob Hauser ihr folgte. Sie gab ihm das Gefühl, etwas falsch gemacht zu haben. Dabei war er sich hundertprozentig sicher, dass dem nicht so war. Zumindest nicht bei seinen Taten in der letzten halben Stunde.

»Ich möchte nicht mit Ihnen zusammenarbeiten«, sagte sie auf dem Weg nach unten und verriet damit kein gut gehütetes Geheimnis. »Ich bin die Assistentin von Herrn Schneider und nicht der Doktor Watson für einen durchgedrehten Detektiv Holmes.«

»Tut mir leid, dass Schneider dich dazu verdonnert hat. Mir wäre es auch lieber, wenn du mich freiwillig begleiten würdest«, sagte Hauser mit aufrichtigem Bedauern.

»Das ändert für mich leider überhaupt nichts.« Melanie stürmte aus dem Aufzug wie aus einer Startbox beim Pferderennen und steuerte direkt auf einen schwarzen Sportwagen zu.

»Ach herrje, das Bat-Mobil«, entfuhr es Hauser.

»Das ist ein Jaguar C-X16. Momentan der Lieblingswagen von Boris«, erklärte Melanie, während sie die Fahrertür öffnete.

»Du bist sicher, dass das für ihn okay ist?«

»Das ist es ganz sicher nicht.«

Hauser betrachtete das Innere des Jaguars. Melanie hielt das 3-Speichen-Lenkrad lässig mit einer Hand und bediente mit der anderen die Anzeige. Er wusste nicht, was sie dort alles einstellte, aber es machte den Eindruck, als würde sie sich gerade häuslich einrichten.

Schneiders Jaguar stellte das typische Hätschelkind eines analfixierten Charakters dar; handpoliert, checkheftgepflegt und niedertourig gefahren. Wenn das Fahrzeug über eine Persönlichkeit verfügen würde, dürfte die Begegnung mit Melanie zu einer traumatisierenden Erfahrung werden. Boris war sicher davon ausgegangen, dass sie den Jaguar als tabu betrachtete. Dabei sollte er doch wissen, was der Zorn einer Frau anrichten konnte. Melanie ließ den Motor aufheulen.

»Warum machst du so einen Krach?«, beklagte sich Hauser beim Einsteigen.

»Weil es das beste Geräusch der Welt ist.«

»Es ist Motorenlärm. Wenn dir das gefällt, muss dir ja der Feierabendverkehr wie ein Symphonieorchester vorkommen.«

»Wir können ja mal irgendeinen *Mann* von der Straße fragen, was er von diesem Geräusch hält.«

»Ich bin ein … ach so, ich verstehe die Anspielung. Na gut, ich möchte dir auf keinen Fall die Freude an der sinnlosen Produktion von CO_2 und Stickstoffoxid verderben.«

»Gut«, sagte sie und gab Gas. Mit quietschenden Reifen sauste der Jaguar die Ausfahrt hinauf.

3
DIE FÜNF ERBEN

Melanie hielt vor dem Haus, in dem alle fünf Erben vor ihrem Verschwinden gewohnt hatten. Sie zog die Handbremse und stellte den Motor ab. Als sie den Schlüssel abzog und den Sicherheitsgurt löste, fiel ihr auf, dass sich Hauser noch nicht gerührt hatte. Stocksteif mit ausgestreckten Beinen, aufgerissenen Augen und festgekrallten Händen drückte er seinen Kopf gegen die Nackenstütze. Als wolle er so weit wie möglich vor allem zurückweichen, was in den letzten acht Minuten vor der Motorhaube aufgetaucht war. »Wir sind da«, bemerkte sie trocken.

Hauser löste mit bebenden Händen den Gurt und öffnete die Tür. Sicher auf dem Gehweg angelangt, betrachtete er den Standort des Wagens: Melanie parkte in zweiter Reihe mit eingeschalteter Warnblinkanlage.

»Keine Sorge, die Strafzettel gehen an meinen Chef.« Offenbar wollte sie ganz sichergehen, dass Schneider ihren Unmut wahrnahm.

»Ich dachte eher an die Unannehmlichkeiten, die wir anderen Verkehrsteilnehmern damit bereiten«, erwiderte Hauser. Dann überquerte er die Straße und stellte sich auf die gegenüberliegende Seite, um die Hausfassade zu betrachten.

Da Melanie nicht wusste, was sie tun sollte oder was er gerade tat, stellte sie sich abwartend neben ihn.

»Anrufen hat wohl keinen Sinn«, sagte Hauser.

»Nein, keiner der fünf ist unter einer der bekannten Nummern zu erreichen. Ich habe es auch per E-Mail und SMS versucht. Kein Erfolg.«

Hausers Blick wanderte von einem Fenster zum anderen. »Also kein Lebenszeichen, seit sie verschwunden sind. Hat keiner von ihnen sein Auto benutzt?«

»Stehen alle vor oder hinter dem Haus.«

»Diese Leute haben nicht das Geld, um ihr altes Leben hinter sich zu lassen. Zumindest hatten sie es vor ihrem Verschwinden noch nicht.«

»Sie meinen, wir verfolgen hier eine erfolgreiche Tippgemeinschaft?«

»Ausschließen kann ich momentan überhaupt nichts«, sagte Hauser und strich sich nachdenklich über die Enden seines Bartes. »Aber ich liebe Herausforderungen.«

»Dann werden Sie diese hier schwängern wollen.«

»Du hast schon alles an Vorarbeit geleistet, was ein Detektiv an dieser Stelle erledigen würde«, versuchte sich Hauser an einem Kompliment.

»Ich hoffe, damit ist Ihr Repertoire noch nicht erschöpft.«

»Und in den Unterlagen steht auch nichts, was uns weiterhelfen könnte.«

»Woher wollen Sie das wissen? Ich habe viel Arbeit in diese Mappe gesteckt.«

»Sie ist randvoll mit wichtigen Hintergrundinformationen, aber wenn der große Knüller drinstehen würde, dann hätte Schneider es mir gleich als erstes erzählt.«

»Sie haben die Mappe nur schnell durchgeblättert, wie …?«

»Ich lese schnell und merke mir viel.«

»Oho«, sachte sie gespielt beeindruckt, »ein fotografisches Gedächtnis also.«

»Ein eidetisches, aber ehrlich gesagt, halte ich das eher für unwahrscheinlich. Wenn ich eines hätte, wüsste ich längst, weshalb mir dieses Haus so bekannt vorkommt. Irgendwo habe ich es schon mal gesehen. Egal, wird mir schon noch einfallen. Übrigens bin ich ein guter Beobachter von Körpersprache. Deshalb kann ich dir auch sagen, dass du keine sexuelle Beziehung mit deinem Boss hast.«

»Das wusste ich schon.«

»Ich wollte es nur erwähnen, weil es ja fast schon ungewöhnlich ist.«

»Das ist ein Klischee«, protestierte Melanie.

»Mag sein. Aber wo wir gerade von Sex mit älteren Männern reden …«

»Das tun wir doch überhaupt nicht!«

»… sollten wir doch nochmal die Nacht im *Asbest* thematisieren.«

»Nö!«

Hauser nahm die Abfuhr gelassen entgegen und wechselte zum Fall zurück. »Fassen wir mal zusammen. Wir haben ein Ehepaar, er Frührentner, sie Hausfrau. Dann eine Witwe und eine iranische Studentin, sowie einen Postboten. Dieses Haus verbindet sie also. Aber was verbindet sie mit Schneiders Mandanten? Kennst du übrigens seinen Namen?«

»Den hat er mir auch nicht verraten. Ich schätze, er konnte sich nicht schnell genug einen ausdenken.«

»Eine Möglichkeit wäre, dass der mysteriöse Mandant mal hier gewohnt hat und daher die fünf kennt. Vielleicht gehört ihm das Haus, und sie waren seine Mieter.«

»Ich hätte auch gern einen Vermieter, der mich in seinem Testament bedenkt.« Melanie stieß einen ungeduldigen Schnaufer aus. »Haben wir eigentlich nicht lange genug diese Hauswand angestarrt? Wir könnten doch Ihren Freund bei der Polizei um Hilfe bitten.«

»Ich muss sparsam mit Lessings Gefallen umgehen, weil seine Chefin nicht unbedingt ein Fan von mir ist. Ich warte lieber bis zuletzt, bevor ich ihn um Hilfe bitte.« Unvermittelt ging Hauser los, überquerte die Straße wieder und drückte die unverschlossene Haustür auf. Er trat in den Hauseingang und ließ seinen Blick kurz über die öffentlichen Aushänge an der Wand, die Prospektstapel auf dem Fußboden und die Reihe der Briefkästen schweifen. Ungeniert hob er die Deckel bei allen verschwundenen Mietparteien und linste in die Kästen hinein. »Sie haben keine Post.«

»Liegt wohl daran, dass ihr Briefträger verschwunden ist.«

Er kontrollierte noch zwei andere Briefkästen. »Die anderen Mieter haben Post bekommen.«

»Was schließen Sie daraus?«

»Jemand hat ihre Post abgeholt.«

»Vielleicht haben sie einen Nachsendeantrag gestellt, oder sie lassen ihre Post für bestimmte Zeit in der Filiale sammeln.«

»Möglich«, gab Hauser zu und ging nach draußen. Melanie hob genervt die Arme und folgte ihm. Sie wünschte, er würde diese abrupten Richtungswechsel ankündigen oder – noch besser – ganz unterlassen. »Okay, was jetzt?«, fragte sie, als sie vor dem Haus standen.

Hauser blickte die Straße entlang und entdeckte das Wasserhäuschen an der Ecke. Er bedeutete Melanie mitzukommen.

»Das ist ja wohl nicht Ihr Ernst?«, empörte sie sich und musterte den buntbedruckten Kiosk, auf den sie zusteuerten. »Sind Sie etwa einer dieser dauerbesoffenen Philip-Marlowe-Schnüffler? Ach, was frag ich! Schließlich habe ich Sie in dem Zustand kennengelernt.«

»Ich wünschte, du würdest mich endlich duzen«, rief Hauser über seine Schulter hinweg.

»Das müssen Sie sich erst verdienen.«

Sie näherten sich dem Wasserhäuschen und hörten schon von Weitem die Männer davor.

»Ei wennde schonnema son Zebra midde Hand gefange hast, dann bisde fit!«

»Klappe, Richie!«

»Ei isch hadd doch die Fischvergiftung!«

Die drei Endvierziger befeuerten sich mit *Badesalz*-Zitaten, als seien dies noch die Neunziger.

»Morgen«, grüßte der Detektiv die Männer, die sich an ihren Bierflaschen festhielten.

»Moin«, antwortete der Besitzer und musterte Hauser misstrauisch.

Der Detektiv wies auf das Haus, auf das man von dem Wasserhäuschen einen hervorragenden Blick hatte. »Ein paar Freunde von mir sind gestern Morgen in den Urlaub gefahren und haben mich irgendwie vergessen.«

Die Männer schauten ihn ausdruckslos an. Sie wollten ihr Interesse an seiner Geschichte nicht zugeben, aber Hauser wusste, dass er sie bereits am Haken hatte. »Also es war ziemlich früh und möglicherweise war ich auch ein oder drei Stunden zu spät am Treffpunkt. Habt ihr die Leute vielleicht wegfahren sehen?«

Der Kioskbetreiber wechselte einen Blick mit seinen Stammkunden. »Wer bistn du überhaupt?«, fragte er, während seine Augen an Hauser herabfuhren.

Der betrunkenere der beiden Gäste nahm einen großen Schluck aus seiner Flasche. »Du kannst bei uns bleibe, Schätzche, abber der Thomas-Magnum-Schnauzer geht weiter.« Sein Kollege brach in ein Gackern aus, das sich nach wenigen Sekunden in einen Hustenanfall verwandelte.

»Leute, ihr habt das Prinzip falsch verstanden«, erklärte Hauser freundlich. »Ihr könnt euch nicht für sie schönsaufen. Nur *sie* könnte sich *euch* schönsaufen, aber die erforderliche Menge würde sie nicht vertragen.«

Für einen Moment herrschte Totenstille an dem Wasserhäuschen. Melanie war bereit, zum Jaguar loszuspurten, doch in diesem Moment brachen die Männer in schallendes Gelächter aus.

»Das war ein guter«, sagte der Betreiber, ließ einen Kronkorken durch die Luft kreiseln und stellte eine Flasche vor Hauser. »Geht uffs Haus.«

Melanie schob sich lächelnd vor. »Was mein Vater zu sagen versucht, ist, dass er dringend wissen muss, wann und mit welchem Wagen seine Bekannten abgereist sind.«

»Das klingt fer mich so, als wolle die den net unbedingt dabeihabbe.«

Melanie beugte sich vor und flüsterte: »Bitte, wenn wir sie nicht finden, kann er nicht seinen Urlaub mit ihnen verbringen und dann habe ich ihn die nächsten drei Wochen am Hals. Ich hatte ehrlich gesagt andere Pläne. Ihr würdet mir wirklich einen großen Gefallen tun.«

Die drei Männer sahen sich an, dann zuckten beide Gäste mit den Schultern und der Betreiber beugte sich Melanie entgegen. Allerdings nicht, um ungehört zu bleiben, sondern um ihr nebenbei in den Ausschnitt zu linsen. »Das kann ich verstehe, so ein möcht ich auch net betreue misse. Na jedenfalls, die sind in einem Mini-Van weggefahren. Das wor so gege fünf. Ich bin selbst grod erst kumme und hat Kaffee uffgesetzt.«

»Was für ein Mini-Van war das denn?«, fragte Hauser.

»Die Marke kann ich net sahe. War noch zabbeduuster und die ham uns midde Scheinwerfer geblend.«

»Und besoffe warn mehr auch«, ergänzte einer der Gäste.

»Du scho, aber ich schaff hier«, blaffte der Besitzer, bevor er sich wieder Melanie zuwandte. »Er war silbern.«

»Also kein Taxi?«, hakte Melanie nach.

»Na, sicher silbern. Matt. Das ist alles, was wir wisse.«

»Und dass uff dem Kennzeiche ein Q wor«, ergänzte der weniger betrunkene Gast.

»Joh. Und des«, bestätigte der Besitzer.

»Wie viele Leute sind eingestiegen?«

»Des wor schwer zu erkenne, wesche de Scheinwerfer.«

Der erste Gast hob den Zeigefinger, als habe er gerade eine göttliche Eingebung. »Aber zwo Leut sin vor dem Bus zum Seiteneinstiech gelaafe. Also worn mit dem Fahrer mindestens drei drin.«

»Vielleicht ham die Jungs von de Müllabfuhr mehr gesehe«, sagte der Kioskbesitzer.

»Wieso?«

»Na, der Mini-Van hat denen den Zugang zu nem Rollcontainer versperrt. Erst als die weggfahre sin, konnte die Jungs weitermache.«

»Was auch Stress gab«, erinnerte sich der betrunkene Gast, »weil die zwei Typen in dem Geländewagen net vorbeikame. Was ham die sich uffgerecht, eijeijeih. Ham gehupt un gescholle, in irgendsoner Sprach. Solle sich halt eh klaaner Audo kaufe, dann komme se auch durch.«

»Und wohin ist der Mini-Van dann gefahren?«, fragte Hauser.

Der Besitzer wies beiläufig nach Westen. »Immer weiter strackaus, die Gutleut lang.«

Hauser machte eine anerkennende Kopfbewegung für diese Gedächtnisleistung. »Sonst noch ein Detail?«

Die drei schüttelten gleichzeitig ihre Köpfe, so als würden sie alle mit derselben Schnur bewegt.

»Dann vielen Dank, die Herren.« Hauser reichte einen größeren Schein über Melanies Schulter. Der Besitzer quittierte die

Spende mit einem Nicken. Als sie sich vom Kiosk abwandten, schnappte sich der betrunkenere Gast die Bierflasche, die Hauser verschmäht hatte. Mochten auch seine anderen Fähigkeiten durch den Alkohol in Mitleidenschaft gezogen sein, der Beuteinstinkt war ihm erhalten geblieben.

»Ich kenne jemanden bei FES«, sagte Hauser auf dem Weg zum Jaguar. »Meine Bekannte könnte herausfinden, ob ihre Kollegen an diesem Morgen etwas beobachtet haben.«

Melanie machte eine auffordernde Handbewegung. »Nur zu.«

Hauser kramte in seinem Beutel herum und holte ein Handy heraus. Er hatte das Computerzeitalter komplett verpennt und als Anachronist eine Welt durchwandert, in der Informationen überall und für jedermann frei verfügbar waren. Eigentlich traumhafte Zustände für einen Detektiv, trotzdem hatte er sich nie aufraffen können, einen PC anzuschaffen. Es lag mehr an seiner phlegmatischen Grundhaltung als an einer aktiven Verweigerung. Wenn es sich gar nicht vermeiden ließ, hatte er notgedrungen ein Internet-Café aufgesucht. Aber dann löste er einen Fall innerhalb von dreißig Minuten nur mittels Google und legte sich daraufhin sofort ein iPhone zu.

Melanie musste eine ganze Weile dem Geschäker zwischen Hauser und der Frau zuhören und bekam auch nur seine Hälfte des Gesprächs mit. Aber die reichte aus, um sicher zu sein, dass die beiden nicht nur eine berufliche Vergangenheit hatten. Endlich kam Hauser auf den Punkt und erzählte von einem Freund, der an besagtem Morgen mit seinem Mini-Van von dem Müllwagen touchiert worden sei. Die Frau ermittelte über ihr System den betreffenden Fahrer und kontaktierte ihn. Hauser schenkte Melanie ein aufmunterndes Lächeln, dann war seine Bekannte wieder in der Leitung. Er hörte eine Minute zu und beendete das Gespräch mit einem weiteren fünfminütigen Geplänkel aus

Lob, Dank und Versprechungen für ein baldiges Treffen in einem Lokal mit Cocktail-Happy-Hour.

»Der Fahrer des Müllwagens kann sich an den Mini-Van erinnern, bestreitet aber den Unfall. Sie mussten wegen des Mini-Vans einen Moment warten und als er schließlich aus der Hofeinfahrt herauswollte, die er blockierte, ist er noch rückwärts gegen den Rollcontainer gefahren, zu dem die FES-Leute wollten. Dabei hat er sich das rechte Rücklicht eingedrückt. Anschließend gab es noch einen Streit mit zwei Kerlen in einem protzigen Hummer, die es unglaublich eilig hatten. Die haben sie natürlich extralange warten lassen. Jedenfalls hat der Fahrer des Mülllasters Leute aus dem Haus in den Mini-Van steigen und wegfahren sehen. Wahrscheinlich zur Auffahrt Westhafen und auf die A 5. Beim Westhafen kann man nur Richtung Norden auffahren. Falls der Fahrer nicht am Nordwestkreuz gedreht hat oder abgefahren ist, wissen wir jetzt, in welcher Richtung wir suchen müssen.«

»Ich weiß nicht, ob es schon als Erfolg gelten kann, wenn wir die Suche auf die obere Hälfte Deutschlands begrenzen können.«

»Keine Sorge, es geht gleich weiter.«

***

»Hier ist euer Guido, live bei F-Xpress, eurem Gute-Laune-Sender für Frankfurt und Umgebung, ich … und das ist mein Handy, tja Leute, das ist live und deshalb erstmal die Black Eyed Peas mit *I got the feeling*. Bis gleich.«

Während die Hörer von F-Xpress der Musik lauschten, musste sich Moderator Guido eine ganz andere Geschichte anhören.

»Mensch, Hauser, ich kann doch nicht öffentlich zur Suche nach einem bestimmten Auto aufrufen. Die Besitzer könnten mich verklagen.«

»Es handelt sich möglicherweise um eine Entführung, du würdest ein gutes Werk tun. Mach ein Gewinnspiel daraus, das fällt doch nicht besonders auf.«

Der Moderator kämpfte schwer mit sich. Er machte diesen Job jetzt seit fünf Jahren und eigentlich gefiel er ihm. Zuvor hatte er als Web-Designer und Neo-Spiritualist eine Menge Kohle verdient und auch eine Menge Leute genervt, aber mit seiner momentanen Stelle gelang es ihm, in beiden Disziplinen neue Höhen zu erreichen und neue Tiefen auszuloten.

»Mit dem Gefallen wären wir quitt«, köderte Hauser ihn und der Mann schien nur auf dieses Angebot gewartet zu haben.

»Na, unter diesen Umständen ist es natürlich ein Schnäppchen, lass mich mal machen.«

Die Black Eyed Peas wurden von Lady Gaga abgelöst, dann war der Moderator wieder auf Sendung.

»Und nun kommen wir zu einem besonderen Schmankerl, bei dem unsere frühen Pendler garantiert die Nase vorn haben werden, denn wie heißt es so schön: Dem frühen Vogel ist der Wurm egal, denn er ist auf der Jagd nach dem F-Xpress-Goldtransport. Die Regeln sind denkbar einfach: Wir beschreiben euch ein Fahrzeug und nennen einen Buchstaben oder eine Zahl des Kennzeichens sowie die ungefähre Gegend. Dann seid ihr dran und dürft euch das Hirn zermartern, ob, wann und wo ihr unseren Goldtransport gesehen habt. Bereit? Okay. Die geheimen Goldreserven von Radio F-Express wurden diesmal in einem silbernen Mini-Van transportiert. Die Marke wollt ihr wissen? Ha, Fehlanzeige. Mal ehrlich, dann wäre es ja so einfach, wie Thunfisch aus der Dose zu angeln. Dann hätten wir ja gleich F-Xpress auf die Seite schreiben können. Aber ein kleiner Hinweis sei euch gewährt, wir sind schließlich keine Unmenschen. Achtung: Unser Goldtransport hatte ein kaputtes Rücklicht auf der rechten Seite. Wer also gestern Morgen auf der A 5 ein weißes Licht vor sich sah, keine Sorge, das war kein Geisterfahrer. Nehme ich jedenfalls an, man weiß ja nie, wer sonst noch unterwegs war.« In seinem leutseligen und seltsam aufgeputscht klingenden Vortrag zählte Guido alle bekannten Informationen zu dem Fahrzeug auf. »Ruft uns unter folgender Nummer an …«

Melanie sah auf das Radio. »Das ist unorthodox.«

»Echt?«, fragte Hauser überrascht. »Ich fand das eine völlig naheliegende Vorgehensweise.«

»Wie sind Sie an den Job als Privatdetektiv gekommen? Sie erwecken nicht den Eindruck eines ehemaligen Polizisten, der sich selbstständig machen wollte.«

»Ja, ich bin wohl ein Quereinsteiger. Genaugenommen hat es drei Jahre gedauert, bis ich mir eingestanden habe, dass ich ein Detektiv bin.« Hauser hatte nie die Absicht gehabt, Detektiv zu werden. Seine Interessen und Fähigkeiten waren so vielfältig, dass es ihm schwerfiel, sich auf einen Beruf zu beschränken. Also schrieb er seine herausragenden Talente auf ein Blatt Papier und suchte nach einer Tätigkeit, die die meisten von ihnen einschloss. Es entstand eine kurze Liste von Berufen, die er anschließend nach bestimmten Kriterien abklopfte. Er wollte lange Arbeitszeiten und enge Personalbindung ausschließen, ebenso Teamwork, strenge Kontrolle seines Tagesablaufs und eine zu geringe Bezahlung. Als Privatdetektiv bekam er nicht alles davon erfüllt, aber doch mehr als in den anderen infrage kommenden Berufen.

»Was haben Sie vorher gemacht?«, fragte Melanie.

»So dies und das. Alles, was man so als schlechtbezahlte Nebenjobs kennt, habe ich irgendwann mal ausprobiert. Aber ich war schon immer gut darin, Dinge und Leute zu finden. Anfangs haben mich andere Privatdetektive beschäftigt, wenn sie in einem Fall nicht weiterkamen. Das hat sich rumgesprochen und so wurde ich Spezialist für die hoffnungslosen Fälle. Im Laufe der Zeit zählten erst Rechtsanwälte zu meinen Klienten, dann kamen durch Mundpropaganda die Polizei und die Staatsanwaltschaft dazu.«

Hausers Ambitionen, sich in Frankfurt einen Namen als Detektiv zu machen, durften als bescheiden bezeichnet werden. Die großen Detekteien hatten ihn umworben, weil seine Erfolge sie aufhorchen ließen. Aber die drei Bewerbungsgespräche über eine gemeinsame Zukunft wurden ausnahmslos zum Fiasko. Heutzutage musste ein Detektiv auch immer ein Teamplayer sein. Eine Mischung aus Manager, Ermittler, Psychologe und Softwarespezialist. Hauser saß den Headhuntern ratlos gegenüber, war auf die üblichen Bewerbungsfragen nicht vorbereitet gewesen und wollte auch nicht so gern von sich erzählen. Seine Gesprächspartner vermuteten, dass es sich wohl um eine Verwechslung handelte und sie an den falschen Hauser geraten sein mussten. Hauser dagegen verbuchte die drei kostenlosen Mittagessen als Gewinn und dachte nicht weiter über die Gespräche nach.

»Klingt so, als hätten Sie jede Menge zu tun.«

Hauser zuckte mit den Achseln. »Na ja, ich habe einen Weg gefunden, die Anzahl der Aufträge einzuschränken.«

»Und wie sieht der aus?«

»Ich verlange ein unverschämtes Gehalt.«

»Raffiniert.«

»Nicht wahr? Die meisten suchen sich daraufhin einen anderen Detektiv, das sortiert die leichten, sprich langweiligen Fälle aus. Erst wenn die Kollegen an einem Fall scheitern, kommt man zu mir zurück und zahlt meinen grotesk überhöhten Stundensatz. Und ich weiß dann, dass ich mich nicht langweilen werde.«

»Was hat Sie denn an diesem Fall gereizt? Außer, dass er wie schlecht ausgedacht klingt.«

»In erster Linie du.«

Melanies Gesicht zog sich zu einem Fragezeichen zusammen. »Wie soll ich das denn verstehen?«

»Na ja, da steht ja noch diese Sache zwischen uns. Wir sollten vielleicht noch einmal über den Abend im *Asbest* reden. Du scheinst mir deswegen immer noch angesäuert zu sein und das wirkt sich nicht positiv auf unsere Zusammenarbeit aus.«

»Sicher nicht, aber ich möchte auch jetzt nicht darüber reden.«

Hauser setzte seinen erprobten Dackelblick auf. »Könntest du mir nicht wenigstens einen Tipp geben? Ich versuche mich nämlich schon die ganze Zeit daran zu erinnern, was vorgefallen ist, aber es gelingt mir einfach nicht.«

»Wir werden noch darüber reden und es stört mich überhaupt nicht, wenn Sie bis dahin noch ein bisschen leiden.« Melanie drehte sich zu ihm. »Aber wenn Sie nur meinetwegen hier sind, halten Sie dies hier also nicht für einen spannenden Fall?«

»Nicht so sehr das Aufspüren der fünf Personen, aber die Geschichte hinter der Geschichte, die dein Boss uns beziehungsweise mir aufgetischt hat.«

»Dann ist es Ihnen also auch aufgefallen?«

»Na, das mit den Erben ist doch wohl Blödsinn. Eigentlich sollte es mich kränken, dass er mir so einen Quatsch zu verkaufen versucht. Glaubst du, es steckt etwas Illegales dahinter?«

Melanie schüttelte den Kopf. »Davon lässt er die Finger. Er hat zu viel zu verlieren, um es für krumme Touren zu riskieren.«

»Ist meist nur eine Frage der Summe, um die es geht. Aber im Zweifel für den Angeklagten. Nehmen wir an, es ist etwas Harmloses. Vielleicht eine peinliche Angelegenheit für ihn oder für den Klienten, den er vertritt.«

Nach einer Stunde und zweimaliger Wiederholung aller bekannten Informationen, meldete sich Guido auf Hausers

Handy, nachdem er die Anrufer aussortiert hatte, bei denen der Mini-Van nach Süden gefahren war. Vier Anrufer hatten ihn von der A 5 auf die A 661 abbiegen sehen, wodurch auch die beiden Anrufer, die ihn am Gambacher Kreuz und auf dem Gießener Ring gesehen haben wollten, aus dem Spiel waren. Von den verbliebenen vier behaupteten drei, er sei nach Westen gefahren und einer wollte ihn in Richtung Bad Vilbel gesehen haben. Letzterer war raus. Von den übrigen drei war nur einer mit auf die A 661 abgebogen und als er selbst in Bad Homburg abgefahren sei, fuhr der Mini-Van noch weiter. Dort endete die Spur.

Zweimal wiederholte Guido den Aufruf, dann machte ihn in einer Werbepause sein Programmchef zur Schnecke und er musste die Aktion wohl oder übel beenden. Er verkündete einen erfundenen Gewinner. Name und Wohnort hatte er vorsichtshalber gegoogelt, um keine böse Überraschung zu erleben. Wie zum Beispiel, dass diejenige Person wirklich existierte. Im Anschluss gab Guido die Erklärung ab, dass Radio F-Xpress dieses Gewinnspiel leider nicht mehr wiederholen könne, da es angesichts des hohen Gewinns den Sender unweigerlich in den Ruin treiben würde.

»Ich bin's, Guido. Ich habe noch einen Hinweis … ich rede so leise, weil ich vom Klo aus anrufe. Wenn mein Boss mitbekommt, dass ich … egal, ein Rentner hat beim Gassigehen den Mini-Van gesehen. Vor einem Hotel in Oberursel. Tag und Zeit kommen hin.«

Hauser bedankte sich für die Information und versprach mehrfach, nie wieder einen solchen oder ähnlichen Gefallen einzufordern. Er gab Melanie die Adresse.

»Das war wirklich beeindruckend«, musste sie zugeben.

»Findest du? Dabei ist das Prinzip simpel: Man muss nur erst einmal alles ignorieren, was andere tun würden. Gegen das, was niemand tun würde, sichert sich auch keiner ab.«

Melanie war nicht sicher, ob Hauser mit Absicht diesen chaotischen Eindruck hinterließ. Es brachte ihm auf jeden Fall den Vorteil, dass ihn niemand richtig ernst nahm. Wenn die Leute merkten, was in ihm steckte, dürfte es meistens schon zu spät sein. Aber dieser Erfolg konnte auch nicht darüber hinwegtäuschen, dass das Chaos ein nicht unbeträchtlicher Teil seiner Persönlichkeit war.

»Dann mal los«, sagte sie und ließ den Motor des Jaguars an.

»Ich nehme den Zug.«

»Machen Sie sich nicht lächerlich, das kostet Sie Stunden. Alles vergeudete Lebenszeit.«

»Ich bin überzeugt, dass mich jede Sekunde in diesem Wagen auf lange Sicht gesehen mehr Lebenszeit kostet. Dein Fahrstil senkt meine Lebenserwartung proportional zur zurückgelegten Strecke.«

»Ich fahre langsam. Versprochen.«

»Ich kann den RMV kostenlos nutzen. Auf Lebenszeit. Warum sollte ich also ein Risiko eingehen.«

»Kostenlos auf Lebenszeit?« Melanie hatte noch nie von einem solchen Tarifangebot gehört.

»Eine lange Geschichte. Der Magistrat hat sich dadurch für meine Hilfe erkenntlich gezeigt.«

Melanie legte die Hand aufs Herz und sah ihn mit feierlicher Miene an. »Ich schwöre, dass ich von nun an eine defensive und vorausschauende Verkehrsteilnehmerin sein werde und sofort anhalte, wenn Sie den Wunsch äußern, aus diesem Fahrzeug auszusteigen.«

Hauser sah sie prüfend an. »Glaub ja nicht, dass ich davon keinen Gebrauch mache.«

Während der folgenden Fahrt entspannte sich Hauser zusehends, denn sie fuhren – wie versprochen – in einem moderaten

Tempo auf der rechten Spur nach Norden. Melanie und der Jaguar wirkten dabei recht ungeduldig, da sie weit unter ihren Möglichkeiten bleiben mussten. Sobald Melanie zum Überholen die Spur wechselte, um an einen LKW vorbeizuziehen, spürte sie, wie bei Hauser die Anspannung stetig zunahm, bis sie wieder eingeschert war.

Als sie endlich Oberursel erreichten, fühlte sich Melanie ähnlich angespannt wie ihr Fahrgast. So vorbildlich war sie seit ihrer Führerscheinprüfung nicht mehr gefahren.

Sie parkte den Jaguar auf dem Parkplatz des Hotels. Weit genug vom Eingang entfernt, um durch Bäume und Sträucher verdeckt zu sein, aber mit genügend Einsicht, um die Zufahrt im Auge behalten zu können. Das Gebäude war ein recht unscheinbarer Neubau. Die Kundschaft bestand sicher zum größten Teil aus Geschäftsleuten und Montagearbeitern. Niemand verbrachte in einem solchen Hotel einen einwöchigen Liebesurlaub.

»Ob die hier ein geheimes Logentreffen haben?«

»Keine Spur von dem Mini-Van«, sagte Melanie.

»Ich gehe davon aus, er hat die fünf nur abgesetzt und ist weitergefahren.«

»Wie gehen wir vor? Sollen wir an der Rezeption nach ihnen fragen?«

Hauser schüttelte den Kopf. »Zu riskant. Wir müssen jemanden unbeobachtet abfangen. Jemand, der sich im Hotel auskennt und anfällig für gute Taten ist.«

»Verstehe ich nicht.«

»Bei Bestechung können sich Menschen entrüsten und ablehnen. Bei einer guten Tat dagegen, die weder Kosten noch Mühen verursacht, lehnen die wenigsten ab.« Hauser nahm die fünf Fotos, die Melanie von den Verschwundenen beschafft hatte. »Wir brauchen nur eine positive Bestätigung. Also suchen wir uns denjenigen heraus, zu dem uns die rührseligste Geschichte einfällt und dann darfst du dein Schauspieltalent unter Beweis stellen.«

Hauser blickte auf seine Uhr. »Es ist gleich 13 Uhr. Das Hotel hat laut Homepage Check-in ab 15 Uhr, die Reinigungskräfte sollten also bald mit den Zimmern fertig sein. Suchen wir die Parkplätze für das Personal.«

Sie wählten das Foto eines jungen Mannes aus, der nur wenig älter als Melanie war. Die Geschichte, die sie sich gemeinsam überlegten, würde auch ein versteinertes Herz in Magma verwandeln. Während Hauser und sie sich die Bälle zugespielt hatten, um ein geeignetes Szenario zu entwerfen, war ihre Fantasie über das Ziel hinausgeschossen und sie hatten beide ein schlechtes Gewissen bekommen, dem unwissenden Mann ein solch niederträchtiges Verhalten anzudichten. Allerdings diente diese Show einem guten Zweck. Melanie rieb sich die Augen, bis sie eine deutliche Rötung zeigten und strich sich Speichel in die Augenwinkel, um sie zum Glänzen zu bringen.

Dann machte sie sich auf den Weg zum Personaleingang und wartete. Es dauerte nicht lange, bis eine ältere Frau in Uniform aus der Tür trat, um eine Zigarettenpause zu machen.

Die Reinigungskraft wollte an Melanie vorbei, zögerte aber, als sie das bebende Schluchzen bemerkte. Besorgt fragte sie die junge Frau, was los sei und im nächsten Moment brach es aus Melanie heraus. In knappen, stockenden Sätzen erzählte sie eine dramatische Geschichte über Verrat, Betrug und Täuschung. Hauser konnte aus der Entfernung nicht verstehen, was sie im Detail erzählte, musste aber zugeben, dass sie auch ohne Ton überzeugend wirkte.

»Gehen Sie nur«, sagte Melanie und zog die Nase hoch, »Ich bin selbst schuld und hab es nicht anders verdient.«

Die ältere Frau, der solches Männerverhalten offenbar nicht fremd war, widersprach ihr heftig. Sämtliche Bedenken wegen ihres Jobs zählten nicht mehr. Solch rationale Zweifel waren eigenen schmerzenden Erinnerungen gewichen. Melanie erhielt von ihr nicht nur die Zimmernummer des »Schufts«, sondern erfuhr auch, dass er nie sein Zimmer verließ und es außerdem noch vier weitere Gäste dieser Art gab. Die Frau wünschte Melanie zum Abschied viel Glück und für die Zukunft ein besseres Händchen bei der Männerwahl. Ohne ihre Zigarette angerührt zu haben, ging sie ins Hotel zurück, mit der festen Überzeugung, etwas Gutes geleistet zu haben.

Melanie war auf der Rückfahrt guter Laune und fuhr deshalb besonders langsam. Hauser konnte nicht sagen, ob ihre gehobene Stimmung mit dem raschen Erfolg oder der schnellen Beendigung ihrer Zusammenarbeit zu tun hatte. Wenn ihre erzwungene Partnerschaft bereits nach einem halben Tag endete, stellte dies für sie wohl wirklich einen Anlass zur Freude dar. Sie hatte schließlich keinen Zweifel daran gelassen, wie sehr ihr die Gesellschaft von Hauser gegen den Strich ging.

Melanie hielt vor seinem Haus und stellte den Motor des Jaguars ab. Das Einzige, das sie an dem schnellen Erfolg störte, war, dass ihr Chef wahrscheinlich noch nicht einmal den Verlust seines geliebten Wagens bemerkt hatte. »Ich wünsche Ihnen noch ein schönes Leben und viele interessante Fälle«, sagte sie ohne jeden Sarkasmus.

»Wir könnten noch gemeinsam einen Kaffee trinken, dann erzähle ich dir von vergangenen interessanten Fällen. Immerhin hast du ja vorhin so was wie ein biografisches Interesse an mir gezeigt.«

Melanies Freude nahm stark ab. »Dabei ging es nur um Ihre berufliche Qualifikation. Ich habe kein Interesse daran, noch mehr über Sie zu erfahren. Was ich bisher erfahren habe, ist für meinen Geschmack schon viel zu viel.«

»Es war eine schöne Zusammenarbeit«, sagte Hauser. »Das Schöne an unserer Zusammenarbeit war die Kürze ihrer Dauer.«

Hauser ließ sich von ihrem Kommentar nicht entmutigen. »Wir haben die fünf in Rekordzeit gefunden, das wäre doch ein Grund zu feiern.«

Ihr Gesicht versteinerte sich. »Sie wissen doch noch, was das letzte Mal passiert ist, als wir gefeiert haben.«

»Du weißt genau, dass ich mich nicht mehr erinnern kann.«

»Seien Sie froh. Ich hoffe, dass ich auch irgendwann soweit bin. Jetzt freue ich mich erst einmal auf einen neuen Arbeitstag in meinem alten Job.«

»Gib zu, dass es ein bisschen Spaß gemacht hat.«

Melanie überlegte und suchte nach einer Formulierung, die den Detektiv nicht völlig vernichten würde, gleichzeitig aber auch nicht als Ermutigung ausgelegt werden konnte. »Es war nicht so schlimm, wie ich es mir ausgemalt habe.«

»Na, das ist doch schon mal ein Anfang«, sagte Hauser grinsend.

»Und gleichzeitig auch das Ende. Wir werden uns nicht wiedersehen, jedenfalls nicht absichtlich und falls es zufällig geschieht, dann tun Sie doch bitte so, als hätten Sie mich vergessen. Andererseits vergessen Sie ja öfters Dinge, deshalb sollte ich mir vielleicht gar nicht so viele Gedanken machen.«

»Autsch«, sagte Hauser. »Das war ja eine heftige Ansprache.«

»Es steht Ihnen jederzeit frei zu gehen«, gab sie ungerührt zurück.

»Das werde ich wohl mal.« Er verkniff sich jede der üblichen Abschiedsfloskeln, weil er ihre Erwiderung darauf fürchtete. Um ein reflexhaftes Winken zu verhindern, schob er nach dem Aussteigen seine Hände in die Hosentaschen.

Der Jaguar hob sofort von der Bordsteinkante ab und erreichte in Rekordzeit das Ende der Leipziger Straße.

4

LESSINGS GEDULD

Hauser schloss die gläserne Eingangstür auf und betrat das fünfstöckige Gebäude. Er leerte seinen Briefkasten und stieg die Treppe nach oben ins Dachgeschoss. Den Lift benutzte er nur, wenn er sehr schwere Sachen bei sich trug, obwohl der Beutel am Ende mancher Tage wie ein Anker an seiner Seite hing. Mit dem Büromaterial, das er bei Schneider hatte mitgehen lassen, war die Grenze der Bequemlichkeit überschritten. Wenn Hauser eine ordentliche Buchführung gehabt hätte, wäre ein Großteil seines Zettelwerks längst in irgendwelche Fallakten einsortiert. Oder läge in der blauen Tonne.

Im dritten Stock begegnete er Mona, die gerade aus ihrer Wohnungstür kam. Hauser wollte sie grüßen, doch ihre ältere Schwester Rosa schlüpfte an ihr vorbei und verstellte ihm die Sicht. Die senkrechte Falte auf ihrer Stirn trat deutlich hervor, wie immer, wenn sie wütend oder stark erregt war.

»Lass meine Schwester in Ruhe!«, zischte sie ihm entgegen. »Dein blöder Pimmel hat meiner Familie schon genug Ärger bereitet.«

Hauser hob abwehrend die Hände und stieg rückwärts die Treppe nach oben. Er legte eigentlich nicht viel Wert auf eine harmonische Nachbarschaft, aber in den wenigen Fällen, in denen er sich gezielt darum bemühte, hatte er prompt das Gegenteil erreicht. Dabei war er sich bei den Schwestern, beide Krankenschwestern im Universitätsklinikum, keiner Schuld bewusst.

Aus seiner Hosentasche kramte er den Schlüsselbund hervor und öffnete seine Wohnungstür. Links befand sich eine Einbauküche mit Durchreiche und direkt vor ihm das Wohnzimmer. Er sah sofort das Jackett über seinem Schreibtischstuhl. Auf dem Couchtisch standen eine geöffnete Flasche Bourbon und zwei Gläser. Eines war zur Hälfte gefüllt. Er hatte Besuch.

Die Toilettenspülung ging und Lessing kam aus seinem Bad. Die Konzentration des Polizisten war vollständig auf das Schließen seines Hosenschlitzes gerichtet, sodass er beinahe in Hauser hineingelaufen wäre.

»Oh, hoppla, du bist schon da?«

»Schon?«, fragte Hauser angesichts der fehlenden Körperkoordination und des deutlich vorhandenen Alkoholatems des Polizisten. »Ich habe eher den Eindruck, dass ich die Party verpasst habe.«

»Quatsch, ich wollte nur den Whiskey atmen lassen. Wir müssen feiern.«

Hauser war bereit, zu feiern, denn er hatte ja ebenfalls einen Grund dazu. Selbst für seine Verhältnisse stellte sein jüngster Erfolg einen neuen Rekord im Lösen eines Falles dar. Objektiv betrachtet hatte er zwei wertvolle Gefallen dafür einsetzen müssen, aber andererseits war Mundpropaganda nie zu unterschätzen und deshalb lohnte es sich, einen Mann mit so wichtigen Verbindungen wie Schneider zu beeindrucken.

»Gibt es einen Grund zu feiern?«, fragte Hauser. »Nicht, dass ich einen Grund bräuchte.« Lessing überbrachte meistens keine guten Nachrichten, deshalb würde eine Abwechslung mal ganz nett sein. Da Hauser an diesem Tag bisher nur ein belegtes

Brötchen gegessen hatte, fächerte er in der Küchenzeile die Prospekte diverser Essenslieferdienste auseinander, während Lessing zu erzählen begann.

Sie trafen sich stets in Hausers Wohnung, da Lessings Frau nicht sonderlich angetan war von der Bekanntschaft ihres Mannes mit dem Detektiv. Ihr musste die Häufigkeit aufgefallen sein, mit der Lessing angetrunken nach Hause kam, nachdem er sich privat mit Hauser getroffen hatte. Sie lag bei einhundert Prozent.

Die Freundschaft der beiden so unterschiedlichen Männer gab vielen Menschen Rätsel auf. Lessing und Hauser trennten zwölf Lebensjahre und ihr komplett unterschiedlicher Lebensstil.

Richard Lessing, Beamter auf Lebenszeit, glücklich verheiratet mit seiner Jugendliebe, Eigentümer eines Reihenendhauses in Schwanheim und Vater einer Siebzehnjährigen, die mit ihrem reifen Wesen als kategorischer Imperativ für jeden Heranwachsenden dienen konnte – und sollte. Der Hauptkommissar war toleranter Nichtraucher, Feierabendjogger und Semivegetarier. Selbst nach mehreren Gläsern Whiskey wirkte er, abgesehen von einem schwergängigen Zungenschlag, noch genauso souverän und kompetent, wie zu jedem anderen Zeitpunkt.

Und auf der anderen Seite Hauser. Die Irritation, die diese Kombination allgemein auslöste, ließ sich leicht nachvollziehen.

»Ich darf dir keine Details darüber verraten, aber wir haben dem organisierten Verbrechen einen bösen Arschtritt verpasst.« Lessing hatte wohl schon einiges mehr intus, als der gesenkte Pegel in der Flasche verriet, denn das war nicht seine übliche Ausdrucksweise. »Wir haben die Möglichkeit bekommen, einen echten Drecksack aus dem Verkehr zu ziehen. Und zwar für sehr lange, denn es geht um Mord.«

»Na, da gratuliere ich aber. Bornemann hat dann wohl ebenfalls gute Laune?«

»Sie wird sich die Lorbeeren mit dem LKA teilen müssen, aber ja, sie hat Grund zur Freude. Und ich auch. Seit zehn Monaten haben wir auf diese Gelegenheit hingearbeitet. Ab morgen früh fangen wir an, dem Betroffenen auf die Nerven zu gehen. Der Kerl wird erst wieder eine ruhige Minute haben, wenn er in einer Zelle sitzt.«

Hauser füllte ihre Gläser. »Du darfst mir wahrscheinlich auch nicht erzählen, um wen es geht?«

»Eigentlich nicht, aber ich muss eine Ausnahme machen, weil ich es nicht länger für mich behalten kann. Sagt dir der Name Harald Cheviliecovic was?«

»Chevy Cheviliecovic? Zumindest den Namen habe ich schon mal gehört. Wen hat er umgebracht?«

»Du hast nichts davon mitbekommen? Der Mord stand in jeder Frankfurter Tageszeitung.«

Hauser hatte nichts von einem Mord in der Tageszeitung gelesen, weil er keine Tageszeitung las. Er vertrat die Auffassung, wenn eine Meldung wichtig genug war, dass er es unbedingt wissen musste, dann würde er es früher oder später mitbekommen. Das Meiste erfuhr er ohnehin über die Schlagzeilen ausgelegter Zeitungen, die Radios anderer Leute oder die dröhnenden Fernseher in den Lokalen.

»Einen kleinen Gauner namens Kohl, der auch als Informant für uns gearbeitet hat. Chevy hat ihn vom Balkon seiner Wohnung geworfen und sich nicht darum geschert, dass man ihn dabei sehen konnte.«

»Das war ziemlich leichtsinnig von ihm.«

Lessing grinste. »Das wird dem Angeber zum Verhängnis werden. Er ist aber auch nicht gerade dafür bekannt, besonders besonnen vorzugehen.«

»Und ein Nachbar wird gegen ihn aussagen?«

»Nicht nur einer«, erklärte Lessing zufrieden. »Gleich fünf von ihnen haben den Mord direkt beobachtet und können bezeugen, Chevy und seinen Leibwächter am Tatort gesehen zu haben. Also genaugenommen haben sie nur ihn erkannt, denn die zweite Person war maskiert, aber wer soll es sonst gewesen sein? Wie auch immer, die Zeugen befinden sich jetzt an einem sicheren Ort. Aus der Sache kommt Chevy nicht mehr raus.«

»Vielleicht bringst du sogar den Leibwächter dazu, gegen seinen Boss auszusagen.«

»Bestimmt nicht, sein Leibwächter ist nämlich Bronson Feldmann.«

Hauser hob beeindruckt die Augenbrauen.

»Ganz genau«, bestätigte Lessing. »Die unangefochtene Nummer eins in diesem Gewerbe.«

»Wie kommt ein Schmalspurganove wie Cheviliecovic an jemanden wie Feldmann? Der spielt doch in einer ganz anderen Liga.«

»Indem er ihm das Doppelte seines ohnehin schon fürstlichen Gehalts zahlt. Chevy war schon immer der Ansicht, dass man Klasse kaufen kann. Er will mit den großen Hunden pinkeln.«

»Die ihn natürlich überhaupt nicht ernstnehmen.«

Lessing verschluckte sich fast an seinem Whiskey. »Natürlich nicht. Kerle wie Matze Keller oder Aldo Dorn lachen sich einen über ihn und unser oberster Don, der gute Silvio, nimmt ihn wahrscheinlich nicht einmal zur Kenntnis. Aber das ist auch egal, denn sie werden ihn eine ganze Weile nicht mehr zu sehen kriegen. Gegen fünf Zeugen kommt Chevy nicht an.«

»Glückwunsch«, sagte Hauser und stieß mit Lessing an, während er sich fragte, weshalb seine innere Stimme ihn gerade auslachte. Hauser konnte sich des Eindrucks nicht erwehren, gerade einem Witz auf seine Kosten zu verpassen.

»Über die Identität der Zeugen kann ich dir natürlich nichts verraten. Die Leute sind in höchster Gefahr. Wenn Chevy sie in die Hände bekommt, wird man nie wieder von ihnen hören.«

»Ich kann schweigen, das weißt du doch.«

»Nimm's mir nicht übel, aber manchmal lässt du schon Bemerkungen fallen, die nicht an die falschen Ohren gelangen dürfen.«

Hauser grinste. »Das grenzt ja an Verleumdung.«

So langsam solltest selbst du es schnallen, meldete sich Hausers innere Stimme zu Wort und wischte sich ein paar Lachtränen aus den Augenwinkeln. Sein Unterbewusstsein konnte ziemlich überheblich sein und bestand in Hausers Vorstellung nicht aus Engelchen und Teufelchen, die ihn jeweils von einer Schulter aus bearbeiteten, sondern aus einer Miniaturausgabe seiner selbst, die sich immer irgendwo in der Nähe seines Kopfes herumfläzte und sarkastische Kommentare zum Besten gab.

»Kohl hieß der Tote?«, fragte er bei Lessing nach. Der nickte und leerte sein Glas. Hauser hatte den Namen erst vor kurzem gelesen. Dustin Kohl. Er stand auf einem der Briefkästen im Haus der Erben. *Na also*, kommentierte seine innere Stimme zufrieden. *Jetzt hast du es begriffen.*

Hauser wandte sich ab, damit Lessing sein Gesicht nicht sehen konnte. Der Polizist besaß eine nahezu unheimliche Begabung, in den Gesichtern anderer zu lesen. Es war fast unmöglich, ihm etwas vorzumachen. Hauser hielt nach einer Tüte Ausschau, um hineinzuatmen, aber er durfte nicht Lessings Misstrauen erwecken. Also entschuldigte er sich kurz und schloss sich im Bad ein.

Fünf Zeugen und fünf Erben. Ein Auftrag, vermittelt von Boris Schneider, dessen moralische Ansprüche gering genug waren, um auch einen zwielichtigen Mandanten wie Chevy Cheviliecovic zu vertreten. Von dem jeder wusste, dass er gern sein Geld für hochqualifiziertes Personal ausgab, das weit über seinem Niveau lag. Fehlte nur noch ein einfältiger Detektiv, der die Laufarbeit übernahm. Er zog sein iPhone hervor und googelte den Mordfall. Kurz darauf wusste er, weshalb ihm die Fassade des Hauses so bekannt vorgekommen war. Sie hatte die Titelseite mehrerer Lokalblätter geziert.

Hauser kam sich ausgesprochen dämlich vor, und seine innere Stimme applaudierte zustimmend.

»Ich muss unsere Feier leider beenden«, erklärte Hauser, als er aus dem Bad kam.

»Wieso?« Lessings Überraschung kam nicht von ungefähr, denn Hauser war noch nie derjenige gewesen, der eine Feier beendete. Für gewöhnlich schien es der Detektiv als seine Aufgabe zu betrachten, diese unnötig in die Länge zu ziehen.

Hauser ließ sein breites Grinsen stehen, während er sich innerlich bereits durch die Hintertür verdrückt hatte. Er war kein guter Schauspieler und Lessing ein viel zu erfahrener Menschenkenner, um ihn täuschen zu können. Da aber der Schock Hausers Gesichtszüge quasi eingefroren hatte, schöpfte der Polizist keinen Verdacht.

»Mir ist ein dringender Termin eingefallen, tut mir leid. Aber du kannst gern hierbleiben«, plapperte Hauser unruhig, während er sich auf die Tür zubewegte.

»Ich hatte ohnehin nicht vor, die Flasche leerzumachen. Ein paar Gläser auf den Erfolg, dann wollte ich mir ein Taxi nehmen. Ich muss morgen früh fit sein, denn das ist ohne Übertreibung der wichtigste Fall in meiner gesamten Karriere.«

Sag doch so was nicht, flehte Hauser in Gedanken. Er kam an den Tisch zurück und nahm sein Glas. Lessing tat es ihm nach, hätte dabei aber um ein Haar sein Glas umgestoßen. Der Kommissar war kein geübter Trinker. Er schätzte die Kontrolle über Körper und Verstand und trank deshalb nur selten. Stets zum

Vergnügen und meist in vertrauter Runde. Außer mit Hauser. Da artete es meistens etwas aus.

Hauser mochte es normalerweise, mit Lessing zu trinken, denn sein Freund wurde selbst durch geringste Mengen nostalgisch und sentimental. Nie ausfällig oder aggressiv, sondern stets eine angenehme Gesellschaft. Heute könnte er eine Ausnahme davon machen, wenn er erfuhr, was Hauser getan hatte.

»Auf den Erfolg.« Hauser stürzte den Whiskey hinunter, winkte Lessing zum Abschied und verließ seine Wohnung. Im Aufzug kramte er das iPhone aus seinem Beutel und rief Melanie an.

5

DER (KLEINE) PATE

Durch die Menschheitsgeschichte hindurch besaßen Spitzel und Verräter keinen guten Ruf, in den meisten Fällen zurecht. Dustin Kohl allerdings wurde durch eine ausweglose Situation in diese Rolle gedrängt. Man könnte einwenden, dass er bei einem besseren Umgang und einem anderen Lebenswandel nicht in diese Klemme geraten wäre, aber nicht alle Menschen gelangen in ihrem Leben an mehrere Wegkreuzungen, wo sie dann falsche Entscheidungen treffen können. Es gab auch jene wie Dustin, denen ein Lebensweg in Form einer langen, geraden Straße bergab vorbestimmt ist und deren einziger Einfluss darin besteht, mit welcher Geschwindigkeit sie diese Strecke bewältigen.

Bronson Feldmann hatte diese Umstände gekannt und seinem Boss auch mitgeteilt, aber Chevy zeigte sich unnachgiebig. Mildernde Umstände zog er nicht in Betracht, denn er besaß einen Ehrenkodex, an den sich jeder zu halten hatte.

Chevy hatte ihren Auftritt bei Dustin so geplant, wie jeder Auftritt seit Gedenken des Verbrechens ablaufen sollte; schnell und effektiv. Die Probleme tauchten wie immer erst in der Umsetzung auf. Chevy wollte die Liquidierung persönlich durchführen, denn dazu fühlte er sich durch Dustins Spitzeleien verpflichtet. Bronson sollte im Treppenhaus warten, um ihm gegen ungeplante Dritte den Rücken zu decken. Nachdem Chevy den Spitzel planmäßig mit einem Schuss in den Kopf schnell und sauber erledigt hatte, würden sie ungesehen durch das Treppenhaus verschwinden. Jeder, der anschließend von der Beseitigung des Spitzels erfuhr, würde die Botschaft verstehen. Soweit, wie gesagt, der Plan.

Tatsächlich geschah Folgendes: Dustin hielt sich in seiner Wohnung auf, nichtsahnend von der Gefahr, in der er schwebte. Der erfahrene Bronson blieb im Hintergrund und Chevy ging frontal auf sein Ziel zu. Wie ein Bulldozer drang er in die Wohnung ein. Der Leibwächter hatte seinen Chef schon des Öfteren auf sein ungestümes Auftreten und das daraus entstehende Aufsehen hingewiesen, aber es war vergebliche Liebesmüh, jede konstruktive Kritik schlicht verschwendet. Also beschränkte Bronson sich auf seine beobachtende Rolle in dem Plan, um nicht Gefahr zu laufen, dass ihm die Leistung angerechnet wurde. Es würde Chevy außerdem in einem schlechten Licht erscheinen lassen, wenn er die Liquidierung durch einen seiner Männer erledigen ließ.

Die erste Schwierigkeit entstand dadurch, dass sich Dustin in einem zappeligen Zustand befand, der weit über körpereigene Endorphine hinaus ging. Deshalb erstarrte er beim Anblick der Pistole nicht vor Angst oder bettelte um sein Leben, sondern rannte auf den Balkon und schrie laut um Hilfe.

Eigentlich hatte Chevy geplant, vor der eigentlichen Liquidierung noch von Dustin zu erfahren, was er der Polizei alles verraten hatte. In Chevys Vorstellung führte er dieses Interview über den Lauf seiner Pistole hinweg, doch stattdessen musste er Dustin auf den Balkon folgen, stolperte dabei unglücklich über die Türleiste und stieß den Spitzel durch sein Gewicht über die Balkonbrüstung hinaus. Reflexartig hatte Chevy zugepackt und eines der hochschwingenden Beine des Spitzels zu fassen bekommen. Statt der überlegenen Verhörposition mit Pistole hielt er nun Dustins Hintern unter seiner Nase.

Bronson hatte schnell eine Skimaske aus der Tasche gezogen, als sein Boss in das Geschrei von Dustin einstimmte. Er hatte mit einem ähnlichen Verlauf gerechnet und sich entsprechend vorbereitet. Deswegen trat er maskiert auf den Balkon und vor mögliche Zeugen. Viele würden natürlich ahnen, um wen es sich bei dem Maskierten an Chevys Seite handelte, aber niemand würde es beweisen können. Bronson schnappte sich das zweite Bein. Für einen Moment war es völlig offen, wie diese verrückte Nummer ausgehen sollte. Doch Chevy wurde wieder Herr der Lage. Sobald sie Dustin sicher gepackt hatten, spielte der Boss seine Gangsterrolle und tat so, als sei dieser Verlauf von vornherein geplant gewesen. Bronson rollte unter der Skimaske mit den Augen, während er Chevys kleine Rede über Ehre und Loyalität lauschen musste. Drei, vier selbstverliebte Sätze weniger und seine Kräfte hätten ausgereicht. Dann wäre Chevy das Bein von Dustin nicht entglitten und Bronson nicht zu überrascht gewesen, um das Gewicht allein zu halten. Sie hätten ihn in eine kniende Position auf dem Wohnzimmerteppich gebracht. Peng! Fertig.

Stattdessen hatte Bronson Feldmann seine Zukunftspläne gemeinsam mit Dustin in die Tiefe stürzen und auf dem Gehweg zerschellen sehen. Anschließend war der Leibwächter entsprechend wütend gewesen, weil Chevy ihn zu einer aktiven Rolle bei einem Mord gezwungen hatte. Schon bei seiner Anstellung hatte Bronson die Beteiligung an illegalen Aktivitäten kategorisch abgelehnt und nahm deshalb auch nicht an den Geschäftsbesprechungen seines Chefs teil. Er hätte am liebsten sofort gekündigt, doch Chevy drohte damit, gegen ihn auszusagen, falls er gefasst werden würde. Deshalb befand sich Bronson seitdem in der Verlegenheit, diesen fahrlässigen Irren vor einer Verhaftung zu bewahren.

Bronsons erster Schritt hatte darin bestanden, den Tatort durch die Hintertür zu verlassen, damit nicht noch mehr Leute sie beobachten konnten. Samstags hielten sich mehr Leute zu Hause auf als unter der Woche. Chevy wäre zuzutrauen gewesen, zur Vorderseite hinauszumarschieren und der Leiche auf dem Bordstein mit großer Geste noch einen Tritt zu versetzen oder sie anzuspucken. Bronson schob seinen Boss durch die Hinterhöfe, mit dem Gefühl, ein hyperaktives Kind mit Zahnschmerzen zu lenken. Als er Chevy endlich in den Wagen setzen konnte, wusste er, dass dieser Job noch lange nicht beendet war. Bronson hatte insgesamt fünf Augenzeugen gezählt, jeder einzelne eine Bedrohung für seinen Arbeitgeber.

Bronson Feldmann hatte schon für viele schwere Jungs gearbeitet und jemand wie Chevy lag weit unter dem üblichen Niveau seiner Klienten. Da Chevy ihn aber grotesk überbezahlte, würde dieses Gehalt es ihm ermöglichen, zwei Jahre früher als errechnet seinen eigenen Laden zu eröffnen. Dann konnte Bronson von dem guten Ruf profitieren, den er sich bisher erarbeitet hatte, denn er galt zu Recht als einer der besten Bodyguards der Branche. Bisher hatte er sich glücklicherweise noch nie einer Kugel in den Weg stellen müssen, aber es gelang ihm stets, seinen Klienten das beruhigende Gefühl zu vermitteln, dass er es im Ernstfall tun würde. Er konnte inzwischen auf eine ganze Reihe brenzliger Situationen zurückblicken, die er mit Bravour gemeistert hatte. Und da er nicht für Promis oder paranoide Manager arbeitete, sondern ausschließlich für Leute, die tatsächlich in Gefahr waren, besaß seine Arbeit in den einschlägigen Kreisen einen völlig anderen Stellenwert.

Sobald Bronson seine eigene Bodyguard-Schule eröffnete, konnte er jungen, fitten Menschen die Arbeit überlassen und selbst Fett ansetzen. Aber bis es so weit war, würde er aktiv im

Training bleiben und dafür sorgen, der Beste zu sein, den er kannte.

Als sie nach der missglückten Hinrichtung in Chevys Villa zurückkehrten, zog sich Bronson wortlos in das Gästeapartment in Chevys Haus zurück. Wenn sich Chevy in seinem Haus befand, waren zwei seiner eigenen Männer für ihn zuständig, die Bronson zwar geschult hatte, von denen der Leibwächter aber nicht sehr viel hielt. Wenn es so weit war, dass er seine eigene Bodyguard-Schule hatte, dann würden ihm Typen wie Kai und Kerim nicht über die Türschwelle kommen. Sie waren für diese Arbeit denkbar ungeeignet, da sie aber zu Chevys langjährigen Gefolgsleuten gehörten, wollte er sie durch die Ausbildung für ihre Loyalität belohnen. Ziemlich riskant, aus solch einem Anlass das eigene Leben in fremde Hände zu legen. Als Mitglieder von Chevys Entourage, deren einzige Aufgabe darin bestand, ihn bei Laune zu halten, wären sie wesentlich besser geeignet gewesen. Oder um in Chevys Auftrag andere Clubbesucher zu verprügeln, die der Freundin vom Chef schöne Augen machten. Aber nein, sie sollten professionelle Bodyguards werden. Bronson hatte seinen Job bei Chevy zuvor schon als sehr grenzwertig betrachtet, aber diese Bürde drohte seine Toleranzgrenze zu sprengen. Eine Grenze, die nun weiter aufgeweicht worden war, indem er sich direkt an einem Verbrechen beteiligte. Bronson würde sich zwar für seine Klienten notfalls eine Kugel einfangen, aber niemals für sie in den Knast gehen.

Am nächsten Tag waren sie sich aus dem Weg gegangen, bis am Abend Bronsons Handy klingelte. Chevy, der zwei Stockwerke höher und etwa zwanzig Meter links von ihm wohnte, rief ihn an: »Bist du immer noch sauer?«

»Was hatte ich zum Thema Mord gesagt?«

»Dass du nicht mit hineingezogen werden willst.«

»Na wenigstens hörst du mir zu. Und was ist dann bitte das mit Kohl gewesen?«

»Ein Unfall?!«

»Bullshit.« Bronson wollte ihm nicht die Gelegenheit geben, sich herauszureden.

»Ich wollte dir noch eine Neuigkeit mitteilen, damit du besser schlafen kannst. Ich weiß ja, was für Sorgen du dir wegen unseres kleinen Missgeschicks machst.«

»Kleines Missgeschick?«

»Ich meine die Sache mit Dustin.«

»Ich weiß, wovon du redest. Mich wundert nur die Kategorie, in die du es einordnest.«

Chevy lachte dröhnend, aber Bronson fand die Angelegenheit leider nicht lustig.

»Können wir ernsthaft reden?«, fragte der Leibwächter wütend. »Wir stecken so tief drin, und zwar gemeinsam, dass ich mir nicht mehr nur um dein Leben Sorgen mache.«

»Ich habe alles unter Kontrolle, das ist die Neuigkeit, wegen der ich anrufe. Ich kenne die Namen der Zeugen, wir werden uns sofort um sie kümmern. Sobald die Bullen verschwunden sind.«

»Wer ist wir?«, fragte Bronson lauernd.

»Ich weiß, du willst davon nichts wissen, also erzähle ich dir auch nichts darüber. Okay?«

Bronson ahnte, dass es sich um Chevys momentane Begleiter handelte. Er hielt Kai und Kerim für absolut ungeeignet, dieses oder irgendein anderes Problem zu lösen, aber es hätte keinen Sinn, Chevy die Aktion ausreden zu wollen. »Mir wäre es noch lieber, solche Maßnahmen wären überhaupt nicht nötig. Man hätte das alles leicht verhindern können.«

»Kritisierst du schon wieder an mir herum?«, fragte Chevy jetzt drohend. Er mochte es nicht, wenn jemand seine Entscheidungen infrage stellte. Selbst dann nicht, wenn es vernünftig war, was derjenige vorbrachte. Also musste Bronson ihm alternative Handlungsweisen mit großer Sensibilität einflüstern. Im Fall der Liquidierung von Dustin hatte Bronson es sich gespart. Chevy stand bei dieser Geschichte dermaßen unter Zugzwang, dass ihm gar nichts anderes übriggeblieben war, als den Spitzel zu beseitigen. Es wurde von jedem erwartet, der darüber Bescheid wusste. Der Spitzel Dustin hatte den Tag nicht überleben dürfen. Für das Schicksal der Zeugen bedeutete es nun wohl dasselbe.

»Soll ich dich begleiten?«, bot Bronson an.

»Nein, nein«, lehnte Chevy ab. »Ich nehme nur die Jungs mit, dann kann ich mal sehen, was du ihnen schon beigebracht hast. Immerhin zahle ich dir unverschämt viel Geld dafür. Eigentlich eine Schande, wenn man bedenkt, dass du im entscheidenden Moment kneifst.«

Bronson zeigte dem Handy den Mittelfinger, wünschte seinem Boss viel Erfolg für den Ausflug und rechnete fast damit, dass innerhalb der nächsten Stunde die Polizei in der Villa auftauchen würde.

Wie so oft bei Chevys Plänen kam es auch dieses Mal völlig anders. Gegen Mitternacht kehrte er fuchsteufelswild zurück und tobte durch das Haus. Die Ereignisse konnte sich Bronson aus dem Gebrüll zusammenreimen, ohne eine einzige Frage stellen zu müssen: Die Polizei hatte den Tatort nicht verlassen. Irgendwann wurden die uniformierten Beamten von zivilen abgelöst, die sich im Haus bei den Zeugen niederließen. Chevy hatte seine Begleiter vor Ort zurückgelassen, damit sie die Augen aufhielten und ihrem Boss sofort mitteilten, falls sich eine Gelegenheit ergab, an die Zeugen heranzukommen.

Am Montagmorgen erwachte Bronson Feldmann von der Fortsetzung des Gebrülls. Auch dieses Mal enthielt die furchtbar vulgäre Tirade alle wichtigen Informationen: Die Zeugen waren in der Nacht aus dem Haus geschafft worden und spurlos verschwunden. Chevys Männer hatten zwar die Verfolgung aufgenommen, den Kleinbus allerdings verloren, als ein Müllwagen die Straße blockierte. Bis sie die Autobahn erreicht hatten, war von dem Fahrzeug nichts mehr zu sehen gewesen.

Bronson entschied, dass es an der Zeit war, helfend einzugreifen. Er rief Boris Schneider an, den Anwalt seines Chefs und erfuhr von ihm, dass er sich gerade auf einem Polizeirevier befand, um sich einem völlig unsinnigen Verdacht über einen verstorbenen Klienten zu stellen. Schneiders Lautstärke war deutlich anzuhören, was er von dem Verdacht und dieser Verschwendung seiner Lebenszeit hielt. Der Anwalt versprach, sich zu melden, sobald diese Scharade vorüber sei.

Während Bronson noch überlegte, ob er wirklich so lange untätig bleiben wollte, klingelte es an der Tür. Das geschah nicht sehr oft und Bronson überlegte, ob es die Polizei sein konnte. Er ging zur Sprechanlage und drückte die Sprechtaste. »Ja, bitte?«

»Bernie Kaiser für Herrn Cheviliecovic, ich habe einen Termin.«

Stirnrunzelnd blickte Bronson auf den Monitor der Überwachungskamera. Vor dem Tor stand ein Wohnmobil.

»In welcher Angelegenheit?«

»Das Filmprojekt. Er weiß Bescheid.«

Bronson hatte noch nichts davon gehört, aber das überraschte ihn nicht unbedingt. Oft genug erhielt er wichtige Informationen erst über Dritte. Bronson betätigte den Toröffner und sah zu, wie das Wohnmobil auf das Anwesen schaukelte.

Als es an der Eingangstür klingelte, öffnete er und musste den Kopf senken, um den kleinen Mann davor anzusehen. Bronson staunte nicht schlecht, als er die Visitenkarte des Männleins überreicht bekam. »Eine Künstleragentur? Ich kann mir nicht vorstellen, dass Sie hier an der richtigen Adresse sind.«

»Aber sicher doch. Chevy hat mich persönlich eingeladen. Ihr Boss will berühmt werden und ich werde ihm dabei helfen.«

»Sie haben ein ungewöhnliches Fahrzeug.«

»Das Wohnmobil? Es ist gleichzeitig meine Wohnung und mein Büro. Unglaublich kurze Wege, spart eine Menge Zeit.«

»Aha. Nehmen Sie doch einen Moment Platz, während ich das abkläre«, sagte der Leibwächter. Er verließ den Raum, zog sein Handy und rief Chevy in seinem Arbeitszimmer im Obergeschoss an. »Was soll das mit dem Agenten?«

»Ich werde die Hauptrolle in einem Film spielen. Bernie ist zuversichtlich, mir eine Rolle zu besorgen.«

»Haben wir momentan nicht andere Probleme als einen Film mit dir?«

»Soll ich warten, bis alles andere geklärt ist? Warum die Zeit verschwenden?«

»Weil du vielleicht im Knast landest, bevor die erste Klappe fällt?«

»Dann kann ich die Sache immer noch abblasen.«

Kurz darauf saßen sich Chevy und Bernie Kaiser in zwei großen Sesseln gegenüber, während Bronson an der Tür wartete.

»Ich will auf jeden Fall gut dastehen«, sagte Chevy. »Als ganzer Kerl, klar? Kein Jammerlappen-Trauma und ich heul auch keiner Frau hinterher.«

Bernie tat so, als würde er fleißig mitnotieren, aber er vervollständigte nur eine Einkaufsliste auf seinem Schreibblock.

»Ich habe natürlich die coolsten Sprüche. Kurz, knapp und voll auf die Zwölf. So Sachen, die anschließend von allen nachgequatscht werden.«

Bernie hatte längst verstanden, dass sein neuer Klient die Wunschfantasien eines Zwölfjährigen hatte und dringend einen Agenten benötigte, denn Chevy konnte überhaupt nicht verhandeln. Er wurde sofort aufbrausend und ausfallend, wenn es nicht nach seinem Willen ging. Sein bulliger Körper eignete sich für die Leinwand und konnte für Respekt sorgen, wenn bloß der Rest von ihm nicht so wenig eindrucksvoll gewesen wäre. Der Kamera würde es schwerfallen, ihn zu lieben. Es gab allerdings auch Pluspunkte für eine Gangsterrolle: Chevy schaute und wirkte meist bedrohlich, das gelang ihm wirklich sehr überzeugend. Aber wenn seine Konzentration nachließ oder er sich unbeobachtet fühlte, entspannte sich seine Miene und er bekam einen reichlich dümmlichen Gesichtsausdruck.

Bronson ließ die beiden allein. Die Filmpläne kamen zwar überraschend, aber nicht unwillkommen. Sie würden den Boss beschäftigen. Überraschend war nur, dass Chevy Geheimnisse vor seinem Leibwächter hatte. Der Film durfte natürlich niemals zustande kommen, denn damit würde Chevy sich sein eigenes Grab schaufeln. Er hatte sich ein bescheidenes Imperium aufgebaut, befand sich aber ständig im Wettstreit mit der Konkurrenz. Von den wirklich Großen der Branche wurde er nur belächelt. Wenn er einen Film drehte, der keine Chance auf eine Kinoauswertung besaß, gab er seinen Gegnern nur Material an die Hand, um sich gnadenlos über ihn lustig zu machen. Leider gehörte Chevy nicht zu den Leuten, die Hohn und Spott auf eigene Kosten ertrugen. Es würde innerhalb kürzester Zeit in einer Katastrophe enden. Vorausgesetzt, sie überstanden die aktuelle Katastrophe.

Bronsons nächste Aufgabe bestand darin, Chevy zu überzeugen, die Füße stillzuhalten, bis er eine Lösung gefunden hatte. Wenn der Boss wie ein Irrer durch die Stadt zog und selbst nach den fünf Zeugen suchte, würde das misslingen und garantiert viel unnötiges Aufsehen erregen. Die Frage war nur, ob Chevy es mit sich machen ließ. Bronson hatte mehr als einmal erlebt, was passierte, wenn man Chevy gegen seinen Willen zur Untätigkeit verdonnerte. Er drehte ziemlich schnell durch und gebärdete sich wie toll. Chevy wurde dann zur Gefahr für jeden in seiner Nähe, auf die ein oder andere Art. Fingerspitzengefühl war gefragt. Aber Bronsons Tätigkeit in diesem Haus verlangte ohnehin öfter die Fähigkeiten eines Diplomaten, als die eines Leibwächters. Je länger sein Boss also mit seinem Gast über irgendwelchen unrealistischen Kinoplänen brütete, umso besser für sie alle.

Am späten Nachmittag meldete sich Boris Schneider aus seinem Büro, reingewaschen von allen Vorwürfen und voller Tatendrang zum Wohle seiner Mandanten. Seine aufgeräumte Stimmung hielt exakt so lange, wie es brauchte, um dem Anwalt das Problem zu schildern.

»Ich will nicht hören, was Chevy vorhat. Vor allem will ich es nicht an meinem Telefon hören.«

»Gut«, stimmte Bronson zu, »aber du kannst dich schon mal auf das Schlimmste gefasst machen. Du kennst Chevys Charakter: Er verlangt von allen absolute Loyalität, aber wenn er untergeht, nimmt er jeden mit, den er zu fassen bekommt. Dich und mich eingeschlossen. Wir müssen diese fünf Leute finden.«

»Schick mir die Namen, meine Assistentin wird alles zusammensuchen, was das Netz über sie ausspuckt.«

»Das wird nicht reichen.«

»Keine Sorge«, erklärte Schneider, »ich habe gerade eben genau den richtigen Mann für diese Aufgabe kennengelernt.«

Und damit hatte der Anwalt nicht übertrieben. Sein Detektiv fand die gesuchten Zeugen innerhalb eines halben Tages.

6

ZEUGENSCHUTZ

»Sie haben getrunken, Hauser.« Melanies Stimme klang vorwurfsvoll.

»Nicht genug, um mir eine solche Geschichte auszudenken. Bei weitem nicht genug. Leider.«

Sie war nicht begeistert, ihn wiederzusehen. Noch dazu so schnell und bevor sie richtig Gelegenheit dazu gehabt hatte, sich ausreichend darüber zu freuen, dass ihre Zusammenarbeit schon beendet war. Doch die leichte Verstimmung wich nach Hausers Erklärung sofort rasender Wut. Er wollte nicht mit Boris tauschen, wenn sie ihm begegnete. Hauser selbst kannte Schneider noch nicht lange genug, um die Angelegenheit persönlich zu nehmen. Aber er ärgerte sich über sein eigenes Verhalten, und zwar nicht zu knapp. Ganz auf die rasche Lösung des Problems fixiert, hatte er die offensichtlichen Ungereimtheiten ignoriert und sich mit einer fadenscheinigen Geschichte abspeisen lassen. Natürlich hatte er geahnt, dass es sich um einen anderen Grund handelte, aus dem Schneider den Aufenthaltsort der fünf Personen benötigte, aber wer rechnete schon mit einem *solchen* Grund? Woher hätte Hauser wissen sollen, dass es dabei um Leben und Tod ging?

Anders sah es bei Melanie aus. Bei ihr war es wohl das langjährige Vertrauen in ihren Chef gewesen, dass sie über ihre Bedenken hatte hinwegsehen lassen. »Wir haben fünf Menschen an einen Killer ausgeliefert?«, murmelte sie erschüttert.

»So sieht es wohl aus.«

»Ich bringe ihn um.« Gemeint war ihr Chef.

Während der Fahrt schaute sie genauso verbissen drein, wie Hauser es schon die ganze Zeit beobachten musste. Wie schaffte es Melanie nur, dauerhaft diesen mürrischen Gesichtsausdruck zu zeigen? Kaum zu glauben, dass man mit einem solchen Mundwerk in einer renommierten Kanzlei Arbeit fand. Oder lag das nur an ihm? War diese Position der Mundwinkel eigens für ihn reserviert? Sie hatte den Auftrag nicht gemocht, den Schneider ihr aufgebrummt hatte, aber ihre persönliche Abneigung gegen Hauser wog wohl schwerer. Er hätte wirklich gern den Grund dafür erfahren.

Punkt siebzehn Uhr parkten sie erneut in der Tiefgarage und fuhren dieses Mal mit dem Aufzug direkt zu Schneiders Privatwohnung, eine Etage über dem Büro. Entweder hatte er reich geerbt oder man verdiente als Promi-Anwalt wirklich unverschämt viel Geld. Hauser benutzte seine Honorarforderungen mehr zur Abschreckung, um weniger Klienten zu haben, aber auf manche Menschen übte eine überhöhte Summe wohl auch einen ungeheuren Reiz aus. Als könne man die Qualität einer Tätigkeit bis ins Unermessliche steigern.

Hauser streckte den Finger aus, um zu schellen, doch Melanie drängte sich vor. Sie platzierte ihren Daumen auf den Klingelknopf und ließ ihn dort. Trotz des Dauertons brauchte der Anwalt eine ganze Weile, bis er an der Wohnungstür erschien.

Schneider trug einen dünnen Seidenmorgenmantel, der seine fassförmige Statur auf das Unvorteilhafteste hervorhob.

Anscheinend hatte er einen ruhigen Abend in seinem Luxusapartment geplant. Melanie stellte sich kurz auf die Zehenspitzen, um über die Schulter ihres Chefs zu blicken, als erwarte sie, dort jemanden zu sehen. Hauser nahm an, dass sie gelegentlich in die Wohnung musste, um Boris seine Post zu bringen oder eine Zahnbürste für eine neue Gespielin. Er stellte sich Schneiders Frauengeschmack eher knallig vor. Blond, dickbusig und vulgär.

Erst auf den zweiten Blick bemerkte Schneider den Detektiv. »Was soll ich von dem Besuch halten? Ich dachte, der Fall wäre erledigt? Ihr Geld wird überwiesen, Hauser. Und wir beide« er wandte sich an Melanie, »sehen uns morgen früh im Büro.« Melanie sah aus, als würde sie ihm jeden Moment einen Faustschlag ins Gesicht versetzen und Hauser wartete gespannt darauf.

»Hallo?«, fragte Schneider ungeduldig. »Bekomme ich vielleicht einmal eine Antwort?«

»Wir wissen, was du getan hast« zischte Melanie. Sie schien nicht besonders an ihrer Stellung zu hängen, denn sie ging ihren Chef frontal und mitleidlos an. Hauser hielt sich zurück, während die beiden miteinander stritten. Schneider bekam keinen Fuß auf die Erde und fast hätte man ihn in Schutz nehmen wollen. Nur leider fiel Hauser kein einziger Grund dafür ein. Schneiders Schultern sackten herab, wie bei einem geschlagenen Mann. Hauser fürchtete, der Morgenmantel könnte an ihm herabrutschen und dadurch viel Unappetitliches entblößen. Ermattet tappte der Anwalt zur Couch und ließ sich darauf nieder. Dabei klaffte der dünne Stoff zwischen seinen Beinen auseinander und zeigte das Allerheiligste. Hauser verzog das Gesicht und betrachtete angestrengt die obere Raumhälfte.

Schneider fuhr sich über sein schütteres Haar. »Mir war klar, dass ihr es früher oder später herausfindet, aber ich sage euch gleich, ich hatte keine andere Wahl. Tut mir leid, wenn ich euer

Vertrauen missbrauchen musste, besonders bei dir, Mel, aber wenn ich es nicht getan hätte, wäre ich jetzt im Krankenhaus oder in Untersuchungshaft.«

»Das mit dem Krankenhaus könnte noch was werden«, drohte Melanie. »Du hast fünf Unschuldige zum Tode verurteilt, ist dir das klar?«

»Man hat mir versprochen, dass ihnen nichts geschieht.«

»Na dann. Ich bin überzeugt, auf das Wort deiner Geschäftspartner kann man sich verlassen.«

»Partner«, spuckte Schneider das Wort verächtlich hervor. »Davon kann wohl keine Rede sein. Einen Partner würde man kaum so behandeln, wie mit mir umgegangen wird. Sobald diese Leute eine Dummheit begangen haben, muss ich antreten, um den Schaden zu begrenzen.«

»Sind das die Mandanten, mit denen du dich lieber allein triffst? Die Treffen, über die es keine schriftlichen Vermerke gibt?«

»Ich weiß, dass ich dabei manchmal die Grenzen der Legalität strapazieren musste, aber es geschah immer, um die Unschuldigen vor Schaden zu bewahren.«

Hauser lachte schallend und winkte ab, als Schneider wütend in seine Richtung blickte.

»Es war die beste Lösung«, fuhr der Anwalt fort. »Ich habe meinem Klienten die Möglichkeit verschafft, die fünf davon zu überzeugen, ihre Aussagen zurückzuziehen. Die Alternative hätte nur sein können, sie für immer zum Schweigen zu bringen.«

»Du meinst, du hast sozusagen Leben gerettet«, spottete Melanie. Sie war nicht in der Stimmung, sich von Boris Schneider einwickeln zu lassen. Sie hatte erlebt, wie er sich aus den verzwicktesten Situationen herausmanövrierte, deshalb wollte sie ihm gar nicht erst die Gelegenheit dazu geben. »Und woher willst du wissen, dass dein Mandant die Zeugen nicht doch noch beseitigt?

Du bist schließlich nicht nur Mitwisser, sondern sogar Helfer dabei gewesen, also wirst du ihn sicher nicht verpfeifen.«

Sie brachte ihrem Chef nur wenig Mitleid entgegen. Immerhin hatte er auch sie zur Komplizin gemacht, bei dem möglichen Mord an den fünf Zeugen. Schneider mochte sich selbst einreden können, nichts getan zu haben, außer eine Information weiterzugeben, aber Melanie konnte sich damit nicht trösten. Sie zählte die Selbsttäuschung nicht zu ihren gewohnten Strategien.

Hauser setzte sich auf das Sofa und legte die Füße auf den Beistelltisch: »Du hast mir meinen kompletten Text vorweggenommen«, sagte er zu Melanie.

»Du kannst das getrost mir überlassen, ich habe noch genug Energie für uns beide«, gab sie zurück.

»Vielleicht sollten wir uns anhören, wie er ohne sein eigenes Verschulden in diese Lage gekommen ist«, schlug Hauser vor.

»Ich habe immense Schulden«, gestand Schneider schnell.

»Du Trottel«, nahm Melanie den Faden wieder auf und hatte nun noch einen weiteren Punkt für die Liste seiner Verfehlungen. Hauser hob hilflos die Hände und beschloss abzuwarten, bis ihr Text und Luft ausgingen. Aber danach sah es noch lange nicht aus.

»Ein Mann, der in dieser Branche arbeitet, sollte eigentlich wissen, dass man sich von solchen Leuten kein Geld leiht.« Sie hatte die Fäuste in die Hüften gestemmt und es fehlte nur noch, dass sie nach jedem Satz mit dem Fuß aufstampfte. »Sie legen es immer darauf an, die Leute in Abhängigkeit zu bringen und wenn man erst einmal bei ihnen Schulden hat, ist das der Anfang vom Ende.«

»Natürlich weiß ich das«, protestierte Boris empört. »Ich bin nicht zu ihm hingegangen und habe ein Darlehen aufgenommen. Es sind altmodische Spielschulden. Einen Teil davon habe ich in seinen Läden gemacht, bei anderen hat er Schuldscheine von mir aufgekauft.«

»Er wollte Sie offensichtlich fest an den Eiern haben«, sagte Hauser. »Also metaphorisch gesprochen.«

»Das ist wohl die korrekte Beschreibung für Spielschulden im hohen sechsstelligen Bereich. Aber ich werde auch mit den Sachen erpresst, die ich schon für sie getan habe. Wenn die in den Knast gehen, nehmen sie mich mit. Das haben sie ganz deutlich gesagt.«

»Trotzdem war das ganz schön mies, uns in diese Sache hineinzuziehen.«

»Haben Sie mir die Erbenstory denn abgenommen, Hauser?«

»Nicht eine Sekunde. Ich nahm an, dass Sie Gründe hätten, mir die Wahrheit zu verschweigen, aber eine solche Sauerei hatte ich dabei natürlich nicht erwartet.«

»Trotzdem stecken Sie jetzt mit drin.«

»Und ich auch«, sagte Melanie, die wie ein gereizter Kampfhund wirkte, der nur noch von seiner Kette zurückgehalten wurde. »Aber wenn du jetzt versuchst, uns eine Mitschuld einreden zu wollen, dann wird dieses Gespräch blutig enden.«

Hauser sah das ähnlich. Er begann sich allerdings zu fragen, in welchem Verhältnis die beiden zueinander standen, denn um ein normales Arbeitgeber-Arbeitnehmer-Verhältnis handelte es sich wohl nicht. Er tippte auf ein verwandtschaftliches und hoffte, dass es sich nicht doch um Schlimmeres handelte.

Hauser setzte sich Schneider gegenüber und blickte ihm fest in die Augen, um das rasierte Anhängsel weiter unten ignorieren zu können. »Wer steckt dahinter? Ich nehme an, es handelt sich um Chevy Cheviliecovic.«

»Er ist ein kleines Licht mit gewaltigen Ambitionen, aber geringen Chancen«, sagte Boris. »Er hat nicht viel zu sagen, aber gerade das macht ihn so gefährlich.«

»Ich nehme wieder den Jaguar«, sagte Melanie und es war keine Bitte.

»Was habt ihr jetzt vor?«, fragte Boris besorgt.

»Wir fahren zu Cheviliecovic. Du wirst jetzt zum Hörer greifen und uns bei ihm anmelden. Bete, dass es noch nicht zu spät ist!«, kommandierte Melanie.

Boris Schneider wechselte die Gesichtsfarbe von Dunkelrot zu Leichenblass, und als er den Mund öffnete, klang seine Stimme krächzend. »Ihr wollt *was*?«

»Wir wollen *was*?«, fragte auch Hauser.

»Wir fahren zu diesem Chevy und überzeugen ihn davon, die Zeugen zu verschonen.«

»Und stattdessen ins Gefängnis zu gehen?« Schneider hätte fast gelacht. »Das wird nicht geschehen. Wisst ihr, was passieren wird, wenn ihr bei ihm auftaucht? Der wird nicht mehr versuchen, die Zeugen durch Einschüchterung von ihrer Aussage abzubringen, falls er das überhaupt jemals vorgehabt hat. Der wird kurzen Prozess machen. Und zum jetzigen Zeitpunkt ist dem doch egal, ob er fünf oder sieben Mitwisser umlegen muss, um davonzukommen.«

Schneiders Wangen bekamen ein wenig Farbe. Sie begannen förmlich zu glühen, als würden aus der Mundhöhle heraus kleine Taschenlampen gegen seine Backen gedrückt werden. Leider sah er dadurch aus wie ein alternder Transvestit mit zu viel Rouge im Gesicht. »Außerdem wird Chevy sofort wissen, woher ihr eure Informationen habt, nämlich von mir.«

Melanie zuckte mit den Schultern. »Das wären dann wohl acht Leute, die er umlegen muss. Ach, einer mehr, was soll's?«

»Das ist nicht witzig!«, brüllte Schneider.

Melanie trat noch einen Schritt auf ihren Chef zu. »Und jetzt rufst du ihn an!«

***

»Du musst schon zugeben, dass dein Boss sich in einer verzwickten Lage befand«, sagte Hauser auf dem Weg in die Tiefgarage. »Deshalb darf er uns für so eine Schweinerei ausnutzen?«

»Es ist natürlich nicht schön, angelogen zu werden, aber ich kann ihn verstehen. Es ist halt nicht jedem gegeben, sich einfach mal so die Kniescheiben brechen zu lassen. Ich nehme an, die Angst hat jeden Anflug von Anstand übertrumpft. Und Chevy war sicher mehr daran gelegen, die Namen zu bekommen, als Boris ein moralisches Dilemma zu ersparen.«

»Dieser Mistkerl! Sie waren viel zu freundlich zu ihm.«

»Was man von dir nicht behaupten kann. Ich frage mich schon die ganze Zeit, weshalb er so mit sich umspringen lässt.«

»Haben Sie eine konkrete Frage?«

»Besteht da ein verwandtschaftliches Verhältnis zwischen euch, das ihn davon abhält, dich hochkant rauszuschmeißen?«

Ihre Augen wurden zu schmalen Schlitzen. »Ist das wirklich die Frage? Oder wollen Sie wissen, ob ich eines seiner Betthäschen bin?«

»So ein Quatsch«, entrüstete er sich. »Bist du?«

Ihr Kopf fuhr zu ihm herum. Der Blick hätte ausgereicht, um noch eine Person hinter ihm zu durchbohren. Bevor sie antworten konnte, hob er schnell die Hände. »Nein, bist du natürlich nicht. Ich nehme an, du bist seine Nichte, oder?«

»Sie machen sich entschieden zu viele Gedanken um meine Person. Kümmern wir uns lieber um den Fall.«

Hauser hatte schon seine Erfahrung damit gemacht, wenn sie über ein Thema nicht reden wollte. Also beschloss er, es zu unterlassen. Sie traten aus dem Aufzug und gingen zum Jaguar.

»Oder du kennst eines seiner schmutzigen Geheimnisse und hast ihn in der Hand?« Er konnte nicht anders, er musste es wissen.

»Ich bin nicht seine Nichte«, sagte Melanie, als sie einstiegen.

Verdammt, fluchte Hauser innerlich. Das wäre die einfachste und angenehmste Erklärung gewesen. Nun hatte sie schon zwei Geheimnisse, mit denen sie ihn quälen konnte.

»Wenn unsere Zusammenarbeit fortgesetzt wird, solltest du vielleicht auch zum *Du* übergehen«, schlug Hauser vor.

»Ich möchte lieber die professionelle Distanz wahren.«

Genau die versuchte er gerade abzubauen. Seufzend zog Hauser sein iPhone aus dem Beutel und googelte Chevy Cheviliecovic. Während Melanie fuhr, informierte er sich über den Gangster, aber was er las, beeindruckte ihn nicht besonders. Cheviliecovic wurden natürlich keine Leitartikel gewidmet, aber es gab mehrere Randnotizen, in denen er Erwähnung fand. Sein Name tauchte meist in wenig schmeichelhaften Aufzählungen auf. Hauser musste zwischen den Zeilen lesen, aber er bekam einen deutlichen Eindruck von Chevy: Er war ein brutaler Schläger, der um jeden Preis aufsteigen wollte und dabei überall aneckte. Früher oder später würde er in einem mit Plastikfolie ausgelegten Kofferraum enden, was für jeden offensichtlich war, außer für Chevy selbst. Hauser hatte selten mit dem organisierten Verbrechen zu tun, sondern erhielt von Lessing eher Aufträge, die diskret und ohne Medienrummel erledigt werden mussten. Hauser mochte Fälle, wie sie in der Fernsehserie *Derrick* abliefen. Sobald der Täter überführt war, ergab er sich reumütig in sein Schicksal. Kein Leugnen, keine Gegenwehr, keine Verfolgungsjagden. Ganz gesittet wurde der Mörder den niederen Diensträngen übergeben. Auch bei ihren Fällen zückte Lessing die Handschellen, während Hauser den Leuten erläuterte, welche Fehler sie begangen hatten, die dazu führten, erwischt zu werden. Doch dieses Mal ging es um ein anderes Klientel. Knallharte Berufsverbrecher, die, anstatt ihm einen reumütigen Blick zu schenken, lieber eine Faust in sein Gesicht rammen und das Weite suchen würden.

Die bevorstehende Konfrontation lenkte ihn von Melanies todessehnsüchtigem Fahrstil ab, mit dem sie durch den Abendverkehr raste. Sie benötigte keinen Routenplaner und Hauser vermutete eine Episode als Taxifahrerin in ihrem Werdegang.

Vom Untermainkai wechselte Melanie auf das südliche Mainufer, um dem Feierabendverkehr in der Innenstadt zu entgehen. Aber zu dieser Tageszeit herrschte überall Ausnahmezustand.

»Wir sollten uns vielleicht eine Taktik überlegen, anstatt da einfach reinzustürmen«, schlug er beiläufig vor, doch Melanie reagierte nicht. Er versuchte es anders. »Ich bin eher dafür, Rätsel zu lösen, nicht solche *Hard-boiled*-Geschichten. Ich sag's dir gleich, wenn mich einer schlägt, bin ich weg!«

»Seit wann sind Sie so ein Feigling?«, fragte Melanie genervt.

»Schwer zu sagen, das ist so lange her.«

»Sehr witzig«, brummte sie.

»Nein, ernsthaft.«

Über die Flößerbrücke ging es zurück auf die Nordseite und weiter Richtung Ostbahnhof.

»Also wollen Sie ihn lieber einlullen, sein Vertrauen gewinnen. Und was dann? Wie ist Ihr Plan?«

»Immer schön einen Schritt nach dem anderen.«

»Sie haben gar keinen Plan, stimmt's? Ich glaube, Sie sind meistens selbst von dem überrascht, was passiert.«

»Warum bin ich plötzlich für einen Plan zuständig? Du bist losgestürmt, um mit Chevy zu reden. Ich begleite dich nur.«

»Wollen Sie lieber im Auto warten?«

»Wenn das wirklich zur Wahl steht, dann sehr gern.«

Melanie sah zu ihm rüber. »Wir könnten mit einem Prepaid-Handy anonym bei der Polizei anrufen, bevor wir da reingehen. Wir sagen, dass die Zeugen im Hotel nicht mehr sicher seien und sofort weggeschafft werden müssen.«

Hauser schüttelte den Kopf. »Was denkst du, wen er verdächtigt, wenn die Zeugen verschwinden?«

»Er weiß inzwischen ohnehin, dass wir die Geschichte durchschaut haben. Wir ersparen ihm nur gerade die Suche nach uns.«

»Richtig«, sagte Hauser. »Was war nochmal gleich der Grund dafür?«

»Ich habe keine Lust, in den nächsten Tagen ständig über meine Schulter blicken zu müssen.«

»Ein Schulterblick kann Leben retten«, sagte Hauser, aber das bezog sich mehr auf die momentane Situation im Fahrzeug. »Wenn die Zeugen in ein anderes Versteck wechseln, kommt er nicht mehr an sie heran. Weder um sie einzuschüchtern, noch um sie zu ermorden. Dann braucht er uns wieder, um sie zu finden.«

»Das dürfte ihn davon abhalten, uns sofort zu erschießen. An die Polizei können wir uns sowie nicht wenden.«

Da musste Hauser ihr zustimmen. Um Schutz von der Polizei zu erhalten, müsste er eingestehen, was er getan hatte. Darüber wollte er momentan lieber mit Chevy reden als mit Lessing.

Der Jaguar donnerte durch eine gepflasterte Allee, bog noch zweimal ab und hatte das Ziel erreicht. Chevy wohnte direkt am Ostpark in einer Neobarockvilla mit großem Grundstück. Sie hatten für die sechs Kilometer über eine halbe Stunde gebraucht, trotz Melanies Guerillafahrstil.

Hauser hielt es für eine gute Idee, das Problem mit Chevy zu diskutieren. Der Mann wollte nicht ins Gefängnis und dafür musste er fünf Zeugen zum Schweigen bringen. Die Problemstellung war klar strukturiert, damit konnte Hauser arbeiten. Eine alternative Lösung konnte sicher gefunden werden, wenn man aufgeschlossen darüber nachdachte. Allerdings ging er immer davon aus, dass auch alle anderen Menschen streng logisch und rational handelten. Trotz zahlreicher Erlebnisse, die klar das Gegenteil belegten.

Chevys Villa stand nicht in einem der Reichenviertel, wie dem Lindenring oder dem Westhafen. Er hatte eine moderate Wohngegend vorgezogen und dort eine peinlich-protzige Villa erbaut, um den Nachbarn zu zeigen, was für ein toller Hecht er war. Sie bestand aus genau dem übertriebenen Prunk, den Hauser von einem Kleinspurganoven mit zu viel Geld erwartet hatte. Es fehlte eigentlich nur noch, dass er das Gebäude mit einer Schicht Blattgold überzog. In Griesheim, Nied oder Höchst wäre ihm das nicht gut bekommen.

Melanie hielt vor dem Tor und drückte den Knopf der Sprechanlage. »Hallo?«, krächzte eine Stimme aus dem Lautsprecher.

»Mein Name ist Beck, Boris Schneider hat uns telefonisch angekündigt«, sprach Melanie in die kleine Box.

Hauser war erstens gespannt, ob Boris Melanies Aufforderung befolgt hatte und zweitens, ob sich das Tor öffnen würde. Die zweite Frage wurde zuerst beantwortet: Rumpelnd bewegte sich das Tor zur Seite. Melanie fuhr durch die Öffnung, kaum dass diese breit genug für den Jaguar war. Hauser ahnte, dass es ihr keine Bauchschmerzen bereiten würde, mit der Karosserie der Edelmarke an der Torkante entlangzuschrammen. Sie parkte im Hof neben zwei Hummer-Geländewagen, die auch aus einer Doku über den Irak-Krieg hätten stammen können.

Beim Aussteigen sah Hauser zu, wie sich das Tor wieder schloss. Der Anblick hatte etwas Endgültiges. Als er sich endlich davon losreißen konnte, hatte er den Anschluss verpasst und Melanie bereits die Haustür erreicht. Er beeilte sich, sie einzuholen, war mit zwei Sätzen die Eingangsstufen hinauf und wäre um ein Haar mit Bronson Feldmann zusammengestoßen. Der Detektiv riss rechtzeitig die Hände hoch, um den Aufprall abzufedern.

»Oh, eine Glock G21 C«, sagte Hauser anerkennend, als seine Hand durch das Jackett die Waffe im Schulterholster befühlte.

»Sie kennen sich mit Pistolen aus?«, fragte der Bodyguard überrascht, weil er das anscheinend überhaupt nicht mit Hausers Auftreten in Einklang bringen konnte.

»Bei meinem Zahnarzt liegen Waffenmagazine im Wartezimmer aus«, erklärte Hauser. »Die sind sehr anschaulich, es fehlt eigentlich nur das Aufklappposter in der Heftmitte.«

»Haben Sie in Ihrem Beutel auch eine Pistole versteckt?«

»Nein. Ich kann damit nicht umgehen.«

»Dann sind Sie so eine Art Nahkampfspezialist?«

Melanie lachte amüsiert.

»Ich habe mal mit dem Gedanken gespielt, Selbstverteidigung zu erlernen«, erzählte Hauser bereitwillig. »Aber die ständigen Trainingsstunden haben mich abgeschreckt. Hast du eine Vorstellung davon, wie viele Stunden selbst ein durchschnittlicher Kämpfer in seine Ausbildung steckt? Und ich rede dabei noch nicht einmal von der körperlichen Anstrengung.«

Bronson lächelte. »Sie wollen mir also auf umständliche Art mitteilen, dass Sie keine Gefahr darstellen?«

»Es sei denn, meine Begleiterin verfügt über einige verborgene Talente auf diesem Gebiet.«

Bronson sah Melanie an. »Und? Tun Sie das?«

»Keine Sorge, wir sind nicht zum Kämpfen hier«, versprach Melanie. Sie versuchte tough zu klingen und einen vernünftigen Eindruck zu machen. »Hat Boris angerufen?«

»Hat er. Wir waren überrascht über den Anlass.«

»Das kann ich mir vorstellen.«

»Chevy erwartet Sie beide.« Bronson wies auf eine Tür am anderen Ende der Eingangshalle.

Chevy ging in seinem Wohnzimmer auf und ab, als Hauser und Melanie eintraten, und lamentierte über den Zustand der Welt im Allgemeinen und dessen Auswirkungen auf seine Geschäfte im Besonderen. Er war immer noch aufgebracht über Schneiders Anruf. Er kniff ein Auge zusammen und musterte Hauser skeptisch. »Was soll denn das sein, willst du mich verarschen? Wer hat denn die Achtziger hier reingelassen?«

Hauser nahm an, dass sich diese Bemerkung auf seinen Schnauzbart bezog.

»Das ist Hauser«, erklärte Bronson ruhig. »Ich habe dir von ihm erzählt. Er hat Boris von dem Mordverdacht befreit.«

»Kunststück, er war ja unschuldig.«

»Aber ohne Hauser hätte es sicher länger gedauert, es zu beweisen.«

»Muss der so rumlaufen? Man blamiert sich ja, wenn man solche Typen beschäftigt.« Chevy sprach in einem Tonfall, den wohl jemand mal als cool und bedrohlich bezeichnet hatte. Hauser fand, er sollte dringend eine zweite Meinung dazu einholen.

»Also?«, fragte der Gangsterboss schließlich. »Worum geht's hier?«

Melanie trat in das Blickfeld von Chevy und er sah sie zum ersten Mal an.

»Wir sind hier, weil Sie fünf Menschen bedrohen. Und da wir Ihnen ihren Aufenthaltsort verraten haben, fühlen wir uns für deren Schicksal verantwortlich.«

Chevy wandte sich wieder an Hauser. »Ich weiß nicht, wovon ihr beiden redet. Ihr kommt in mein Haus, werft mir völlig lächerliche Anschuldigungen an den Kopf und erwartet von mir nun was genau?«

Bevor Hauser und Melanie etwas sagen konnten, winkte er zwei grobschlächtige Kerle heran. Die beiden sahen aus, als seien sie von den *Frankfurt Galaxy's* ausgeliehen. »Die Herren hier werden euch zur Tür begleiten und bitte, bitte, leistet dabei Widerstand, den sie brechen müssen.«

Bronson räusperte sich. »Chevy, die beiden sind wegen der Zeugen da. Wir haben vorhin darüber gesprochen.«

Chevy bremste Kai und Kerim mit einer Handbewegung und baute sich vor seinen Gästen auf. Er bot ihnen keinen Sitzplatz an, sondern kam sofort zur Sache. »Ihr wollt also, dass ich die Zeugen am Leben lasse, habe ich das richtig verstanden?«

Hauser und Melanie nickten gleichzeitig.

Bronson räusperte sich erneut und Chevy rollte mit den Augen, bevor er fortfuhr. »Womit ich nicht gesagt haben will, dass ich vorhätte, jemanden zu töten. Oder diese Zeugen kennen würde. Oder auch nur wüsste, über welchen Mord wir hier eigentlich reden.«

»Versteht sich von selbst«, sagte Hauser.

Chevy simulierte Nachdenklichkeit und Bronson bereitete sich auf eine weitere unsägliche Brando-Imitation vor. Schließlich verschränkte sein Chef die Arme vor der Brust. »Warum sollte ich das tun?«

»Weil Sie sich fünf Morde ersparen«, erklärte Melanie ohne das geringste Zögern. »Je nachdem, wie Ihre Pläne aussahen, die wir natürlich nicht kennen und von denen wir nicht wissen, ob sie überhaupt existieren. Aber Tatsache bleibt, wir haben Ihnen das Leben erleichtert. Ohne die Genialität von Hauser hätten Sie die Zeugen nicht gefunden, um sie jetzt bedrohen oder einschüchtern zu können, damit sie ihre Aussage ändern.«

»Genialität«, summte Hauser leise, als versuche er, den Begriff auf seiner Zunge zu schmecken.

»Sie haben meinem Chef vertraut, als er Ihnen vorschlug, Hauser einzusetzen, um die Zeugen aufzuspüren«, fuhr Melanie fort. »Genau das hat er geschafft. Und nicht nur das, er hat sogar herausbekommen, um was es bei dieser angeblichen Erbschaft wirklich ging.«

»Ein Grund mehr ihn verschwinden zu lassen«, sagte Chevy.

»Ich erwähne das nur, um die Fähigkeiten dieses Mannes hervorzuheben. Ich weiß, er macht optisch nicht viel her und wirkt wie ein Dopehead, der sich nicht einmal die eigene Telefonnummer merken kann.« Melanie ignorierte, dass Hauser verstimmt das Gesicht verzog, und fuhr fort. »Wenn er Ihnen versichert, er bekommt das auch ohne Tote hin, dann können Sie sich darauf verlassen.«

Chevy hatte sich das flammende Plädoyer ungerührt angehört und wandte sich an seinen Leibwächter. »Was meinst du?«

Bronson Feldmann wartete und beobachtete. Er schien zuerst die Lage abzuschätzen, bevor er etwas unternahm, und stellte damit das exakte Gegenteil zu seinem Boss dar. »Wenn man dich für Dustin drankriegt, könnte man die Anklage auf Totschlag runterhandeln. Mit einem richtig guten Anwalt sogar auf fahrlässige Tötung. Mit der Verantwortung für ein halbes Dutzend Leichen kommst du sicher nicht davon.«

Chevy schwieg nachdenklich. Nach etlichen Minuten begann er zu murmeln: »Es widerstrebt mir, hier herumzusitzen und abzuwarten. Beim nächsten Klingeln könnte schon die Polizei vor der Tür stehen. Die Zeugen haben ihre Aussagen schon gemacht, die Polizei weiß von mir.«

»Deshalb sind die Zeugen auch lebendig viel wertvoller, weil sie in diesem Zustand ihre Aussagen widerrufen können.« Melanie klang verschwörerisch, was Hauser unheimlich sexy fand. »Wenn sie tot sind, bleiben ihre Worte wie in Stein gemeißelt.«

»Außerdem weiß die Polizei sogar schon sehr lange von dir«, bemerkte Bronson. »Du bist in diesem Fall leider nicht der mysteriöse Unbekannte im Hintergrund, den keiner kennt. Dustin war als Spitzel auf dich angesetzt. Deshalb hattest du auch ein richtig gutes Motiv, ihn vom Balkon zu werfen.«

Der Leibwächter wusste um die kurze Aufmerksamkeitsspanne seines Chefs, die es ihm erschwerte, eine Sache von mehreren Seiten zu betrachten und unterschiedliche Aspekte gegeneinander abzuwägen. Chevy bevorzugte seine Welt aufgeteilt in Schwarz und Weiß. Er wollte einfache Lösungen für seine Probleme sowie deren prompte Erledigung. Hilfesuchend blickte er zu Bronson, dessen professionelle Meinung er sehr schätzte.

»Einen Versuch wäre es wert«, sagte Bronson. »Ich habe bereits veranlasst, dass die fünf eine entsprechende Nachricht in ihrem Hotel erhalten. Wenn sie wissen, dass wir sie jederzeit aufspüren können, sollte ihnen der Ernst der Lage klar sein. Ich hoffe mal, keiner von denen will den Helden spielen.«

Chevy gefiel diese Antwort gut, er wechselte sofort in die Pose des entscheidungsstarken Bosses. »Ich warte bis morgen Mittag, bis dahin müssen die fünf ihre Aussage widerrufen haben. Keiner der fünf redet mehr mit den Bullen. Egal, wie sehr die ihnen auch zusetzen, sonst tritt Plan A wieder in Kraft. Wenn Plan B scheitert, wird es Tote geben. Und zwar mehr als fünf.«

Hauser und Melanie versuchten, sich ihre Erleichterung nicht ansehen zu lassen. Chevy trat dicht vor seine beiden Gäste. »Reden wir über eure Gegenleistung.«

»Unsere was?«, fragte Hauser überrascht.

Chevy wirkte mit einem Mal extrem gelangweilt, weil er hier offenbar grundlegende Geschäftsprinzipien erklären musste und dazu nicht die geringste Lust verspürte. »Ich bin mit dem Vorschlag einverstanden, aber ich sehe die Situation so, dass ich euch einen Gefallen tue. Immerhin seid ihr zwei jetzt ebenfalls so was wie Zeugen. Vielleicht sollte ich nur euch beide umlegen.«

»Ich glaube nicht, dass es eine Notwendigkeit gibt, überhaupt jemanden zu töten. Sie können sich die Mühe sparen«, erklärte Melanie.

»Nicht doch, das ist keine Mühe. Es wäre mir eine Freude«, versicherte Chevy.

Hauser warf einen raschen Blick zu Bronson, der ratlos mit den Schultern zuckte.

»Ich wäre Ihnen etwas schuldig«, sagte Hauser schließlich.

»Hmm«, machte Chevy, als versuche er, den Wert dieser Währung einzuschätzen. »Ich habe schon gehört, dass du viel auf dieser Gefälligkeitsbasis erledigst. Wenn ich es richtig verstanden habe, schuldet dir die halbe Stadt einen Gefallen. Stelle ich mir nützlich vor.«

»Das ist es wirklich.«

»Muss dir komisch vorkommen, wenn es mal andersherum läuft?«

Hauser zuckte mit den Schultern.

»Also gut«, sagte Chevy, »du hast Glück, dass ich gerade einen Gefallen brauche. Dir ist doch hoffentlich klar, wie groß dein Wunsch an mich ist und wie groß der entsprechende Gefallen von dir ausfallen müsste?«

»In etwa«, antwortete Hauser zögernd.

»Euch muss klar sein, wir stecken zusammen mit drin. Wenn es mich erwischt, seid ihr auch dran. Wenn nur einer der fünf umkippt, erwischt es dich, Schneider und deine kleine Freundin. Oder ist es Schneiders?«

»Sie wollten mir von dem Gefallen erzählen«, versuchte Hauser das Thema zu wechseln.

Chevy grinste anzüglich. »Die Kleine ist ein heikles Thema zwischen euch, was?«

Hauser ließ ihm seine lüsternen Fantasien, aber Melanie kochte innerlich, was keinem der Männer verborgen blieb und Chevy noch zusätzlich erheiterte. Es reizte ihn, noch ein bisschen in dieser Richtung zu stochern, doch Bronson machte ihm ein Zeichen, endlich auf den Punkt zu kommen.

»Es geht um Matze Keller«, begann Chevy. Die Art, wie er den Namen seines Konkurrenten aussprach, zeigte deutlich, welche Gefühle er für diesen hegte. »Er hat ein paar exklusive Bumsläden aufgezogen und macht damit einen Haufen Kohle. Mein eigener Betrieb leidet darunter. Ich verliere Geld, nur weil alle plötzlich zu McFicker rennen und ihre Experimentierfreudigkeit entdecken. Dabei muss man schon ein ziemlicher Spießer sein, um das aufregend zu finden. Die reinste Kinderkacke, aber eben neue Kinderkacke.«

Hauser wartete darauf, dass er fortfuhr, aber Chevy hatte sich in seine Wut hineingesteigert und dabei seinen Gesprächspartner vergessen.

»Und was genau ist meine Aufgabe?«, half Hauser ihm auf die Sprünge.

»Häh? Ach so. Na, ist doch klar, du ruinierst seinen Laden, sorgst dafür, dass die Leute wieder zu mir kommen. Das wäre schön.«

»Wie soll ich …?«, begann Hauser. »Das ist ein ganz schön großer Auftrag, gemessen an dem Gefallen, den wir dafür bekommen.«

»Ihr rettet fünf Menschenleben, dafür ist doch wohl kein Preis zu hoch. Außerdem setze ich meine Freiheit dabei aufs Spiel. Ich lege meine Zukunft in eure Hände.« Chevy machte eine kurze Pause. »Wenn ich so darüber nachdenke, ist das Risiko doch zu groß. Wenn die Zeugen nicht widerrufen, bin ich fällig. Darauf sollte ich mich lieber nicht einlassen.«

»Ich kriege das hin«, sicherte Hauser schnell zu.

»Gut«, stellte Chevy zufrieden fest. »Sag mir Bescheid, wenn du es geschafft hast! Bronson bringt euch raus.«

»Ich bräuchte Ihre Nummer, nur für alle Fälle.« Hauser hielt sein iPhone in die Höhe.

Bronson nahm ihm das Gerät aus der Hand, legte blitzschnell einen neuen Kontakt an und gab die Nummer ein, bevor Hauser sich beschweren konnte. Dann warf er dem Detektiv sein Handy zu.

Hauser und Melanie sahen sich an, doch bevor sie noch etwas einwenden konnten, berührte Bronson beide leicht an den Schultern und schob sie zur Tür.

»Ach ja, noch was«, rief Chevy ihnen hinterher, »lass dich nicht von Keller einwickeln. Er gibt sich zwar gern als weltmännischer Geschäftsmann, aber auch er hat mal klein angefangen und Kniescheiben mit dem Baseballschläger zertrümmert. Sowas kriegt man aus einem Mann nicht mehr heraus.«

Auf dem Weg zum Jaguar machte sich Melanie Luft und ließ sich auch durch Bronsons Anwesenheit nicht bremsen. Sowohl Hauser als auch Bronson würden sich in Zukunft bemühen müssen, ihre Begegnungen mit Chevy so gering und kurz wie möglich zu halten.

»Manchmal muss man mit dem Teufel paktieren, wenn man Gutes erreichen will«, versuchte Hauser sie zu beruhigen.

»Kommen Sie mir nicht mit solchen Glückskekssprüchen. Die denken Sie sich doch aus, wie es Ihnen gerade in den Kram passt.«

»Bei einem Mann wie Chevy erreicht man nichts durch Drohungen, denn er ist nicht in der Lage, zu abstrahieren. Wenn man ihn tritt, dann beißt er, so schlicht funktioniert er. Oder irre ich mich?«

Die letzte Frage hatte er an Bronson Feldmann gerichtet. Der Leibwächter schüttelte den Kopf. Dann nickte er den beiden anerkennend zu. »Ihr geht ein gehöriges Risiko ein, um diese Menschen zu retten, dafür habt ihr meinen Respekt.« Er strich sich das Haar zurück und Melanie … lächelte. Zuerst nahm Hauser an, sie würde ihm die Zähne zeigen und ihn anknurren, da er sie so bisher noch nicht erlebt hatte. Ihre Stimme wurde weicher und höher.

Auch Bronson lächelte nun.

Nachdem der Leibwächter sie verabschiedet hatte, drehte Hauser sich zu Melanie. Seine Augenbraue ging nach oben und ihre Mundwinkel nach unten.

»Sagen Sie kein Wort«, drohte sie beim Einsteigen in der wohlbekannten Tonlage.

»Hoffentlich begeht der arme Kerl nicht denselben Fehler wie ich im *Asbest*. Ich würde ihn ja warnen, wenn ich noch wüsste …«

»Schluss jetzt!«

»Das, was ich damals gesagt oder getan habe …«

»Ich habe es noch nicht vergessen«, sagte Melanie und lenkte den Jaguar zum Tor.

»Tja, ich habe es leider vergessen.«

»Ich werde es nicht für Sie wiederholen.«

»Ich würde nur gern wissen, wofür ich mich schämen muss.« Hauser wartete immer noch vergeblich auf erhellende Flashbacks von besagter Nacht. Er musste sich wirklich extrem zugerichtet haben, um so eine flächendeckende Löschung der Ereignisse zu erreichen.

»Ich wundere mich immer noch, dass sich Chevy auf diesen Deal eingelassen hat«, sagte er schließlich. »Meinst du, er hat irgendwelche Hintergedanken?«

»Auf mich macht er nicht den Eindruck eines großen Planers«, sagte Melanie. »Es war wohl eher Bronson, der die Chance erkannt hat, die Zahl der Toten gering zu halten. Natürlich geht Chevy damit ein Risiko ein. Aber man sollte auch nicht denken, dass es so einfach und risikofrei ist, fünf Zeugen zu beseitigen, die sich unter Polizeischutz befinden. Er geht den für ihn einfacheren Weg und lässt es wie eine gute Tat aussehen.«

»Ich hätte nicht gedacht, dass wir da so schnell rauskommen«, sagte Hauser.

»Jetzt, wo wir draußen sind, bin ich überrascht, dass wir überhaupt rausgekommen sind. Ich gebe zu, es war sehr leichtsinnig, zu seinem Haus zu fahren.«

»Ich finde diese Impulsivität sehr sympathisch.«

»Sie ist lebensgefährlich und wird nicht wieder vorkommen.«

»Schade, denn letztlich waren wir doch erfolgreich. Wir haben ihn gebeten, die Zeugen zu verschonen und er hat es getan.«

Melanie machte einen höhnischen Laut. »Das ist natürlich eine sehr verkürzte Fassung der Geschehnisse. Ich hätte sogar noch eine andere: Chevy hat niemals geplant, die Zeugen zu töten, sondern wollte von Anfang an diese Einschüchterungsmasche fahren. Aber durch unser Vorpreschen konnte er uns noch einen Gefallen abluchsen. Haben Sie schon eine Idee, wie wir den Betrieb von diesem Keller lahmlegen? Da haben wir uns auf etwas eingelassen. Keller ist eine der großen Nummern in dieser Stadt. Es wird Folgen haben, sich mit ihm anzulegen. Sowas spricht sich schnell herum.«

»Schon möglich.«

»Nein, ganz sicher sogar.«

7
PORNO-DISNEY

Ihr Ziel lag im Camp Phönix Park, ein Gewerbegebiet zwischen Eschborn und Schwalbach, doch vorher mussten sie sich in den Stau einreihen, mit all den Fahrern, die die Strecke als Abkürzung zur A 66 nutzten.

Das Eros-Center von Matze Keller entsprach nicht den üblichen Läden dieser Branche, die neben dem Namen höchstens durch ein Herz oder einen leuchtenden Kussmund auf die angebotene Dienstleistung hinwiesen. Solche Lippenpaare besaßen meist die Größe eines Kleinlasters und zwischen den Lippen schob sich lasziv eine Zungenspitze hervor. Gerade so weit, dass man sich nicht mit den Anwälten der Rolling Stones auseinandersetzen musste.

Kellers weitläufiges Gebäude verleugnete nichts und warb im Eingangsbereich ebenso offensiv wie geschmackvoll für sein Angebot. Die Leuchtreklamen und Aushangfotos waren nicht so explizit, dass man Kindern die Augen verschließen musste, aber sie vermittelten doch recht unmissverständlich, worum es unter diesem Dach ging. Dezente Farben, keine knallige Werbung, aber es fiel sofort ins Auge. Melanie fuhr um das Gebäude herum und parkte auf der Rückseite.

Sie sagte, dass sie nicht wisse, was sie dort drin erwartete. Hauser erklärte, es ginge ihm genauso. Er hatte allerdings das Gefühl, dass sie ihm das nicht abnahm.

»Ich hätte volles Verständnis, wenn du nicht mit hineinkommen möchtest«, sagte Hauser zuvorkommend. »Ich werde mich da drin unauffällig umsehen und nach etwas suchen, womit wir dem Laden schaden können.«

»Und ich denke, es ist besser, wenn ich mitkomme, weil ich ansonsten vielleicht ewig hier draußen warten muss. Ich behalte die Uhr im Auge, während Sie … alles andere im Auge behalten.«

»Wie du willst. Aber sag hinterher nicht, ich hätte dich nicht gewarnt.«

»Es fällt mir schwer zu glauben, dass Sie um mein sittliches Empfinden besorgt sind, nach allem, was an diesem Abend im *Asbest* passiert ist.«

Hauser sagte nichts, registrierte aber den bissigen Hinweis. Obwohl er natürlich geahnt und befürchtet hatte, dass seine Entgleisung in diese Richtung gegangen war. Verständlich, dass sie nicht darüber reden wollte, aber dieses Mal hatte sie ihm den Ball zugespielt. »Sollten wir nicht aufhören, so förmlich miteinander zu sein und endlich diese unselige Geschichte klären?«

»Ich finde eine gewisse Distanz angebracht.«

»Warum dann andauernd die ganzen Neckereien?«

Melanie riss die Augen auf. »Neckereien? Ich versuche, Sie mir auf diese Weise vom Hals zu halten, aber Sie sind ja anhänglich wie eine Klebefalle.«

»Na, wenn *Sie* meinen«, sagte Hauser enttäuscht.

Er wusste genau, dass sie durch diese ewige Siezerei eine Schutzzone kreieren wollte. Schließlich war er ein sensibler Mann und verstand sich darauf, weibliche Andeutungen zu verstehen.

Melanie seufzte. »Na gut, dann eben *du*, aber dann musst du mir deinen Vornamen verraten.«

»Nur, wenn du mir versprichst, ihn nicht zu benutzen.«

»So schlimm?«

»Bleib einfach bei Hauser.«

»Das finde ich merkwürdig.«

»Dann denk dir einen Vornamen für mich aus.«

»Rüdiger.«

»Bitte?«

»Ich wähle Rüdiger.«

»Muss das sein?«

»Nenn mir einen anderen.«

»Schon in Ordnung, ich werde mich dran gewöhnen.«

Er zog die Tür auf und trat in schummriges Dämmerlicht. Ein Mann in den Vierzigern trat ihnen in den Weg. Er trug die Haare in seinem Haarkranz viel zu lang und erinnerte an den Butler aus der *Rocky Horror Picture Show*. Sein Bart war zu drei parallel verlaufenden, senkrechten Streifen über Wangen und Hals rasiert.

»Guten Tag die Herrschaften, mein Name ist Sebastian und ich bin für die Betreuung unserer Kunden zuständig.«

»Wir sind normale Kunden«, beteuerte Hauser unter dem mitleidigen Blick von Kundenbetreuer Sebastian.

»Was Sie nicht sagen.«

Hauser nickte eifrig. »Das hier ist meine blutjunge, versaute Geliebte und wir sind im Begriff, Stammkunden zu werden.« Er spürte Melanies Blick, der glühende Löcher in seinen Hinterkopf brannte, aber er sah weiter zu dem raffiniert rasierten Sebastian auf. »Aber wenn ich es mir recht überlege, könnten wir vielleicht sogar miteinander ins Geschäft kommen. Ich würde mich gern mit Ihrem Geschäftsführer darüber unterhalten. Könnten Sie ihn bitte verständigen?«

Sebastian rührte sich nicht von der Stelle. »In welchem Bereich sind Sie denn tätig?«

»Ich? Ich bin Pornodarsteller!«, antwortete Hauser mit gespielter Empörung, als müsste ihn jeder kennen, selbst wenn er sich nur flüchtig mit dem Thema Sex beschäftigte.

»Im Ernst?«, fragte Sebastian.

»Warum überrascht Sie das?«

»Na ja …«

»Das finde ich beleidigend.«

»Tut mir leid. Sie sehen nur nicht aus, wie die üblichen Darsteller in solchen Filmen.«

»Bodygebildet, tätowiert und ganzkörperrasiert?«, erkundigte sich Hauser.

»Gutaussehend und gut ausgestattet.«

»Ich trete ausschließlich in Sodomie-Pornos auf.«

»…?!«

»Meistens spiele ich die vordere Hälfte des Esels.«

»Sie nehmen mich auf den Arm.«

»Ist das eine Frage oder eine Feststellung?«

»Eine Feststellung.«

»Dann ja. Aber Scherz beiseite, ich versuche gerade, in der Branche Fuß zu fassen und möchte gern Kontakte knüpfen.«

Sebastian zeigte weder Verärgerung noch Belustigung, er legte nur kurz den Kopf schief, als würde er jemandem lauschen. Hauser kannte das gut. Schließlich war er selbst Adressat einer vorlauten inneren Stimme. Manche Menschen würden einer Stimme in ihrem Kopf nicht sofort Glauben schenken und stattdessen schleunigst eine Kernspintomografie vornehmen lassen. Aber in diesem konkreten Fall nahm Hauser an, dass es sich um ein Kommunikationsgerät im Ohr des Kundenbetreuers handelte.

»Wenn Sie bitte einen Moment warten möchten«, sagte Sebastian. »Ich werde den Geschäftsführer verständigen. Er lässt es sich nicht nehmen, Neukunden und potenziellen Geschäftspartnern alle Angebote unseres Clubs persönlich zu präsentieren.«

Mit diesen Worten überließ er die beiden sich selbst und verschwand durch die nächstbeste Tür.

»Was sagst du jetzt? Den habe ich doch total um den Finger gewickelt«, sagte Hauser nach Anerkennung heischend.

»Der hat kein einziges Wort geglaubt, das war doch wohl offensichtlich. Ich weiß nicht, was der jetzt holt, aber sicher keinen Geschäftsführer. Ich tippe auf einen Baseballschläger oder etwas in der Art.«

»Du hast wirklich keinerlei Vertrauen in meine Fähigkeiten«, sagte Hauser eingeschnappt.

Melanie schob die Hände in die Taschen ihrer Jeans. »Nur für den unwahrscheinlichen Fall, dass ich Recht behalte, hast du doch sicher Verständnis dafür, wenn ich wegrenne.«

»Wenn du willst, kannst du schon gehen, ich führe das Gespräch hier auch allein.«

»Nein, nein, wenn ich recht habe, möchte ich gern aus sicherer Entfernung zusehen, wie du ihn davon überzeugst, dich nicht in den Boden zu rammen.«

Sebastian kam zurück. »Herr Keller hat in einer Viertelstunde Zeit für Sie, ich soll Sie in der Zwischenzeit ein bisschen herumführen.«

Sebastian ging voraus, schob die Vorhänge aus steifer Plastikfolie zur Seite und tauchte durch den Schlitz. Es gab in dem Center verschiedene Themenbereiche, zu denen man über den Hauptgang gelangte. Je nach Geschmack und Orientierung bog man ab.

Das *Mixhouse* beispielsweise bot afrikanische, indische und asiatische Geschlechtspartner nach keinem erkennbaren Muster und machte so seinem Namen alle Ehre. Den Grad der politischen Unkorrektheit konnte man auf den ersten Blick nur schwer bestimmen.

Ein älterer Mann verließ empört den *Teen-Spirit*-Bereich und machte lauthals seinem Unmut darüber Luft, dass die weiblichen Wesen in diesem Haus die Volljährigkeit lange erreicht hatten und eine Mittzwanzigerin mit geflochtenen Zöpfen und Erdbeerlolly keine überzeugende Illusion schaffen konnte. Sebastian sprach leise auf den Mann ein, der sofort verstummte und sich Richtung Ausgang aufmachte.

Anschließend setzte Sebastian seine Führung ungerührt fort. »Über *Gangbang* braucht man nicht viele Worte verlieren. Trotz des Titels gibt es in dem Haus nur gewöhnlichen und gewaltfreien Gruppensex, an dem sich jeder Besucher beteiligen kann. Die meisten benutzten jedoch die Galerie, um sich das Gewimmel anzusehen. Das ist wie bei einer textilfreien Twister-Olympiade.«

Melanie zog Hauser weiter, der aus dem Grinsen gar nicht mehr herauskam. »Soll ich später wiederkommen, nachdem du dich ein bisschen umgesehen haben?«

Der Detektiv schüttelte den Kopf. »Nein, geht schon. Aber danke für das Angebot.«

Weiter ging die Tour. Sebastian verschwand kurz hinter einer Tür.

»Was sollen wir machen, wenn diese Kerle uns hier nicht mehr rauslassen?«, flüsterte Melanie dem Detektiv zu.

»Ich werde um Hilfe schreien.«

Melanie sah ihn zweifelnd an.

»Ich kann sehr laut schreien«, versicherte Hauser und ging voller Zuversicht weiter.

Im nächsten Bereich war eine Bilderserie mit extrem dicken Frauen an der Wand aufgehängt. Nicht dick oder übergewichtig, sondern monströs. Laut den Bildunterschriften sollte Sebastian auf allen Exponaten zu sehen sein, aber meist war kaum mehr als ein Fuß, eine Haarsträhne oder eine hilfesuchend ausgestreckte Hand zu entdecken. Der Kundenbetreuer gluckste vor Vergnügen, als er sie beim Suchen beobachtete. »Eine meine angenehmeren Aufgaben bisher.«

Haus *Spartakus* wurde auch gern von heterosexuellen Männern besucht, um sich der eigenen liberalen Haltung zu versichern. Vor allem aber, weil dort einfach immer die beste und ausgelassenste Stimmung herrschte.

Als sie durch den nächsten Plastikvorhang traten, war Hauser schon gespannt, was sie dahinter erwartete und reagierte enttäuscht, als er nur eine gemütliche Sitzecke entdeckte. Eine vollständig tätowierte Asiatin räkelte sich gelangweilt auf dem Sofa.

Sebastian wies auf zwei freie Plätze. »Nur einen kleinen Moment, Herr Keller wird gleich bei Ihnen sein. Wenn Sie Lektüre wünschen, kann Amiko ihre Bluse ausziehen.«

»Das wird nicht nötig sein«, versicherte Melanie.

Hauser fiel sofort auf, dass die Tätowierungen auf ihren Unterarmen zusammengefügt ein Bild ergaben. So wie bei den Klappcovern des MAD-Magazins. Er hätte gern erfahren, welch originellen Ideen noch auf ihrer Haut umgesetzt worden waren.

Sebastian kam zurück. In seiner Begleitung befand sich ein gutaussehender Mann in einem hellbeigen Anzug, der in dieser Umgebung extrem deplatziert wirkte. Matze Keller wirkte sowohl im äußerlichen Erscheinungsbild als auch in seinem Auftreten wie ein seriöser Geschäftsmann, den das Umfeld nervte, in dem er agieren musste. Er würde seine Geschäfte sicher viel lieber in einem Golfclub abwickeln und auch viel besser in die dortige Umgebung passen. Seinem Gang nach zu urteilen, schätzte Hauser ihn als passionierten Jogger und regelmäßigen Nutzer eines

Fitnessclubs ein. Sein Haar war perfekt frisiert, die Nägel manikürt und die Zähne ebenmäßig und strahlend. Die Pflege seines Äußeren überließ er sicherlich Profis. Doch selbst die konnten nur mit dem Arbeiten, was die Natur vorgab. Keller hatte eine Nase wie bei einer venezianischen Karnevalsmaske und Geheimratsecken, die es deutlich anstrebten, sich an seinem Hinterkopf zu treffen.

Hauser schenkte dem Mann ein strahlendes Lächeln. »Einen schönen guten …«

Keller brachte ihn mit einer Handbewegung zum Schweigen. »Ersparen Sie mir die Geschichte. Dachten Sie, jeder, der hier hereinspaziert, bekommt einen Termin bei mir und eine Führung durchs Haus? Ich weiß, wer Sie beide sind. Sie kommen von Cheviliecovic und das bedeutet für mich, Sie kommen nicht in Frieden. Also, Sie haben fünf Sekunden.« Er streifte seinen Ärmel zurück und blickte demonstrativ auf den riesigen Chronometer an seinem Handgelenk.

»Entschuldigung«, sagte Hauser, »aber ich bin mit dem Prozedere nicht vertraut. Fünf Sekunden, um unsere Anwesenheit zu erklären, oder fünf Sekunden Vorsprung, bevor Ihr Gehilfe Jagd auf uns macht?«

»Fünf Sekunden für Ersteres, damit das Zweite nicht passieren muss.«

»Aha, ich verstehe. Aber Sie beginnen doch nochmal neu mit dem Zeitstoppen. Die fünf Sekunden sind doch längst rum.«

»Mach endlich das Maul auf, du Clown!«, forderte Sebastian ungeduldig und erntete dafür einen dankbaren Blick seines Chefs. Der Kundenbetreuer verfügte über die richtige Tonlage für jeden geschäftlichen Anlass und schien auch seine Persönlichkeit jedem Anlass anpassen zu können, denn mit einem Mal wirkte die jobmüde Witzfigur brandgefährlich.

Melanie drängte sich an Hauser vorbei. »Wenn ich diese knappe Frist nutzen dürfte.«

»Aber sehr gern doch«, sagte Matze Keller, erleichtert über den Wechsel des Gesprächspartners.

»Sie haben recht, wir sind natürlich im Auftrag von Herrn Cheviliecovic hier. Wir sind ihm einen Gefallen schuldig und deshalb hat er uns gebeten, mit Ihnen eine Art Friedensvertrag auszuhandeln.«

»Chevy soll jemanden gebeten haben?« Keller lächelte. »Das scheint mir schwer vorstellbar. Außerdem bezweifele ich, dass er die Bedeutung des Wortes *Friedensvertrag* überhaupt kennt …«

»Er spricht in den höchsten Tönen von Ihnen«, warf Hauser ein.

Keller schenkte ihm einen bösen Blick. »Übertreiben Sie es nicht, ja?«

»Herr Cheviliecovic weiß, dass die Konkurrenz Ihrer beider Geschäfte schadet«, sagte Melanie eindringlich. »Deshalb möchte er dies ändern.«

»Und dazu schickt er mir einen Detektiv als Unterhändler?«

»Herr Hauser ist nur zu meinem Schutz hier. Sie verhandeln mit mir«, erklärte Melanie.

Sebastian und Keller fanden die Vorstellung von Hauser als Bodyguard reichlich unglaubwürdig, aber der Gangster entwickelte langsam Interesse an diesem seltsamen Gespann. »Lassen Sie uns beim Essen darüber reden, wie kultivierte Menschen. Wir wurden schließlich nicht von Wölfen großgezogen.« Er führte seine Gäste zum Ausgang, wo ein Fahrer mit einem Mini-Van wartete.

Die Fahrt dauerte nicht lange und endete vor einem südostasiatischen Spezialitätenrestaurant, von dem Hauser noch nie gehört hatte. Kurz darauf betrachtete der Detektiv das Essen auf dem runden Tisch zwischen ihnen und nahm an, dass Doktor

Bob aus dem Dschungelcamp es zusammengestellt hatte. Er warf einen flüchtigen Blick in eine ausgelegte Speisekarte, um nach einem Gericht zu suchen, das leichter zu identifizieren war. Seine Augenbrauen hoben sich. Das konnten unmöglich die Preise sein. Eher die Raumtemperatur des Restaurants – in Fahrenheit.

»Keine Sorge wegen der Rechnung, Sie sind eingeladen«, erklärte Matze Keller, ohne damit Hausers tatsächliche Sorge mildern zu können.

»Nehmen Sie von den Taubeneiern, sie wurden mit Meersalz aus Israel bestreut.«

Hauser hob die Augenbrauen. »Salz ist Natriumchlorid, oder? Ganz egal, woher es kommt. Ich verstehe auch nicht, wieso man ein Haltbarkeitsdatum auf einem Produkt aufbringt, das Millionen Jahre alt ist.«

»Sie scheinen sich nicht wohlzufühlen, Hauser, hab ich recht?«

»Entschuldigung, ich hatte hier lauter Tony-Soprano-Typen erwartet und ging von italienisch aus, aber mit Ihnen komme ich mir fast wie auf einem Managerseminar vor. Ich habe Sie zuerst für Ihren eigenen Anwalt gehalten.«

Matze Keller verzog keine Miene.

»Sie entsprechen nicht dem üblichen Klischee«, präzisierte Hauser.

»Ich habe das schon verstanden, Herr Hauser. Haben Sie bitte Verständnis, wenn ich mich im Gegenzug nicht wundere, dass Sie ohne Trenchcoat oder Lupe gekommen sind. Allerdings sind Sie schon ein komischer Vogel. Ihr merkwürdiger Aufzug macht es einem schon schwer genug, Sie ernst zu nehmen, aber sobald Sie den Mund aufmachen, ist es völlig vorbei. Sie sind ein Spinner, Hauser, aber Sie haben anscheinend so Ihre Momente. Also könnten Sie vielleicht noch nützlich sein. Ich darf das mal zusammenfassen: Chevy hat Ihretwegen darauf verzichtet, fünf Zeugen zu beseitigen und dafür schulden Sie ihm einen Gefallen. Dieser

Gefallen sieht vor, dass Sie mich und mein Geschäft ruinieren. Trifft es so im Großen und Ganzen zu?«

Melanie ließ ihre Gabel fallen, die klappernd auf ihrem Teller landete.

»Ja, so könnte man es zusammenfassen«, bestätigte Hauser ungerührt. »Aber woher wissen Sie das?«

»Sagen wir mal, ein Vögelchen hat es mir gezwitschert.«

»Ach so, ich dachte schon, Sie hätten Chevys Haus verwanzt.«

Keller machte ein erstauntes Gesicht. »Aber das wäre doch illegal.« Er tupfte sich die Mundwinkel mit einer Serviette ab. »Was soll ich jetzt mit Ihnen beiden machen?«

»Wir könnten verschwinden und den Gefallen vergessen«, sagte Melanie, weil es die logische Antwort auf seine Frage war. Wenn auch nicht diejenige, die der Gangster erwartete.

Matze ging nicht auf ihren Vorschlag ein. »Sie beide verursachen eine Menge Unruhe, das ist geschäftsschädigend. Meine Kunden erwarten Diskretion und die wird ihnen garantiert. Wenn sich herumspricht, dass sich ein Privatdetektiv in meinem Laden herumtreibt, wird dies viele Kunden verunsichern. Sie könnten befürchten, dass man im Auftrag ihrer Ehefrauen ermittelt.«

»Äh … ich nehme an, das war ein ziemlich dämlicher Start. Lassen Sie uns zurückfahren. Wir rufen sämtliche Kunden zusammen, dann kläre ich das auf«, bot Hauser an, »oder lassen Sie mich eine Lautsprecherdurchsage machen.«

Sebastian stieß ein kurzes Kichern aus, doch sein Chef fand es nicht lustig. »Ich erwarte von Ihnen eine Entschädigung. Für den Gewinnausfall bei allen Kunden, die gegangen sind, seit Sie das Gebäude betreten haben.«

Melanie schaute zweifelnd drein. Kaum jemand hatte sie beim Betreten des Ladens gesehen und bestimmt hatte niemand Hauser für einen Privatdetektiv gehalten, der dort nach untreuen

Ehemännern suchte. Doch Hauser signalisierte Bereitschaft. Wenn auch mehr aus Neugier darauf, wie hoch Keller wohl seinen Umsatz einschätzte. »An welche Summe hätten Sie denn gedacht?«, erkundigte er sich.

»Kein Geld, ich will etwas Wertvolleres. Einfluss ist wertvoll«, sagte Matze, »und es gab Zeiten in meinem Leben, da zählte für mich nichts anderes. Deshalb will ich das, was Chevy bekommen hat.«

»Sie meinen …«

»Genau, ich will, dass Sie auch mir einen Gefallen erweisen.«

»Wie soll der aussehen?«

»Da muss ich erst noch meine Wunschliste durchsehen und etwas Passendes heraussuchen.«

»Ich nehme an, ein *Nein* kommt nicht infrage?«

»Das sehen Sie vollkommen richtig, Herr Hauser.«

»Wie? Keine Drohung?«

Matze Keller lächelte milde. »Denken Sie sich doch bitte eine wirksame Drohung aus und stellen sich vor, ich hätte sie ausgesprochen. Sebastian wird sie gern umsetzen.«

»Ihre Handynummer?«, fragte Hauser resignierend.

Matze schob eine Visitenkarte mit Silberprägung über den Tisch, sein Zeigefinger tippte auf die entsprechende Stelle. Dann tupfte er sich den Mund ab und stand vom Tisch auf. »Speisen Sie in Ruhe zu Ende und lassen Sie sich noch ein paar Spezialitäten einpacken. Ich melde ich, sobald mir eingefallen ist, womit Sie mir eine Freude machen können.«

Kaum hatten Matze Keller und sein Begleiter das Lokal verlassen, schob Melanie den Teller von sich weg. »Prima, statt einen Gefallen zu erledigen, haben wir jetzt einen zweiten am Hals. Und den ersten können wir nicht erfüllen, weil die betroffene Person davon weiß.«

Hauser kaute nachdenklich auf einer weißgrauen Kugel herum, die keine Litschi war, und versuchte den Geschmack zu bestimmen. Bei Melanies Worten hörte er auf zu kauen. »Es ist doch wohl nicht meine Schuld, dass Keller das Haus seines Konkurrenten abhört. Es war nicht einmal meine Idee, zu ihm zu fahren. Isst du das noch?«

Melanie stand auf, um zu gehen, und Hauser winkte einen Kellner heran, um sich die Reste einpacken zu lassen.

8
LESSINGS ZORN

Melanie begleitete Hauser nach oben in seine Wohnung. Nicht, weil sie sich für seine Lebensverhältnisse interessierte, denn davon hatte sie konkrete Vorstellungen, sondern weil sie keine Lust verspürte, allein im Auto zu warten. Er schloss die Wohnungstür auf und ließ Melanie vorgehen. Was würden seine Nachbarn wohl denken, wenn sie ihn mit einer jungen Frau nach Hause kommen sahen? Dass er sich eine naive Studentin aufgerissen hatte? Dass er von seiner Wohnung aus Drogen verkaufte? Vermutlich dachten sie überhaupt nicht über ihn nach.

»Oh mein Gott!«, rief Melanie aus. »Jemand ist eingebrochen und hat deine Sachen durchwühlt. Meine Güte, sieh dir nur dieses furchtbare Durcheinander an!«

Hauser betrat die Wohnung und legte seinen Beutel auf den überladenen Küchentisch. »Nein, keine Sorge.«

Seine Wohnung war eine Mischung aus Bibliothek und Second-Hand-Laden. Die billigen Holzregale bogen sich unter der Last unsortierter Nachschlagewerke, Kataloge, Bücher, Zeitschriften und Fotoalben voller Zeitungsartikel. Vieles von dem, was er im Zuge seiner Arbeit angehäuft hatte, war durch die Entwicklung internetfähiger Handys überflüssig geworden. Auch er trug inzwischen all sein mühsam angesammeltes Wissen in der Hosentasche mit sich herum.

Hauser ging geradewegs zur Kaffeemaschine, entfernte den benutzten Filter und ersetzte ihn durch einen neuen. Kaffee stellte für ihn ein Lebenselixier dar und deshalb verfügte Hauser auch noch über ein klassisches Modell mit Hängefilter. Es machte die röchelnden Geräusche kurz vor dem Ende des Durchlaufens, die den baldigen Genuss ankündigten. Wenn er zuhause war, köchelte ständig eine Kanne vor sich hin. Als er von der EU-Verordnung gehört hatte, die die Laufzeit der Heizplatte einschränkte, legte er sich noch drei alte Maschinen zu, die er in seinem Keller lagerte.

»Wir sind erledigt«, sagte Melanie niedergeschlagen und riss ihn abrupt aus seiner Kaffeenostalgie. »Keller weiß, was wir für Chevy tun sollen. Er wird uns also auf die Finger schauen. Wir haben keine Chance, nochmal unbemerkt in seinen Laden zu kommen. Was wird Chevy tun, wenn wir seinen Gefallen nicht erfüllen können? Wie sollen wir da wieder rauskommen?«

Hauser füllte zwei Tassen mit Kaffee und stellte eine vor Melanie. Es klingelte an der Wohnungstür.

»Vielleicht kommt da die Lösung all unserer Probleme«, verkündete Hauser optimistisch.

»Das glaubst du ja wohl selbst nicht.«

Hauser verkniff sich die Antwort und ging zur Tür. Draußen stand Hauptkommissar Richard Lessing. Ihm war absolut nichts mehr von der whiskeyseeligen Privatfeier Stunden zuvor anzumerken. Hauser konnte sich nicht erklären, wie jemand nach einem langen Arbeitstag und ein paar Gläsern zu viel am Abend wirken konnte, wie ausgeschlafen und frisch geduscht.

»Hast du vorhin was vergessen?«, fragte Hauser überrascht. Lessing ging an ihm vorbei in die Wohnung, der Detektiv folgte ihm. »Was führt dich zu mir? Bringst du mir den Lohn für den Ludlow-Fall persönlich?«

Lessing entdeckte Melanie und nickte ihr knapp zu. »Können wir einen Moment ohne deine Freundin reden?«

»Ich bin nicht seine Freundin«, sagte Melanie schnell. Entsetzt, weil das jemand annehmen konnte.

»Ich kenne Sie«, sagte Lessing nachdenklich, nachdem er sie rasch gemustert hatte.

»Stimmt. Mein Name ist Melanie …«

»… Beck. Der Ludlow-Fall. Ich erinnere mich. Darf ich Sie bitten, uns einen Moment allein zu lassen? Ich muss dringend etwas Persönliches mit Herrn Hauser besprechen.«

Hauser warf ihr einen Blick zu, der überdeutlich flehte: Lass mich bloß nicht mit ihm allein!

»Natürlich, gar kein Problem. Ich warte unten im Wagen.« Sie schob dem Hauptkommissar ihre unberührte Tasse zu und trat aus der Küchenzeile.

Hauser sah ihr nach, bis sie die Wohnungstür hinter sich zugezogen hatte, dann drehte er sich zögernd zu Lessing um. »Hast du Hunger? Ich könnte ein Chili aufwärmen«, bot er an. Er hatte schon vor Jahren kochen gelernt, weil er von den Fertiggerichten schnell genug hatte. Seine Spezialität waren Eintöpfe und er besaß einen großen Kochtopf, dessen Inhalt jeweils drei Tage lang reichte. Wenn er Gras im Haus hatte, natürlich wesentlich kürzer.

Lessing schüttelte den Kopf, während er in die Tasse starrte, die er immer weiter um die eigene Achse drehte. »Wusstest du, dass die meisten Bosse in der Stadt überwacht werden?«

»Nein, aber das ist doch toll. Die sollen bloß nicht glauben, dass sie machen können, was sie wollen. Gut, wenn ihr ihnen auf die Finger seht.«

»Leider sehen wir dabei auch Sachen, die wir gar nicht sehen wollen.«

Er blickte zu Hauser, der ihn fragend ansah. »Du weißt immer noch nicht, worauf ich hinaus will?«

»Ach so, nee sorry, Mann, ich dachte, das hier wäre Smalltalk.«

»Dann frage ich mal ganz direkt: Was hast du bei Matze Keller gemacht?«

»Sag das doch gleich. Erzähl ich gern, war 'ne ziemlich lustige Geschichte.«

»Das bezweifle ich«, sagte Lessing und sein Tonfall signalisierte Hauser, dass er dieses Gespräch besser ernst nehmen sollte. Der Hauptkommissar tat dies nämlich auf jeden Fall. Lessing bebte förmlich vor Wut.

»Hör mal …«

»Sag jetzt bloß nichts Falsches, ich habe meine Dienstwaffe dabei.«

»Zu meiner Entschuldigung, ich wurde selbst reingelegt.«

Also erzählte er möglichst sachlich, wie er mit Chevy in Kontakt kam, um Boris Schneider zu helfen, und dadurch wiederum an Keller geriet. Alles, was Lessings Fall und die Zeugen betraf, ließ er natürlich weg.

Wie angekündigt, fand Lessing die Geschichte überhaupt nicht lustig.

»Du arbeitest also für Cheviliecovic?«

»Ich stelle Ermittlungen an.«

»Für Chevy Cheviliecovic.«

»Auch solche Leute benötigen manchmal gute Detektivarbeit.«

»Damit rechtfertigen auch Mafia-Anwälte ihre Arbeit.«

»Ich tue nichts Illegales.«

»Du arbeitest für einen Gangster.«

»Das tut seine Putzfrau auch.«

»Ist es das Geld? Du hast doch durch deine Arbeit für die Polizei wirklich genug verdient. Bornemann tut jedenfalls immer so, als hätte sie dir die Goldreserven der Stadt aushändigen müssen.«

»Die Stadt hat …?«

»Versuch nicht, abzulenken«, donnerte Lessing.

»Ich weiß nicht, was diese Diskussion bringen soll.«

»Sag mir, dass er dich dazu zwingt, weil er irgendwas gegen dich in der Hand hat und ich ziehe los und knöpfe ihn mir vor.«

Hauser schüttelte den Kopf. »Nichts dergleichen. Ich betrachte ihn als einen Klienten wie jeden anderen und so behandele ich ihn auch.«

»Du sitzt ganz schön in der Patsche«, sagte Lessing, aber es fehlte das Bedauern in seiner Stimme, das zu diesem Satz gepasst hätte. »Doch das hast du dir selbst zuzuschreiben. Wenn du dich mit diesen Kerlen einlässt, hast du es nicht anders verdient. Ich hoffe, die Bezahlung ist wenigstens anständig.«

Lessing hatte seine gebündelte Verachtung in den letzten Satz gelegt. Hauser gefiel es überhaupt nicht, dass sein Freund dachte, er würde des schnöden Mammons wegen seine Dienste an die Unterwelt verhökern. Auf der anderen Seite war dies gewiss besser, als die Wahrheit zu erfahren.

»Ich dachte wirklich, du hättest höhere Prinzipien, Hauser. Oder wenigstens einen besseren Grund für das, was du tust. Stattdessen kommst du mir mit dem Abklatsch eines Berufsethos. Das ist wirklich enttäuschend.« Lessing schob den Kaffee von sich, ohne ihn angerührt zu haben. »Was hat die Kleine damit zu tun?«

»Nichts. Ich war der Meinung, ich bräuchte eine Assistentin. Für die Kleinigkeiten des täglichen Lebens. Ich weiß nicht, ob es dir schon mal aufgefallen ist, aber ich bin gelegentlich ein wenig zerstreut.«

Beinahe hätte Lessing gelächelt, aber ihm fiel rechtzeitig ein, wie wütend er immer noch war. »Ich hoffe, du hast sie nicht in irgendeine Sauerei hineingezogen.«

»Natürlich nicht, wofür hältst du mich?«

»Falsche Frage zum falschen Zeitpunkt«, sagte Lessing. Ihm schien ein neuer Gedanke zu kommen: »Hat sie mit deiner plötzlichen Wandlung zu tun? Steckt sie dahinter, dass du dich an diese Typen verkaufst?«

»Du bist da auf einer völlig falschen Fährte, glaub mir. Beim nächsten Treffen werden wir darüber lachen.«

»Das hoffe ich sehr. Vielleicht sollten wir uns zur Sicherheit mit diesem Treffen Zeit lassen, denn momentan ist mir überhaupt nicht zum Lachen zumute.«

Wenn eine jahrzehntelange Freundschaft so brutal enttäuscht wurde, konnte Schweigen mehr Bedeutung haben, als jede gebrüllte Anschuldigung. Vielleicht hatten Lessing auch nur die Worte gefehlt und das Gebrüll würde noch folgen. Falls Hauser sich jemals gefragt haben sollte, wie eisiges Schweigen klang, bekam er nun einen Eindruck davon. Er hatte das dringende Bedürfnis, etwas zu sagen, doch er wusste nicht genau was. Außerdem hatte er Sorge, dass der Polizist sich auf ihn stürzen würde, sobald er den Mund aufmachte.

Lessing nahm ihm die Entscheidung ab. Ohne ein weiteres Wort verließ er die Wohnung.

Hauser hatte die Namen und Gesichter der fünf Zeugen abgespeichert. Das waren die Menschen, die es zu retten galt, nachdem er selbst sie in die Schusslinie geschubst hatte. Er fühlte eine moralische Verpflichtung, diesen Fehler auszubügeln. Auch für Lessing, bei dem es nicht nur um eine Sprosse auf der Karriereleiter ging. Es war ihm ein persönliches Anliegen, Chevy aus dem Verkehr zu ziehen. Dass Hauser nun ausgerechnet für diesen

Kerl arbeitete, musste Lessing hart getroffen haben. Aber wenn der Hauptkommissar erfuhr, was sein Freund tatsächlich für den Gangster getan hatte, würde dies ihrer Freundschaft einen irreparablen Schaden zufügen. Seine Dienste an Kriminelle zu vermieten war eine Sache, aber diese vor ihrer gerechten Strafe zu bewahren und eine großangelegte Polizeiaktion zu sabotieren … Hauser wurde schlecht, wenn er an die Folgen dachte. Er goss den Kaffee in den Ausguss und verließ ebenfalls seine Wohnung, um die Unterhaltung mit Melanie fortzusetzen.

Sie saß im Jaguar, mit Blick auf den Hauseingang. Sie hatte die Wohnung ohne jedes Bedauern verlassen. Bei dem, was dort folgte, wollte sie nicht anwesend sein. Zum ersten Mal verspürte sie Mitgefühl mit Hauser. Vielleicht, weil er ausnahmsweise mal nicht völlig verpeilt durch einen Porzellanladen gestürmt war, sondern alles als Folge einer im Grunde guten Tat geschah.

Nach ein paar Minuten sah sie Lessing aus dem Haus kommen. Im Schein der Straßenlaternen wirkte er alles andere als glücklich. Kurz darauf folgte Hauser mit einem nahezu identischen Gesichtsausdruck. Als er sich zu Melanie in den Jaguar setzte, spürte sie, dass er sich in äußerst düsterer Stimmung befand. Also verzichtete sie darauf, ihn nach dem Verlauf des Gesprächs zu fragen. Schweigend saßen sie nebeneinander in dem kleinen Sportwagen. Melanie dachte an ihre Zukunft, Hauser an den ganzen vergeudeten Kaffee in seiner Wohnung. Worüber sie beide nachdachten, zuerst einzeln in Gedanken und später zusammen laut, war die Art des Gefallens, für den Keller sie einspannen wollte. Eine Revanche an Chevy oder eine völlig andere Aufgabe? Was auch immer es sein sollte, es würde ihre Situation nicht verbessern.

Chevy war ein Problem. Selbst wenn sie Matze Kellers Gefallen erfüllten und sich dadurch aus der Verpflichtung ihm gegenüber befreien, blieb doch immer noch Chevys Auftrag. Aber einen zweiten Versuch in Matze Kellers Laden sollten sie besser nicht wagen. Alles, was in nächster Zeit in Matzes Leben schieflief, würde er mit Sicherheit ihnen anlasten. Vielleicht konnten sie Chevy um eine andere Aufgabe bitten, die sie für ihn erledigen konnten. Ein Kerl wie er musste doch mehr als ein Problem haben, das ihn plagte.

»Hörst du auch dieses merkwürdige Geräusch?«, fragte Melanie.

Hauser legte den Kopf schief. »Nur meinen Tinnitus.«

»Es kommt aus deinem Beutel.«

Hauser begann zu kramen und je weiter er in die Tiefen der Tasche vorstieß, je mehr Dämmmaterial er zur Seite schob, umso lauter wurde das unangenehme Geräusch. Hauser kramte das iPhone hervor, meldete sich, hörte zu und legte auf, ohne ein weiteres Wort gesagt zu haben. »Das war Matze, er bittet uns zu sich. Ihm ist wohl eine Idee für den Gefallen gekommen.«

Melanie gab das Ziel in das Navi des Jaguars ein und sie durchquerten die Stadt in nördlicher Richtung. Keiner von ihnen hatte auch nur eine Sekunde darüber nachgedacht, nicht zu dem Termin zu erscheinen. Keller machte nicht den Eindruck, dass Weigerung eine Option sei. Nicht, wenn man bei guter Gesundheit bleiben wollte.

Durch die langwierige Suche nach dem iPhone hatte Hauser bemerkt, dass er wegen der Begegnung mit Lessing völlig vergessen hatte, den Inhalt seines Beutels zu sortieren. Er schaltete die Innenbeleuchtung an und holte das nun nach, weil es ihn von Melanies Fahrstil ablenkte. Gewissenhaft studierte er Quittungen und warf sie zerknüllt in den Fußraum, machte Notizen auf Post-its, die er von innen an die Scheibe klebte und bündelte ein halbes Dutzend Notizblöcke mit einem Gummiband.

»Hast du keine Angst, dass du in dem Durcheinander wichtige Dinge übersehen könntest?«, fragte Melanie mit einem missbilligenden Blick auf den wachsenden Berg aus Papierknäuel zu seinen Füßen.

»Das ist ziemlich unwahrscheinlich«, antwortete Hauser und stutzte im nächsten Moment. Er betrachtete eine Notiz auf der Pappverpackung eines Mikrowellengerichts und kratzte sich die Stirn. »Erinnerst du dich an den Mord in Schwanheim letzten April? Mit der Machete? Du meine Güte, der Ehemann war tatsächlich unschuldig!«

Melanie verzog das Gesicht. »Sehr witzig. Mach dich nur lustig.«

Hauser grinste und warf das Stück Pappe zum übrigen Abfall. Er hob den Kopf und versuchte sich zu orientieren. Er sah das Ortsschild von Riedberg, dem jüngsten Stadtteil von Frankfurt. Den Häusern nach zu urteilen mussten sie sich in dem Villengebiet zwischen Rosa-Luxemburg-Straße und Carl-Hermann-Rudloff-Allee befinden.

Vor dem Anwesen mussten sie warten, bis ein schweres Gittertor zur Seite geglitten war. Matze Keller bewohnte ein Gebäude, das aussah, als habe man mehrere gläserne Schuhkartons in verschiedene Richtungen übereinandergestapelt. Hauser kannte sich nicht sehr gut in moderner Architektur aus, aber er schätzte, dass die Villa mindestens ihre zwei Millionen wert sein durfte.

Keller verfügte über kein Personal in seinem Haus. Weder jemand, der die Tür für ihn öffnete, noch einen Chauffeur oder einen Leibwächter. Er bewohnte das riesige Gebäude wohl allein, da die oberen Stockwerke nicht erleuchtet waren. Für einen Mann in seiner Position erschien dies eine recht gewagte Entscheidung. Hauser sprach ihn natürlich sofort auf diesen Umstand an, als ihr Gastgeber sie hereinbat.

»Der Grund, weshalb ich mich so sicher fühle, ist, dass ich eine Million auf den Kopf meines Mörders ausgesetzt habe. Sobald mein Tod als nicht natürlich erklärt wird, steht meinem Anwalt eine Summe zur Verfügung, um den Mörder zu finden. Wer immer den entscheidenden Hinweis liefert, ist ein reicher Mann. Sowohl der Anwalt als auch die Killer, die meinem Mörder einen möglichst schmerzhaften Tod bereiten werden, sind im Voraus bezahlt. Sie können nicht zurückgepfiffen werden.«

»Das funktioniert?«

»Bisher schon.«

Die Farbpalette in Kellers Haus reichte von Weiß über Milchschaum und Eierschale bis zu einem sehr hellen Hellbeige. Kurzum, die ganze Wohnung sah aus wie ein Latte macchiato. Keller trug dazu eine weiße Stoffhose, helle Segeltuchschuhe und einen cremefarbenen Kaschmirpullover. Er wäre in dieser Umgebung unsichtbar, würde nicht sein tiefgebräunter Kopf mitten im Raum schweben.

»Möchten Sie etwas trinken?«, fragte Keller und wies zu einer gut bestückten Hausbar.

»Nein danke, wir möchten nichts«, sagte Melanie, während Hauser noch die Etikette studierte. Widerwillig bestätigte er ihre Entscheidung.

»Sie fragen sich sicher, weshalb ich Sie in mein Haus eingeladen habe und Ihnen nicht schon vorhin mein Anliegen vorgetragen habe.«

»Ich nehme an, es ist entweder peinlich oder vertraulich.«

»Nun, peinlich ist es nicht. Na ja, vielleicht schon, aber nicht auf die Art, die Sie vermuten dürften.«

»Mir würden da so einige Möglichkeiten einfallen«, versicherte Hauser.

»Ich habe einen Verräter in meiner Truppe und Sie sollen ihn finden.«

Keller führte sie an einen Tisch und wies ihnen Plätze zu. Er goss sich Tee ein, nahm ein Kännchen und gab eine beträchtliche

Menge Milch in die Tasse, während er mit dem Löffel in der anderen Hand umrührte. »Es gibt einen Maulwurf in meiner unmittelbaren Umgebung. Jemand, der sehr tief in meine Geschäftsstrukturen eingedrungen ist und wahrscheinlich schon seit Jahren für mich arbeitet. Sie sollen ihn finden.«

»Wie lange suchen Sie schon nach ihm?«, fragte Melanie.

»Mit Unterbrechungen die letzten sieben Wochen. Ich habe gehofft, der Verdacht würde sich als Irrtum erweisen, aber inzwischen bin ich von seiner Existenz überzeugt. Es gab eine heiße Spur, aber die endete in einer Sackgasse.«

»Sie suchen seit sieben Wochen? Und jetzt soll ich einfach so«, Hauser schnippte mit den Fingern, »das Kaninchen oder vielmehr den Maulwurf aus dem Hut zaubern?«

»Ich musste dabei sehr vorsichtig vorgehen.«

»Vielleicht stellen Sie auch nur die falschen Fragen.«

Matze Keller setzte ein satanisches Grinsen auf, dass vielleicht nicht an Jack Nicholson heranreichte, aber einem Christian Slater alle Ehre gemacht hätte. »Sie würden sich wundern, was mir die Leute alles verraten, wenn ich meine kleine Lötlampe heraushole.«

»Lötlampe? Ist das der Kosename für Ihren …?«

»Hauser!«, schrie Melanie entnervt, »hör endlich auf mit dem Scheiß!«

»Nicht schwer zu erraten, wer von Ihnen das Gehirn des Teams ist«, sagte Keller amüsiert.

»Also bitte, keine Diskriminierung von Frauen in meiner Gegenwart«, sagte Hauser empört, woraufhin Keller irritiert zu Melanie blickte, die nur mit den Schultern zuckte.

Keller bewegte den Kopf, wie um seine Verwirrung abzuschütteln. »Wenn Sie so gut sind, wie man sich erzählt, dann sollte das kein Problem sein.«

»Wollen Sie mich bei meiner Eitelkeit packen? Das wird nicht funktionieren.«

»Man hat Sie mir als eine Mischung aus Sherlock Holmes und Inspektor Columbo geschildert.«

»Na gut, vielleicht funktioniert es doch. Reden Sie weiter!«

»Zumindest in Kleidungsfragen scheinen Sie einem von beiden sehr nahezustehen.«

»Autsch«, sagte Melanie und hätte beinahe gelächelt.

Keller nahm ein Zuckertütchen mit zwei Fingern am oberen Ende und schüttelte es langsam. Dann riss er den Rand ab und ließ das weiße Kristallpulver in Zeitlupe in seine Tasse rieseln. Dieselbe Prozedur wiederholte er mit einem zweiten Tütchen.

»Wenn Sie von einem Maulwurf sprechen, dann meinen Sie einen Spitzel der Konkurrenz, oder? Entschuldigen Sie, wenn ich mit den ganzen Fachbegriffen noch nicht völlig vertraut bin.«

»Ein Verräter, ein Spitzel, eine Ratte, egal, wie man einen solchen Mistkerl nennt, der sich von mir bezahlen lässt, aber in Wahrheit gegen mich arbeitet. So jemand hat sein Leben verwirkt.«

»In dem Fall muss ich ablehnen. An der Ermordung von jemandem möchte ich nicht beteiligt sein.«

Matze Keller rührt seinen Tee um, während er völlig gelassen Hausers Weigerung zur Kenntnis nahm. »Wer immer er auch ist. Ich verlange nicht, dass Sie ihn persönlich umbringen. Dafür beschäftigte ich Profis. Sie finden heraus, wer er ist und damit ist die Sache für Sie erledigt. Wir werden als zufriedene Geschäftspartner auseinander gehen.«

»Angenommen ich finde ihn nicht?«

»Dann würde ich natürlich davon ausgehen, Sie *wollen* ihn nicht finden. Ihr Ruf ist zu gut für ein solches Versagen.« Matze Keller schob den Tee zur Seite, ohne einen einzigen Schluck aus der Tasse genommen zu haben. »Um es mal eindeutiger zu formulieren, Herr Hauser, jemand wird sterben. Entweder der Maulwurf oder Sie.«

»In dem Fall machen wir uns gleich morgen früh an die Arbeit.«

Matze Keller hob den Arm mit dem schweren Goldchronometer am Handgelenk, der ihm wahrscheinlich auch als Fitnessgewicht diente. »Es ist gerade Viertel vor zehn, warum bis morgen warten?«

»Eigentlich gehe ich zeitig ins Bett.«

»Das ist dann wohl Pech, Herr Hauser. Die Leute, um die es geht, sind in der Regel nachtaktiv und stehen nicht vor Mittag auf. Mit anderen Worten, jetzt ist die beste Zeit, um mit der Suche zu beginnen.«

9

DER MAULWURF

»Wir sollten verschwinden!«, sagte Hauser, kaum dass die Haustür hinter ihnen ins Schloss gefallen war. Er hätte seine unfreiwillige Assistentin gern von dieser Aufgabe entbunden, doch sowohl Keller als auch Chevy kannten Melanie nun und würden sie nicht in Frieden lassen, falls er versagte. Hauser hasste es, Verantwortung für das Schicksal anderer zu übernehmen. Und in diesem Fall betraf es besonders viele Leute.

»Aus Frankfurt?«, fragte Melanie.

»Mindestens. Aber eher noch weiter.«

»Du meinst, alles hier zurücklassen?

»Lässt du so viel zurück?«

»Ich kann nicht einfach gehen. Aber ich habe Verständnis dafür, wenn du verschwindest.«

»Verdammt«, fluchte Hauser.

»Was denn? Für mich ist es okay.«

»Aber für mich nicht.«

»Ich fürchte, bei Gewissensbissen kann ich dir nicht helfen«, sagte sie. »Aber du solltest wirklich verschwinden, schließlich halten dich diese ganzen Chauvis für den Kopf unseres Teams. Mir fehlt im Übrigen auch das nötige Kleingeld, um zu gehen.«

»Wenn es nur das ist, könnte ich dir finanziell unter die Arme greifen.«

»Ich glaube nicht, dass da ein paar hundert Euro ausreichen.«

»Ich schätze, ich könnte auch mehr lockermachen.« Hauser hatte keinen Überblick über seine Finanzen. Wenn er Geld brauchte, hob er den Höchstsatz an einem Bankautomaten ab und ging seiner Wege. Er überprüfte nie den Kontostand und könnte ihn nicht einmal annähernd schätzen. Ebenso wenig kümmerte er sich darum, ob seine Klienten zahlten. Eine Tatsache, die sich hoffentlich niemals herumsprach. In diesem Augenblick konnte er genauso gut unglaublich reich sein oder so arm, dass die Bank ihm demnächst das Konto sperrte. Es hätte ihn nur einen Tastendruck am Automaten gekostet, die Unkenntnis zu beenden, aber er dachte immer erst daran, wenn er sein Geld schon in Empfang genommen hatte und den Prozess nicht nochmal wiederholen wollte.

»Selbst wenn ich das Geld hätte, würde ich nicht aus Frankfurt weggehen«, sagte Melanie entschieden.

»Ich will aber nicht, dass dir etwas geschieht.«

Sie warf ihm einen verdutzten Blick zu. »Ach ja?«

»Natürlich, du bist hübsch, sympathisch, hast moralische Prinzipien …«

Sie verkrampfte sich bereits beim ersten Adjektiv und blickte starr geradeaus. »Das wird nichts, schmink dir das ab!«

»Bitte, was?«

»Ich bin dreiundzwanzig und du bist … was? Achtunddreißig, so um den Dreh? Und völlig … ich weiß nicht mal, wie ich das beschreiben soll, was du bist. Jedenfalls doch mindestens fünfzehn Jahre älter als ich.«

»Was sind denn schon fünfzehn Jahre?«

»Als ich geboren wurde, bist du in die neunte Klasse gegangen.«

»Eigentlich schon in die elfte. Ich wurde ein Jahr früher eingeschult und durfte eine Klasse überspringen. Ich gehörte zu den wenigen Kindern, die tatsächlich hochbegabt waren«, erklärte er, um sich nicht anmerken zu lassen, dass er gekränkt war, für wie abwegig sie eine Beziehung zwischen ihnen hielt. Gut, er war einige Jahre älter, aber es gab Paare mit einem wesentlich höheren Altersunterschied. Für seine Altersklasse konnte er doch einiges vorweisen. Er war schlank, mit leichten Ansätzen von Muskulösität und seine Geheimratsecken noch nicht besonders weit fortgeschritten. Wenn man bei seinen Beziehungen Bilanz zog, musste man allerdings feststellen, dass Melanie einen gesunden Instinkt hatte. Hauser traf sich häufiger mit attraktiven Frauen, als die meisten Leute es erwarten würden, aber es gab keine längerfristigen Beziehungen mit ihnen. Sie fanden ihn amüsant, nett und für gelegentlichen Spaß sehr nützlich, aber mehr wollte keine von ihnen. Und wenn Hauser ehrlich war, dann war er auch nicht an festen Beziehungen interessiert. Es hätte sein gewohntes Leben dermaßen auf den Kopf gestellt, dass ihn die Aussicht regelrecht erschreckte. Er war ein einsamer Wolf und so sollte es auch bleiben.

Sie fuhren schweigend weiter zu der Adresse in Sachsenhausen, an dem sich die drei Hauptverdächtigen an diesem Abend aufhielten. Keller hatte ihnen Unterlagen über seine Leute mitgegeben und Hauser las sie auf dem Weg. Er fertigte auf einem Notizblock mit dem Logo von Kellers Sex-Club eine Aufstellung an. Dabei listete er die drei Männer nach Betriebszugehörigkeit, Familienstand und der Höhe des Vertrauens, das Keller demjenigen entgegenbrachte.

An oberster Stelle stand Dennis Hüsbach. Seit sechs Monaten in Kellers Diensten, ledig, Einzelgänger und an zwei verpatzten Aktionen beteiligt. Der Mann war mehr als nur verdächtig. Er erfüllte das Suchprofil und war so verdächtig, wie man nur sein konnte. Dennoch wollte Keller eine Bestätigung. Auf den folgenden Plätzen befanden sich Riccardo Klein und ein Kerl namens Holunder, der entweder keinen Vornamen besaß oder keinen Nachnamen.

»Wir laufen direkt in eine Falle«, murmelte Melanie und fuhr so langsam wie noch nie, seit Hauser sie kannte. »Er wollte uns nicht in seinem Laden töten und auch nicht bei sich zu Hause, also schickt er uns an einen Ort, wo seine Leute auf uns warten. Und wir Idioten fahren auch noch selbst dorthin.« Sie schlug vor Wut mit dem Handballen auf das Lenkrad. »Als wäre das noch nicht der Gipfel der Dummheit, bringen wir auch noch einen Jaguar als Geschenk mit.«

»Wir könnten noch auf öffentliche Verkehrsmittel umsteigen«, bot Hauser ihr an. »Nach neunzehn Uhr darf ich eine Begleitperson auf meiner Karte mitreisen lassen.«

Melanie Kopf fuhr zu ihm herum. »Kannst du eigentlich nie das Richtige sagen?«

»Ich wollte dich nur beruhigen.«

»Lass es, du hast kein Talent dafür. Und falls du nicht verstehst, weshalb ich mich sorge, ein kleiner Hinweis: Das Auto ist mir scheißegal.«

Hauser schwieg einen Moment, um abzuwarten, bis sie sich abregte. Als jedoch abzusehen war, dass dies nicht mehr vor dem Eintreffen an ihrem Ziel geschehen würde, sprach er weiter: »Ich glaube nicht, dass Matze einen solchen Aufwand betreibt, nur um uns in eine Falle zu locken. In den Unterlagen steckt eine Menge Arbeit, das hätte er einfacher haben können. Statt zu sich nach Hause hätte er uns gleich an einen abgelegenen Ort bestellen können. Außerdem wären wir dann wohl gerade auf dem Weg zu einer Kiesgrube und nicht zu einem öffentlichen Lokal.«

Sie ließ sich seine Worte einen Moment durch den Kopf gehen und nickte anschließend. »Klingt irgendwie logisch. Aber wenn du dich irrst, bringe ich dich um.«

»Wenn ich mich irre, dann …«

»Ja, ich weiß«, unterbrach sie ihn, bevor er es aussprechen konnte.

Melanie fand keinen Parkplatz vor dem Lokal, aber das war ihr auch ganz recht. Sie hatte es nicht eilig. »Das sind richtige Kriminelle und damit meine ich nicht irgendwelche kleinen Gauner.«

»Ich bin schon vorsichtig.«

»Das wird nicht reichen. Wenn du da reinmarschierst, mit … deiner Art, mache ich mir ernsthafte Sorgen.«

»Die werden mich schon nicht fressen.«

»Wahrscheinlich nicht, aber denen fallen sicher andere Entsorgungsmöglichkeiten ein.«

Sie betraten die Shisha-Bar. Keller hatte arrangiert, dass sie allen drei Kandidaten auf einmal begegneten, indem er sie zu einem Treffen bestellte, zu dem er selbst nicht erscheinen würde. Hüsbach, Klein und Holunder waren mit einer Pokerpartie beschäftigt und kümmerten sich nicht weiter um das seltsame Paar, das da zu ihnen hereingeschneit kam. Natürlich taten sie nur so, denn heimlich musterten sie die Neuankömmlinge. Ob sie wussten, weshalb Hauser und Melanie zu ihnen geschickt worden waren? Einer von ihnen könnte es zumindest ahnen.

»Schönen guten Abend, die Herren«, grüßte Hauser fröhlich und Melanie wünschte, dass er wenigstens einmal zurückhaltender auftreten würde.

Holunder erhob sich, als Hauser an den Tisch trat. Selbst bei wohlwollender Betrachtung sah er aus wie ein rasierter Gorilla in einem viel zu teuren Anzug. Offenbar musste er die alten Sachen seines Chefs auftragen, was den schlechten Sitz erklären würde.

Der Anzug war in den Schultern viel zu eng, bot aber in der Körpermitte genug Platz für eine weitere Person. Als hätte er die Gedanken seiner Gäste erahnt, machte er sofort Kleidungsfragen zum Thema. Er hakte einen Zeigefinger im Format einer Stangensalami von oben in Hausers zugeknöpfte Weste und zog den Detektiv dicht an sich heran. »Warum kleidest du dich so? Willst du nicht, dass die Leute dich ernst nehmen und respektieren?«

»Der erste Eindruck ist mir nicht so wichtig«, erklärte Hauser bereitwillig. »Denn im Grunde profitiere ich davon, wenn man mich unterschätzt. Bis mich die Leute richtig einschätzen, habe ich meine Arbeit längst erledigt.«

»Und was wollt ihr hier?«

»Wir sollen hier auf Matze warten«, erklärte Hauser, streckte seinen Arm zur Seite und zog sich einen Stuhl heran.

»Du meinst Herrn Keller«, korrigierte Holunder und ließ den Detektiv los, damit er sich setzen konnte. Dann ließ er sich wieder auf seinen eigenen Stuhl nieder und nahm seine Karten auf.

»Genau. Spielen Sie ruhig weiter, ignorieren Sie uns einfach«, sagte Hauser gutgelaunt. »Wir werden uns auch bemühen, ruhig zu sein und keine guten Ratschläge zu geben, obwohl Sie die drei Damen auf der Hand behalten sollten.«

Sofort warfen die beiden anderen ihre Karten auf den Tisch.

»Tut mir leid, wird nicht wieder vorkommen«, versprach Hauser und machte eine Geste, als würde er seinen Mund verschließen.

»Könnt ihr nicht draußen warten?«, fragte Hüsbach genervt, was aber seine Nervosität nicht zu verbergen vermochte. Einer in dieser Männerrunde war der Maulwurf. Einen von ihnen würde Hauser zum Tode oder einem ähnlich einschneidenden Lebensereignis verurteilen, indem er ihn enttarnte. Derjenige würde es sicher nicht gut aufnehmen.

»Nein, tut mir leid«, sagte Melanie. »Herr Keller hat darauf bestanden, dass wir hier drin auf ihn warten.«

»Wenn's sein muss«, sagte Klein, »aber keine weiteren Kommentare mehr.«

Hauser schlug die Beine übereinander und lehnte sich entspannt zurück, als würde er einem Theaterstück zusehen. Er schien die einzig entspannte Person im Raum zu sein. Die drei Spieler waren nicht entspannt, weil sie über Hausers Anwesenheit grübelten und darüber immer wütender wurden, und Melanie war nicht entspannt, weil sie Letzteres nur allzu deutlich bemerkte. Sie hoffte, dass sich der Harmloseste unter ihnen als Maulwurf entpuppte. Leider war es eine Tatsache, dass alle drei einen sehr gefährlichen Eindruck machten.

»Das ist doch Scheiße! Ich kann nicht spielen, wenn dieser Typ mich die ganze Zeit ansieht«, sagte Holunder und sprang von seinem Stuhl auf. »Ich geh aufs Klo.«

»Das ist eine gute Idee«, sagte Hauser und erhob sich, um dem Riesen zu folgen.

»Es ist ganz sicher keine gute Idee, mit hineinzugehen«, sagte Hüsbach, »vor allem, wenn man *du* bist. Holunder ist ziemlich geladen.«

»Ach was«, winkte Hauser ab. »Eine leere Blase entspannt.«

Schulterzuckend sahen sie ihm nach. »Ein Mann macht Schluss«, kommentierte Riccardo Klein, ohne Bedauern in der Stimme.

»Scheint so, als bräuchtest du bald einen neuen Begleiter«, sagte Hüsbach mit einem Augenzwinkern zu Melanie. Sie bemühte sich um eine ungerührte Fassade. Immerhin blieben die befürchteten Prügelgeräusche aus und als sich die Tür zu den Toiletten schließlich öffnete, geschah dies auf fast behutsame Art.

Holunder trat kichernd heraus, hinter ihm kam Hauser durch die Tür und sagte: »Da meint der Gemüsehändler: Kaufen Sie doch gleich zwei, Schwester, dann können Sie eine essen.«

Holunder musste sich vor Lachen mit einem Arm auf dem nächsten Tisch abstützen, während er zu Atem zu kommen versuchte. Doch kaum hatte er genug Luft in seiner Lunge gesammelt, prustete er sie heraus. »Oh Mann, das ist echt böse.« Er wischte sich Tränen aus den Augenwinkeln. Er nahm Platz, blickte kurz zwischen seinen Knien nach unten und musste erneut lachen: »Oh Mann, ich glaube, ich habe mir da drinnen vor Lachen auf die Schuhe gepinkelt.«

Hüsbach und Klein sahen sich ratlos an. Das war nicht der Holunder, den sie kannten. Schon allein, weil sie ihn noch nie zuvor Lachen gehört hatten.

Hauser kehrte an seinen Platz zurück.

»Ich bin sicher, dass ich den Witz zu dieser Pointe nicht hören möchte«, flüsterte Melanie ihm zu.

»Ist das so eine Art Test?«, fragte Hüsbach aggressiv, »Muss jetzt jeder von uns mal mit dir aufs Klo gehen?«

»Der ist echt ein verrückter Vogel«, sagte Holunder. Es klang wie eine Empfehlung.

»Willst du mitspielen?«, fragte Klein, in der Hoffnung, dies sei die einfachste Art, die Anwesenheit ihres ungebetenen Gastes zu ertragen.

»Danke, aber ich bin kein guter Kartenspieler«, erklärte Hauser freundlich und sah zu Melanie. »Möchtest du?«

»Ich passe«, erklärte sie mit verschränkten Armen.

Die drei versuchten ein einigermaßen konzentriertes Spiel hinzubekommen. Hauser sah ihnen schweigend zu und Melanie suchte den Raum nach geeigneten Fluchtwegen ab. Klein hielt die aufgefächerten Karten vor sein Gesicht, als wolle er sich dahinter verstecken. Dadurch bemerkte Hauser die vielen kleinen Kratzer auf dem Handrücken des Mannes. Da es nicht die Zeit für Rosenpflege war, musste er wohl mal seiner Katze die Krallen schneiden. Er sah Hüsbachs Tätowierung auf dem Unterarm, als er die Hand nach einer Karte ausstreckte. Klein nahm einen Chip auf und schnippte ihn in die Tischmitte.

Hauser kramte in seinen Beutel und warf Hüsbach ein Stressbällchen zu. Der Mann fing es auf und betrachtete es wie eine Handgranate. Dann entspannte er sich für einen kurzen Moment, bevor er Hauser anbrüllte: »Was soll jetzt dieser Mist?«

Das Handy von Klein klingelte, er zog es aus der Tasche und meldete sich. Während er zuhörte, wanderte sein Blick zu Hauser, dann reichte er ihm das Handy weiter: »Herr Keller will mit dir reden.«

»Ja?«, meldete sich Hauser.

»Haben Sie erfahren, was Sie wissen wollten?«

»Ja, ich denke schon.«

»Dann geben Sie mir Klein.«

Hauser gab das Handy an seinen Besitzer zurück, der lauschte und nickte, bevor er die Verbindung unterbrach. Klein wandte sich an Hauser und Melanie.

»Ihr beide könnt gehen, Herr Keller schafft es heute leider nicht mehr. Ihr müsst einen neuen Termin ausmachen«, erklärte Klein.

»Dann können wir endlich unser Spiel in Ruhe fortsetzen«, brummte Hüsbach, ohne aufzublicken.

»Vielleicht sieht man sich nochmal«, sagte Hauser und winkte zum Abschied. Melanie wartete an der Straße auf ihn, bereit loszurennen, falls es nötig sein würde. »Ich hätte nicht erwartet, dass wir da lebend rauskommen«, sagte sie.

»Die waren doch eigentlich recht nett«, erwiderte Hauser und verstaute ein eingeschweißtes Kartenspiel in seinem Beutel.

»Ich habe keine Ahnung, wen von den dreien ich verdächtigen soll«, gab Melanie zu. »Was sollen wir jetzt tun? Keller wird nicht glücklich sein, wenn wir zugeben müssen, versagt zu haben.«

»Es war der Erste von der Liste.«

»Hüsbach? Bist du sicher?«

»Von der ersten Minute an.«

»Warum hast du dann noch mit den anderen beiden gesprochen?«

»Ich musste sicher sein, dass sie nicht auch etwas damit zu tun haben.«

»Was hat ihn verraten?«

»Seine Paranoia. Er ahnte als einziger, was der Anlass für dieses Gespräch war.«

»Das ist ziemlich wenig. Ich könnte mir vorstellen, dass Keller einen handfesteren Beweis verlangt.«

»Er hat mich wegen meiner Intuition engagiert, also sollte er sich auch auf sie verlassen.«

Sie wollte ihm nicht den Gefallen tun, ihn zu fragen, wie er Hüsbach überführt hatte, obwohl es sie wirklich interessierte. Da sie ohnehin dabei sein würde, wenn er es Keller erklärte, würde sie es noch früh genug erfahren. »Ich habe nicht vor, hier deinen Watson zu spielen. Außerdem erklärst du mir sowieso nichts, sondern spielst den geheimnisvollen Grübler.«

»Echt, so kommt das rüber? Cool.«

Melanie rollte mit den Augen. »Hauser, versuch nicht, mich für dumm zu verkaufen.«

»Du machst das oft.«

»Was?«

»Die Augen verdrehen.«

»Eigentlich nicht. Ich glaube, ich habe überhaupt erst damit angefangen, als ich dich kennenlernte.«

»Nur für mich, das ist aber nett.«

»Nicht für dich, sondern deinetwegen.«

»Die meisten würden sagen wegen dir, aber das ist grammatikalisch falsch.«

»Das weiß ich«, fauchte Melanie, die durch das Gespräch langsam an ihre Grenzen geriet.

»Hüsbach ist übrigens kein gewöhnlicher Spitzel oder der Maulwurf eines Konkurrenten.«

»Sondern?«

»Er ist Polizeibeamter. Ein verdeckter Ermittler. Leider.«

»Ach du meine Güte! Und du hast ihn einfach so durchschaut, als du ihm beim Kartenspielen zugesehen hast?« Melanie wirkte zum ersten Mal aufrichtig beeindruckt.

»Also, das war leicht«, sagte Hauser zufrieden. »Freu dich, eine Verpflichtung wären wir damit schon los.«

»Wie meinst du das?«, fragte Melanie erschrocken. »Willst du Keller etwa sagen, dass Hüsbach der Maulwurf ist?«

»Ist ja nicht so, als hätte ich eine Wahl. Du hast doch gehört, was Keller gesagt hat. Der Maulwurf oder ich.«

»Aber der Mann ist kein Verräter, er ist Polizist. Wir können nicht die Tarnung eines Undercoverpolizisten auffliegen lassen.« Hauser machte ein nachdenkliches Gesicht, während Melanie fortfuhr: »Wir können aber auch nicht einen anderen nennen. Entweder er bringt diesen anderen um oder er wird misstrauisch. Dann haben *wir* das Problem.«

Melanie war zweifellos das Gewissen ihres Teams.

»Vielleicht hat er den Maulwurf schon selbst überführt und das Ganze ist nur ein Test für uns?«, überlegte Hauser. »Ich fürchte, dass uns die Angelegenheit langsam über den Kopf wächst.«

»Keine Sorge«, beruhigte er Melanie. »Ich war in meiner Jugend ein hervorragender Schachspieler, ich behalte immer den Überblick über alle Beteiligten.«

»Hoffentlich hast du recht. Ich will Keller nicht erklären müssen, weshalb es schiefgegangen ist.«

»Wem?«, fragte Hauser. Melanie erbleichte.

»Nur ein Scherz«, versicherte er grinsend. Melanies zweifelnder Blick blieb unverändert.

»Ehrlich.«

Sie erreichten den Jaguar. Melanie wurde sofort mulmig, als sie die beiden Männer sah, die sich gegen den Kotflügel lehnten. Sie waren so breit gebaut, dass sie kaum nebeneinander Platz fanden.

Hauser ging zur Beifahrerseite und wartete, dass Melanie die Tür entriegelte. Ihm schienen die beiden Kerle überhaupt nicht aufzufallen, jedenfalls schenkte er ihnen nicht die geringste Beachtung, was nicht nur Melanie verwunderte.

»Wir werden übrigens gleich losfahren«, wandte sich der Detektiv unvermittelt an die beiden Hünen. »Nur für den Fall, dass ihr euch lieber in Sicherheit bringen möchtet. Meine junge Begleiterin pflegt nämlich einen rasanten Fahrstil.«

»Was quatscht der?«, fragte der brutaler Aussehende. Die beiden sahen so aus, als würden sie nach Dienstschluss noch bei Käfigkämpfen dazuverdienen. Sein Kollege winkte ab und baute sich vor Hauser auf.

»Wir haben den Auftrag, dich abzuholen.«

»Von wem stammt der Auftrag?«, fragte Hauser.

»Das musst du nicht wissen. Einsteigen!« Der Mann wies ungehalten auf einen protzigen SUV.

»Präzise Auskünfte und konkrete Anweisungen, so was zeichnet einen erstklassigen Fahrservice aus.« Er blickte über das Dach zu Melanie hinüber. »Hast du Uber angerufen?«

»Einsteigen hab ich gesagt!«

»Man muss wirklich nicht lange raten, wer von euch der diplomatische Typ ist.«

Der Hüne drohte die Beherrschung zu verlieren. »Hältst du jetzt endlich die Schnauze?! Blödquatscher, dämlicher.«

Hauser lag es auf der Zunge, die Satzstellung zu korrigieren, aber Melanie schüttelte den Kopf.

»Ist das eine Entführung?«, erkundigte sich der Detektiv, nachdem er auf der Rückbank Platz genommen hatte.

»Quatsch, wie du gesagt hast, das ist Fahrdienst. Was ist dein Problem, Mann? Die ganze Zeit gibst du nur Widerworte. Ich schwör dir, wenn's nach mir ginge, würdest du im Kofferraum mitfahren.«

»Irgendwas hast du an dir, das die Leute auf die Palme bringt«, flüsterte Melanie.

»Jeder hat eben seine speziellen Talente.« Hauser war vielleicht wirklich nicht bewusst, wie provozierend er auf andere Menschen wirkte. Aber selbst wenn, hätte er es wohl kaum unterlassen. »Für wen arbeitet ihr beide?«, fragte er friedlich.

Der Fahrer seufzte, weil er zu Recht davon ausging, dass Hauser nicht mit der Fragerei aufhören würde. »Aldo Dorn schickt uns.«

10
DER LIEBHABER

Sie fuhren durch das Holzhausenviertel, in dem einige der teuersten Straßen der Stadt lagen. Hauser stieß einen Pfiff aus, als der Wagen hielt. »Meine Güte, das sieht aus wie die Botschaft eines sehr reichen Landes.«

Das Haus von Aldo Dorn war eine Burg. Nicht als Metapher für seine Sicherheitsmaßnahmen, sondern im wahrsten Sinne des Wortes. An jeder Ecke des quadratischen Gebäudes saß ein kleines Türmchen auf massiven Mauern. Hauser erwartete bis zuletzt eine Zugbrücke als Zugang. Verglichen damit hatte Kellers Haus geradezu spartanisch gewirkt. Allein der Pool war so groß, dass Hauser nach einem Tretbootverleih Ausschau hielt. Angesichts dieses Luxus sollte nochmal jemand behaupten, dass sich Verbrechen nicht lohnte. In finanzieller Hinsicht gab es an dieser Beschäftigung wirklich nichts zu meckern.

Ihre beiden Begleiter blieben zurück, als Hauser und Melanie die Stufen zur Eingangstür hinaufstiegen. Hauser suchte auf beiden Seiten der Edelholztür nach einer Klingel und benutzte schließlich den vergoldeten Türklopfer. Als er den verzierten Drachenkopf anhob, merkte er sofort am Gewicht, dass er nicht vergoldet war, sondern aus massivem Gold bestand. Unauffällig prüfte er die Befestigung am Holz und schätzte, wie lange es dauern würde, sie zu lösen.

Nach dem vierten Pochen öffnete eine der schönsten Frauen, die Hauser jemals gesehen hatte. Nicht einmal der Ausdruck tief empfundenen Abscheus auf ihrem Gesicht tat dem guten Aussehen einen Abbruch. Sie sah aus wie eine der Leinwandgöttinnen aus der goldenen Ära Hollywoods, wie Veronica Lake oder Rita Hayworth.

»Ja, bitte?«, fragte sie mit erzwungener Höflichkeit und einem Tonfall, der verriet, dass sie an der Antwort nicht interessiert war.

»Ihr Mann will ihn sprechen«, rief der etwas weniger brutal Aussehende von hinten.

Frau Dorn, um die es sich hier wohl handelte, gab die Tür frei. Mehr noch, sie machte auf dem Absatz kehrt und ging davon.

Hauser und Melanie sahen zu ihren Begleitern, die unschlüssig mit den Achseln zuckten. Also beschloss Hauser, die unausgesprochene Einladung anzunehmen, und trat durch die Tür.

Der Eingangsbereich lag im Halbdunkel. Wände und Decke waren mit dunklen, fast schon schwarzen Tropenhölzern getäfelt. An den Wänden hingen schwere Ölgemälde in reichverzierten Rahmen, die kitschige Abenteuerromantik zeigten. Dazwischen und darüber die Köpfe heimischer und exotischer Tiere.

Frau Dorn hatte sich nicht nur von der Tür entfernt, sondern war gleich ganz verschwunden. Offenbar kümmerte sie sich nur um ihre eigenen Gäste. Hauser näherte sich der einzigen offenen Tür und entdeckte eine opulente Bibliothek. Bevor Melanie ihn ermahnen konnte, betrat er den Raum. Er schlenderte herum, zog ungeniert Schubladen auf, nahm Bücher aus dem Schrank und gerahmte Fotografien von den Anrichten.

»Das ist unserem Gastgeber sicher nicht recht.«

»Meinst du wirklich?« Hauser schien überrascht.

»Mir wäre es nicht recht, wenn es sich um meine Wohnung handeln würde.«

»Aber das ist die Bibliothek eines Gangsterbosses, in der er Gäste empfängt, um Bildung und Kultur zu simulieren.«

Hauser streckte ihr einen Buchrücken entgegen. »Der größte Teil dieser Bücher wurde noch nie aufgeschlagen. Sie dienen nur als Dekoration oder Wärmedämmung. Da unser Gastgeber also keine ausgeprägte Beziehung zu diesem Raum pflegt, glaube ich auch nicht, dass er hier besonders intime Geheimnisse bewahrt.«

»Das macht man trotzdem nicht.«

»Ach papperlapapp«, erwiderte Hauser.

Links von der Tür stand ein Grizzlybär auf den Hinterbeinen. Den Kopf mit dem aufgerissenen Maul weit vorgestreckt. Es handelte sich um keinen weiteren Flashback von Hauser, der Bär war tatsächlich da.

»Diese gefährliche Bestie wollte mir ans Leder«, dröhnte eine tiefe Stimme von irgendwoher, »und weißt du, warum sie es nicht geschafft hat?«

Hauser betrachtete das ausgestopfte Tier. »Weil Sie das Tier aus vierhundert Meter Entfernung mit einem Hochleistungsgewehr erschossen haben?«

Einen Moment herrschte Stille, dann dröhnte die Stimme erneut, ruhig, aber mit deutlichem Missfallen: »Ich mag deinen Humor nicht.«

Eine Gestalt erschien in der Tür. Aldo Dorn stellte das Musterbeispiel eines eisenharten Kerls dar. Ein Gesicht wie aus Granit. Der fehlende Kopf auf Mount Rushmore. Die strähnige Frisur strahlte so weiß, als habe er Zahnpasta hineingekämmt. Das würde auch ihre Unempfindlichkeit gegen Kopfbewegungen erklären. Dorn gehörte zum Typ Großwildjäger, General oder Seebär, mit der Statur eines würdig gealterten Preisboxers. Hauser starrte den

Gangster an, als sei er direkt seiner bevorzugten Jugendliteratur entstiegen. Als würde er jeden Moment mit bloßer Hand eine rohe Kartoffel zerquetschen, einen weißen Wal jagen oder sich auf die Suche nach König Salomons Diamanten begeben.

Dorns Blick dagegen verriet Verachtung und auch Missbilligung, dass sich jemand mit Hausers Aussehen in seinem Haus aufhielt. »Red schnell, bevor ich dich für einen Einbrecher halte und über den Haufen schieße.«

»Äh, mein Name ist Hauser und Ihre Leute haben mich hergeholt.«

»Der Detektiv? Dich hatte ich mir anders vorgestellt. Und wer ist die bedauernswerte junge Dame, die dich begleiten muss?«

»Meine Assistentin«, sagte Hauser und stellte überrascht fest, dass Melanie nicht widersprach.

Aldo Dorn betrachtete den Detektiv aus der Nähe: »Wieso lächelst du eigentlich die ganze Zeit so selig? Wärst du beleidigt, wenn ich dich als Spinner bezeichne?«

Hauser schien ernsthaft darüber nachzudenken. »Nein, damit könnte ich leben.«

»Du bist ein Spaßvogel. Wie der Narr am Königshof. Der König ließ ihn köpfen, wenn ihm seine Scherze nicht gefielen, wusstest du das?«

»Ja ja, die gute alte Zeit«, antwortete Hauser, als würde er die Drohung nicht verstehen.

»Ich hab wenig Zeit. Reden wir im Gehen!«

»Äh …«

»Was ist? Kannst du nicht zwei Dinge gleichzeitig tun?«, fragte Dorn und ging los. »Ich habe mich über dich informiert. Anscheinend hast du mächtig was in der Birne. Dein Aufzug ist also eine Art Tarnung, nehme ich an. Was bringt einen schlauen Kerl wie dich dazu, sich mit einer Laus wie Chevy einzulassen? Ich weiß, der Kerl verteilt sein Geld mit beiden Händen. Ist es das? Hat er dich gemietet?«

»Ich schulde ihm einen Gefallen.«

»Und Matze Keller?«

»Dem schulde ich auch einen Gefallen.«

»Du bist ziemlich freigiebig mit Gefallen, was? Ich finde es natürlich gut, wenn ein Mann seine Schulden bezahlt, aber du solltest in Zukunft wirklich vorsichtiger sein, bei wem du Schulden machst. Nur so als kleiner Tipp.«

»Den ich beherzigen werde«, versprach Hauser, um nicht weiter seine verschiedenen Abhängigkeitsverhältnisse erläutern zu müssen.

Dorn winkte sie unwirsch in sein Arbeitszimmer. Er wies auf zwei Plätze vor dem gewaltigen Schreibtisch und nahm selbst dahinter Platz. Dann schloss er eine Schublade auf und reichte Hauser einen Umschlag. Der drehte ihn mit fragendem Blick in den Händen.

»Na los, mach ihn auf!« Dorn verdrehte die Augen. »Ich verstehe nicht, wie du an den Ruf gelangen konntest, ein Genie zu sein. Ich meine, die Leute müssen doch merken, wie … limitiert du bist.«

»Ich habe meine Momente und manche Sachen fallen mir einfach so zu, aber woher dieser Ruf kommt, kann ich mir auch erklären. Ich tue wirklich nichts dafür.« Hauser bog die Klammer auf und schüttelte sich einen Stapel Fotos in den Schoß. Sie zeigten ein nacktes Paar in allerlei vergnüglichen Stellungen. Er blätterte den Stapel bis zum Ende durch und sah dann zu Dorn auf. »So sehr ich ästhetische Pornografie schätze, aber was soll …«

»Sieh dir das Gesicht der Frau genauer an!«, befahl Dorn ungeduldig.

Hauser blätterte nochmal in dem Stapel und zog ein Foto heraus, auf dem das Gesicht der Frau besonders gut zu erkennen war.

Sie sah auf dem Foto wesentlich erfreuter aus, als vorhin beim Öffnen der Haustür.

»Du weißt also jetzt, dass meine Frau eine Hure ist. Wenn du das rumerzählst, bist du tot.«

Hauser runzelte die Stirn. »Und was soll ich jetzt tun? Ich meine, Sie wissen doch schon Bescheid! Soll ich rauskriegen, wer der Schönling ist, mit dem sie es treibt?«

Die Tür öffnete sich und ein hochgewachsener, drahtiger Mann in den Dreißigern kam herein. Er wirkte sportlich und bedrohlich.

»Das ist Tony. Mein Chauffeur und der Leibwächter meiner Frau«, erklärte Dorn. Als der Leibwächter die Sonnenbrille absetzte und sich ins Profil drehte, erkannte Hauser sofort den zweiten Darsteller auf den Fotos.

»Tony, mach bitte den Wagen bereit«, wies Dorn den Mann an und wartete, bis er den Raum verlassen hatte.

»Das also nicht«, stellte Hauser fest und legte die Fotos zurück auf den Schreibtisch. »Jetzt bin ich überfragt.«

Aldo Dorn warf einen kurzen Blick auf die Fotos und wischte sie dann mit dem Unterarm in die Schublade, der er sie entnommen hatte. Sie waren sicher kein guter Anlass, ihm zum Aussehen und zur Gelenkigkeit seiner Gattin zu gratulieren.

Hauser hatte noch niemals einen derart roten Kopf gesehen. Er erwartete, dass jeden Moment der Überdruck durch Dampfstöße aus den Ohren entweichen würde. So eine Szene hatte er schon einmal in einem Trickfilm gesehen. Stattdessen fegte Dorn mit dem Handrücken eine Wasserkaraffe vom Tisch, die mit einem lauten Knall auf dem Boden zerschellte. Die meisten Männer wurden im Laufe der Jahre altersmilde, weil der Testosteronspiegel in ihrem Körper sank. Dorn schien von dieser Theorie noch nie gehört zu haben und hatte sich sein aufbrausendes Temperament bewahrt.

Das Geräusch war noch nicht verhallt, da standen die beiden Schläger bereits in der Tür. Sie hielten keine Waffen in Händen, aber die erhobenen Fäuste stellten eine ernstzunehmende Bedrohung dar.

Warum sah sich der Mann die Fotos an, wenn sie ihn so aufregten? Hauser durfte annehmen, dass er sie nicht zum ersten Mal betrachtet hatte, also musste sich die Wirkung schon abgemildert haben. Hauser wählte einen beruhigenden Tonfall. »Es tut mir leid, dass Ihre Frau Sie betrügt. Aber so etwas passiert, wenn Sie sich mit einer Frau abgeben, die jünger als Ihre Tochter ist. Ich meine, so ein heißer Feger hat doch Bedürfnisse, will auf die Piste, was erleben …«

Die beiden Schläger fragten sich, ob dieser Kerl absichtlich mit seinem Leben spielte. Sie schauten zu ihrem Boss, um nicht den Wink zu verpassen, dass sie sich auf ihn stürzen sollten. Hauser, der zwar nicht die nötige Vernunft besaß, aber wie jeder Narr einen sechsten Sinn für Todesgefahr, wechselte spontan das Gesprächsthema. »Was erwarten Sie also von mir? Es hört sich nämlich verdächtig danach an, als solle ich jemanden umlegen.«

Dorn schnalzte zufrieden mit der Zunge: »Das ist ganz genau das, was ich von dir erwarte.«

Melanie sog lautstark die Luft ein, sie wollte nicht glauben, was sie da hörte.

Hauser dagegen blieb seltsam gelassen. »Man sollte doch meinen, dass Sie über ausreichend qualifiziertes Personal für solche Aufgaben verfügen«, sagte er.

»Das ist natürlich richtig, aber alle meine Leute hier kennen Tony und mögen ihn. Wenn ich einen meiner Jungs einen Kollegen töten lassen, verdirbt es das Betriebsklima. Nicht nur, dass sie es nicht tun wollen, es könnte sie auch darüber nachdenken lassen, einmal selbst an seiner Stelle zu sein.«

»Ich bin dafür aber nicht geeignet«, sagte Hauser.

Dorn machte eine Handbewegung, die so viel aussagte wie: Tja, Pech.

So langsam wurde dem Detektiv doch mulmig zumute. Nun sollte er nicht nur einen verdeckten Ermittler einem ungewissen Schicksal ausliefern, sondern auch noch den verhältnismäßig unschuldigen Handlanger eines Gangsterbosses ermorden. Mal abgesehen davon, dass Hauser noch nie jemanden getötet hatte. Wie die meisten Menschen außerhalb von Gefängnissen und Kriminalromanen, hatte auch er nicht die geringste Ahnung, wie er dabei vorgehen sollte.

»Du hast Zeit bis morgen früh. Keine Minute länger«, knurrte Dorn.

»Sie sollten wirklich einen Profi damit betrauen.«

»Du bist doch ein schlaues Kerlchen. Du wirst einen Weg finden, damit es keine Spuren gibt und nichts zu mir führt.«

»Ich kann das nicht.«

Dorn wischte seinen Einwand beiseite. Unvermittelt wies er auf Melanie. »Deine Begleiterin ist sehr hübsch, warum macht sie nichts aus sich?«

»Das ist ihr individueller Stil«, sagte Hauser. »Es gibt Kreise, in denen das als absolut heiß gilt.«

»Das glaube ich nicht«, sagte Melanie, wollte aber nicht mehr Worte an dieses Gespräch verschwenden.

Aldo Dorn beachtete sie nicht. »Damit du nicht kneifst, wird deine entzückende Assistentin solange mein Gast sein.«

»Das werde ich sicher nicht!«, empörte sich Melanie und stieß einen überraschten Schmerzenslaut aus, als eine Pistolenmündung gegen ihren Hinterkopf stieß. Die Waffe signalisierte, dass es sich nicht um einen Wunsch handelte. Mit einer Geiselnahme hatte Hauser nicht gerechnet.

»Sie kann nicht hierbleiben, ich brauche ihre Hilfe«, beteuerte Hauser.

»Das ist wahr«, bestätigte Melanie, »sehen Sie sich ihn doch an.«

»Na, vielen Dank, ich versuche dir hier übrigens gerade zu helfen.«

»Schluss jetzt«, bellte Dorn. »Tony wird dich jetzt nach Hause bringen, Hauser, und wenn du schlau bist, dann nutzt du die Fahrt, um es zu erledigen. Das erspart dir, ihn später suchen zu müssen.«

11
VERPASSTE CHANCEN

Einer der Schläger führte Melanie davon, während der andere Hauser im Auge behielt. Tony trat ein. Hauser stellte beeindruckt fest, wie überzeugend Aldo seine wahren Gefühle in Tonys Gegenwart verbergen konnte. Er redete freundlich mit seinem Untergebenen und musste sich innerlich an dem Wissen vom bevorstehenden Tod des Mannes erfreuen.

Hauser versuchte noch einmal die angebotene Heimfahrt abzulehnen, und Tony unterstützte ihn dabei. Hauser zeigte jedem Anwesenden seine Jahreskarte für den RMV. Doch Aldo Dorn wollte davon nichts wissen. Leute, die für ihn tätig waren, nutzten angeblich keine öffentlichen Verkehrsmittel. Schließlich musste sich der Detektiv geschlagen geben.

Tony war Albaner und sein Nachname für die meisten Nichtalbaner zu lang, um ihn fehlerfrei auszusprechen. Das galt auch für seinen richtigen Vornamen, weshalb er sich diesen eingängigen Spitznamen zugelegt hatte. Die Heimfahrt mit ihm war nicht sehr angenehm. Der Leibwächter konnte seine Verachtung für Hauser nur schwer verbergen und gab sich auch nicht die geringste Mühe. Er bestand darauf, dass der Detektiv auf der Rückbank Platz nahm und verstellte sogar den Rückspiegel, damit er ihn nicht zufällig ansehen musste. Wenn der Kerl geahnt hätte, welchen Auftrag sein Fahrgast ausführen sollte, wäre er vielleicht freundlicher zu ihm gewesen. Oder auch nicht.

Hauser war mulmig zumute. Was stellte sich Dorn vor? Glaubte er wirklich, er müsse Tony und ihn nur zusammen in ein Auto setzen und schon würde die Natur ihren Lauf nehmen? Brauchten Verbrecherbosse nicht ein Mindestmaß an Menschenkenntnis?

Selbst wenn Hauser die Bereitschaft dazu besessen hätte, was nicht der Fall war, wusste er gar nicht, wie er vorgehen konnte. Sollte er sich von hinten auf Tony stürzen und ihn mit dem Anschnallgurt erdrosseln? Bei diesem Fahrtempo war eine solche Vorgehensweise nicht zu empfehlen.

Tony schwieg mürrisch, weil er eine in seinen Augen unwürdige Aufgabe erledigen musste. Aber war das der wahre Grund? Ahnte er vielleicht, welchen Auftrag Hauser erfüllen sollte und dass Dorn ihn enttarnt hatte? In dem Fall konnte die Fahrt einen völlig anderen Verlauf nehmen. Wenn er Hauser für einen Auftragsmörder hielt, würde er versuchen, ihm zuvorzukommen. Hauser achtete sehr genau darauf, ob Tony auch den richtigen Weg nahm.

»Was bist du eigentlich für einer?«, fragte Tony und schien mit einem Mal Interesse an seinem Fahrgast zu entwickeln. Hauser tat dem Bodyguard den Gefallen und versuchte ihm die gewünschte Auskunft zu geben. Schon allein, um nicht weiter darüber nachdenken zu müssen, wie er ihn umbringen sollte.

Was war er für einer? Das war eine gute Frage und er versuchte sie zu beantworten: Er war eine Enttäuschung für seine Eltern. Zuerst für seinen Vater, da er sich weder für Sport noch für eines der anderen Hobbys seines alten Herren begeistern konnte. Dann für seine Mutter, da er keinerlei Ambitionen zeigte, auch nur einen einzigen ihrer ausgetüftelten Karrierepläne zu verfolgen. Es hätte sie sicher weniger gestört, wenn seine Lehrer nicht ständig seine

Intelligenz und rasche Auffassungsgabe gelobt hätten, während sie gleichzeitig seine rätselhafte Antriebslosigkeit anprangerten.

Sein Vater überlebte die Verkündung von Hausers Zukunftsabsichten nur knapp. Er war davon ausgegangen, dass sein Sohn ihn in seiner wissenschaftlichen Arbeit unterstützen würde. Zumal er die Brillanz dafür besaß und mit jeder anderen Tätigkeit nur sein Talent vergeudete.

Zuletzt enttäuschte Hauser beide Elternteile gleichermaßen, indem er weder der Institution Ehe noch baldiger Vaterschaft entgegenzustreben schien und die Aussicht auf Enkelkinder von Jahr zu Jahr geringer wurde. Von all dem einmal abgesehen waren sie ein Herz und eine Seele.

»Einer der Jungs hat mir erzählt, dass du freiberuflich für die Bullen arbeitest? Wird das gut bezahlt?«, unterbrach Tony die selbstreflektierende Episode seines Fahrgastes, weil sie ihn schlicht langweilte.

»Man kann davon leben.«

»Ich wollte früher selbst einmal zur Polizei.«

»Als Polizist?«, fragte Hauser erstaunt.

»Natürlich als Polizist, was denn sonst? Wann wusstest du, dass du die richtige Spürnase dafür hast?«

Hausers hatte einen Job als Detektiv nie in die engere Wahl für seine Zukunftsplanung genommen. Leider auch keinen anderen. »Hat sich so ergeben«, antwortete er ausweichend.

»Was sollst du für Aldo tun? Bisher waren wir anderen nämlich für anstehende Aufgaben völlig ausreichend.«

»Da er es dir nicht erzählt hat, will er sicher nicht, dass du es weißt. Ich kann dir aber versichern, dass wir nicht in Konkurrenz zueinander stehen.«

»Jetzt spuck's schon aus«, sagte Tony drohend und drehte sich zu ihm um, ohne das Tempo zu drosseln.

»Dorn könnte wütend werden, wenn ich dich einweihe. Nicht nur auf mich, weil ich es gesagt habe, sondern auch auf dich, weil du es weißt. Willst du das wirklich riskieren?«

Tony drehte sich wieder nach vorn. »Lass das mal getrost meine Sorge sein, also los jetzt!«

Hauser rutschte über die Rückbank, bis er über den Innenspiegel Blickkontakt mit Tony aufnehmen konnte. »Du bist für den Schutz von Dorns Frau zuständig und ihr Fahrer. Wie kommt es dann, dass du mich hier durch die Gegend kutschierst? Müsstest du nicht ständig in seiner Nähe bleiben?«

»Da sie heute nicht mehr ausgehen möchte, stand ich quasi zur Verfügung«, antwortete Tony lapidar, als würde ihm seine momentane Aufgabe nicht fürchterlich gegen den Strich gehen.

»Wie ist sie denn so, die Frau vom Chef? Ich meine, abgesehen von dem, was einem sofort ins Auge springt.«

Tony erwiderte Hausers Blick im Rückspiegel. »Ich schätze, er würde es nicht wollen, dass ich mit dir über seine Frau rede.«

Hauser nahm es als Retourkutsche, auch wenn sicher mehr dahintersteckte. Aber so leicht würde er ihn nicht vom Haken lassen. »Ganz schön riskant, einen Frauentyp wie dich zum Schatten der eigenen Ehefrau zu machen.«

»Der Boss kann mir vertrauen.«

»Na klar, wahrscheinlich will er die harten Kerle für seinen eigenen Schutz. Er dürfte ja schließlich das Hauptziel für Angriffe sein.«

Tonys Blick fuhr hoch. »Wie, harte Kerle?«

»Deine Kollegen, diese breitschultrigen Klötze. Die wirken schon um einiges bedrohlicher und abschreckender.«

Tony schnappte sofort nach dem Köder. Die perfekte Macho-Konditionierung. »Diese aufgepumpten Typen? Die haben doch nichts auf dem Kasten. Die musst du mal rennen sehen, nach hundert Metern geht denen doch die Puste aus. Das ist alles nur Fassade.«

Hauser grinste und Tony bemerkte es.

»Du glaubst mir wohl nicht? Die Äußerlichkeiten schrecken nur Amateure ab. Dafür ist es natürlich praktisch, aber die Leute, die wirklich gefährlich werden können, sind meistens keine Amateure.«

»Ich wollte dich nicht beleidigen«, beteuerte Hauser, doch Tony ging überhaupt nicht auf ihn ein.

»Hast du schon mal von Bronson Feldmann gehört? Der Mann ist eine Legende in unserer Branche, aber wenn du ihm auf der Straße begegnest, in seinem Anzug, dann würdest du ihn für einen von der Bank halten. Körperlich völlig unscheinbar, aber gefährlich wie eine Klapperschlange.«

»Also, ich habe noch nie von ihm gehört, aber ich glaube, ich verstehe, worauf du hinauswillst.«

»Dorn hat mich engagiert, weil ich gut in meinem Job bin. Quasi trotz meines guten Aussehens.«

»Klingt überzeugend.«

Tony war allerdings der Meinung, Hauser noch nicht überzeugt zu haben. »Zwischendurch erledige ich auch andere Aufgaben für ihn.«

»Natürlich«, sagte Hauser in einem scheinbar beruhigenden Tonfall, der dem Schwenken eines roten Tuches gleichkam. Als wollte man ein aufgebrachtes Kind durch Tätscheln besänftigen, das aber nichts anderes vermittelte, als dass man die Person und ihre Probleme nicht ernst nahm.

»Der Boss arbeitet gern effizient. Neulich habe ich seine Frau zum Zahnarzt gefahren und bin dann während ihrer Behandlung zwei Stockwerke nach oben, wo ein bestimmter Kardiologe seine Praxis hat. Der Kerl verfasst in seiner Freizeit gern Leserbriefe über das organisierte Verbrechen in Frankfurt. Jetzt trägt er beide

Arme in der Schlinge und kann höchstens noch mit der Nase tippen.«

»Du meine Güte«, entfuhr es Hauser und er tat beeindruckt. War das bloße Angabe oder gestand er hier gerade ein Gewaltverbrechen? Die Angaben ließen sich problemlos überprüfen, deshalb beschloss Hauser, sich die Fakten zu merken. Es war schon interessant, welche Risiken manche Menschen eingingen, nur weil sie glaubten, ihre Ehre zu verteidigen zu müssen. Selbst gegenüber jemandem wie Hauser, den sie überhaupt nicht respektierten.

Ein stolzes Grinsen erschien auf Tonys Gesicht. »Das ist noch gar nichts. Hast du von dem Mixed-Martial-Arts-Kämpfer gehört, der in der Hotelbar eine Kellnerin angegriffen hat?«

»Der von einem Unbekannten verprügelt wurde? Das warst du?« Nun war Hauser tatsächlich beeindruckt, denn er hatte Fotos von der menschlichen Kampfmaschine gesehen, die selbst in ihrem lädierten Zustand noch furchteinflößend wirkte.

»Nein, der Unbekannte war Bronson Feldmann, aber ich habe ihm den Rücken freigehalten«, musste Tony zugeben, fand aber sofort eine weitere Anekdote.

»Morgen Abend zum Beispiel werde ich eine Angelegenheit für Dorn klären, die diese Muskelprotze maßlos überfordern würde. Dafür ist Geschick und Raffinesse gefordert.«

Hauser nickte verständnisvoll. Das Konkurrenzverhalten des Personals untereinander schien im Hause Dorn sehr ausgeprägt zu sein.

»Außerdem verlangt der Job ein gehöriges Maß an Kaltblütigkeit und du kannst dir nicht vorstellen, was für Memmen meine sogenannten Kollegen sind, wenn es mal richtig blutig wird.«

Hauser könnte die ganzen Kommentare mit seinem Handy aufzeichnen und anschließend Tonys Kollegen vorspielen. Gut möglich, dass sich das Problem dann von allein löste.

»Ich habe mich noch nicht entschieden zwischen Messer und Knarre, ich bin mit beiden gut«, fuhr der Leibwächter, Chauffeur und Auftragskiller fort.

»Ist es nicht sehr leichtsinnig, mir so offenherzig davon zu erzählen?«

Tony lachte laut. »Du arbeitest jetzt für Dorn, damit gehörst du ihm. Was glaubst du wohl, was er mit dir macht, wenn du einen seiner Jungs verpfeifst?«

»Ich wäre dann wohl dein nächster Auftrag. Wieder die Frage, ob Messer oder Knarre.«

»Nee, für Verräter benutzen wir stumpfe Löffel.«

Der Spruch war so alt, dass sogar Hauser ihn bereits kannte. Ansonsten hätte er ihn wohl in Panik versetzt.

»Wir sind da«, verkündete Tony und als Hauser nach draußen blickte, erkannte er, dass sie tatsächlich vor seinem Haus standen. Er war erleichtert, die unangenehme Fahrt hinter sich zu haben. Sein Problem hatte sich dadurch allerdings nicht gelöst. Dorns Auftrag bestand immer noch und Tony würde gleich verschwinden.

»Willst du noch auf einen Kaffee mit raufkommen?«, fragte Hauser, um mehr Zeit zu gewinnen. Als Tonys Augen im Rückspiegel zu schmalen Schlitzen wurden und seine ordentlich getrimmten Augenbrauen zusammenzuwachsen schienen, wurde Hauser bewusst, wie falsch man diesen Satz verstehen konnte.

»Raus!«, grollte Tony. Hauser folgte der Anweisung widerspruchslos.

Der Wagen schoss davon, kaum dass Hausers Schuhsohle den Kontakt zum Fußraum verloren hatte.

»Das wird schwierig«, murmelte Hauser, weil Tony nach dem Missverständnis wohl in Zukunft erst recht einen Bogen um ihn machen würde.

Hauser war nicht sonderlich überrascht, dass er seine Wohnung unverschlossen vorfand. Da Einbruchsspuren fehlten, handelte es sich um einen Profi oder jemanden mit Schlüssel, und in letzterem Fall kam nur eine sehr begrenzte Auswahl infrage. Lessing saß auf der Couch und hatte die Füße auf den halbhohen Tisch vor sich gelegt. Sein dritter Besuch an diesem Tag, der scheinbar nicht zu Ende gehen wollte. Aber Hauser hatte allen Grund, mit ihm reden zu wollen. Hoffentlich war er noch zum Reden aufgelegt. Das Ende ihrer letzten Begegnung hatte nicht so geklungen.

»Du bist dabei, dir eine Menge Feinde zu machen und ich rede hier nicht nur von enttäuschten Freunden.«

Anscheinend war er gesprächig, stellte Hauser erleichtert fest. Es war schwierig, sich mit Lessing auszusöhnen, ohne ihm erzählen zu können, weshalb Hauser tat, was er tat. Lessing sah ihn abwartend an und als eine Erklärung ausblieb, seufzte er resignierend. Wie lange kannten sie sich schon? Zu lange jedenfalls, um eine solche Krise ignorieren zu können.

»Du hast neue Probleme«, erklärte Lessing.

»Was du nicht sagst«, murmelte Hauser und ließ sich ihm gegenüber in den Sessel fallen.

»Ich hatte vorhin ein Gespräch mit Bornemann. Sie hat gesagt, wir müssten uns dringend etwas mit dir überlegen. Auch wenn du mein Freund bist, können wir nicht die Augen davor verschließen, dass du für einen berüchtigten Verbrecher arbeitest, der im Mittelpunkt einer großangelegten Polizeiaktion steht.«

Hauser überlegt, ob er schon etwas zu seiner Verteidigung sagen sollte, hörte aber stattdessen lieber weiter zu.

»Ich habe ihr gesagt, dass ich dich schon eine Ewigkeit kenne und du niemand bist, der sich von Gangstern bezahlen lässt. Jedenfalls nicht für kriminelle oder illegale Tätigkeiten. Da habe ich doch nicht gelogen, oder? Ich habe meiner Chefin versichert:

Wenn du für Cheviliecovic arbeitest, dann handelt es sich um einen legalen Auftrag und dafür können wir dich nicht belangen.« Lessing nahm die Füße vom Tisch und beugte sich vor. »Sie geht davon aus, dass du dich an den Meistbietenden verkaufst.«

»Das war alles? Sie hat überhaupt nichts Abfälliges über mich gesagt?«

»Das meiste davon habe ich weggelassen. Na ja, sie meinte, ich solle ihr nicht erzählen, dass du ein übergeordnetes und in irgendeiner Form edles Ziel verfolgst. Was noch? Ach ja, du wärst nur die Karikatur eines Privatdetektivs und würdest sofort die Beine in die Hand nehmen, wenn ein Schuss fällt oder jemand die Fäuste hebt.«

»Das ist ja wohl eine ganz normale Reaktion.« Hauser verschränkte eingeschnappt die Arme vor der Brust. »Und was hast du gesagt?«

»Ich sagte wörtlich: Jetzt unterschätzen Sie ihn aber.« Lessings Verteidigung klang auch in seinen eigenen Ohren wenig glaubwürdig, er hob die Hände. »Aber dann musste ich zugeben, dass sie dich vielleicht doch ganz gut einschätzt.«

Hauser machte einen empörten Laut, als er hören musste, wie bescheiden die Meinung seines Freundes über ihn ausgefallen war.

Lessing lehnte sich zurück und sah Hauser durchdringend an: »Ich dachte, du solltest das wissen. Wenn ich dir nicht auf die Finger klopfe, wird sie sich jemand anderen suchen, der das für sie übernimmt.«

Hauser wollte ihm nicht verraten, dass Bornemann momentan zu seinen geringsten Sorgen zählte und wenn die Wiedergabe des Gesprächs einigermaßen authentisch gewesen war, wussten Lessing und seine Chefin ungefähr gleich wenig. Sie hatten eine Ahnung, aber nichts, womit sie ihm in die Quere kommen konnten.

»Was kann ich tun, damit du mit mir redest?«, fragte Lessing, halb genervt, halb verzweifelt.

»Na ja«, begann Hauser, »es gäbe eine Sache, die du tun könntest.«

»Schieß los.«

»Ich muss jemanden verschwinden lassen, jedenfalls für eine Weile. Dabei könntest du mir behilflich sein.«

»Bitte? Ich hör wohl nicht recht.«

»Du würdest ein gutes Werk tun. Es handelt sich um einen üblen Kerl mit noch übleren Absichten.«

»Und ich sperre ihn mal eben ein? Das hier ist nicht Guantanamo, wie stellst du dir das vor?« Lessing kam aus dem Kopfschütteln überhaupt nicht mehr heraus.

»Schon gut, vergiss es.«

»Ich lasse mich doch nicht zum Handlanger deiner neuen Gangsterfreunde machen. Die können ihre Probleme schön weiter selbst regeln und wir versuchen, sie dabei zu erwischen. Du solltest wirklich aufpassen, dass ich dich nicht eines Tages verhaften muss. Das wäre mir wirklich unangenehm.«

»Und mir erst«, sagte Hauser. Es war wirklich eine dämliche Idee von ihm gewesen, aber das Gespräch mit Tony hatte ihn in einen noch größeren Konflikt gestürzt. Bisher hatte er nach einer Möglichkeit gesucht, ihn in Sicherheit zu bringen, doch inzwischen erschien das nicht mehr ausreichend. Auch in einem Versteck konnte Tony gefunden werden.

»Bedaure«, sagte Lessing, »aber ich kann Leute nicht einfach wegsperren, bevor sie ein Verbrechen begangen haben. Wenn du mir ein paar Details nennst, dann werde ich alles dafür tun, ihn an der Ausführung zu hindern.«

»Das geht leider nicht.«

»Ach stimmt, du kannst mir ja leider nichts darüber verraten, was du momentan so alles treibst.«

»In diesem Fall wirklich nicht, weil ich die Details selbst nicht kenne.« Hauser hob bedauernd die Hände.

»Aber du weißt, dass ein Verbrechen begangen wird?«

»Derjenige hat es mir selbst gesagt.«

»Könnte Prahlerei gewesen sein.«

»Dachte ich zuerst auch, aber der Kerl hat wirklich eine fiese Ader.« Sollte er Lessing alles erzählen? Von der Erpressung, den ständig wachsenden Verpflichtungen und Melanies Geiselnahme? Letzteres durfte er auf keinen Fall tun, denn dann hätte Lessing sofort das Ruder übernommen und den gesamten Polizeiapparat in Bewegung gesetzt. Hauser wollte nicht riskieren, dass Melanie verletzt wurde, beim Versuch, Dorns Haus zu stürmen. Aldo Dorn war zwar durch und durch ein Verbrecher, aber er war kein blindwütiger Verrückter. Er behielt Melanie nur als Pfand und würde ihr nichts tun, da war sich Hauser sicher. Jedenfalls galt dies solange, bis der Detektiv seinen Auftrag erledigt hatte.

»Es wäre auch in deinem Interesse«, beteuerte Hauser.

»Das würde ich gern selbst beurteilen, aber dazu müsste ich wissen, was hier gespielt wird. Bornemann glaubt, du hast dich an diese Gangster verkauft. Ich meine, du warst ja noch nie wählerisch bei der deiner Kundschaft, aber so extrem habe ich es bisher noch nicht erlebt. Hat sie recht mit ihrer Vermutung? Lässt du dich neuerdings vom großen Geld locken?«

»Du solltest mich besser kennen.«

»Deshalb frage ich dich ja auch. Gib mir irgendwas, das mich Hoffnung schöpfen lässt.«

»Vielleicht könntest du mir eine kleine Auskunft geben?«

Lessing lehnte sich beleidigt auf der Couch zurück. »Du willst mir nicht die geringste Information geben, aber ich soll dich mit Infos füttern.«

»Ganz genau.«

Lessing schnaubte.

»Habt ihr einen verdeckten Ermittler namens Hüsbach in Matze Kellers Truppe eingeschleust?«, erkundigte sich Hauser.

»Bist du vollkommen irre? Ich soll dir streng vertrauliche Informationen geben, damit du bei deinen neuen Freunden Punkte sammeln kannst?«

»Ich brauche nur die Bestätigung, damit ich sicher sein kann, dass er zu euch gehört. Obwohl ich schon ziemlich sicher bin. Es dient nur dem Schutz von Hüsbach. Ehrlich.«

Lessing blieb skeptisch. »Mein Vertrauen zu dir wird momentan auf eine sehr harte Probe gestellt.«

»Du glaubst doch nicht an Bornemanns Theorie, oder? Dazu kennen wir uns zu lange und zu gut. Ich schwöre dir, alles, was du mir in Bezug auf Hüsbach sagst, nutze ich einzig und allein zu dessen Schutz. Und das Beste daran ist, ich werde es euch nicht einmal in Rechnung stellen.«

Lessing sah ihn an, dann griff er in die Innentasche seines Jacketts und zog sein Handy hervor. Kopfschüttelnd, weil er selbst nicht fassen konnte, was er gerade tat. Unruhig ging er die Strecke zwischen Wohnungstür und Couch auf und ab, bis er mit der richtigen Person verbunden war. Das Gespräch dauerte nicht lange und Lessing beendete es erstaunt. »Hüsbach gehört tatsächlich zu uns. Ich weiß jetzt nicht, woher du das wissen konntest, aber es stimmt.«

»Ich fürchte, das hat jetzt überhaupt nichts mit Detektivarbeit zu tun. Ich kann dir sagen, woher ich das weiß, aber du solltest dich vorher besser setzen.«

Lessing sah Hauser an, ein Gefühl wie das Platzen eines Magengeschwürs überkam ihn.

»Glaub mir«, bestätigte Hauser, »es ist besser, wenn du sitzt. Ich weiß ja nicht, wie es momentan um deine Selbstbeherrschung bestellt ist, aber es könnte auch nicht schaden, wenn du dich mit deinen Handschellen an den Heizkörper ketten würdest.«

»Schieß los!«

»Hauptsache, du tust es nicht.«

Hauser lieferte eine stark entschärfte und weitgehend detailfreie Version der Ereignisse, die sich in erster Linie auf die Tatsache fokussierte, dass er der halben Frankfurter Unterwelt einen Gefallen schuldete. Wodurch die unglückliche Verkettung ausgelöst wurde und worin die geforderten Gefallen bestanden, behielt er für sich, denn die Kenntnis davon hätte Lessing nicht untätig bleiben lassen. Dadurch wäre Hauser die Kontrolle entzogen worden oder was er dafür hielt. Aber die Geschichte hatte auch ohne diesen Punkt genug Würze.

Lessing sank in das Rückenpolster der Couch. »Wie genau sieht dein Plan aus? Von allen Aufträge annehmen und dann schnell das Land verlassen?«

»Natürlich werde ich die Aufträge nach bestem Wissen und Gewissen erfüllen.«

»Du willst diesen Kerlen helfen?«

»Ich habe schließlich einen Ruf zu verteidigen.«

»Welchen denn? Der neueste Handlanger der Frankfurter Unterwelt zu sein?«

Es klingelte an der Tür.

»Erwartest du noch Besuch?«, fragte Lessing. »Um diese Uhrzeit? Es ist fast elf.«

»Eigentlich nicht, aber heute ist irgendwie alles anders.«

Mühsam erhob sich der Detektiv und ging durch den Flur zur Tür. Lessing überprüfte unterdessen sein Handy, ob er eine neue Nachricht von Bornemann hatte, in der sie ihn aufforderte, Hauser das Handwerk zu legen. Die Frau konnte für sie beide zur Bedrohung werden. Für seine Karriere und für Hausers Freiheit.

Auf dem Display wurde nichts angezeigt, also schob Lessing das Gerät zurück in die Hosentasche.

Von der Tür war nichts zu hören. Wenn sich jemand in der Adresse geirrt hatte, dann wäre Hauser längst zurück. Lessing stand auf und lauschte in den Flur. Unmöglich, dass sein Freund sich leise mit jemandem unterhielt, ohne dass es zu hören war. Lessing spähte in den Flur und sah die offene Wohnungstür.

»Hauser?«

Keine Antwort. Der Hauptkommissar ging jetzt schneller und spähte nach draußen. Im Hausflur war niemand zu sehen. Er lehnte sich über das Geländer und sah im Treppenhaus nach unten. Hauser war verschwunden.

12
ERPRESSUNG

Der Wagen raste durch die Nacht. Hauser saß in der Mitte der Rückbank und betrachtete die Silhouetten der beiden Männer vor sich. »Arbeitet ihr für Dorn?«

Keine Antwort. Hauser ging davon aus, erneut zu Dorn gebracht zu werden, weil Tony unversehrt zurückgekehrt war. Offenbar handelte es sich um die übliche Praxis, wie in dieser Branche Gesprächspartner einbestellt wurden. Inzwischen mochte ein Schichtwechsel stattgefunden haben und deshalb fuhren ihn dieses Mal zwei andere Schläger. Andererseits hatte er momentan ja nicht nur mit Dorn zu tun.

»Oder für Keller?«

Wieder keine Antwort.

»Hmm, Chevy hat euch auch nicht geschickt. Seid ihr von der Polizei?« Diesmal erntete er ein verächtliches Auflachen, was zumindest eine Art Antwort war. »Ich gebe auf, zu wem bringt ihr mich?« Sie bewegten sich in südöstlicher Richtung durch die Stadt, aber da er selten nachts unterwegs war, fiel es ihm schwer, sich zu orientieren.

»Du bist ein komischer Vogel«, sagte der Fahrer mit einem zweifelnden Blick in den Rückspiegel.

Hauser hielt sich nicht für einen Exzentriker und schon allein dieser Umstand machte ihn zu einem Menschen mit sehr exzentrischer Selbstwahrnehmung. Gewöhnlich dachte er wenig darüber nach, was andere von ihm hielten. Er bemerkte zwar die Reaktionen auf sein Erscheinungsbild und sein Verhalten, aber damit hatte es sich auch schon. Veränderungen zog er für sich nicht in Betracht. Er hätte auch gar nicht gewusst, welche Dinge er wie verändern sollte. Sein persönlicher Stil war nicht durchgedacht oder mit Sorgfalt geplant, sondern auf natürlichem Weg im Laufe der Jahre entstanden.

Die Fahrt endete auf dem Lerchesberg über Sachsenhausen vor einem weißen Bungalow. Hauser kannte das Gebäude aus der Zeitung, es gehörte Don Silvio Alfonsi, einem Mafioso alter Schule und wohl der einflussreichste Gangster Frankfurts.

Hauser hatte bei seinen Fällen Einblick in einige teuren Villen der Stadt erhalten. Viele von ihnen waren pompös von außen und wirkten im Inneren wie Museen. Hauser konnte solchen Räumen wenig abgewinnen, denn sie waren meist kalt und ungemütlich. Sie dienten mehr der Schau, waren zwar schön anzusehen, aber nur schlecht zu bewohnen. Es gab auch Paläste, deren Einrichtung so perfekt aufeinander abgestimmt war, wie dies nur ein Mensch vollbringen konnte, der sich in Vollzeit mit dieser Tätigkeit beschäftigte. In solchen Fällen wurden wohl ganze Teams aktiv, deren Mitglieder sich in den verschiedensten Bereichen wie Kunst, Architektur und Esoterik auskannten. Den jeweiligen Besitzern traute er diese gebündelten Kenntnisse nicht zu. Hauser fragte sich sogar, ob das Innere der Häuser ihrem eigenen Geschmack entsprach oder ob sie lediglich dachten, es müsse so aussehen, wenn man Geld hatte.

Die drei Gangster, die er in den letzten Stunden zu Hause besuchte, hatten ihren eigenen Stil umgesetzt: der neureiche, geschmacksbefreite Poser. Der Neo-Yuppie mit dem *Schöner-Wohnen*-Abo. Der Hemingway-Wiedergänger mit dem Kadaver-Fetisch. Nun betrat er das Domizil von Don Silvio Alfonsi, und es wirkte, als sei es Stein für Stein in Sizilien abgetragen und hier in Frankfurt neu aufgebaut worden.

»Wenn ich mir noch eine einzige Luxusvilla ansehen muss, werde ich meine Wohnung kündigen und eine kriminelle Laufbahn einschlagen«, sagte er zu dem Leibwächter neben sich, den das überhaupt nicht interessierte.

Die Inneneinrichtung wirkte, als habe man sie aus der Konkursmasse der Corleones erworben. Hauser zählte in Gedanken die Mafiaanspielungen, die er sich auf dem Weg verkneifen musste. Als er Silvio gegenübertrat, war er bei Nummer siebenunddreißig.

Der Don erwartete ihn am Fuß der Treppe. Silvios Gesicht hatte zahlreiche Dellen und Wellen, als ob er sehr schnell sehr viel abgenommen habe, ohne dass die Haut Gelegenheit hatte, sich zurückzubilden. Aber sie hing nicht sackartig herunter, sondern sah aus wie schlecht angeklebt. Der Mafiosi trug einen scheußlichen Pullover mit Rautenmuster. Nicht ohne Belustigung musste man feststellen, dass die Rauten auf der fülligen Körpermitte eine andere Form hatten als jene, die weiter oben seine Hühnerbrust bedeckten. Die Ärmel hatte er bis zu den Ellenbogen hochgezogen und entblößte drahtige, schwarze Behaarung. Wichtiger erschien ihm allerdings, die goldene Uhr an seinem Handgelenk zu zeigen. Trotz seines wenig vorteilhaften Äußeren wirkte der Mann respekteinflößend und einschüchternd, was ihn auch körperlich größer erscheinen ließ. Selbst als er vor Hauser stand und mit seinem Scheitel kaum die Höhe von dessen Brustwarzen erreichte, hatte der Detektiv das Gefühl, zu Silvio aufschauen zu müssen.

Silvio Alfonsi passte gut in ein Nobelviertel. Seine Nachbarn sahen das sicher anders. Und am meisten störte sie wahrscheinlich, dass sein Kontostand die ein oder andere Null mehr aufwies.

Hinter ihm stand ein kleiner, schmächtiger Mann mit teilnahmslosem Gesichtsausdruck. Wahrscheinlich der Assistent von Silvio, aber der Don machte sich nicht die Mühe, ihn vorzustellen.

Silvio hatte ähnlich viele Bedienstete wie Dorn, aber er präsentierte sie nicht. Sie hielten sich im Hintergrund, waren aber sofort zur Stelle, wenn er sie brauchte. Als Hauser sich über seine trockenen Lippen leckte, fragte ein Diener nach seinem Getränkewunsch. Der Mann war förmlich aus dem Nichts erschienen und Hauser musste sich sehr zusammenreißen, um nicht vor Schreck aufzuschreien. Dorns Männer sollten einschüchtern, danach waren sie gecastet worden. Silvios Leute dagegen erschienen unauffälliger, waren aber deshalb sicher nicht ungefährlich. Sie trugen ihre Fähigkeiten nicht zur Schau. Dadurch wirkten sie vielleicht nicht so abschreckend, aber sie zogen auch nicht so viel Aufmerksamkeit auf sich. Hauser nahm an, bei der ersten verdächtigen Bewegung würden sich sofort drei Bodyguards aus dem Nichts auf ihn stürzen. Die vier Bosse waren grundverschieden: Chevy war ein Angeber, Matze wirkte wie ein erfolgreicher Manager, Dorn wie ein Holzfäller ohne Bart und Silvio wie ein echter Kino-Mafia-Pate.

»Ich habe gehört, du arbeitest gelegentlich auch für die Polizei«, begrüßte ihn Silvio.

»Ich hoffe, das wirkt sich nicht negativ auf unsere Beziehung aus.«

»Dann kennst du Kathrin Bornemann?« Silvio lächelte.

»Wir sind uns einige Male begegnet. Eine Freundin von Ihnen?«

»Sicher nicht. Im Gegenteil sogar. Die Frau scheint etwas gegen mich persönlich zu haben und wünscht sich meinen Kopf als Trophäe an ihrer Wohnzimmerwand.«

»Soll ich mal mit ihr reden?«, bot Hauser an.

Silvio gluckste. »Du meinst, du könntest ihr ausreden, Jagd auf mich zu machen? Selbstbewusstsein hast du ja, bei allem, was recht ist.« Dann wurde er ernst. »Ich bin nicht in einer Branche, in der man Dinge bei einer Tasse Kaffee ausdiskutiert. Wenn einem jemand ans Bein pinkelt und nichts anderes hat diese Dame getan, dann ist es meine Pflicht, mich dafür zu revanchieren.«

Hauser kämpfte dagegen an, sich Silvios Metapher bildlich vorzustellen, und nickte verstehend. »Diese Revanche muss selbstverständlich höher ausfallen, als der ursprüngliche Angriff.«

»Jedes Spiel hat seine Regeln«, erwiderte der Don mit einem Achselzucken. »Aber ich würde lieber von einem Kodex sprechen. Er sorgt dafür, dass man es sich zweimal überlegt, bevor man jemanden angreift.«

Hauser hielt dies für reines Wunschdenken, denn in der Realität sorgte diese Form der Abschreckung meist dafür, dass der erste Angriff so gnadenlos und endgültig ausfiel, dass niemand mehr für eine Revanche übrigblieb. Aber Leute wie Dorn fantasierten gern über Gaunerehre, weil sie ein paar Mal zu oft *Der Pate* gesehen hatten.

»Macht Bornemann dir auch Ärger? Ich kann das für dich regeln, so als kleine Gefälligkeit«, bot Silvio an.

Hauser schüttelte heftig den Kopf. »Nicht nötig, das ist kein großes Problem.«

»Ich hätte nicht erwartet, dass du solche Skrupel hast. Die Frau spricht nicht gerade freundlich von dir.«

»Das ist verständlich. Sie muss mir schließlich eine Menge Geld für meine Arbeit bezahlen.«

»Hast du Angst, ich tue ihr Gewalt an? Keine Sorge, ich dachte dabei nicht an Gewalt, nur ein bisschen Erpressung.«

Hauser wurde hellhörig. »Sie haben etwas gegen sie in der Hand?«

Silvio nickte: »Richtig und deshalb setzen wir auch gerade eine Wunschliste an Frau Bornemann auf. Kein Problem, dich da mit draufzusetzen.«

Die Aussicht erschien Hauser verlockend. Auf der anderen Seite würde sein Name dadurch untrennbar mit dem von Silvio und einigen anderen Kriminellen verbunden sein. »Nur aus Interesse, was habt ihr gegen sie in der Hand?«

Silvio nickte seinem Assistenten zu, der einen gewaltigen Flachbildfernseher in der Mitte der Wohnzimmerschrankwand entblößte. Der Don drückte Hauser eine Fernbedienung in die Hand. »Anschauen auf eigene Gefahr«, sagte er mit einem Zwinkern und trat einen Schritt zurück.

Hauser hatte sich gegen so einiges gewappnet, aber nicht gegen das, was nun auf der gesamten Breite des Bildschirms erschien. Obwohl er die Fernbedienung in der Hand hielt und Bornemanns Sex-Tape jederzeit abbrechen konnte, war es wie bei einem Verkehrsunfall: Er konnte nicht wegschauen, obwohl er es eigentlich nicht sehen wollte.

Wie er feststellte, war Bornemann nackt nicht mal unattraktiv. Ihr Gesicht konnte als ausgesprochen hübsch bezeichnet werden, wenn sie nicht gerade wütend, genervt oder ungeduldig dreinschaute. Ihr Körper war noch sportlicher, als es die Bewegungen in ihren dienstlichen Hosenanzügen ohnehin schon vermuten ließen. Mit anderen Worten: Er sah gerade einer überaus attraktiven Frau in HD beim Kopulieren zu. Aber er konnte nun einmal das Aussehen nicht vom Charakter trennen und deshalb fiel es ihm schwer, einen Menschen, der ihm nicht unbedingt sympathisch war, körperlich attraktiv zu finden. Dieses Phänomen hatte er bereits bei einigen prominenten Frauen festgestellt, die nach objektiven Maßstäben wunderschön waren. Aber von ihm eben nicht objektiv betrachtet werden konnten. Schließlich gelang es ihm doch, sich von dem Geschehen auf dem Bildschirm zu lösen. »Kommt da noch irgendeine Sensation?«

Silvio zuckte mit den Schultern. »Nein, das geht noch eine Weile so weiter, bis zum Schluss. Einem sehr lauten Schluss und es dauert auch recht lange, bis es so weit ist.«

»Das freut mich für Frau Bornemann. Ist ihr Filmpartner jemand, den man kennen müsste?«

»Ich kenne ihn. Sie hält ihn für einen Grundschullehrer aus Rüsselsheim.«

»Und in Wahrheit?«

»Ist er ein Professioneller von außerhalb.«

»Herrscht in Frankfurt Fachkräftemangel auf diesem Gebiet?«

Silvio lächelte. »Nein, nur eine Vorsichtsmaßnahme, für den Fall, dass sie vielleicht mal seine Akte auf dem Tisch hatte. Die Frau Kriminaloberrätin sollte den Abend genießen können und der Beruf ihres Liebhabers macht die Sache noch um einiges pikanter. Sie wird Wachs in unseren Händen sein.«

Hauser teilte die Zuversicht des Mafioso nicht. Bornemann war viel zu stolz, um sich einer Erpressung zu beugen. Sie würde bedenkenlos ihre Karriere opfern, wenn die Alternative hieß, ihre Prinzipien zu verraten oder vor kleinen Gaunern einknicken zu müssen. Hauser mochte solche moralisch integren Menschen, auch wenn er sich überhaupt nicht in deren Persönlichkeiten hineinversetzen konnte.

»Was sagst du dazu?«

»In meiner Rolle als Filmkritiker?«, fragte Hauser unschuldig zurück.

Silvio wirkte enttäuscht. »Du erkennst das Potenzial dieser Aufnahme wohl nicht?«

»Erkennen schon, aber ich schätze es nicht so hoch ein. Ich gehe davon aus, dass Sie mit dieser Aktion ein Eigentor schießen werden und Bornemann Sie anschließend nur umso verbissener jagt.«

»Ach ja, du denkst also, ich irre mich?«

Hauser bemerkte, wie die scheinbar beiläufige Frage die Anspannung bei Silvios Männern erhöhte. Offenbar handelte es sich um keine Frage, die man bedenkenlos bejahen konnte. »Ich denke, Sie schätzen die Wirkung viel zu hoch ein. Sie glauben, Bornemann würde wirklich alles tun, um die Veröffentlichung des Videos zu verhindern, aber genau das denke ich nicht. Ihre Annahme mag auf einem altmodischen Frauenbild beruhen, aber wir befinden uns im 21. Jahrhundert. Frauen müssen sich nicht mehr dafür schämen, guten Sex zu genießen. Natürlich wäre es ihr lieber, wenn niemand die Aufnahmen sehen würde, aber es ist auch nicht die erwartete Katastrophe. Selbst die Dienste eines Callboys sind bei einer Frau, die keine Zeit für ein Privatleben hat, nicht verwerflich. Zumal sie in diesem Punkt getäuscht wurde. Wenn Sie das Video wirklich einsetzen wollen, würde ich es nur für einen mittelschweren Gefallen verwenden. Sonst kann es schnell passieren, dass die Dame Sie auslacht.«

Silvios Männer sogen erschrocken die Luft ein. Doch der Don lächelte nur milde. Hauser strahlte dem Mafioso so unbefangen entgegen, dass der alte Mann weich wurde. Er hatte schon immer ein Herz für Narren besessen und der Detektiv erschien so frei von Ironie oder gar Sarkasmus, dass Silvio sich nicht beleidigt fühlte. Er war es gewohnt, nervende Personen schnell und dauerhaft aus seinem Umfeld zu entfernen, aber Hauser amüsierte ihn und deshalb ließ er ihm einiges durchgehen. Sogar Respektlosigkeiten, bei denen sich seine Leute wunderten, dass sich Silvios Daumen nicht nach unten senkte.

»Du hast offensichtlich nicht die geringste Ahnung, mit wem du es zu tun hast.« Es schien Silvio Spaß zu bereiten, wie ahnungslos der Detektiv angesichts der drohenden Gefahr war, in der er schwebte.

»Sollen wir dem Schnüffler Respekt einprügeln?«, fragte einer der Leibwächter.

Silvio winkte ab. »Heben wir uns das für später auf, Jungs. Wenn ich ihn richtig einschätze, wird er mir noch öfter Gelegenheit bieten, mich über ihn zu ärgern.«

Der Don nahm in einem Sessel Platz.

Hauser setzte sich ihm gegenüber. »Ich nehme mal an, Sie haben mich nicht in Ihr Haus eingeladen, um mir zu sagen, was Sie alles für mich tun können.«

»Das ist richtig. Du sollst jemanden für mich finden.«

»Wie heißt er und wo hält er sich auf.«

Silvio legte den Kopf schief. »Wann ich das wüsste, bräuchte ich dich nicht, dann würde ich meine Jungs schicken.«

»Um wen geht es?«

»Meinen Sohn«, erklärte Silvio mit einem kaum wahrnehmbaren Zögern.

»Wann ist er verschwunden?«

»Er ist nicht verschwunden, ich weiß nur nicht, wo er sich aufhält.«

»Wann haben Sie ihn zuletzt gesehen?«

»Noch nie.«

»Bitte?«

»Ich habe ihn noch nie gesehen, aber jetzt möchte ich ihn kennenlernen.«

Hauser runzelte die Stirn. »Darf ich fragen, wie alt Ihr Sohn ist?«

»Sechsundzwanzig.«

Hauser stieß einen leisen Pfiff aus. »Sie wissen also nichts über ihn?«

»Hat mich bisher nicht interessiert.«

Das hielt sogar Hauser für eine sehr merkwürdige Antwort. Und er war einiges an kruden Aussagen gewöhnt – als Sender und als Empfänger. »Dann erzählen Sie mir etwas über die Mutter.«

»Viel weiß ich nicht, schließlich liegt das lange zurück und ich habe damals schon nicht viel über sie gewusst. Sie war eine Bekannte, aber keine gute.«

»Ein One-Night-Stand?«

»Ein paarmal mehr war es schon. Aber doch recht anonym. Sie hat mich nicht ihren Eltern vorgestellt. Oder ihren Freunden.«

»Ich mache mal eine gewagte Vermutung: Sie kennen nicht mal ihren Nachnamen.«

»Das waren andere Zeiten damals.«

»Wir reden über die frühen Neunziger, nicht über das vorletzte Jahrhundert.«

»Sie hieß Christine. Wir haben uns in Sachsenhausen kennengelernt, sie kam von außerhalb, aber ich weiß nicht mehr woher. Jedenfalls hat der Äppelwoi sie leichtsinnig gemacht. Ein wahres Teufelszeug. Sie war jung und ich war jünger als heute, wir ließen uns treiben.«

»Ein Sommer der Liebe«, kommentierte Hauser mit verträumter Stimme.

»Eher zwei Wochen, aber vollkommen ausreichend. Ich habe die Nachricht von ihrer Schwangerschaft damals schlecht aufgenommen und war möglicherweise nicht besonders sensibel, als ich sie eine Hure nannte, die es nur auf mein Geld abgesehen hat.«

»Möglicherweise«, stimmte Hauser zu.

»Ich wollte sie zu einer Abtreibung zwingen. Also, zuerst bot ich ihr nur an, die Kosten zu übernehmen und sie bat sich Bedenkzeit aus. Nach Ablauf der Frist wollte ich sie zwingen, falls sie sich weigerte, aber da war sie schon verschwunden.«

»Vielleicht hatte sie auch herausbekommen, mit wem sie sich eingelassen hat. Das kann eine junge Frau schon erschrecken.«

Silvio zuckte mit den Schultern. »Sie hat Frankfurt verlassen und sich wohl in das Kuhkaff zurückgezogen, aus dem sie kam. Ich wünschte, ich hätte ihr damals besser zugehört, wenn sie redete.« Silvio dachte kurz nach. »Ich kann mich nur daran erinnern, dass sie Niko für einen schönen Namen hielt. Es ist nur eine Möglichkeit, aber ich gehe davon aus, dass sie einen Jungen Niko genannt hätte.«

»Hat sie auch über Mädchennamen gesprochen?«

»Falls ja, habe ich es nicht gehört.«

»Also, kein Nachname, kein Wohnort und auch nicht das Geburtsdatum ihres Sohnes«, fasste Hauser zusammen.

»Meine Güte, wenn es leicht wäre, dann könnte ich es ja selbst. Er muss so im April geboren worden sein.« Silvio sah ihn durchdringend an. »Kriegst du das hin?«

Es war nicht schwer zu erkennen, dass es auf diese Frage nur eine richtige Antwort gab.

»Momentan ist mein Terminkalender ziemlich voll«, sagte Hauser.

»Ich habe gefragt, ob du das hinkriegst, nicht ob du den Auftrag annimmst, denn das steht nicht zur Diskussion. Falls du es nicht schaffst, sag es gleich, dann verschwende ich nicht weiter meine Zeit und kann mir jemand anderen suchen.« Silvio ließ unerwähnt, was er in dem Fall mit Hauser anstellen würde.

»Es ist schwierig, aber nicht unmöglich«, sagte Hauser nachdenklich, als würde er sich bereits seine Vorgehensweise zurechtlegen. »Es wird allerdings eine ganze Weile dauern, bis …«

»Zweiundsiebzig Stunden.«

»Unmöglich. Ihr Sohn kann sich überall auf der Welt aufhalten.«

»In zweiundsiebzig Stunden gebe ich dem nächsten eine Chance.«

Hauser wusste, dass es sinnlos war, darüber zu diskutieren. In drei Tagen musste er mindestens eine gute Spur präsentieren, damit Silvio sich veranlasst sah, ihn weitermachen zu lassen.

»Du findest allein hinaus«, entschied der Don und stand auf. Als Hauser ihn nach seiner Handynummer fragte, sagte der Assistent sie routiniert auf. Außerdem gab er ihm eine Liste mit all den Aktionen, die bereits durchgeführt worden waren. Es war wenig überraschend, dass Silvios Leute ohne einen Nachnamen nicht viel herausbekommen hatten.

Sie ließen ihn in dem Raum zurück. Sein Blick fiel auf den Fernseher. Irgendwann würde seine Eskorte auftauchen, ihn hinausbegleiten, nach Hause fahren oder einfach nur auf die Straße setzen. Hauser erinnerte sich an den Ablauf der Vorführung. Der Assistent hatte die gebrannte DVD aus dem Arbeitszimmer von Silvio gebracht. Sie war ohne Hülle, was ein Hinweis sein könnte, dass sie eigens für die Vorführung angefertigt worden war. Sie befand sich also auf dem Rechner im Arbeitszimmer. Mit viel Glück nur dort, aber so viel Glück würde er wohl nicht haben. Es gab mit Sicherheit mehrere Kopien, die an verschiedenen Orten deponiert waren. Mindestens in Silvios Tresor. Vielleicht auch in einem Bankschließfach und bestimmt hatte er den Film als E-Mail an sich selbst geschickt und besaß dadurch eine weitere Kopie auf dem Server seines Providers. Hauser könnte die Gelegenheit nutzen und sich ins Arbeitszimmer schleichen. Silvio war sicher kein Freund literarischer Anspielungen oder numerischer Rätsel. Das Passwort auf seinem Computer dürfte eine Beleidigung für Hacker sein und könnte wohl von jedem erraten werden, der sich länger als eine halbe Stunde mit ihm unterhalten hatte. Hauser müsste nicht nach einem besonders pfiffigen Passwort suchen, sondern nur nach einer möglichst einfachen Lösung.

Hauser spielte alles von seinem Stuhl aus in Gedanken durch. Selbst wenn es ihm gelingen sollte, alle Festplatten im Haus zu löschen oder an sich zu nehmen – was illusorisch war, da selbst Fernseher und Kaffeemaschine eine besaßen – musste er immer noch unbemerkt damit aus dem Haus entkommen. Leider eignete sich sein Rücken nicht für geduckte Fortbewegung und in unbequemer Haltung bekam er schnell Muskelkrämpfe. Außerdem war er nicht schwindelfrei und extrem klaustrophobisch. Kurz gesagt, Hauser war nicht der richtige Kandidat für Schleichmissionen.

Und weshalb sollte er ein solches Risiko für eine Frau eingehen, die ihn nicht mochte und ohne Zögern über die Klinge springen lassen würde?

Wenn Silvio ihn erwischte, würde er den Diebstahl sicher nicht als Lappalie betrachten. Neben einer gehörigen Tracht Prügel konnte dies auch zur Folge haben, dass Silvio eine Kopie an Bornemann schickte und sie wissen ließ, wem sie die Zusendung verdankte. Die Frau reagierte jetzt schon nicht besonders gut auf den Namen Hauser.

Der Assistent räusperte sich unmittelbar neben ihm. Hauser hätte um ein Haar einen Satz von seinem Stuhl gemacht. Das Personal in diesem Haus wurde ihm zunehmend unheimlich.

»Ich darf Sie hinausbegleiten, Herr Hauser.« Es klang, als handele es sich um eine sehr unangenehme Pflicht für ihn. Der Mann ging zum Fernseher, ließ die DVD hinausgleiten und überreichte sie Hauser in einer durchsichtigen Hülle.

»Als Andenken«, erklärte er. »Don Silvio stellt es Ihnen frei, damit zu machen, was Sie möchten. Betrachten Sie es als Anzahlung.«

Auf dem Weg zur Eingangstür ließ sich der Assistent unauffällig zurückfallen, stattdessen erschienen wieder die beiden Leibwächter auf jeder Seite. Als Hauser auf der Rückbank saß, betrachtete er immer noch die silberne Scheibe in seiner Hand.

13

DER LEIBWÄCHTER

Hauser ließ sich an der Bockheimer Warte absetzen, um den Rest der Strecke zu Fuß zu gehen. Er überquerte die Adalbertstraße und betrat seine eigene. An der frischen Luft gelang es ihm vielleicht, seiner Probleme Herr zu werden. Er sollte einen Menschen töten, einen Spitzel entlarven, einen Sohn aufspüren, der seit zweieinhalb Jahrzehnten verschollen war, ein Sex-Imperium zerstören, fünf Zeugen beschützen, seine Partnerin befreien und dafür sorgen, dass ihn keiner seiner vier neuen Arbeitgeber im Main versenkte. Viel zu tun für einen Mann mit eher überschaubarem Ehrgeiz. In welcher Reihenfolge sollte er die Aufgaben abarbeiten? Welcher Auftraggeber machte ihm den meisten Druck? Er musste Melanie aus Silvios Gewalt befreien, obwohl er nicht glaubte, dass ihr dort Gefahr drohte. Was sie wohl in diesem Moment gerade machte? Höchstwahrscheinlich schlafen oder etwas ähnlich Angenehmes. Silvios Gästezimmer entsprachen sicher den Standards von Luxushotels. Trotzdem würde sie ihm die Hölle heiß machen. Aber Melanie erwartete wohl kaum, dass er eine Befreiungsaktion startete. Richtig wütend hatte er sie noch nicht erlebt, aber das gehörte auch zu den Erfahrungen, auf die er gern verzichten würde.

Sein Handy klingelte. Es war Dorn, der sich nach seinen Fortschritten erkundigte. Er war wie erwartet enttäuscht darüber, dass Tony quicklebendig bei ihm zu Hause aufgekreuzt war. Hauser erzählte viel über verpasste Gelegenheiten und ungünstige Bedingungen, bis Dorn genug hatte. Der grummelige Gangster ließ ihn wissen, dass er noch im Laufe des gerade begonnenen Tages den Vollzug des Auftrages erwartete und legte auf. Hauser stellte sein Handy auf stumm und schob es in die Tasche.

Da erst bemerkte er den Wagen, der in Schritttempo neben ihm her fuhr und dieses Mal erkannte er den Fahrer. Bronson Feldmann nickte ihm grüßend zu. Der Leibwächter saß völlig entspannt in seinem Wagen und wirkte, als handele es sich um eine zufällige Begegnung.

Hauser wusste, dass es nicht so war. Er überlegte, wie lange Bronson ihm schon folgte. Schon vor dem Besuch bei Silvio? Hatte er ihn mit Tony gesehen? Welche Schlüsse würde Bronson daraus ziehen und was würde er Chevy erzählen? Hauser musste sich Klarheit darüber verschaffen.

»Chevy ist sauer, weil Kellers Laden immer noch brummt.«

»Ich arbeite daran.«

»Wenn du Chevy reinlegst, dann wird er das nicht schlucken und sich zurückziehen. Der Mann verträgt es nicht, wenn man ihn über den Tisch ziehen will. Er wird dich töten und das ist kein leerer Machospruch.«

»Ich bin gerade gestresst, weil mich plötzlich die ganze Frankfurter Unterwelt auf dem Schirm hat.«

»Die Ludlow-Geschichte war wie ein Empfehlungsschreiben. Aber falls ich dich erinnern darf, du warst es, der zu Chevy gekommen ist.«

Dem konnte Hauser nicht widersprechen, auch wenn die Initiative von Melanie ausgegangen war.

»Darf ich dich mal etwas fragen? Warum lassen es sich die alten Herren gefallen, dass Chevy ihnen auf der Nase herumtanzt? Ich dachte, solche Leute legen viel Wert darauf, mit Respekt behandelt zu werden?«

Bronson Feldman gab Gas und lenkte seinen Wagen ein Stück voraus in eine Parklücke. Bis Hauser ihn eingeholt hatte, lehnte der Leibwächter bereits an seinem Fahrzeug und setzte das Gespräch nahtlos fort.

»Chevy ist unberechenbar und alle anderen haben mehr zu verlieren als er. Sie wissen, dass Chevy nur verbrannte Erde hinterlässt, wenn er in der richtigen Stimmung ist.«

»Wie schätzt du die Chancen ein, dass sich dein Chef noch beruhigt und von einer vernünftigen Lösung überzeugen lässt?«

»Gering. Äußerst gering.«

»Das habe ich befürchtet.«

»Und ich bin die Person, die den größten Einfluss auf ihn hat«, sagte Bronson.

Hauser wusste, dass dies keine Prahlerei war, sondern schlichtweg eine Tatsache.

»Hast du schon von Chevys Filmplänen gehört?«, fragte Bronson plötzlich.

»Was meinst du?«

»Na, was ich sage. Er will Filme drehen, Gangster spielen, seine eigene Geschichte ins Kino bringen. Natürlich extrem geschönt.«

»Ist er denn Schauspieler?«

Bronson gluckste. »Hat das schon jemals einen solchen Typen davon abgehalten?«

»Mein Gott, wie kommt er denn auf die Idee, dass das jemand sehen will?«

»Ich nehme an, das interessiert ihn nicht so sehr.«

»Aber wer wäre denn so dumm, einen Film mit ihm zu drehen?«

»Chevy hatte ein Treffen mit einem Agenten«, sagte Bronson.

»Im Ernst? Jemand, den man kennt?«

»Nein, total kleines Licht. Aber da er schon mal einen Klienten in einem Blockbuster untergebracht hat, geht Chevy wohl davon aus, dass dem Kerl dieses Wunder noch ein zweites Mal gelingt.«

»Ich bin noch nie einem Schauspieleragenten begegnet.«

»Was immer du dir bisher darunter vorgestellt hast, kannst du getrost vergessen.«

»Wieso?«

»Er lebt und arbeitet in einem Wohnmobil, sieht aus wie der ältere Bruder von Methusalem und redet, als habe er bei der Gründung von Hollywood mitgewirkt.« Bronson hatte sich über Chevys Agenten informiert. Er managte nur einen einzigen Klienten. Einen Clown, der hauptsächlich in billigen Action-Reißern mitspielte, aber auch einen recht erfolgreichen Streifen über eine Heldentruppe in einem Zeppelin gedreht hatte. Für das Erstlingswerk seines Bosses konnten die Kontakte des Agenten ausreichend sein.

»Weiß dieser Agent, wie schlecht Chevy seine Enttäuschung verbergen kann und dass er ein echtes Problem mit seiner Frustrationstoleranz hat?«

Bronson lächelte. »Das Problem ist wohl eher, dass er überhaupt keine Frustrationstoleranz besitzt.«

»Wird der Film nur ein zweites Standbein oder will er irgendwann dem organisierten Verbrechen den Rücken kehren?«

»Das hat er noch nicht entschieden. Hängt davon ab, wie gut der Film läuft. Es soll so ein Film werden, wie die Filmbiografie von Curtis *50 Cent* Jackson, aber wahrscheinlich schwebt ihm ein deutsches *Good Fellas* vor. Er behauptet, er hätte genug Ideen für ein Dutzend Filme.«

Hauser hätte zu gern eine Kostprobe von Chevys Schauspielkunst erlebt. Andererseits benahm der Gangster sich anscheinend immer so, als würde er gerade vor der Kamera stehen.

»Womit könnte man ihm eine Freude machen?«, fragte Hauser.

»Chevy? Warum solltest du ihm eine Freude machen wollen?«

»Zunächst einmal, weil ich glaube, er hätte dringend eine nötig.«

Bronson grinste. »Das könnte sogar stimmen.«

»Und natürlich habe ich dabei auch einen Hintergedanken.«

»Natürlich.«

Hauser hatte den starken Eindruck, dass der Bodyguard einer friedlichen Lösung nicht abgeneigt war, aber sein Chef hatte natürlich das letzte Wort.

»Ich wusste gar nicht, dass du Tony kennst«, bemerkte Bronson.

Also doch. Das war schlecht. »Ja, ich habe in letzter Zeit eine Menge Leibwächter kennengelernt.«

»Tony arbeitet nicht nur als Leibwächter bei Dorn.«

»Echt?«, fragte Hauser, obwohl er bereits von dessen Doppelfunktion wusste. Ihn wunderte allerdings, dass Bronson ebenfalls informiert war. Aber vielleicht neigte Tony dazu, vor seinen Kumpeln zu prahlen, dass er Dorns Ehefrau vögelte. Ein Verhalten, das Hauser als sehr riskant einschätzte.

»Tony beseitigt auch Leute, die seinem Chef im Weg stehen«, erklärte Bronson.

»Er ist ein Profikiller?« Damit war Hausers Frage geklärt, ob es sich bei Tonys Gerede nur um Aufschneiderei gehandelt hatte.

»Deutlicher als ich es gesagt habe, werde ich es bestimmt nicht formulieren.«

Dorn wollte, dass Hauser einen Killer killte? War der wahnsinnig? Er musste doch damit rechnen, dass Hauser bei dem Versuch selbst ins Gras biss.

»Habt ihr so eine Art Killerstammtisch?«

»Wenn schon, dann einen Bodyguard-Stammtisch. Ich töte niemanden.«

»Du lässt sie nur fallen.«

»Das war ein Unfall und nicht meine Schuld«, antwortete Bronson gelassen. »Aber bei Tony reden wir von einem anderen Typ Mensch. Er hat ein ungeheures Talent für diesen Job, schon von Natur aus. Ich könnte dir ein paar Fälle von prominenten Toten nennen, bei denen du, wie jeder andere auch, bisher angenommen hast, dass es sich um einen Unfall handelte.«

»Macht er das regelmäßig?«

»Ich kann dir nichts über laufende Jobs von ihm erzählen.«

»Verstehe ich. Diskretion. Ist er ein guter Freund von dir?«

»Wir haben zusammen unsere Ausbildung gemacht und schon öfters zusammengearbeitet, das verbindet. Freundschaft wäre zu hoch gegriffen, aber wir sind doch mehr als Bekannte.«

Schon während ihrer kurzen Autofahrt hatte Hauser begriffen, dass Tony kein netter Mensch war. Es wäre sicher kein großer Verlust, wenn er nicht mehr auf Erden wandelte. Eine solche Betrachtungsweise war moralisch höchst fragwürdig, aber unter praktischen Gesichtspunkten die logische Lösung. Wenn Hauser so darüber nachdachte, sollte es seine Verpflichtung sein, Tony von weiteren Morden abzuhalten. Aber Überlegungen zu Philosophie und Ethik bereiteten ihm Kopfschmerzen.

»Du solltest aufpassen, dass du dich nicht übernimmst. Chevy erwartet Ergebnisse, also betrachte dich von mir als gewarnt und motiviert.« Bronson stieg wieder in seinen Wagen. »Ich wünsche dir viel Glück.«

Hauser erwiderte nichts. Er sah dem davonfahrenden Wagen nach und zog sein iPhone aus der Tasche. Als er durch die eingegangenen Nachrichten scrollte, sah er, dass Dorn seit ihrem letzten Gespräch schon zwei Nachrichten auf die Mailbox gesprochen hatte. Er erkundigte sich nach den Fortschritten bei der Liquidierung. Der Mann brauchte dringend eine andere Beschäftigung, als ihm auf die Nerven zu gehen. Hausers hinterließ die Handynummer des Gangsters an der Wand einer Bushaltestelle, zusammen mit der schwärmerischen Beschreibung seines ballonartigen Skrotums. Anschließend machte er noch einen Anruf und schaltete dann sein Handy aus.

14

DER SÜNDENBOCK

Hauser hatte die Nacht nicht in seiner Wohnung verbracht, da er dort entweder Lessing vorzufinden erwartete oder die Schläger eines der vier Gangsterbosse, deren Anrufe er nicht beantwortete. Es gab einige Kneipen in der Stadt, die von sechs Uhr morgens, bis fünf Uhr früh geöffnet hatten und nur eine Stunde schlossen, um den Laden nass durchzuwischen, aber dort schlief er immer so unruhig. Da er momentan seine gesamten mentalen und kognitiven Kräfte beanspruchen musste, hatte er sich in einen der Nachtbusse gesetzt, die bis vier Uhr morgens durch die Stadt fuhren. Seine Dauerkarte hatte er dabei an seine Jacke geheftet, um nicht von einem Kontrolleur geweckt zu werden. Anschließend war er auf den regulären Betrieb umgestiegen, bis es Zeit für das Frühstück wurde.

Bevor die Geschäfte öffneten und zwischen Römer und Zeil nur Lieferanten und asiatische Touristen unterwegs waren, herrschte eine Ruhe, die an einen Waffenstillstand erinnerte.

Der Detektiv beobachtete einen älteren Mann, der sich vor einem jungen Obdachlosen aufbaute und langsam ein Zwei-Euro-Stück hervorkramte. Er ließ es mit den Worten fallen: »Wie wäre es mal mit Arbeit?« Aber es war keine ernstgemeinte Frage, denn die Antwort interessierte den Mann nicht. Er hatte sich mit dem Geldstück das Recht erkauft, seinen Spruch anzubringen. Quasi Redezeit erworben, um sein Missfallen auszudrücken und seine moralische Überlegenheit zu demonstrieren. Der Junge steckte das Geldstück ungerührt ein und verschwendete keinen Blick auf den Davongehenden. Beide Seiten schienen es für ein zufriedenstellendes Geschäft zu halten.

Hauser überquerte den Römerberg und blickte zur Justitia am Gerechtigkeitsbrunnen. Er mochte schon immer an ihr, dass ihre Augen nicht verbunden waren, während sie das Rathaus im Auge behielt. Ihm wären noch ein paar andere Plätze in der Stadt eingefallen, wo man weitere dieser Statuen aufstellen könnte. Frankfurt hatte schon im frühen Mittelalter große Bedeutung erlangt und dank Flughafen, Bankenwesen und Großereignissen wie der Buchmesse bis heute bewahrt. Hausers Interesse an der Stadtgeschichte begann erst mit dem zwanzigsten Jahrhundert, obwohl er Goethes Affinität zur Mainmetropole kannte. Wer sich für die Jahre davor interessierte, mochte doch bitte Wikipedia bemühen.

Hauser mochte das Zusammenspiel von Tradition und Moderne, das Frankfurt bot. Jahrhundertealte Gebäude, hinter denen sich die Glasfassaden der Bankentürme erhoben, wie der Fürstenhof vor dem Commerzbank-Tower. Selbst nach der langen Zeit, die er in der Stadt lebte, beeindruckte ihn der Anblick noch immer. Er konnte staunend an den Hochhäusern emporblicken, den Kopf so weit in den Nacken legen, bis er nach hinten umzukippen drohte. Und wenn er einmal die Stadt verlassen musste, um sich irgendwo in den Randgebieten zwischen A 3, A 5 und A 661 aufzuhalten, dann bot ihm der Anblick der Skyline in der Ferne ein sicheres Gefühl, so wie es die Seefahrer vor Zeiten erlebt haben mochten, wenn sie das Licht eines Leuchtturms erblickten.

Es wurde Zeit, die Liste der Gefallen abzuarbeiten. Er wählte die Aufgabe, die nicht unbedingt die einfachste, für ihn aber die angenehmste war.

Hauser besaß Erfahrung im Aufspüren von verschwundenen Personen und das lag ihm auch mehr als das Enttarnen von verdeckten Ermittlern oder das Liquidieren von Liebhabern, die nebenher noch als Profikiller tätig waren. Er begann sein übliches Programm. Das bedeutete, er engagierte jemanden, der den schwierigen Teil der Arbeit für ihn erledigte. Er kannte verschiedene Fachleute, deren Dienst er regelmäßig in Anspruch nahm.

Kurz darauf ging Hauser über den Eisernen Steg nach Sachsenhausen hinüber. Es war möglich, in dieser Stadt ein gesellschaftliches Leben zu führen, ohne Apfelwein zu mögen. Möglich, aber nicht einfach. Ähnlich, wie der Versuch, in einer Äppelwoi-Kneipe einen Einzeltisch zu bekommen.

Hauser trat durch die buntbemalte Tür und ließ sich auf dem ersten Sitzplatz dahinter nieder. Um diese Zeit war der Laden noch leer. Er würde eine ganze Weile seine Ruhe haben, bis der Kellner über die Unverschämtheit hinwegsah, ihn so weit laufen zu lassen.

Die Eingangstür neben ihm öffnete sich und jemand blieb neben ihm stehen. Zuerst vermutete Hauser, dass er den Stammplatz eines Kunden belegte, doch bevor er aufblicken konnte, um seine Vermutung zu bestätigen, setzte sich Dennis Hüsbach ungefragt ihm gegenüber an den Tisch und starrte Hauser wütend an. Der verdeckte Ermittler schien versucht, Hauser mit bloßen Händen zu erwürgen, aber außer einem kurzen Vergnügen würde er seine Lage nur verschlimmern, also verzichtete er darauf.

»Was für ein Zufall«, sagte Hauser.

»Ist keiner«, versicherte Hüsbach.

»Was verschafft mir die Ehre?«

»Ich wüsste gern, was unsere gestrige Begegnung zu bedeuten hatte.«

»Kannst du dir das nicht denken?«

Hüsbach ließ seine Knöchel knacken, was er bestimmt nicht grundlos tat. »Ich würde es gern von dir hören.«

Hauser zuckte mit den Achseln, als handele es sich um keine große Sache. »Keller vermutet einen Spitzel in seinen Reihen. Es gab drei Verdächtige und er wollte von mir wissen, welcher von euch dreien es ist.«

»Hast du es ihm gesagt?«

»Dass du es bist? Nein, noch nicht.«

Hüsbach atmete tief durch. »Verdammt.«

»Er weiß auch noch nicht, dass es sich bei dem Spitzel um einen Polizisten handelt.«

Hüsbachs Augen weiteten sich.

»Tschuldigung, ist mir halt aufgefallen.«

Der verdeckten Ermittler schüttelte fassungslos den Kopf. »Seit dreizehn Monaten war ich nicht mehr ich selbst. Ich habe mir für diesen Auftrag einen fränkischen Dialekt aneignen müssen, was schon schlimm genug ist. Ich musste anfangen zu rauchen und habe mir drei verschiedene Pilzinfektionen eingefangen. Keine davon durch Geschlechtsverkehr. Und jetzt erzählst du mir, dass Keller mich die ganze Zeit im Verdacht hatte?«

»Das ist nun wirklich nicht meine Schuld.«

»Sag ihm, du kannst den Spitzel nicht finden.«

»Das wird er nicht glauben, dazu ist mein Ruf viel zu gut. Außerdem würde ihn das eher dazu verleiten, euch alle drei umzulegen.«

»Dann sag ihm eben, einer der beiden anderen ist es.«

»Er wird sie sicher verhören und ich fürchte, die beiden sind zu doof, um eine Doppelidentität zu haben. Sobald er dahinterkommt, dass ich mich geirrt habe, wird er mich verhören. Man sieht es mir vielleicht nicht an, aber ich bin kein besonders harter Kerl. Früher oder später wird er die Wahrheit erfahren. Eher früher. Du solltest also die verbleibende Zeit nutzen und so viele Informationen wie möglich sichern. Danach tauchst du besser unter.«

»Wenn du mich reinlegst, bist du auch fällig, das ist dir klar, oder? Du verrätst einen Polizeibeamten an einen Verbrecher.«

Der verdeckte Ermittler faltete die Hände ineinander. Dabei rutschten Jackett- und Hemdsärmel zurück und entblößten seine tätowierten Handrücken. Links eine Sonne und rechts ein taoistisches Symbol. Es war keine kunstvolle, farbenprächtige Profiarbeit, sondern wirkte eher wie selbstgestochene Knasttattoos. Sie waren ein Unfall gewesen. Er hatte sie für einen Undercover-Einsatz stechen lassen, aber der Tätowierer hatte den Teil der Erklärung verpasst, bei dem Hüsbach von temporären Tattoos sprach. Er hätte sie zwar längst durch eine Laserbehandlung entfernen lassen können, aber sie dienten ihm als Mahnung an die eigene Dummheit und die von anderen.

Hauser war im Begriff, etwas Beruhigendes zu sagen, als sich sein Handy meldete. Er warf einen Blick auf das Display und sah zu Hüsbach auf. »Na so was, dein Boss.«

Matze Keller klang ungeduldig: »Ich will den Namen des Spitzels wissen. Jetzt sofort!«

»Geben Sie mir noch Zeit bis heute Mittag, damit ich jeden Zweifel ausschließen kann. Sie wollen doch nicht am Ende die falsche Person foltern und im Main versenken, nur weil ich mich geirrt habe.«

Keller schien überraschenderweise nicht zum Scherzen aufgelegt. »Sie sollten Ihre vorlaute Zunge hüten. Im Main ist immer noch Platz für einen mehr. Gut, ich gebe Ihnen Zeit bis Mittag, aber wenn der Betreffende Lunte wittert und verschwindet, dann werde ich meine ganzen Folterideen an Ihnen ausprobieren. Sie sollten wissen: Ich habe bei den Besten gelernt.«

»Das ist beruhigend zu wissen, man will sich ja nicht irgendwelchen Amateuren aussetzen.«

»Sorgen Sie dafür, dass der Kerl zur Verfügung steht, sobald ich seinen Namen erfahre, ansonsten garantiere ich für nichts. Also los, machen Sie sich auf den Weg und räumen Sie Ihre Zweifel aus.«

»Ihnen auch noch einen schönen Tag«, wünschte Hauser, obwohl die Verbindung längst getrennt war.

Der Detektiv sah Hüsbach an. »Wir brauchen einen Sündenbock. Jemand, dem wir die Sache anhängen können.«

»Und den wir dadurch zum Tode verurteilen? Das wäre ziemlich fies.«

»Wir könnten einen fiesen Menschen auswählen und verschaffen ihm einen Vorsprung.«

»An wen hast du gedacht?«, fragte Hüsbach.

»Tony.«

»Dorns Leibwächter? Der würde auf die Beschreibung passen. Und er hat bis vor zwei Monaten bei Keller gearbeitet.«

»Hat er selbst gekündigt?«

»Nein, er wurde rausgeworfen, weil er ständig den Weibern nachgestiegen ist. Das war schon zwanghaft. Matze hat ihn mehrfach verwarnt und dann gefeuert.«

»Tony hätte also ein Motiv, sich zu rächen. Jetzt müssen wir das nur noch Keller verkaufen. Dafür brauchen wir Material, das wir bei ihm verstecken. Es muss aber mindestens zwei Monate alt sein.«

»Dir ist schon klar, dass ich dafür meinen Job verlieren könnte?«

»Welchen von beiden?«

»Natürlich den bei der Polizei, bei dem anderen ginge es um mein Leben.«

»Aber wenn wir es nicht tun, war deine ganze Arbeit hier umsonst. Außerdem suchen sie dann weiter nach dem echten Spitzel und du bist schon unter den ersten Dreien.«

»Ich wollte nur meine moralischen Bedenken daran äußern, einen Mann zum Tode zu verurteilen.«

»Zur Kenntnis genommen«, sagte Hauser. »Aber ich gedenke nicht, es so weit kommen zu lassen. Wir werden ihn warnen, damit er rechtzeitig verschwindet. Die Frage ist, wie wir es Keller so unterjubeln, dass er das Material rechtzeitig findet und Tony zuordnen kann.«

»Das bekomme ich schon hin. Das Paket mit dem Belastungsmaterial ist schon geschnürt, ich muss nur ein paar Sachen entfernen, die erst nach Tonys Kündigung entstanden sind, dann passt es.«

Hauser hob eine Augenbraue. »Anscheinend kommt meine Sündenbockidee für dich nicht völlig überraschend?«

»Machst du Witze? Seit Matze von einem Spitzel weiß, bin ich davon ausgegangen, dass ich auf der Shortlist lande.«

»Wie war das eben mit den moralischen Bedenken?«

»Immerhin geht es um mein Leben, du riskierst deutlich weniger.«

Hauser gestand ihm diesen Punkt zu. »Was hast du in deinem Überraschungspaket?«

»Audioaufnahmen, Fotos und fotografierte Geschäftsdokumente. Außerdem handschriftliche Berichte über meine Tätigkeit, auf denen nur noch die Unterschrift fehlt. Ich habe die Unterschriften von allen Leuten in Kellers Umfeld gesammelt. Genau für diesen Zweck.«

»Auch die von Tony?«

Hüsbach grinste. »Auch die von Tony, obwohl sie nur aus ungelenken Druckbuchstaben besteht. Sie ist am einfachsten zu fälschen.«

»Jetzt brauchen wir nur noch eine überzeugende Geschichte für Keller.« Hauser kratzte sich die Wange. »Schließlich muss ich es sein, der ihm die frohe Botschaft überbringt. Bei dir würde er misstrauisch werden.«

»Matze ist bei jedem misstrauisch, mach dir da keine Hoffnung. Aber du musst natürlich den Fall lösen, sonst entlässt er dich nicht aus deiner Verpflichtung und überlegt sich einen neuen Gefallen, den du ihm schuldest.«

Hauser versuchte gar nicht erst zu bestreiten, von eigennützigen Motiven gelenkt zu werden. »Wie sah denn dein Plan aus, ihm die Beweise unterzujubeln? Habt ihr einen Spind in eurem Hauptquartier?«

»Nein, das wäre zu einfach.«

Der Kellner sah durch den Innenhof zu ihnen herüber. Er hatte die Arme verschränkt und wirkte trotzig, weil sie sich an den am weitesten von ihm entfernten Punkt gesetzt hatten. Hauser nickte dem Mann grüßend zu, was dessen Laune nicht verbesserte.

»Ich werde mir eine Lösung überlegen und sage dir dann Bescheid«, versprach der verdeckte Ermittler.

»Kennst du Kathrin Bornemann?«

Hüsbach nickte vorsichtig, weil er eine unangenehme Ahnung hatte.

Hauser nahm seinen Beutel auf die Knie. Er kramte auffällig lange darin herum. Hüsbach fragte sich, wie lange man in einer Tasche mit nur zwei Fächern suchen konnte. Nacheinander legte der Detektiv einen benutzten und zerknitterten Luftpolsterumschlag, einen Packen Notizblöcke und die DVD heraus. Er ging die Blöcke durch, bis er den Gesuchten gefunden hatte, und verstaute die übrigen wieder in seinem Beutel. Dann schraubte er einen sehr teuer aussehenden Füllfederhalter mit dem Monogramm von Silvio Alfonsi auf und schrieb ein paar Worte auf das Papier.

»Das muss so schnell wie möglich zu ihr. Wirf es in ihren Briefkasten und läute Sturm oder schick einen Boten, der es ihr persönlich übergibt.«

Hüsbach nickte. Hauser schob Zettel und DVD in den Umschlag, dessen Klebefläche bereits abgenutzt war. Er bohrte mit seinem Taschenmesser ein Loch in die Lasche und fand zwischen seinem übrigen Kram eine Musterbeutelklammer zum Verschließen. Dann löste er vorsichtig den alten Adressaufkleber ab und schrieb stattdessen mit einem dicken Edding Bornemanns Namen auf die Vorderseite. Er schob den Umschlag über den Tisch. Hüsbach steckte ihn ein.

»Kennst du auch Richard Lessing?«, fragte Hauser.

»Flüchtig.«

»Könntest du bei Gelegenheit mal ein gutes Wort für mich einlegen?«

»Er wird ahnen, dass du mich geschickt hast.«

»Ja und ich hoffe, er interpretiert es als ausgestreckte Hand.«

Hüsbach sah ihn prüfend an. »Haben wir momentan keine ernsteren Probleme als eure kleine Beziehungskrise?«

Hauser sagte nichts und schließlich nickte Hüsbach.

»Offenbar nicht. Ich werde mir große Mühe geben, ihm zufällig zu begegnen.«

»Das weiß ich zu schätzen.«

Hüsbach tippte sich an die Stirn, erhob sich und ging. Dadurch bekam Hauser freien Blick auf den Kellner, der sich keinen Millimeter gerührt hatte und beabsichtigte, dieses Duell zu gewinnen.

»Ich melde mich«, versprach Hüsbach noch einmal und verließ das Lokal. Die Tür war kaum zugefallen, da ging sie erneut auf und ein dürrer Kerl mit Hoodie trat ein. Wortlos schob er sich neben Hauser auf die Bank und klappte seinen Laptop auf. »Hab ich dir schon mal erzählt, dass ich Herausforderungen liebe?«, fragte der Vermummte.

»Nein, eigentlich nicht.«

»Und was glaubst du, weshalb das so ist?«, grummelte es unter der Kapuze hervor.

»Ich gebe ja zu, ein Vorname allein ist ein bisschen dürftig für eine weltweite Suche«, gestand Hauser.

»Ach was, ich habe ja auch noch die hintere Hälfte eines Geburtsdatums. Ich muss mich praktisch entschuldigen, dass ich diesen Niko nicht gleich mitgebracht habe.«

»Habe ich dir schon von der Erfolgsprämie erzählt, die ich dir zahlen werde, wenn du es schaffst?«

Hoodie horchte auf. »Nein, noch nicht.«

»Und was glaubst du, weshalb das so ist?«

Für eine kurze Zeit sah es so aus, als würde der Hoodieträger seinen Laptop zuklappen und gehen, aber der Augenblick verstrich ungenutzt. Hoodie, er benutzte ernsthaft diesen Decknamen, streifte die Kapuze zurück und entblößte silbergrau gefärbtes Haar. Das nahm Hauser jedenfalls an, denn mit Mitte zwanzig war sein Nachbar noch zu jung, als dass es sich um eine natürliche Haarfarbe handeln konnte.

»Am Telefon klang es so, als sei der Auftrag dringend«, sagte Hoodie.

»Das stimmt. Die Zeit drängt und je schneller wir den Jungen auftreiben, desto mehr würde ich dir zahlen. Allerdings nur die nächsten drei Tage. Wenn es länger dauert, werde ich nicht mehr da sein, um dich zu bezahlen.«

»Das klingt wirklich ziemlich ernst«, sagte Hoodie beeindruckt. »Weißt du, was wir deshalb machen?«

»Vorkasse?«

»Ganz genau.« Hoodie zeigte zum ersten Mal ein Lächeln. »Aber mal im Ernst, hast du dich mit der Mafia angelegt?«

»Ich vermute, wenn ich ja sage, stehst du auf und gehst?« Hauser atmet tief durch. »Also nein, es handelt sich um einen harmlosen Versicherungsfall. Absolut kein Risiko.«

Hoodie nickte und startete eine weitere Suchanfrage auf seinem Rechner. Zwei Minuten lang starrten sie schweigend auf die blauen Fortschrittsbalken.

»Welche Mafia?«, fragte Hoodie irgendwann.

»Das Original.«

Hoodie pfiff leise und gleichzeitig bemerkten sie den weißen Kittel des Kellners, der seine Zermürbungstaktik aufgegeben hatte.

»Habt ihr zwei irgendwas Ansteckendes?«, fragte der Kellner und legte viel von seiner Genervtheit in die Stimme.

»Wir möchten lieber unter uns bleiben«, erklärte Hauser.

»Wie niedlich. Einen Prosecco dazu?«

»Ein Pils, bitte«, bestellte Hoodie und beobachtete gespannt die Ader am Hals des Mannes. Doch ein heftiges Pochen blieb aus, ebenso eine Rötung der Gesichtsfarbe. Der Mann war Profi und bereits zu lange im Geschäft, um nicht schon wirklich alles erlebt zu haben.

»Also, was soll es sein? Ein Bembel für jeden?«

»Eigentlich mag ich keinen Apfelwein«, sagte Hoodie.

Nun verlor der Kellner doch die Contenance. »Jetzt is aber mal gut.«

»Wie wär's mit Kaffee?«, schlug Hauser vor.

»Ihr könnt Kaffee haben, wenn ihr ihn an der Theke abholt.«

»Deal.«

Dann waren sie wieder allein und Hoodie erzählte von den ersten Erfolgen seit Hausers Anruf. Es war nicht sein erster Auftrag dieser Art, aber in diesem Fall griffen die einfachsten Möglichkeiten nicht. Ohne einen Namen konnte er die Telefonanbieter nicht nach einem Festnetzanschluss absuchen. Für Handynummern und E-Mail-Adressen galt dasselbe, obwohl es ohnehin kein Verzeichnis gab, das für jedermann zugänglich war. Die sozialen Netzwerke gaben auch nichts her, denn um eine Homepage oder ein Facebook-Profil zu finden, brauchte man einen Namen.

Eine bundesweite Suche in den Einwohnermeldeämtern konnten sie ebenso vergessen. Neben dem Namen waren mindestens noch zwei Antworten auf drei Fragen nötig, um einen reibungslosen Ablauf zu gewährleisten. Hauser kannte den Geburtsmonat und könnte den aktuellen Familienstand nur raten, vom letzten Wohnort hatte er allerdings nicht die geringste Ahnung. Wenn Hoodie bis zur Geburt des Jungen zurückgehen musste, dann befanden sich die Informationen möglicherweise noch auf Karteikarten und Mikrofilmen.

»Das wird eine Weile dauern. Ich muss mir noch ein paar Helfer suchen, sonst dauert es länger als drei Tage.«

»Du hast freie Hand.«

Hoodie senkte leicht den Kopf und Hauser nahm an, dass er unter seiner Kapuze grinste.

»Die schönsten Worte der deutschen Sprache, gleich nach: Geld spielt keine Rolle«, erklärte der Hacker.

»Können wir über deinen Laptop auch telefonieren, ohne erkannt zu werden?«, fragte Hauser.

»Klar, ich habe mehrere Softphone-Programme darauf.«

»Gibt es auch eine Möglichkeit, meine Stimme zu verfremden.«

»Wie möchtest du denn klingen?«

»Egal, man darf mich bloß nicht erkennen.«

»Gib mir 'ne Minute«, sagte Hoodie und beugte sich über seinen Laptop wie ein besonders ambitionierter Klaviervirtuose.

Hauser ging unterdessen zur Theke, wo die beiden Kaffeetassen abkühlten.

Eine Minute später saß er wieder an seinem Platz und Hoodie drehte ihm den Laptop zu. »Gib die Nummer ein, anschließend kannst du sprechen.«

Hauser tippte die Nummer aus seinem Handyverzeichnis ab. Es klingelte mehrmals, dann blaffte eine Stimme: »WAS?«

»Tony?«

»Wer spricht da? Was ist das für eine bescheuerte Stimme?«

»Ich rufe an, um dich zu warnen.«

»Hast du Kehlkopfkrebs? Ist das eines dieser Dinger, die man sich an den Hals halten muss?«

»Du bist in Gefahr. Hörst du?«

»Ist das eine Werbemasche? Habe ich was gewonnen, Mister Hawking?«

»Würdest du mir jetzt mal zuhören?«, bat Hauser.

»Nein, du hörst mir zu, Mister Robot, ich habe die Schnauze voll von diesen Kackanrufen mit blöden Umfragen. Sag mir, wo du wohnst, dann komme ich vorbei und zeig dir mal persönlich, wie wenig ich davon halte. Such dir einen anständigen Job und hör auf, die Leute zu nerven!«

»Es geht um dein Leben!«

»Ihr Idioten macht wirklich vor nichts Halt, was? Damit könnt ihr alte Leute zu Tode erschrecken, schon mal darüber nachgedacht? Spast!«

Hauser wechselte einen verzweifelten Blick mit Hoodie, der breit grinsend mit den Schultern zuckte.

»War's das?«, blaffte Tony. »Kann ich jetzt mein Leben weiterleben, während du in deinem Kabuff hocken musst und dich abends in den Schlaf weinst?«

Was für ein Arsch, formte Hoodie mit den Lippen.

»Aldo Dorn weiß, dass du mit seiner Frau schläfst«, brüllte Hauser, bevor Tony auflegen konnte. Für einen Moment war es still, dann sprach Tony, leise und lauernd.

»Wer bist du?«

»Ein Freund.«

»Drauf geschissen. Woher weißt du davon?«

»Aldo wird dich töten. Pack deine Sachen und verschwinde, so schnell du kannst und solange du noch kannst. Es wird keine weitere Warnung geben.« Hauser unterbrach die Verbindung.

»Echt einschüchternd«, sagte Hoodie beeindruckt. »Vielleicht ist er schlauer, als er klingt.«

Sie tranken ihren Kaffee und anschließend verließ Hoodie das Lokal, nachdem Hauser noch einmal die Dringlichkeit seines Anliegens betont hatte. Als der Detektiv wieder allein an seinem Tisch saß, stellte er seinen Beutel neben sich. Er nahm einen Stift und zog einen Block mit Post-its aus seinem Beutel und begann sie mit einem Filzschreiber zu beschriften. Er verteilte sie, sortierte sie und arrangierte sie um. Mehrere fasste er zusammen und ersetzte die vorherigen. Spesenabrechnungen waren so eine Sache, für die er sich nicht begeistern konnte. Zwar sammelte er die Quittungen, aber wenn sein Beutel überquoll, pflückte er eine Handvoll heraus und verstaute sie in einem Schuhkarton. Meist fehlte ihm die Lust für eine solche stumpfsinnige Tätigkeit, aber momentan erschien sie ihm geradezu beruhigend. Dann nahm er das eingeschweißte Kartenspiel heraus. Jetzt, da er sich in der Führungsriege des organisierten Verbrechens in Frankfurt ein wenig auskannte, musste er sich einen Überblick verschaffen. Er nahm einen Edding, beschriftete die Bilder mit den Namen aller Beteiligten und legte sie in einem Halbkreis aus. Nachdenklich begann er, sie hin- und herzuschieben, bis er annähernd einen Überblick besaß. Nach und nach probierte er mehrere Varianten aus, wie diese Geschichte enden konnte, aber keine davon würde weniger als drei Tote zur Folge haben. Er musste nur die eine Möglichkeit finden, bei der es keine Toten gab oder er zumindest keiner davon war. Man wurde ja bescheiden in seinen Ansprüchen.

Hauser beschloss, in Bewegung zu bleiben. Sie fanden ihn jederzeit und das gefiel ihm nicht. Paranoia war eine Sache, aber er bildete sich nicht ein, verfolgt zu werden. Momentan gab es für ihn nur zwei Aufgaben zu bewältigen: Sich nicht erwischen lassen und Zeit totschlagen. Er mochte diese Situation nicht, aber jetzt musste er einfach darauf warten, dass andere ihre Arbeit erledigten. Speziell Hüsbach und Hoodie.

Was wäre, wenn Chevy wirklich zum Filmstar aufsteigen würde? Ließe er dafür seine kriminelle Karriere sausen und würde Frankfurt verlassen, um in Berlin, München oder Köln vor der Kamera zu stehen? Mit einem Mal fand Hauser die Möglichkeit gar nicht mehr so abwegig. Man musste ihm vielleicht einen kleinen Stoß in die richtige Richtung geben, aber dadurch schien ein Ende ohne Blutvergießen möglich zu sein.

Er wusste nicht, wie gut sich die Bosse untereinander kannten. Vielleicht standen sie in Kontakt zueinander und tauschten sich aus. Nicht mit Chevy, aber die drei anderen. Vielleicht würde einer von ihnen eine Bemerkung über den Clown machen, den er gerade beschäftigte. Dann stellten sie eine weitere Gemeinsamkeit fest, die sie momentan miteinander verband.

Hauser lief am Museumsufer entlang. Die Ausflugsschiffe der Primus-Linie lagen am Mainkai. Am Eisernen Steg verteilte ein Mann mit imposantem Vollbart Flyer aus Umweltschutzpapier. »Der Eichen-Prozessionsspinner stellt die größte Bedrohung für den Stadtwald dar«, erklärte er, als Hauser das entgegengestreckte Blatt annahm.

»Ist das eine katholische Organisation?«

»Häh? Nein, das sind Schmetterlinge. Schädlinge, die alle Blätter vom Baum fressen. Wir müssen etwas dagegen tun.«

»Die größte Bedrohung für den Stadtwald ist die Fraport«, widersprach ein mittelalter Mann im Strickpullover neben Hauser. Während die beiden sofort in ein hitziges Wortgefecht verfielen, setzte der Detektiv seinen Weg fort. An einem anderen Tag hätte er die weitere Entwicklung gern beobachtet, aber heute fehlte ihm der Sinn für derlei Zerstreuung. Tief in Gedanken versunken spazierte er am Ufer entlang Richtung Westhafen. Der Fluss nahm bei Niedrigwasser einen Geruch an, den Hauser mochte. Aber nicht jeder Einwohner von Frankfurt teilte diese Leidenschaft. Eine halbe Stunde später erreichte er die Friedensbrücke und sah sich dort die neuesten Graffitis an.

Hauser überlegte, ob bereits genug Zeit ins Land gegangen war, um Lessing unbeschadet anrufen zu können. Immerhin arbeiteten sie jetzt am gleichen Ziel, auch wenn Lessing kurz vor dessen Erreichung gestanden hatte, bevor Hauser sich eingemischt hatte. Er musste mit Lessing reden, und zwar schnell. Natürlich hätte er dieses Gespräch lieber vermieden, aber in Anbetracht der drohenden Gefahr blieb ihm keine andere Wahl. Er ließ es endlos klingeln, aber es ging niemand dran, bis die Mailbox ansprang. Hauser wählte nochmal und landete erneut bei der Mailbox. Als Nächstes versuchte er es auf dem Festnetzanschluss im Präsidium. Es war eigentlich undenkbar, dass sich Lessing irgendwo ohne sein iPhone aufhalten sollte, aber es gab immer ein erstes Mal. Allerdings vermutete Hauser eher, dass der Kommissar seine Nummer auf dem Display sah und deshalb nicht dranging. Verdammt. Er legte auf.

Hauser hatte das iPhone noch in der Hand, als es erneut klingelte. Es war Hüsbach. Der verdeckte Ermittler meldete sich schneller als erwartet.

»Das Material ist versteckt, du kannst den Ruhm einkassieren.«

»Wo hast du die Sachen versteckt?«

»Ich musste einen Ort finden, an dem in den letzten zwei Monaten niemand nachgesehen hat, den Tony aber in der Zwischenzeit nicht erreichen konnte, um die Sachen verschwinden zu lassen.«

»So, wie du mir das erzählst, gehe ich davon aus, dass du einen solchen Ort gefunden hast?«

»Ja und ich bin einigermaßen stolz darauf, also verdirb es mir nicht.«

»Ich bin ganz Ohr«, versprach Hauser.

»Die Schwierigkeit bestand nämlich nicht darin, das Paket zusammenzustellen und für Tony passend zu machen, sondern ein glaubhaftes Versteck zu finden.«

Hauser simulierte atemlose Spannung. »Du hast bestimmt eine hervorragende Idee gehabt, also sag mir einfach, was ich Keller erzählen soll.«

»Es ist in seinem Aston Martin.«

»Aha.«

»Dem Aston Martin Rapide.«

»Ich nehme an, es geht um ein Auto.«

»Natürlich geht es … ach, lassen wir das. Zu Tonys Zeiten war der Aston Martin so was wie sein inoffizieller Dienstwagen. Er hat ihn öfter benutzt als Matze selbst und damit auch Mädchen abgeschleppt. Ich hatte ja schon erwähnt, dass er viele Frauen hatte.«

»Das Rammelproblem.«

»Genau. Mit einigen von ihnen gab es Probleme wegen der uncharmanten Art, mit der er sie in der Regel abservierte. Eine dieser Damen hat sich mit dem Wagen abgesetzt, nachdem Tony ihr den Laufpass gegeben hat. Sie fuhr nach Rumänien oder die Ukraine zurück, woher sie halt kam. Ist auch egal. Tony hat damals das Auto abgeschrieben und bei Matze Abbitte geleistet, wahrscheinlich erinnert er sich nicht mal mehr daran.«

»Wie soll uns das ...?«

»Der Wagen ist wieder aufgetaucht. Nicht nur aufgetaucht, er steht sogar schon in Matzes Garage. Offenbar hat er einem Freund in Russland davon erzählt und der hat sich umgehört. Einzelheiten weiß ich nicht.«

»Und wie bin ich auf das Versteck gekommen? Ich meine, ich bin gut, aber *so* gut?«

»Du kannst ihm die Lösung natürlich nicht hinknallen, sondern musst ihn auf subtile Weise zu dem Auto lenken.«

»Ich nehme an, die Sachen liegen nicht im Handschuhfach?«

»Unter der Rückbank, aber wenn du Matze zum Suchen bringst, wird er sie finden. Dabei ist auch ein Bericht, in dem ich selbst belastet werde. Auch meine beiden Mitkandidaten werden als Täter erwähnt, damit dürften sie aus dem Schneider sein.«

»Das Material wird Keller überzeugen?«

»Ich habe ein Ereignis in den Bericht geschrieben, bei dem Matze anwesend war. Tony hat damals einen Mann übel zusammengeschlagen, also wirklich übel. In dem Bericht wird die Tat mir angelastet.«

»Könnte funktionieren.«

»Matze hat Tony die Sache mit dem Wagen nie richtig verziehen. Ich denke nicht, dass er so kritisch sein wird.«

»Gut, aber nochmal die Frage, woher weiß ich davon?«

»Du bist doch hier das Genie, denk dir was aus. Ich will es gar nicht wissen, dann kann ich hinterher schön überrascht tun. Sag ihm, deine Methoden seien ein Geschäftsgeheimnis.«

»Das wird nicht funktionieren.«

Hüsbach seufzte. »Also gut, sag ihm Folgendes ...«

15
UND DER SPITZEL IST …

Matze Keller nahm Hausers Anruf nach dem ersten Klingeln an, als habe er mit dem Handy in der Hand darauf gewartet. »Also, Trommelwirbel, welcher von den dreien ist der Verräter?«

»Keiner.«

»Was?«

»Es ist keiner von ihnen.«

»Sie meinen, Sie haben es nicht herausfinden können?«

»Nein, ich meine, es ist keiner von ihnen. Bei dem Spitzel handelt es sich um einen ehemaligen Mitarbeiter von Ihnen, Sie könnten die Sache also auch auf sich beruhen lassen.«

»Ein guter Witz! Wenn ich ihn davonkommen lasse, habe ich sofort den nächsten Maulwurf im Haus. Also, wer ist es?«

»Ein Kerl namens Tony.«

»Tony? Tony Villers?«, fragte Keller nach. »Das glaube ich nicht.«

»Ich habe herausgefunden, dass er inzwischen für Aldo Dorn arbeitet. Ist es üblich in Ihrer Branche, die Mitarbeiter untereinander auszutauschen?«

»Ich habe Aldo noch davon abgeraten und ihm von Tonys Frauenverschleiß erzählt. Und dann macht er diesen Bock zum Leibwächter seiner Frau. Ich muss mir da nichts vorwerfen. Wer weiß, vielleicht steht der gute Aldo ja drauf zuzusehen, wie seine Frau Spaß hat? Jedem Tierchen sein Pläsierchen.«

»Oder«, machte Hauser gedehnt, »es gab einen anderen Grund, weshalb Dorn die Warnung ignoriert und Tony eingestellt hat. Oder sollte ich besser sagen: Heimgeholt? Möglicherweise diente er die ganze Zeit über zwei Herren.«

»Wollen Sie mir etwa erzählen, dass Aldo mir diesen Spitzel ins Nest gesetzt hat?«

Matze würde ihm nicht abkaufen, dass Aldo hinter der Bespitzelung steckte, aber die Idee würde sich in seinem Hinterkopf festsetzen und ihn vorsichtiger werden lassen. Matze würde Aldo nicht darauf ansprechen, weil er ohnehin mit einer Lüge rechnen musste, sondern auf Abstand bleiben. Damit verhinderte Hauser auch einen fröhlichen Plausch zwischen den beiden, bei dem sie sich über den merkwürdigen Detektiv unterhalten konnten. Je weniger Kontakt sie zueinander hatten, umso besser.

»Ich will hier keine Verdächtigungen äußern«, versicherte Hauser schnell, »es kam mir nur komisch vor. Aber Sie kennen ihn sicher besser und können das richtig einschätzen.«

Matze Keller zögerte noch. »Ich brauche einen Beweis für Tonys Schuld.«

»Das dachte ich mir schon. Ich habe mit meinem Kontakt bei der Polizei gesprochen, der hat mir natürlich nicht den Namen genannt, den musste ich mir selbst zusammenreimen. Aber nachdem ich hörte, dass diese Quelle vor ungefähr zwei Monaten versiegt ist, war es nicht so schwer, die passende Person in ihrem Umfeld zu finden.«

»Das ist noch kein Beweis.«

»Natürlich nicht, aber mein Kontakt hat mir erzählt, dass Tony sein Material immer in seiner Nähe behielt, auch wenn er unterwegs war.«

Matze Keller konnte seine Ungeduld nur schwer unterdrücken. »Könnten Sie vielleicht mal Klartext reden? Was meinen Sie damit, einen Rucksack?«

»Ich kann nur wiedergeben, was ich erzählt bekommen habe und ich denke nicht, dass damit ein Gepäckstück gemeint war. Ich würde mal eher auf ein Fahrzeug tippen. Können Sie damit was anfangen?«

»Was für ein Fahr…?« Keller stockte mitten im Satz. Hauser konnte förmlich hören, wie seine Hirnwindungen in Bewegung gerieten.

»Das sagt Ihnen was, oder?«, erkundigte sich Hauser scheinheilig.

»Kann sein, da war etwas, das infrage käme. Aber das muss ich erst überprüfen.«

»Klar, das ist eine heikle Angelegenheit, da will man nicht voreilig handeln.«

»Sie haben einen guten Job gemacht, Hauser. Nicht nur, dass Sie diesen Kerl überführt haben, Sie haben auch den Ruf von drei meiner Leute wiederhergestellt. Ich hatte in letzter Zeit das Gefühl, mich auf niemandem mehr verlassen zu können.«

»Dann darf ich eine Rechnung schicken?«

»Sie haben damit ihr Leben gerettet, das sollte Ihnen ausreichen.«

Hauser spielte Enttäuschung. »Ja, so was ist schließlich unbezahlbar.«

»Aber ich merke mir, wie gut Sie mit der Sache umgegangen sind. Ich werde vielleicht Ihre Dienste bald wieder in Anspruch nehmen.«

»Mir wäre es lieber, Sie würden vergessen, dass ich überhaupt existiere.«

»Aber wieso? Ich gebe Ihnen die Gelegenheit, in Zukunft gutes Geld bei mir zu verdienen.«

»Wir sind jetzt quitt, dabei sollten wir es belassen.«

Matze Keller schien einen Moment zu überlegen. »Ungern, aber wie Sie wollen.« Dann schien er sich auf die Regularien seiner Branche zu besinnen. »Falls Sie mich allerdings reinlegen wollen und mir deshalb irgendwelchen Blödsinn erzählt haben …«

»Schon gut, Drohungen sind nicht nötig.«

»Also dann.« Keller legte auf.

Hauser ließ sein iPhone sinken. Jetzt konnte er nur hoffen, dass Tony schlau genug war und sich aus dem Staub machte. Nicht nur um seinetwillen, denn ein Verhör durch Matze Keller konnte auch für Hauser unangenehme Folgen haben.

Hauser war gewillt, unbeirrt an das Gute im Menschen zu glauben. Eine Eigenschaft, die sich nicht viele Polizisten oder Privatdetektive bewahren konnten. Ihm fehlte auch schlicht die Energie, um sich für Feindschaften zu begeistern. Wenn man ihm nachsagte, er sei kein nachtragender Mensch, war dies allerdings nur die freundliche Umschreibung dafür, extrem vergesslich zu sein.

Bei diesem Gedanken musste er an Melanie denken und stellte überrascht fest, dass er sie vermisste. Es fehlte ihm, wie sie mit den Augen rollte und die Augenbrauen hochzog, wenn er etwas sagte. Er hätte es gern vermieden, die Dinge zu tun, die diese Reaktionen auslösten, aber das schien nicht in seiner Macht zu liegen.

16

DIE SCHLINGE ZIEHT SICH ZU

Nach sechzig Minuten voller Ausschweifungen trank Emil Kaufmann noch einen Espresso an der Bar und spazierte dann ausgeglichen, tief befriedigt und höchst zufrieden Richtung Ausgang. Für eine ganze Weile würde die Erinnerung an diese Nacht vorhalten, davon konnte er zehren, wenn sein normales Leben ihn zu erdrücken drohte.

Er schob die Tür auf, blinzelte in die Abendsonne und sah dann erst die zahlreichen Vermummten, die draußen warteten. Er nahm zunächst an, sie wären seinetwegen gekommen, aber für einen gewöhnlichen Freier war der Aufwand doch zu groß. Das Aufgebot auf dem Parkplatz reichte aus, um als Invasionsarmee einer fremden Staatsmacht zu dienen. Kaufmann stand einfach nur starr vor der Eingangstür und feilte an einer Ausrede, die seine Anwesenheit und seine völlige Unschuld schlüssig und nachvollziehbar erklären würde. Zwei Beamte nahmen ihn in die Mitte und führten ihn zur Seite weg. Sie machten den Weg frei für den Stoßtrupp ins Innere.

Der Sturm auf Matze Kellers Vergnügungscenter besaß Ähnlichkeit mit einem führerlosen Zug, der in einen Bahnhof sauste, verlief aber fast geräuschlos.

Die Rausschmeißer dachten keine Sekunde daran, Widerstand zu leisten, denn der Strom aus Polizisten riss überhaupt nicht ab. Sie warfen sich gegenseitig einen Blick zu und hoben ergeben die Hände in die Luft. Als die schwarze Flut nachließ, mischten sich die ersten Farbkleckse in den Strom. Drei Zivilisten in den Farben Grau, Braun und Beige tauchten im Eingangsbereich auf und nahmen die bunte Parade an Kunden und Mitarbeitern ab, die von den Uniformierten an ihnen vorübergeführt wurden.

Als Matze Keller durch den Flur schritt, hob Kathrin Bornemann die Hand. Die beiden Beamten an seiner Seite blieben stehen und Matze drehte sich zu Bornemann.

»Das wird ein Fest für meine Anwälte«, sagte er mit unterdrückter Wut.

Bornemann sah ihm kaltlächelnd entgegen. »Ich kann es kaum erwarten. In so einem Betrieb findet sich immer etwas Illegales.«

»Haben wir vergessen, euch korrupten Bullen euren Umschlag zu überreichen?«, brüllte einer der Rausschmeißer.

Matze warf ihm einen Blick zu, der den Mann nicht nur verstummen ließ, sondern dafür sorgte, dass er den Kopf einzog und sich in die hintere Reihe schob.

»Hat Ihr Mitarbeiter gerade angedeutet, dass Sie Polizeibeamte bestechen?«

Matze schüttelte den Kopf. »Der Mann ist betrunken und weiß nicht, was er redet. Außerdem arbeitet er nicht mehr für mich.«

»Ach ja, seit wann?«

»Seit etwa zehn Sekunden.«

Bornemann baute sich vor Matze Keller auf und stemmte die Fäuste in die Hüften. »Eines will ich Ihnen noch sagen, Herr Keller. Egal, was auch immer Sie glauben, gegen mich in der Hand zu haben, ich lasse mich nicht erpressen. Durch absolut nichts.«

Matze sah sie verständnislos an. »Ich habe nicht die geringste Ahnung, wovon Sie gerade reden, Gnädigste.«

Sie überlegte kurz, dann reichte sie ihm den Umschlag, in dem sich nur eine DVD befand. Matze Kellers Augenbrauen hoben sich gleichzeitig, allerdings nicht wegen der DVD, sondern beim Anblick des beigelegten Zettels, auf dem in großen Druckbuchstaben stand: *Von nun an gehörst du uns!*

Matze verstand, weshalb die Dame so aufgebracht war und er begriff auch, weshalb sie deswegen ausgerechnet vor seiner Tür stand. Die Botschaft hatte jemand auf einem seiner Notizzettel mit aufgedrucktem Logo des Centers geschrieben.

***

Tony hatte im Laufe des Tages viel von seiner Lässigkeit verloren. Ihn plagte das beunruhigende Gefühl, dass Aldo ihm auf die Schliche gekommen war. Bisher hatte es sich um nicht mehr als eine Ahnung gehandelt, aber der merkwürdige Anruf an diesem Vormittag brachte ihm die Bestätigung. Sein Instinkt sagte ihm, dass es kein Scherzanruf gewesen war und auf ihn konnte er sich für gewöhnlich verlassen. Tony besaß einen sechsten Sinn für Gefahr, der ihm signalisierte, wann es an der Zeit war, sich aus dem Staub zu machen.

Zuvor war er aber noch einmal in das Schlafzimmer der Dame des Hauses geschlüpft, nachdem ihr das Mittagessen serviert worden war und Tony sicher sein konnte, dass sich niemand vom Personal in der Nähe befand. Die Vorsichtsmaßnahme war eigentlich nicht nötig, denn als ihr Leibwächter hatte er jederzeit Zugang zu allen Räumen des Hauses. Aber für das, was er mit ihr besprechen wollte, durfte es keinen Zeugen geben. Er musste ihre Affäre sofort beenden.

»Ich habe gerade an dich gedacht«, sagte Sara Dorn, als sie Tony bemerkte. Sie streifte den Stoff ihres Nachthemdes zur Seite und entblößte eine nackte Brust. Sie fand nur selten einen Grund, sich vor dem Nachmittag vollständig anzukleiden und für gewöhnlich schätzte Tony dies sehr. Auch in diesem Moment schwankte er in seinem Vorsatz, aber letztlich siegte der Selbsterhaltungstrieb über den Sexualtrieb. »Wir müssen reden.«

Leider zeigte sich seine Bettgespielin nicht besonders einsichtig. Auf der einen Seite konnte er dies durchaus als Kompliment für seine bisherigen Leistungen werten, doch in Bezug auf seine Lebenserwartung war es alles andere als hilfreich. Sie machte einen Schmollmund und drohte ihm damit, ihrem Mann zu erzählen, dass er sie vergewaltigt habe.

Tony fürchtete nicht, dass Aldo dies glauben könnte, denn sein Chef wusste um die mangelnde Treue seiner Frau. Aber man musste ihn nicht mit der Nase darauf stoßen, dass da seit Wochen etwas Einvernehmliches lief. Aldo Dorn war ein Verfechter der *Wo-Rauch-ist-ist-auch-Feuer*-Theorie. Wenn ihm erst einmal ein Verdacht gekommen war, würde er nachforschen. Selbst wenn es sich nicht um eine Vergewaltigung handelte, konnte Dorn nicht dulden, dass man ihm Hörner aufsetzte. Die Liebhaber von Dorns Frau erreichten selten ein gesegnetes Alter. Das wusste Tony, weil bereits zwei seiner Vorgänger in Aldos Auftrag liquidiert worden waren. Sein Chef würde auch ihn umlegen lassen, gerade weil Tony sein Angestellter war. Und es machte einen Unterschied, ob dies schnell und sauber durch eine Kugel in den Kopf geschah oder einem von zwei ausgehungerten Rottweilern das Gemächt abgenagt wurde, bevor man zum Abschluss eine Kugel in den Kopf bekam.

Tony redete und redete auf seine Chefin ein, während sie an ihrem Nachthemd herumnestelte, das kaum genug Stoff für ein

Halstuch bot. Seine Kehle wurde trocken und der Freiraum in seinem Hosenschritt eng. Die Lady sah nicht nur verteufelt gut aus, sondern besaß auch die nötigen Fähigkeiten, um dieses Aussehen wirkungsvoll einzusetzen. Sie war sich dieser Vorzüge durchaus bewusst, denn als Wandschmuck gab es in ihren Privaträumen ausschließlich Spiegel und Bilder von ihr selbst. Wohlgemerkt nur Bilder von ihr, auf keinem war Aldo zu sehen. Falls das dem alten Mann aufgefallen sein sollte, schien es ihn nicht besonders zu stören. Allerdings hielt Dorn sich nicht so oft im Schlafzimmer seiner Frau auf. Jedenfalls nicht so oft wie Tony.

Je mehr Komplimente Tony ihr machte, desto weicher wurden ihre Gesichtszüge. Ihre Wut wandelte sich in Bedauern und sie zog eine Schnute. Während er weiter ihre Vorzüge rühmte, ließ sie das Nachthemd an ihrem Körper herunterrutschen und ging vor ihm auf die Knie. Er wollte sie wegschieben, doch so viel Willensstärke besaß er dann doch nicht.

»Zum Abschied«, sagte sie undeutlich.

Eine Stunde und vierzig Minuten später verließ Tony das Haus und spazierte zu seinem Wagen. Das Problem mit seiner riskanten Affäre betrachte er ganz optimistisch als erledigt. Er bedauerte es, so ein Adrenalinjunkie zu sein, aber er liebte einfach die Herausforderung und den Nervenkitzel. Mit einer der Gründe, weshalb er ein Verhältnis mit der Frau seines Chefs begonnen hatte.

Tony brauste mit dem Lexus vom Anwesen, bog hinter dem Tor nach links ab und brachte den fließenden Verkehr zum Abbremsen. Er ignorierte das Hupen und verschwendete nicht einmal einen Blick in den Rückspiegel. Rücksichtslos schlängelte er sich stadteinwärts durch den Verkehr. Als er irgendwann doch einmal den nachfolgenden Verkehr betrachtete, fiel ihm ein silberner SUV auf, der sich ähnlich durchsetzungsfreudig bewegte. Tony fühlte sich durch den Rivalen herausgefordert und beschleunigte sofort.

Als sie nacheinander über die erste rote Ampel rasten und dabei geblitzt wurden, kam Tony plötzlich der Gedanke, dass es sich um mehr als nur ein Rennen handeln könnte. Er bog von der Hauptstraße ab und raste in falscher Richtung durch eine Einbahnstraße. Der SUV folgte ihm ohne Zögern.

Tony wurde nervös. Hatte die Schlampe ihre Drohung etwa wahrgemacht und sich am Telefon bei ihrem Mann ausgeheult? Tony hätte geschworen, dass sie nicht so blöd sein würde, aber manchmal überraschten einen die Leute. Wenn sie allerdings glaubte, heil aus der Sache herauszukommen, würde auch sie eine Überraschung erleben. Diese Affäre dürfte der entscheidende Tropfen sein, der das Fass von Dorns Geduld zum Überlaufen brachte. Tony wusste, dass sein Boss schon das ein oder andere Mal mit dem Gedanken einer unbürokratischen Blitzscheidung gespielt hatte.

Um sein eigenes Schicksal sorgte Tony sich allerdings viel mehr. Wen würde der Boss schicken? Einen Kollegen oder jemanden von außerhalb? Außer ihm verfügte Aldo noch über zwei Männer, die für solche Jobs infrage kamen. Nach ihnen musste er Ausschau aufhalten.

Er bog mehrmals hintereinander ab, durchquerte eine Grünanlage auf dem Radweg und parkte schließlich unter einer Straßenüberführung. Er wartete einen Moment, aber der silberne SUV tauchte nicht auf. Tony schloss von innen die Zentralverriegelung und legte seine Pistole entsichert auf den Beifahrersitz. Er zog sein Handy hervor und rief Nikolai an, seinen Killerkollegen Nummer eins. Mit angehaltenem Atem und heruntergelassenen Autofenstern lauschte er nach einem Handyklingeln in der Nähe.

»Hey, wo bist du?«, meldete sich Nikolai.

»Ich will gerade den Lexus auftanken. Und du?«

»Mache deine Arbeit«, sagte Nikolai und drehte kurz sein Handy vom Ohr weg, sodass Tony im Hintergrund die Frau vom Boss telefonieren hören konnte. So schnell übernahm also ein anderer seinen Dienst bei Frau Dorn. Kaum zwanzig Minuten, nachdem er das Haus verlassen hatte. Er fühlte sich ein bisschen gekränkt.

»Weißt du, wo Semy ist?«, erkundigte sich Tony.

»Nee. Ruf ihn doch an.«

»Mach ich«, sagte er, unterbrach die Verbindung und wählte Semys Nummer aus seinem Verzeichnis. Sein Kollege meldete sich aus Dorns Restaurant, was Tony daran erkannte, dass er seinen Chef im Hintergrund mit der Köchin diskutieren hörte. Killerkollege Nummer zwei konnte also ebenfalls nicht der geheimnisvolle Verfolger sein.

»Weißt du, ob wir gerade Personal von außerhalb beschäftigen?«, fragte er Semy.

»Nicht dass ich wüsste. Wieso fragst du?«

»Ich dachte, ich hätte einen alten Bekannten gesehen.«

»Wen meinst du?«

»Der Name fällt mir nicht mehr ein, aber das Gesicht kommt mir bekannt … oh, jetzt, wo ich ihn aus der Nähe sehe … nö, den kenn ich doch nicht.«

»War's das? Kann ich mich jetzt wieder meiner Arbeit widmen?«

Tony lachte. »Wem willst du denn erzählen, dass du arbeitest? Glaubst du, die Jobcenter hören uns ab?«

»Du kannst mich mal«, sagte Semy zum Abschied.

Tonys Sorge nahm zu. Wenn er den Killer nicht kannte, konnte es jede Person um ihn herum sein und er würde denjenigen nicht rechtzeitig bemerken, sondern erst, wenn er in den Lauf einer Pistole blickte. Rasch ging er seine Optionen durch. Wie die meisten in seiner Branche besaß Tony einen Fluchtplan für den Fall, dass er überstürzt aus der Stadt oder sogar aus dem Land verschwinden musste. Er hatte zwei Verstecke in der Stadt, wo Geld deponiert lag. Gerade für Situationen, in denen er nicht mehr in seine Wohnung zurückkonnte. Er überlegte sich verschiedene Reiseziele. Die Möglichkeit, sich der Polizei zu stellen und um Hilfe zu bitten, zog er allerdings nicht in Betracht.

Plötzlich verstärkte sich das Gefühl, in Gefahr zu sein, obwohl er niemanden in der Nähe des Lexus entdecken konnte. Ließ ihn nun zu allem Übel auch noch sein untrüglicher Instinkt im Stich?

Tony blickte in den Rückspiegel und sah einen Lichtreflex auf einer metallischen Linie. Eine Drahtschlinge wurde über seinen Kopf geworfen. Er versuchte noch, die Finger seiner rechten Hand unter den Draht zu bekommen, aber er bewegte sich zu langsam. Die Schlinge zog sich zu, kappte eine Fingerkuppe und schnitt tief in seine Kehle hinein.

Der Lexus wackelte eine ganze Weile wild hin und her, dann stand er wieder ruhig. Die hintere Tür öffnete sich und heraus stieg Sebastian, der Kundenbetreuer aus Matze Kellers Vergnügungscenter. Er trat an den Straßenrand und als der silberne SUV neben ihm hielt, stieg er hinten ein.

17
ZUFRIEDENE KUNDSCHAFT

Durch den Frankfurter Hauptbahnhof liefen an jedem Werktag über dreihundertfünfzigtausend Reisende. Hauser war einer von ihnen. Viele Fragen beschäftigten ihn. Hatte Hoodie schon etwas herausbekommen? War Tony aus der Stadt verschwunden? Was machte Melanie in diesem Moment?

Er bemerkte einen jungen Kerl mit Baseballkappe, der ihn unverwandt ansah und dabei telefonierte. Das mochte ein Zufall sein, aber irgendwie fiel es Hauser schwer, daran zu glauben. Er bewegte sich schneller und bog bei nächster Gelegenheit ab. Der Kappenträger befand sich immer noch hinter ihm und verfolgte ihn ohne die geringste Anstrengung, während Hauser schon leicht aus der Puste geriet. Ob die Gangsterbosse ihre Angestellten auch jährlich zum JP-Morgan-Chase-Lauf schickten? Welchen T-Shirt-Aufdruck trugen sie dabei wohl?

Sein potenzieller Verfolger ließ sich zurückfallen, was nicht unbedingt ein positives Zeichen sein musste. Hauser ging davon aus, dass seine Aufgabe darin bestanden hatte, ihm solange zu folgen, bis die Verstärkung eintraf, was wohl demnächst der Fall sein dürfte.

Neben ihm hielt ein schwerer BMW am Bordstein.

Der Beifahrer wies mit dem Daumen nach hinten auf die Rückbank. Er machte sich nicht einmal die Mühe, das Fenster herunterzulassen, geschweige denn auszusteigen.

Hauser spielte mit dem Gedanken, einfach weiterzugehen, damit die Burschen es bei ihrem Job nicht allzu bequem hatten. Er traute sich sogar zu, sie eine Weile abzuschütteln. Andererseits würden sie anschließend sauer auf ihn sein und eine Möglichkeit finden, sich dafür zu revanchieren. Sie könnten darauf verzichten, ihn nach dem Gespräch wieder zurückzufahren, was natürlich zu verschmerzen wäre. Aber wahrscheinlich fuhren sie ihn aus der Stadt heraus und schmissen ihn irgendwo in der Pampa raus, damit er nach Hause laufen musste.

Hauser seufzte und öffnete die Tür. Er rutschte zur Mitte der Rückbank und versuchte sich zu erinnern, zu wem diese beiden gehörten, aber er konnte nicht einmal sicher sagen, ob er mit ihnen schon einmal unterwegs gewesen war. Sie sollten Namensschilder oder Gangfarben tragen, anstatt alle beim gleichen Leibwächter-Schrägstrich-Schläger-Herrenausstatter einzukaufen. Da Hauser sich als Detektiv mit gewissem Ruf nicht die Blöße geben wollte, sich Gesichter nur schlecht merken zu können, versuchte er, anhand der Himmelsrichtung das Ziel zu bestimmen. Drei Minuten später wusste er, dass sie auf dem Weg zu Aldo Dorn waren.

»Das hätte ich dir gar nicht zugetraut«, begrüßte ihn Dorn persönlich an seiner Haustür. »Eine Drahtschlinge, wie rustikal. Aber ich bewundere das, du gehst dicht ran und scheust dich nicht davor, dir die Hände schmutzig zu machen.«

Hauser hatte keine Ahnung, wovon der Mann sprach, hoffte aber, dass sich das bald änderte, wenn er Dorn nur reden ließ. Der Gangster durfte nur keine Fragen zu Details stellen.

»Wie hast du das gemacht? Ich will jede schmutzige Einzelheit wissen.«

Die Zufriedenheit von Dorn konnte nur eines bedeuten: Tony war tot. Der Liebhaber seiner Frau hatte seine Strafe erhalten und Dorn ging davon aus, dass er dies Hauser verdankte.

»Ich habe getan, was Sie von mir verlangt haben und da ich keine Pistole besitze, musste ich anders vorgehen.«

Er sprach in einem sehr gleichgültigen Tonfall, obwohl ein gewaltiger Kloß in seinem Hals festsaß und noch zu wachsen schien.

Aldo Dorn lachte. Ja, er lachte wirklich. Hauser hätte nicht gedacht, dass dies mit so einer versteinerten Visage überhaupt möglich sein könnte.

»Vielleicht habe ich ein neues Talent in dir geweckt. Wie ich gehört habe, lief das absolut professionell ab. Keine Zeugen, keine Spuren, saubere Arbeit. Ich kenne Leute in unserem Geschäft, die könnten sich ein Beispiel an dir nehmen.«

»In Ihrem Geschäft«, korrigierte Hauser und machte einen niedergeschlagenen Eindruck.

Dorn sollte ruhig glauben, dass Hauser seine Tat zu schaffen machte. Das entsprach sogar der Wahrheit. Auch wenn er Tony nicht persönlich getötet hatte, war er doch für die Tat verantwortlich. Er hatte ihn zwar vor einer drohenden Gefahr gewarnt, aber ohne Hauser wäre er nicht in Gefahr geraten. Andererseits wurden durch Tonys Tod andere Leben gerettet, auf die er als Killer angesetzt war. Trotzdem minderte das Hausers Schuld nicht.

»Hör mal, Hauser, ich glaube, dein Ruf beruht hauptsächlich darauf, dass du so ein seltsamer Vogel bist. Deine Fähigkeiten als Detektiv sind doch höchstens durchschnittlich. Und du hast eine Menge Glück. Aber die Sache mit Tony … Respekt.«

»Wenn das alles zu Ihrer Zufriedenheit verlaufen ist, hätte ich jetzt gern meine Assistentin zurück.«

Dorn nickte fröhlich. »Aber natürlich, es dauert nur noch einen Moment. Die Kleine hat noch einen Massagetermin. Kann ich dir etwas anbieten? Kaffee, Schnaps, Drogen?«

Hauser schüttelte den Kopf.

Als Melanie wenig später den Raum betrat, wirkte sie entspannt. Trotzdem schien sich ihre Verärgerung über Hauser noch nicht völlig verflüchtigt zu haben, denn sie ignorierte ihn völlig. Stattdessen nahm sie auf der Lehne eines Lesesessels neben der Tür Platz und wartete, dass sie gehen konnte. Aldo hob eine Augenbraue und gab zu verstehen, dass er nicht mit Hauser tauschen wollte. Er beugte sich zu dem Detektiv und raunte: »Warum trägt deine Assistentin immer einen Zopf und was hat sie gegen Schminke?«

»Ist mir gar nicht aufgefallen.«

»Ich glaube, sie könnte schon hübsch sein.«

»Wenn sie sich anmalen würde?«

»Du stehst also eher auf den natürlichen Typ? Ich bin ja der Meinung, man sollte immer das Bestmögliche herausholen.«

»Sie ist auch ohne Make-up und gestylten Haaren schön.«

»Dann ist es dir also doch aufgefallen.« Aldo grinste und lehnte sich wieder zurück. »Ihr beide habt euch sicher eine Menge zu erzählen.« Er entließ die beiden mit einer jovialen Geste Richtung Ausgang.

Melanie erhob sich von der Lehne und ging. Es schien sie nicht zu interessieren, ob Hauser ihr folgte.

»Du solltest dich beeilen, sonst ist deine Mitfahrgelegenheit auf und davon«, sagte Dorn vergnügt. Die Nachricht von Tonys Tod wirkte derart euphorisierend auf den Gangster, dass Hauser sich regelrecht abgestoßen fühlte. Er beeilte sich, aus dem Haus zu kommen.

»Wir bleiben in Kontakt!«, rief Dorn ihm hinterher und selbst wenn es nur eine Floskel sein sollte, erkannte Hauser die versteckte Drohung darin.

Als er vor die Tür trat, rauschte Melanie mit dem Jaguar an ihm vorüber. Im Bruchteil einer Sekunde wägte Hauser ab, seinen Stolz zu bewahren und mit erhobenem Haupt die ganze Strecke zurücklaufen oder Melanie mit wedelnden Armen hinterherzurennen.

Seine mangelnde Kondition reichte kaum bis zum Tor, dann taumelte er aus und blieb schließend keuchend stehen. Schnaufend versuchte er seine zitternden Beine unter Kontrolle zu bekommen und sich nicht zu übergeben.

Fast geräuschlos rollte der Jaguar rückwärts neben ihn, die Beifahrertür wurde von innen aufgestoßen. Melanie schien in ihrer Geiselhaft nicht besonders gelitten zu haben. Abgesehen davon, dass sie immer noch dieselben Klamotten trug, wirkte sie recht entspannt, auch wenn sie das ihm gegenüber zu verbergen versuchte. Er konnte sich nicht des Eindrucks erwehren, dass sie ihm allein die Schuld an allem gab, was ihr zugestoßen war. Falls sie Erleichterung über Hausers Erscheinen verspürte, behielt sie dies jedenfalls für sich.

Hausers Meinung nach bestand ihr beklagenswertes Schicksal darin, eine Nacht in einer Luxusvilla verbracht haben zu müssen. Gegen ihren Willen zwar, aber es gab sicher schlimmere Schicksale. Er würde sich allerdings hüten, diese Meinung laut zu äußern.

Eine Weile fuhren sie schweigend, bis Hauser sich nicht mehr zurückhalten konnte: »War es sehr schlimm?«

»Er hat in seiner Gästesuite eine Erlebnisdusche. Man kann zwischen siebzehn verschiedenen Formen von Wasserstrahlen wählen.«

Hauser nickte mitfühlend. »Das ist natürlich auch eine Form von Waterboarding. Eine Geiselhaft im Wellnessformat, mit Wasser und Brot als F.-X.-Mayr-Diät.«

»Genaugenommen gab es ein sehr reichhaltiges Frühstücksbuffet.«

»Tut mir leid, dass ich mich so beeilt habe, dich zu befreien.«

Melanie blickte starr geradeaus. »Wenn Aldo gewusst hätte, dass ich bloß deine Stichwortgeberin bin, hätte er sicher eine bessere Geisel ausgewählt.«

»Du bist doch keine Stichwortgeberin.«

»Stimmt eigentlich, du hast mir nie eine deiner Schlussfolgerungen erklärt. Also bin ich wohl mehr so eine Art Maskottchen.«

»Hey, auf keinen Fall! Aber mindestens meine Fahrerin.«

Sie schnaubte und schlängelte sich zügig durch den Verkehr, als könne sie es nicht abwarten, ihn endlich loszuwerden.

»Wie hast du die Zeit ohne mich verbracht?«, fragte Melanie, als sie an einer roten Ampel halten mussten.

»Nicht mit Schlafen, das kann ich dir versichern.«

Ihr lag eine bissige Bemerkung auf der Zunge, doch in diesem Moment schien ihr ein anderer Gedanke dazwischenzufunken. Hauser merkte, dass sie über etwas nachdachte, und es war nicht schwer zu erraten, worum es sich handelte.

»Wieso hat Aldo mich gehen lassen?«, fragte sie deutlich gedämpfter Stimme. Sie lenkte den Jaguar an den Straßenrand, stellte den Motor ab und drehte sich im Sitz zu ihm herum. »Die Bedingung für meine Freilassung bestand in einem Mord, den du begehen sollst.«

Hauser nickte. Sie zögerte, die nächste Frage zu stellen. »Sag mir nicht, du hast diesen Leibwächter umgebracht.«

»Er ist tot.«

»Hauser!« Sie klang entsetzt. »Du hast doch nicht etwa?«

»Was? Nein, wo denkst du hin? Ich kann kein Blut sehen und hätte mir vor Angst in die Hose gemacht.«

»Was ist passiert? Rede endlich!«

»Wie soll ich sagen? Ich bin nicht ganz unschuldig am Schicksal von Tony. Vielleicht habe ich Keller gegenüber einen falschen Eindruck erweckt, wer der Verräter in seinem Umfeld ist.«

Melanie erstarrte. Zweimal setzte sie an, etwas zu sagen, aber jedes Mal fehlten ihr die richtigen Worte.

Melanie wollte nichts mehr mit der Sache zu tun haben. Für sie war der Bummel durch die Frankfurter Unterwelt beendet. Kurz darauf tauchten sie wieder in die Tiefgarage des Bürogebäudes hinab, in dem Boris Schneider lebte und arbeitete.

Die Sekretärin am Empfang sah Melanie hilfesuchend an, als sie die Etage betrat. »Ich muss sämtliche Anrufer abwimmeln, er will mit niemandem reden. Eigentlich könnte ich genauso gut nach Hause gehen. Bitte versuche, ihn auf andere Gedanken zu bringen.«

»Ich werde mal sehen, was ich tun kann«, versprach Melanie. Sie war durch das Verhalten der Sekretärin vorgewarnt, doch was sie im Büro erwartete, erschrak selbst sie. Ihr Chef hatte sich nicht nur in seinem Büro verkrochen, er war zu einer bemitleidenswerten Figur zusammengeschrumpft, der niemand mehr helfen konnte. Erst recht nicht Melanie.

Hauser hielt sich im Hintergrund, fand aber die Wandlung des rotgesichtigen Anwalts zu einem blassen Häufchen Elend erstaunlich. Die Alkoholfahne des Mannes stand stramm im Raum. Als Boris Melanie erblickte, traten Tränen in seine Augen.

»Chevy war hier«, stammelte er.

Hauser empfand augenblicklich Mitleid mit ihm, obwohl er auf den ersten Blick keine Spuren körperlicher Misshandlung entdecken konnte.

»Er wird mich ruinieren«, jammerte Boris kopfschüttelnd. »Er zwingt mich, Geld in sein Schwachsinnsprojekt zu investieren. Genauso gut könnte ich es gleich im Klo runterspülen.«

Melanie war nicht überrascht, dass der Verlust von Geld das schlimmste Ereignis für Boris Schneider darstellte.

»Ich soll in einen Film investieren. Ich habe keine Ahnung vom Filmemachen und was noch schlimmer ist: Chevy auch nicht. Das wird ein Millionengrab. Meine Millionen.« Der Anwalt heulte laut auf. »Er hat sogar eine Autobiografie in Betracht gezogen. Quasi das Buch zum Film.«

»Ist das ein Scherz?«

»Chevy geht davon aus, dass viele Kinogänger ein Interesse an seiner Lebensgeschichte haben, das über den Film hinausgeht.«

Sehr viele interessante Menschen hatten ihre Lebensgeschichte niedergeschrieben, weil sie Wichtiges erreichten, fremde Länder erforschten oder ganz allgemein ein interessantes Leben führten. Viele dieser Autobiografien waren zurecht Bestseller geworden, erfuhren seit Jahrzehnten Neuauflagen und wurden von mehreren Generationen zurate gezogen. Aber es gab auch andere, von den aufgezählten Kriterien völlig unbelastete Menschen, die mit ihrer Lebensgeschichte in Buchhandlungen drängten, weil dies der einzige Ort war, an denen noch keine Bilder von ihnen existieren. Es war zwar schön, wenn selbst Menschen ohne sichtbare Begabung diese Möglichkeit geboten wurde, aber Lebensalter, Lebenserfahrung, kluge Einsichten oder aufschlussreiche Erlebnisse sollten doch vorhanden sein, um seine Lebensgeschichte zu erzählen. Wenn Chevy allerdings sein Buch parallel zu seinem Mordprozess herausbringen würde, konnte das tatsächlich den Verkauf ankurbeln.

»Gibt es eine Möglichkeit, sich zu weigern?«, fragte Hauser.

»Er hat mich in der Hand.«

»Womit erpresst er Sie denn?«

Boris sah mit geröteten Augen zu ihm auf. »Damit, mich zu töten, wenn ich ihm das Geld nicht gebe.«

»Haben Sie denn das Geld, das er fordert?«

Boris sah ihn an, als sei Hauser völlig begriffsstutzig. »Natürlich, aber ich will es behalten.«

Hauser und Melanie warfen sich einen Blick zu.

»Außerdem habe ich gerade vom Tod eines Bekannten erfahren«, fuhr Boris fort. »Ermordet in seinem Auto. Der arme Tony.«

Melanie erbleichte und trat dann näher an ihren Chef heran. »Standest du ihm sehr nahe?«, fragte sie mitfühlend und legte ihre Hand auf seine Schulter.

Boris schüttelte schniefend den Kopf. »Nein, aber er schuldete mir eine Menge Geld.«

Melanies Hand rutschte von seiner Schulter herab. Sie durchquerte den Raum und warf Hauser einen Blick zu. »Wir gehen!«

Vor dem Büro blieb sie am Tisch der Sekretärin stehen. »Wenn er wieder ansprechbar ist, kannst du ihm ausrichten, dass ich gekündigt habe.«

»Ich werde ihm einen Zettel hinlegen«, sagte die Frau und da erst bemerkte Melanie, dass sie packte.

18
DER UNTERSCHLUPF

Melanie fuhr Hauser zu seiner Wohnung, da sie beide es für angebracht hielten, dass er duschte und die Kleidung wechselte, die er seit mindestens zwei Tagen trug. Allerdings kamen sie nicht einmal bis zur Haustür, bevor ihnen zwei annähernd quadratische Männer in teuren Anzügen den Weg versperrten. Die Handlanger der Bosse hatten Hauser schon vom Straßenrand aufgegriffen, vor seinem Haus und direkt an der Wohnungstür. Wo waren die Kerle sonst, wenn er mal ein Taxi brauchte?

Hauser hatte eine Haltung perfektioniert, die Unterwürfigkeit demonstrierte und den meisten Leuten das Gefühl vermittelte, sie wären im Begriff, ein kleines Kind oder einen Welpen zu schlagen. Er machte eine ergebene Geste mit den Armen, die signalisierte, dass sie ihm nicht hinterherlaufen mussten. Die beiden Kerle entspannten sich ein wenig, was ihre Bedrohlichkeit aber kaum minderte.

Zu viele solcher Gesichter waren ihm in zu kurzer Zeit begegnet, die Zuordnung bereitete ihm Schwierigkeiten. Bronson Feldmann war kein Problem und auch die drei von Kellers Pokerpartie würde er wiedererkennen, aber bei den Leuten von Dorn und Silvio konnte er nur raten. Zu Dorn passten

Schlägertypen im Holzfällerformat und zu Silvio gutgekleidete Meuchelmörder.

Die beiden vor sich meinte Hauser bei Chevy gesehen zu haben, aber der würde doch sicher Bronson Feldmann schicken. Er konnte wohl nur sicher sein, dass es niemand von Aldo war, denn der dürfte momentan recht zufrieden sein. Matze Keller sollte auch nicht nach ihm verlangen, denn der Spitzel war aus seinen Reihen entfernt worden. Wenigstens glaubte er das. Auch Chevy hätte sich zurücklehnen können, während Kellers Lieblingsladen geschlossen war. Der einzige, der noch auf die Erfüllung seines Wunschzettels wartete, war Silvio, aber der hatte ihm eine Frist gesetzt. Wer kam also infrage? Keller war zwar seinen Spitzel los, aber jetzt könnte ihn interessieren, wer dafür verantwortlich war, dass man seinen Laden geschlossen hatte. Es war naheliegend, wen er mit den Ermittlungen beauftragen würde. Dieser Job würde Hauser einige Probleme bereiten, es sei denn, es gelang ihm, noch einen weiteren Sündenbock auftreiben.

»Ich bin gegen Gewalt. Vor allem Gewalt gegen mich«, versicherte Hauser den beiden Kerlen. »Deshalb würde ich es vorziehen, wenn Sie sich auf Einschüchterung und Drohungen beschränken könnten. Ich verstehe dann schon, was Sie meinen.«

Die Augenbrauen des Rechten verschmolzen zu einem einzigen haarigen Balken.

»Es ist wirklich ein Wunder, dass du nicht den ganzen Tag Schläge bekommst«, sagte Melanie anerkennend. »Was diese Jungs am meisten wollen, ist Respekt. Und genau das bist du nicht bereit, ihnen zu geben. Bist du auf Ärger aus? Falls ja, dann such dir lieber jemand anderen für diese Spielchen. Ich habe langsam genug davon.«

»Also, ehrlich gesagt, versuche ich überhaupt nicht, diese Kretins zu provozieren.«

Während der rechte Kerl weiter sein bedrohliches Gehabe aufführte, mit vorgestreckter Brust und vorgerecktem Kinn provozierende Halbsätze hervorstieß, strahlte Hauser ihn freundlich an, erreichte damit aber genau das Gegenteil. »Okay, Jungs, zu wem geht es diesmal?«

»Nicht so schnell, wir sind zuerst dran«, sagte eine dröhnende Stimme hinter ihnen. Alle drehten sich zu den beiden Neuankömmlingen. Hauser fand sich zwischen vier Männern eingeschlossen, die sich in ihrer Schulterbreite nur unwesentlich unterschieden. Einer von ihnen kam Hauser bekannt vor. Er meinte, ihn im Laden von Matze Keller gesehen zu haben. Aber eigentlich war das mehr eine Vermutung als eine Gewissheit.

»Verschwindet«, grunzte der Linke der beiden ersten Schläger. »Wir haben ihn zuerst gesehen.«

»Echt jetzt?«, fragte einer der Neuankömmlinge amüsiert. »Erster? Das ist dein Argument?«

Sebastian, so hieß der Kerl, fiel es Hauser wieder ein. Er gehörte tatsächlich zu Keller. Melanie und er waren ihm bei Porno-Disney begegnet.

Die beiden Schläger ließen ihre beachtlichen Muskelpakete spielen, doch ihre Gegenüber ließen sich davon nur wenig beeindrucken. Entweder hielten Sebastian und sein Begleiter nicht viel von Sportstudiomuskeln, oder sie hatten noch einen Trumpf in der Hinterhand.

»Wir nehmen ihn mit«, sagte Matzes Mann ruhig. »Ihr könnt die Kleine behalten.« Keiner von diesen Typen hatte einen zweiten Blick auf Melanie geworfen. War sie ihnen zu unscheinbar? Das sprach für ein ziemlich verkorkstes Frauenbild.

»Verpisst euch. Wenn wir mit ihm fertig sind, könnt ihr haben, was übrigbleibt. Obwohl ich nicht glaube, dass dieser Rest noch reden kann.«

»Was soll das heißen? Wir haben ihn schon fast im Auto sitzen«, protestierte der Schläger links von Hauser.

Sein Gegenüber zeigte auf einen Lieferwagen, der ein Stück die Straße hinauf parkte. »Aber wir haben schon zwei Stunden auf ihn gewartet.«

»Pech, dann müsst ihr halt schneller aus den Sitzen kommen.«

Hausers schob sich unauffällig an den Rand der Gruppe. Sein Kopf ging zwischen den Parteien hin und her wie bei einem Tennisspiel.

»Unser Boss braucht ihn nur für 'ne halbe Stunde, dann könnt ihr ihn haben. Fahrt uns einfach hinterher.«

»Vergiss es, dann müssten wir zweimal durch die ganze Stadt.«

Hauser stellte fest, dass zumindest die Schläger untereinander wussten, wer zu wem gehörte.

»Wenn mein Boss erfährt, was für Zicken du hier machst, wird er deinen Boss anrufen und dann wird ein Scheißgewitter auf dich niedergehen.«

Hauser fragte sich, ob die Typen mit Absicht keine Namen nannten, die es ihm ermöglicht hätten, sie seinen Klienten zuzuordnen. Obwohl Klient wahrscheinlich die falsche Bezeichnung war, da keiner von ihnen die Absicht zu haben schien, ihn für seine Dienste zu bezahlen.

Der Ton zwischen den Schlägern verschärfte sich. Beide Parteien wollten den Detektiv für sich und keiner von ihnen würde nachgeben. Wenn sich die aufgestaute Spannung entlud, dann sollten Melanie und er ein bisschen Distanz zwischen sich und diese Gangster gebracht haben. Hauser machte Anstalten, zwischen ihnen vermitteln zu wollen, doch Melanie packte seine Hand und hielt ihn unerbittlich fest.

Sebastian streckte seinen Zeigefinger seitlich zu Hauser aus, ohne die beiden Gegner vor sich aus den Augen zu lassen. »Ihr zwei bleibt genau da stehen, bis die Sache hier geklärt ist.«

Das gegenseitige Niederstarren schien sich endlos hinzuziehen. Hauser konnte nicht einmal ausschließen, dass sie jeden Moment ihre Knarren zogen und es wie Revolverhelden austrugen.

»Scheint so, als hätten wir hier eine Pattsituation«, sagte Sebastian.

Hauser konnte auch nicht sagen, mit wem er lieber mitgehen würde. Am liebsten natürlich mit keinem, aber das stand wohl nicht zur Wahl. Es sei denn, die vier erschossen sich an Ort und Stelle.

»Also Kai, wie regeln wir das?«, fragte Sebastian. »Sollen wir eine Münze werfen?«

Hauser kannte nun schon einmal den Namen des einen Riesen. Vielleicht würden sie auch noch verraten, in wessen Auftrag sie unterwegs waren.

»Ich kann Chevy nicht mit leeren Händen gegenübertreten«, sagte der Riese namens Kai. »Wie wichtig ist Keller ein Treffen mit dem Kerl?«

»Wichtig genug, dass ich dem Münzwurf zustimmen würde«, antwortete Sebastian.

Kai grinste und griff langsam in seine Tasche, um nach einer Münze zu kramen. »Was darf's sein?«

»Kopf«, wählte Sebastian. »Mein Begleiter hier nimmt Zahl.«

Kais Grinsen erlosch. »Deinen Kopf kannst du gleich verlieren.«

Diese Leute sprachen keine leeren Drohungen aus, sondern pflegten sie wahrzumachen. Hauser und Melanie sahen sich an, überzeugt davon, dass dieser Konflikt nicht mit einer diplomatischen Lösung enden würde.

Chevys Mann präsentierte kurz eine Euromünze, legte sie auf den Daumennagel und zwinkerte Sebastian zu. Kai schnippte die Münze diagonal durch die Luft, auf Sebastian zu und über seinen Kopf hinweg. Instinktiv verfolgte dieser die Flugbahn. Als er wieder den Kopf senkte, hatten Chevys Riesen ihre Pistolen gezogen.

»Es war Zahl, vertrau mir«, sagte Kai. »Nicht wahr, Kerim?«

»So wahr ich hier stehe«, bestätigte der zweite Riese völlig emotionslos.

Matzes Leute standen da wie nassgespritzt und wussten nicht, wie sie reagieren sollten. Das Augenlid von Sebastian zuckte unkontrolliert, während sein Kollege etwas murmelte, das sich verdächtig nach »Ich bring ihn um« anhörte.

»Aber er hat betrogen«, beschwerte sich Hauser empört und kassierte dafür einen Rippenstoß von Melanie, damit er sich raushielt.

In diesem Moment hielt ein schwerer Mercedes direkt neben ihrer Gruppe. Die beiden Männer darin wirkten nicht wie Mediatoren, die überall dort eingriffen, wo Streitschlichtung benötigt wurde.

»Hüpf rein, Hauser, der Boss will dich sehen!«, schmatzte der Fahrer um einen Kaugummi herum und ignorierte die anderen Schläger auf so provozierende Weise, dass es einer Kriegserklärung gleichkam.

»Stell dich mal schön hinten an!« Der erste.

»Fahr mit deiner Mühle doch noch eine Runde um den Block!« Der zweite.

»Wenn du in zwei Stunden wiederkommst, kannst du ihn haben.« Der dritte.

»Falls die Klapperkiste unterwegs nicht liegenbleibt.« Spiel, Satz und Sieg von Nummer vier.

Die Vordertüren flogen auf. Hausers Augenbrauen hoben sich mit dem Fahrer, als er aus dem Wagen stieg. Er war größer und breiter als jeder andere bei ihrer kleinen Versammlung. Hauser fragte sich, wie er in den Wagen gekommen war. Wahrscheinlich hatte er auf dem Sitz Platz genommen und anschließend wurde das Fahrzeug um ihn herumgebaut. Sein Beifahrer verschwand völlig hinter ihm.

»Also auf die harte Tour«, brummte der Fahrer und marschierte direkt in die Gruppe hinein. Die Pistolen von Kerim und Kai besaßen nicht die geringste Abschreckung. Ohne ein weiteres Wort gingen die sechs Männer mit Fäusten aufeinander los. Eine Straßenschlacht mit gutgekleideten Teilnehmern sah man nicht alle Tage.

Hauser betrachtete das Spektakel mit den Händen in den Hosentaschen und hielt den nötigen Abstand, um nicht von herumfliegenden Gegenständen oder Teilnehmern getroffen zu werden. Er konnte die Männer verstehen. Keiner von ihnen wollte mit leeren Händen vor seinem Boss erscheinen. Erst Melanies harsche Ansprache riss ihn aus der Betrachtung. Gemeinsam bewegten sie sich unauffällig rückwärts, bis sie die Hausecke erreichten und Fersengeld gaben.

»Wo willst du jetzt hin?«, erkundigte sich Melanie im Laufen. »Ich sage es gleich, zu mir kannst du nicht.«

Hausers Wohnung war nun endgültig tabu. Seit die Männer der vier Bosse wussten, wo er wohnte, fingen sie ihn bei jeder Gelegenheit ab, wenn ihr jeweiliger Chef ein Redebedürfnis verspürte. Damit musste Schluss sein. Andererseits fanden sie ihn auch auf offener Straße. Wie machten sie das bloß? Er war ja wohl nicht so auffällig, dass man ihn auf den ersten Blick in einer Menschenmenge ausmachen konnte. Hatten sie ihm einen Sender verpasst? Ein Kinoklischee, von dem er kaum glauben konnte, dass es so etwas auch im realen Leben geben sollte. Und wenn, wer hatte ihm den Sender verpasst? Auf jeden Fall besaßen Aldos Leute einen Empfänger. Und Bronson, der ihm scheinbar zufällig begegnet war. Und Silvios Leute, die ihn in seiner Wohnung abgepasst hatten. Wie viele verflixte Sender trug er mit sich herum, oder teilte sich die Unterwelt von Frankfurt einen einzigen? Er plante, Lessing nach einem Gerät zum Aufspüren von Sendern zu fragen. Aber er wollte nicht zu den Paranoikern gehören, die jeden Raum, in dem sie sich länger aufhielten, erst einmal mit einem solchen Gerät absuchten.

Hauser überlegte, wie er vorgehen würde, wenn er selbst jemanden mit einem Sender verfolgen sollte. Er würde den Sender in dem Aufspürgerät verstecken, denn das trug die Zielperson immer bei sich. Bei welcher Gelegenheit hatten sie ihm den Sender verpasst? Seit er in diese Sache verwickelt worden war, trug er dieselbe Kleidung. Er nahm an, dass sie eine Stelle für den Sender ausgewählt hatten, die man nicht so oft wechselte, wie andere Sachen. In seinem Fall wären das: iPhone, Schuhe und natürlich sein Beutel. Letzteren betrachtete er plötzlich wie einen Verräter.

Sollten sie ihn nochmal aufspüren, würde er seine komplette Kleidung wegwerfen und im Grüngürtel der Stadt verschwinden, um dort in der Natur zu leben. Wenn sie kamen, um ihn zu holen, würde er sie in Rambomanier der Reihe nach ausschalten. Er schmunzelte bei dem Gedanken, denn es war das denkbar unwahrscheinlichste Szenario. Er würde es keine Nacht in der Natur aushalten, ohne einen Pizzalieferservice zu verständigen. Neben dem ständigen Verirren wäre wohl das Hantieren mit primitiven Waffen die größte Gefahr für sein Überleben.

Es war kein Problem, in dem Passantenstrom unterzutauchen. Zwei Straßen weiter wies Hauser auf das Schild eines Textildiscounters. »Ich werde mich neu einkleiden, für den Fall, dass ich wirklich verwanzt bin. Du besorgst uns inzwischen Bargeld, damit wir keine digitalen Spuren hinterlassen. Heb so viel ab, wie das Tageslimit hergibt.« Mit diesen Worten reichte er ihr zwei EC-Karten unterschiedlicher Bankinstitute.

»Ich brauche dafür deine PIN.«

»Steht hinten auf der Karte.«

Melanie drehte beide Karten herum, weil sie nicht glauben konnte, was er da sagte. Die PIN-Nummern standen deutlich lesbar über die Sicherheitshinweise auf der Karte geschrieben.

»Ich kann mir solche Sachen nicht merken«, erklärte er, als er ihren Blick bemerkte. Melanie schüttelte nur den Kopf. Es war sinnlos, auch nur ein einziges Wort darüber zu verlieren, so gut kannte sie Hauser inzwischen schon. Seufzend machte sie sich auf den Weg.

Als sie eine Viertelstunde später zurückkehrte, stand Hauser neben der Umkleidekabine, von Kopf bis Fuß neu eingekleidet. Neben ihm eine billige Reisetasche mit auf alt getrimmter Union-Jack-Flagge, in die er seine Sachen gestopft hatte.

»Wir fahren zum Bahnhof und verstauen alles in Schließfächern. Aber vorher musst du dich auch noch neu einkleiden.«

Melanie ließ ihren Blick über seine neuen Klamotten gleiten. »Einverstanden, aber sicher nicht hier.«

***

Sie gaben ein seltsames Paar ab, als sie das Kaufhaus verließen. Hausers Bemühungen, nicht mehr erkannt zu werden, hatten dazu geführt, dass er nun noch auffälligere Kleidung trug. Schreiend bunt, nicht altersgemäß und kein Kleidungsstück passte zum anderen. Er wirkte, als habe ein Kleinkind ihn angezogen. Melanie dagegen war modisch gekleidet, aber man merkte, dass ihr wenig daran lag. Das figurbetonte Kleid stellte allerdings die perfekte Tarnung für sie dar. Er zog die Blicke auf sich, was Melanie sichtlich unangenehm schien. Eine Sonnenbrille, groß wie eine Taucherbrille und ein weißer Sommerhut halfen ihr, diese Gefühle zu verbergen. In diesem Aufzug hätte sie zum Pferderennen in Ascot gehen oder als Statistin in einem Raffaello-Werbespot auftreten können. Sie hatte sich auf den Geschmack der Verkäuferin verlassen, nachdem sie eine kompetente Typveränderung verlangt hatte.

»Jetzt brauchen wir nur noch einen geeigneten Unterschlupf«, sagte Hauser.

»Nutz doch mal dein Geld. Deine Konten platzen aus allen Nähten. Du weißt es ja offensichtlich nicht, aber du bist ein schwerreicher Mann. Gönn dir gefälligst ein Zimmer in einem anständigen Hotel.«

»Kannst du eines empfehlen?«

»Nicht aus eigener Erfahrung, aber Boris bringt wichtige Klienten immer im *Mainhof* unter. Ich habe noch keine Klagen gehört.«

»Gut, dann fahren wir dort hin«, sagte Hauser und strebte dem nächsten U-Bahn-Zugang entgegen. Sie hielt ihn an seinem Unterarm fest.

»Zu einem Fünf-Sterne-Hotel fährt man nicht mit der U-Bahn. Wir nehmen ein Taxi.«

Die Fahrt zum Hotel dauerte nicht lange, aber der Taxifahrer fragte zweimal nach, ob sie sich bei der Adresse sicher seien. Auf Hausers Frage, was er damit meine, zuckte der Fahrer nur mit den Schultern und kümmerte sich um seine eigenen Angelegenheiten.

Auch dem Portier des *Mainhofes* kam diese Frage wohl in den Sinn. Der Mann überlegte einen Moment zu lange, ob er die Tür für Hauser öffnen oder sie lieber von innen zuhalten sollte. Kurz bevor sie voreinander stehenbleiben mussten, trat der Portier zur Seite und riss die Tür auf. Hauser bedankte sich mit einem Lächeln und marschierte zielstrebig auf die Rezeption zu. Der Portier sah dem ungleichen Paar nach und fing sich dabei über Hausers Schulter hinweg einen tadelnden Blick des Rezeptionisten ein. Schnell verzog er sich nach draußen, während der

Kollege am Empfang sein professionelles Begrüßungslächeln anknipste. »Ich mach das«, erklärte Melanie und schob sich vor Hauser an den Tresen.

Im Aufzug nach oben drehte Hauser die Schlüsselkarte in der Hand. »Was hat er damit gemeint?«, fragte er Melanie immer noch irritiert.

»Entweder hält er dich für einen exzentrischen Millionär gehalten oder für jemanden, der für diese Nacht seine gesamten Ersparnisse zusammengekratzt hat.«

»Echt? Und für wen hat er dich gehalten?«

Melanie warf ihm einen Blick zu, der ihn rasch kombinieren ließ. »Oh, echt? Wie peinlich.«

»Vielleicht sollten wir dich unauffälliger einkleiden, damit die Leute leichter Zutrauen fassen«, schlug sie vor.

»Ich ziehe mich schon seit Jahrzehnten allein an, und das beabsichtige ich beizubehalten, solange ich dazu in der Lage bin.«

Hauser ging durch den Flur auf die kleine Sitzgruppe zu und drehte sich zu dem Angestellten um, der sie nach oben gebracht hatte. Er wies auf die umliegenden Türen. »Welche Tür geht zu meinem Zimmer?«

»Sie sind bereits in Ihrer Suite, mein Herr. Die Türen gehen zu den Schlaf- und Badezimmern.«

Hauser drehte sich zu Melanie, die lächelnd mit den Schultern zuckte. Sie gab dem Angestellten ein Trinkgeld und brachte ihn zur Tür.

»Das ist natürlich ein kleiner Abstieg gegen Aldos Haus«, sagte sie, als sie zurückkehrte.

»Du nennst ihn Aldo?«

»Wie soll ich ihn sonst nennen? Herr Dorn?«

»Ich meine ja nur, das klingt sehr vertraut. Nach gerade mal einer Nacht in seinem Haus.«

»Du hörst dich an, als hätte ich einen One-Night-Stand gehabt. Ich war seine Gefangene. Allein die Vorstellung … buaah. Der Mann ist älter als mein Opa und sein Gesicht sieht aus wie mit einer Gartenharke gezogen.«

»Ich rede nicht von Sex.«

»Da bin ich aber froh. Ich bin nicht mal auf die Idee gekommen, bis du mir solche Bilder eingepflanzt hast. Ist mir schlecht.«

»Wechseln wir lieber das Thema. Ich weiß nicht, welches Zimmer ich nehmen soll. Am besten, ich schlafe auf der Couch.«

Melanie schob ihn zur nächsten Tür. »Du nimmst das hier und ich schlafe gegenüber. Keine Widerrede!«

Hauser betrat das riesige Schlafzimmer mit einer Durchgangstür zum Bad. Dort fand er die gängigen Toilettenartikel vor, die er in seiner Wohnung zurücklassen musste. Er zog seine neuen Sachen aus und stieg in die Dusche. Frisch geduscht, parfümiert, rasiert und gekämmt kehrte er in einem Hotelbademantel in den Wohnbereich der Suite zurück.

»Auf jeden Fall eine Verbesserung«, kommentierte Melanie sein Aussehen.

Es klopfte an der Tür und sie zuckten zusammen.

»Bestimmt jemand vom Hotel«, sagte Melanie.

»Etwa mit unserem nicht vorhandenen Gepäck?«

Vorsichtig näherte sich Hauser dem Türspion und presste sein Auge dagegen. Ein Stöhnen entfuhr seiner Kehle und seine Schultern sackten herab. Er löste die Verriegelung und öffnete die Tür.

Hauptkommissar Richard Lessing stand im Flur und hatte beide Hände in die vorderen Hosentaschen geschoben. Das konnte langmütig und gelassen wirken, aber Hauser nahm an, dass sich seine Finger in den Taschenstoff krallten, um ihm nicht an die Kehle zu gehen.

»Ich bin noch keine Dreiviertelstunde hier«, sagte Hauser. »Wie hast du mich gefunden?«

»Ich habe einen Anruf von einem gemeinsamen Bekannten bekommen, der mir erzählt, du seist hier abgestiegen. Ich hielt es natürlich für Quatsch und als er mir dann noch erzählt hat, du seist völlig neu eingekleidet, war ich überzeugt, dass er sich irrt. Aber er war sich sicher, also bin ich hergekommen und habe dich dem Rezeptionisten beschrieben. Tja, und jetzt stehen wir hier. Ich nehme an, die Geschäfte mit Chevy und seinen Kumpanen laufen gut?« Pure Verachtung stand Lessing ins Gesicht geschrieben.

»Erstens bin ich nicht auf ein Luxusleben umgestiegen, sondern verstecke mich hier.«

Melanie trat an Hausers Seite. »Zweitens, wenn Sie sich seine Kleidung ansehen, werden Sie feststellen, dass er dafür kein Vermögen braucht.«

»Geschmack bei Kleidung hatte er noch nie«, erwiderte Lessing. »Was heißt, du versteckst dich hier?«

»Willst du nicht reinkommen?«, fragte Hauser versöhnlich und gab die Tür frei.

»Es ist in meinem Beruf nicht vorteilhaft, mit Kriminellen gesehen zu werden. Konspirative Treffen in einem Hotel sprechen sich schnell herum. Bornemann ist inzwischen davon überzeugt, dass du die Seiten gewechselt hast.«

»Du hast ihr hoffentlich gesagt, wie sehr sie sich irrt?«

»Ehrlich gesagt, ich bin mir in letzter Zeit nicht mehr so sicher, wie ich dein Verhalten einzuschätzen habe. Ganz zu schweigen davon, wie ich es rechtfertigen soll.«

»Ich habe verstanden, dass ich dich gekränkt habe. Aber das meinst du ja wohl nicht ernst?!«

»Leider doch.«

»Sie tun ihm unrecht.« Wieder war es Melanie, die sich für Hauser einsetzte und niemanden überraschte das mehr als sie selbst. »Er kann nichts dafür, dass er in diese Situation geraten ist. Oder zumindest nicht allzu viel.«

Lessing sah sie an und Melanie machte eine Handbewegung, die so viel besagte wie, er wisse schon, was sie meine. »Es ist eben Teil seiner Persönlichkeit, in solche Schwierigkeiten zu geraten.«

»Genau«, sagte Hauser. »Ich bin das Opfer in dieser Geschichte.«

»Jetzt mach mal 'nen Punkt«, sagten Lessing und Melanie gleichzeitig, worüber beide anschließend sogar lächeln mussten.

Sie nahmen in der Sitzgruppe Platz und Hauser erzählte seinem Freund von den ersten Treffen mit den Gangstern und endete mit deren jeweiligen Forderungen an ihn. Dieses Mal ließ er nichts aus und füllte auch die Lücken, die er bisher gelassen hatte.

Als er endete, sah Lessing ihn nur an und rührte sich nicht.

»Ob er einen Schlaganfall hat?«, fragte Hauser an Melanie gewandt.

»Jeder dieser Gefallen könnte dir eine Haftstrafe einbringen«, fasste Lessing mit bewundernswerter Ruhe zusammen. »Aber wenn du es allerdings nicht tust, werden die Folgen noch schlimmer sein. Als Fachmann und dein Freund würde ich dir empfehlen, deine Sachen zu packen und dich woanders niederzulassen.«

»Ist dir was aufgefallen?«, fragte Hauser.

»Was denn?«

»Wir haben uns mit den vier größten Gangstern der Stadt angelegt und bisher hat noch niemand auf uns geschossen.«

Absurditäten wie diese machten das Gespräch für Lessing noch um einiges schwieriger.

»Wie können wir es drehen, dass wir heil aus dieser Sache herauskommen?«, erkundigte sich Melanie.

»Wie gesagt, ihr solltet aus der Stadt verschwinden.«

Hauser verschränkte die Arme vor der Brust wie ein trotziges Kind. »Das Thema hatten wir schon, Melanie will nicht gehen und ich auch nicht.«

»Du willst aber auch nicht hier sterben, oder? Also mach dich nicht lächerlich.« Lessing wurde langsam ungehalten. »Selbst eine Stadt wie Frankfurt ist nicht groß genug, um auf Dauer diesen Leuten zu entgehen. Ich kann da nichts tun. Du hast keine Zeugen für die Aufträge und die Drohungen, oder?«

Hauser schüttelte den Kopf. »Nur deren Mitarbeiter.«

»Und mich«, sagte Melanie. »Ich wurde von Aldo Dorn gegen meinen Willen festgehalten.«

Hauser klemmte seine Daumen in unsichtbare Hosenträger und gab einen amerikanischen Südstaatenanwalt aus den Dreißigerjahren. »Dann schildern Sie den Herrn Geschworenen mal, unter welchen menschenunwürdigen Umständen dies geschah. Vergessen Sie bitte nicht, die Regenwalddusche und das Frühstücksbuffet zu erwähnen.«

»Ich entnehme dieser Show, dass wir nichts haben«, sagte Lessing. »Aber selbst wenn, die würden eine Armee aus Anwälten antreten lassen, die euch beide in der Luft zerreißen und anschließend noch eine Klage wegen Verleumdung und übler Nachrede anhängen. Ich bleibe dabei, ihr solltet verschwinden.«

»Wenn ich Silvios Sohn gefunden habe, wäre die Liste abgehakt.«

Lessing verdrehte die Augen. »Mensch, Hauser, sei doch nicht so verdammt naiv. Diese Leute sind nicht an ihre jeweilige Position gelangt, weil sie Goldesel nach einmaligem Gebrauch gehen ließen. Die werden dich ausnutzen, bis du nicht mehr zu gebrauchen bist. Wenn sie dich nicht umlegen, dann wirst du bei einem ihrer Aufträge umkommen. Selbst wenn du dich irgendwie lebendig durchlavieren kannst, wirst du wahrscheinlich im Gefängnis landen. Für Bornemann bist du ein abtrünniger Verbrechensbekämpfer, der sich von der Gegenseite kaufen ließ und kaum jemanden verachtet sie mehr. So oder so bist du erledigt.«

Hauser schüttelte den Kopf. »Ich bleibe in der Stadt.«

Lessing sah hilfesuchend zu Melanie.

»Sehen Sie mich nicht an, ich will ebenfalls bleiben«, sagte sie.

»Aber man wird hauptsächlich nach ihm suchen.«

»Sie kennen ihn länger«, sagte sie. »Ich nehme an, er ist nicht umzustimmen, wenn er sich einmal entschlossen hat?«

Lessing nickte bestätigend. »Es ist, als würde man auf ein krankes Maultier einreden.«

»Hallooo, ich bin noch anwesend«, maulte Hauser.

»Wenn er in Frankfurt bleiben will, muss er sein Äußeres verändern, damit ihn nicht jeder sofort erkennt.«

»Da reichen aber ein paar Flohmarktklamotten nicht«, gab der Polizist zu bedenken.

»Das ist Neuware«, beschwerte sich Hauser.

»Still, wenn die Erwachsenen reden«, zischte Melanie.

Lessing drehte sich zu seinem Freund: »Was sagst du dazu?«

»Ach, ich darf also wieder mitreden?«

»Also?«

»Ich soll mich verkleiden?«, fragte Hauser.

»Jetzt hast du es verstanden.«

»Warum?«

»Du weißt warum.«

»Ich ziehe keinen Anzug an.«

Melanie seufzte. »Also wenn du bei der Kleidung schon zickst, weiß ich nicht, wie wir den Rest hinkriegen sollen.«

»Welchen Rest?«, fragte Hauser lauernd.

»Wir müssen dir natürlich auch eine passende Frisur verpassen«, sagte Lessing entschlossen.

»Oh nein.«

Melanie schob sich vor Lessing. »Reden wir nicht lange drum herum, der Bart muss ab.«

Hauser legte die Hand schützend über seinen Schnauzer. »Mein Bart soll ab?«

Melanie und Lessing nickten synchron.

»Das könnt ihr so was von vergessen. Mein Schnurrbart ist mein Markenzeichen.«

»Genau deshalb muss er auch ab.«

»Bitte nicht!«, flehte Hauser.

***

Der Rezeptionist sah Lessing durch die Lobby zum Ausgang eilen und wunderte sich, dass er das Pärchen in der Suite nicht verhaftet hatte. Andererseits fühlte er sich auch erleichtert, weil ein Skandal ausbleiben würde. Solange der abgerissene Kerl und seine jüngere Begleitung sich unauffällig verhielten und am nächsten Morgen – von den anderen Gästen unbemerkt – auscheckten, störten sie ihn nicht.

Das beruhigende Gefühl verflüchtigte sich nach einer knappen Stunde wieder, als der Kommissar erneut durch die Lobby eilte. Dieses Mal in umgekehrter Richtung, auf die Aufzüge zu. In jeder Hand hielt er Taschen von Drogerien und Bekleidungsgeschäften der mittleren Preislage.

Was mochte dort oben wohl vorgehen? Er blickte zur Uhr und hoffte, den Schichtwechsel zu erreichen, bevor die ganze Geschichte aufflog.

Einer, der sich ebenfalls gerade fragte, was um ihn herum geschah, war Hauser, der die Metamorphose in dem riesigen Badezimmerspiegel hautnah mitansehen musste.

Es war eine Tatsache, dass er mit gekämmtem Haar wie eine Karikatur aussah. Völlig lächerlich. Es gab solche Menschen, wie jeder Friseur bescheinigen konnte, die etwas von ihrem Beruf verstanden.

Trotzdem war es Melanie gelungen, seine Haare so zu formen, dass es einer Frisur ziemlich nahekam. Bisher waren sie die größte Hürde umgangen, Hauser von seinem Schnauzer zu befreien. Doch der Bartschneider und ein Nassrasierer lagen bedrohlich neben dem Waschbecken bereit. Hauser schob sich eine Haarsträhne aus dem Gesicht und betrachtete das Ergebnis. »Noch so ein Modetrend, den ich verpasst habe?«

»Möglich. Da gab es in den letzten dreißig Jahren wohl so einige«, gab Melanie trocken zurück.

»Sag mal, weinst du?«, fragte Lessing überrascht.

Melanie beugte sich vor, um nachzusehen. »Bestimmt vor Glück.«

Das Prepaid-Handy auf dem Couchtisch klingelte. Hauser hatte es am Bahnhof erworben, als er sein iPhone mit der Kleidung im Schließfach zurücklassen musste. Er hatte die Nummer nur einer einzigen Person gegeben. Sofort sprang er von dem Hocker und rannte aus dem Badezimmer. Er wäre in diesem Moment für jeden Vorwand dankbar gewesen.

Lessing und Melanie folgten ihm. Sie sahen zu, wie Hausers Gesicht den leicht weggetretenen Ausdruck verlor, während er zuhörte. Seine Augen waren von beeindruckender Klarheit, und ein breites Grinsen trat auf sein Gesicht.

Der Hauptkommissar lächelte. »Du siehst gerade aus, als seist du wieder Herr der Lage. Ich finde das sehr beruhigend.«

19
DAS NETZWERK

Hoodies Erfolgsmeldung war genau das, was Hauser gebraucht hatte. Aufgeregt ging er in der Suite umher.

»Er hat ihn gefunden? Wo?«, fragte Lessing beeindruckt.

»Das hat er nicht gesagt.«

»Wie hat er das gemacht?«

»Das habe ich nicht gefragt.«

»Mensch, Hauser. Jetzt müssen wir warten, bis wir uns mit ihm treffen können.«

»Sie warten unten in der Lobby.«

»Sie?«

»Er und seine Helfer.«

»Du hast ihnen die Adresse hier geschickt?«

»Warum nicht, schließlich kann ich ja nicht nach draußen.«

Lessing seufzte. »Gut, ist jetzt ohnehin zu spät. Dann sollen sie eben raufkommen.«

»Tja, da gibt es nur ein kleines Problem: Der Kerl an der Rezeption will sie nicht reinlassen.«

Der Polizist wurde langsam ungehalten. »Dann rufe ich eben unten an und kläre es mit ihm.«

»Besser wäre, wenn jemand runterfährt und sie persönlich abholt.«

»Ich kann das machen«, schlug Melanie vor.

»Nein!«, widersprach Lessing. »Die Gangster sind auch hinter dir her, also wirst du schön hierbleiben. Ich gehe.«

Hauser druckste herum. »Ich weiß nicht, ob das so eine gute Idee ist. Diese Leute sind ein bisschen schreckhaft.«

»Willst du etwa behaupten, ich würde nicht genug Fingerspitzengefühl besitzen, hmm? Ich war Unterhändler bei Geiselnahmen. Also entspann dich, ich bin im Nullkommanichts mit deinen Hackern hier oben, okay?«

Hauser nickte.

»Gut, woran erkenne ich sie?«

»Glaub mir, du erkennst sie.«

Hauser hatte nicht zu viel versprochen. Als Lessing aus dem Aufzug stieg und die Lobby betrat, erkannte er das Dreiergespann sofort. Bei Hoodie verriet der Name alles, was man wissen musste. Wie die beiden Frauen hießen, hatte Hauser ihm noch nicht verraten. Die drei kauerten sich in einer Ecke zusammen wie lichtscheue Nagetiere. Sie fühlten sich in dieser Umgebung sehr unwohl und betrachteten den Rezeptionisten ebenso misstrauisch wie er sie. Wahrscheinlich fürchteten sie, er könne jeden Moment die Polizei rufen, den Bundesnachrichtendienst, die CIA oder NSA oder wen auch immer. Lessing ging an der Rezeption vorbei und machte ein beruhigendes Handzeichen zu dem Mann dahinter. Dem schien nur daran gelegen zu sein, diese Leute aus dem öffentlich einsehbaren Bereich des Hotels zu entfernen.

Mit dem Tempo eines Bombenentschärfers näherte sich Lessing der Gruppe und machte dabei ausreichend Lärm, damit sein Erscheinen sie nicht erschreckte. Sie waren längst auf ihn aufmerksam geworden und ihre Körpersprache verkündete: Rückzug.

Lessing lächelte, ohne Zähne zu zeigen. »Alles in Ordnung. Ich bin Lessing, Hauser schickt mich«, sagte er, beugte sich vor, um der ersten Frau die Hand zu reichen, und dabei klappte seine Jacke auseinander.

»WAFFE!«, brüllte Hoodie gellend laut und schon war in der Lobby der Teufel los.

Die Frau vor Lessing zückte ein Reizgas und richtete es auf sein Gesicht. Er schlug ihr mit dem Handrücken die Dose aus den Fingern, sodass sie in hohem Bogen Richtung Hotelbar kreiselte. Die drei Hacker stoben sofort in verschiedene Richtungen auseinander. Lessing griff die Frau rechts von sich am Kragen und hielt sie fest, dann machte er einen Schritt vorwärts, stieß den Hoodieträger mit dem Bauch auf seinen Platz zurück und zog ihm die Frau über den Schoß. Während die beiden miteinander beschäftigt waren, machte er sich an die Verfolgung der zweiten Frau. Bevor sie in den Sichtbereich des Rezeptionisten gelangen konnte, schlang er von hinten seinen rechten Arm um ihren Bauch und presste seine linke Hand auf ihren Mund. Er hob die Frau mühelos in die Höhe, drehte sich mit ihr um die eigene Achse und trug sie zu ihren beiden Begleitern zurück. Er setzte sie ab und gab ihr einen sanften Stoß, der sie zu den anderen auf die Sitzbank beförderte.

»Okay, jetzt hört ihr zu, ja? Ich bin Polizist und ich trage eine Waffe, aber ich bin hier, weil ich ein Freund von Hauser bin. Es besteht also kein Grund zur Panik. Er vertraut mir, also könnt ihr das auch.«

Die drei sahen von unten zu ihm auf, ihr Blick zeigte ihm, wie wenig sie ihm glaubten und was er sie alles konnte.

»Hauser wartet oben auf euch, ich bin hier, um euch zu ihm zu bringen. Wenn ihr allerdings lieber gehen wollt, könnte ich das auch verstehen.« Demonstrativ gab er ihnen den Weg frei.

Die drei erhoben sich wortlos.

»Aber ihr würdet Hauser im Stich lassen«, beeilte er sich zu versichern. »Er ist auf eure Hilfe angewiesen. Wenn ihr gehen wollt, in Ordnung, aber lasst mir dann wenigstens die Informationen für ihn da. Er steckt momentan wirklich in der Klemme.«

Die drei wechselten kurz einen Blick miteinander. Lessing hatte sich vorgestellt, er würde nach unten fahren, die drei Hacker in den Fahrstuhl lotsen und sie nach oben in die Suite bringen. So einfach wurde es nicht. Es hatte mehr von einem Bewerbungsgespräch oder einem Casting. Er musste sich vor ihnen bewähren, bevor sie ihm folgten.

»Wir müssen beraten«, verkündete Hoodie. »Allein.«

Lessing zog sich mit erhobenen Händen zurück. »Lasst euch Zeit, ich bleibe in der Nähe.« Er entfernte sich rückwärtsgehend und ließ dabei langsam wieder die Hände sinken. Ihm war klar, dass er dieses Trio wie rohe Eier behandeln musste und selbst dann konnte er nicht sicher sein, dass sie nicht trotzdem die Biege machten. Die drei trauten niemandem, erst recht keinem mit Polizeimarke. Polizisten stellten so eine Art natürlicher Feind für sie dar. Lessing nahm nicht an, dass diese Abneigung auf persönlichen Erfahrungen beruhte, denn die drei sahen nicht so aus, als ob sie sich oft im Freien aufhielten.

Er wünschte, er würde noch rauchen, denn wenn man etwas Gutes über Zigaretten sagen konnte, dann wie nützlich sie dabei waren, Zeit totzuschlagen. Leider verhielten sie sich gegenüber der Gesundheit genauso.

Lessing gab dem Rezeptionisten erneut mit einer Handbewegung zu verstehen, dass alles in Ordnung sei, aber der Mann schaute noch zweifelnder als beim letzten Mal drein. Mit Erleichterung sah Lessing die drei auf sich zukommen. Sie schritten an ihm vorbei durch die offene Aufzugtür.

Im Lift nach oben herrschte peinliches Schweigen, bis Lessing das Eis zu brechen versuchte. »Kennt ihr Hauser schon lange?«

»Ist das ein Verhör?«, antwortete Hoodie bissig.

»Nur Konversation.«

»Kein Smalltalk«, sagte die eine Frau, die locker im Alter von Lessings Mutter war. Ihr Name lautete Gertrud und sie war eine Langzeitstudentin kurz vor dem Renteneintrittsalter. Niemand kannte sich auf dem Universitätsgelände besser aus als sie.

»Wir entscheiden, welche Informationen wir preisgeben«, erklärte die zweite Frau, sie hieß Simone, mit ausdrucksloser Miene, sodass niemand sagen konnte, ob es als witzige Bemerkung gemeint war. Sie sah aus wie ein Punk, der in einem bestimmten Alter nicht den Wechsel ins bürgerliche Leben vollzogen hatte. Aber an ihr wirkten die Kleidung und die Frisur nicht lächerlich, zumindest nicht sehr. Sie sah aus wie Johnny Rotton, also Johnny Rotton heute, was für eine Frau nicht sonderlich vorteilhaft war. Für einen Mann übrigens auch nicht.

Der Aufzug hielt mit einem sanften Signalton und die vier traten auf den Flur hinaus.

Deus ex Machina nannte sich das Hackerkollektiv, dessen Dienste Hauser gelegentlich in Anspruch nahm. Sie regelten für ihn Computerkram und er für sie alles andere. Sie arbeiteten schon länger zusammen, denn die Hacker waren nicht gut zu Fuß. In der digitalen Welt wirbelten sie wie Zauberer umher, aber einer realen Umgebung standen sie seltsam hilflos gegenüber. Jedenfalls nahm Hauser an, dass darin das Problem lag. Vielleicht gingen sie auch einfach nicht gern vor die Tür. Alles, was sie nicht von ihrem Rechner aus bewältigen konnten, rief Hauser auf den Plan. Sie zahlten selbst für banale Kleinigkeiten absurde Summen, als habe Geld keine Bedeutung für sie. Das hatte Hauser schon vor langer Zeit zu der Einsicht gebracht, dass er die Herkunft ihrer Finanzmittel nicht kennen wollte.

»Ihr habt ihn also gefunden«, begrüßte Hauser die Hacker an der Tür.

Hoodie schüttelte den Kopf, das konnte man aus der Bewegung unter der Kapuze schließen. »Noch nicht.«

»Ich dachte, wir treffen uns hier, damit ihr mir den Namen sagen könnt?«

Simone runzelte die Stirn. »Wieso, das hätten wir doch auch am Telefon gekonnt?«

»Wenn ich dich so ansehe, wäre mir das auch lieber gewesen«, bemerkte Gertrud halblaut auf Hausers neues Outfit bezogen. Er trug einen grauen Anzug, den Lessing ausgewählt hatte und der perfekt saß. Sein Haar lag glatt an und war ordentlich gescheitelt. Nur der Schnauzer erinnerte noch an den alten Hauser.

Er gab die Tür frei und folgte seinen Gästen. »Ich bezahle eine sehr teure Hotelsuite, von der ich glücklicherweise nicht weiß, was sie kostet, um mich darin zu verstecken. Aber ich bekomme mehr Besuch als in meiner eigenen Wohnung. Die Polizei findet mich hier innerhalb einer Stunde. Die Leute, auf die ich meine ganze Hoffnung gesetzt hatte, tauchen mit leeren Händen auf und haben vielleicht sogar die Kerle hergeführt, die nach mir suchen.«

»Ganz ruhig, Hauser. Wir haben niemanden hergeführt«, sagte Hoodie und ließ sich in die Polster eines Sofas plumpsen. »Die Aufregung ist nicht gut für die Nerven.«

»Ihr seid nicht gut für meine Nerven. Die Gesamtsituation ist nicht gut für meine Nerven. Und ich will meinen Bart behalten.«

Gertrud hob die Hand, als würde sie sich in der Schule melden. »Wir können dir falsche Papiere herstellen, Hauser. Alles, was du brauchst, um spurlos zu verschwinden.«

Hauser zwinkerte ein paarmal und sah seine Helfer der Reihe nach an. »Sagt mal, habt ihr alle ein privates Interesse daran, mich aus der Stadt zu schaffen?«

Hoodie schien ihm nicht zuzuhören, sondern probierte die Federung des Sofas und wechselte anschließend auf die gegenüberliegende Sitzgelegenheit, um sie ebenfalls zu testen. »Im Oval Office stehen die Sofas auch so.«

»Warum genau seid ihr hergekommen, wenn ihr noch nichts herausgefunden habt?«

Hoodie hörte auf, die Federung zu testen. Die Spitze seiner Kapuze hob sich, weshalb Hauser annahm, dass der Hacker ihn ansah.

»Ich muss zugeben, wir haben uns unter einem Vorwand eingeschlichen, aber der Grund ist einfach: Simone hat heute Geburtstag und wir schmeißen hier eine Überraschungsparty für sie.«

»Ach herrje, ich bin so unsensibel«, sagte Hauser sarkastisch.

»Irgendwie schon«, bestätigte Hoodie.

»Wann genau wird sie denn überrascht?«, fragte Melanie spöttisch. Sie lehnte am Schreibtisch und hatte die Arme vor der Brust verschränkt. So stand sie schon die ganze Zeit über da, aber die drei Hacker nahmen sie erst in diesem Moment wahr, als sei sie gerade aus einer Torte gesprungen.

»Wer ist das?«, brummte Hoodie.

»Melanie. Meine Assistentin.«

»Viele unbekannte Leute hier, du weißt, dass wir das nicht mögen.« Hoodie klang gekränkt.

Gertrud stellte ihren Rucksack auf den Couchtisch und verteilte Laptops an ihre Kollegen. »Wir setzen unsere Arbeit hier fort. Das wird eine Weile dauern«, erklärte Simone. Hoodie und Gertrud setzten sich gegenüber auf die Sofas und klappten ihre Laptops auf.

»Was sollen wir in der Zeit machen?«, fragte Lessing.

Hauser zuckte mit den Achseln. »Das ist eine Party, ihr könnt euch um Pizza und Bier kümmern.«

Lessing schüttelte den Kopf. »Ich kann nicht glauben, dass du das gerade gesagt hast. Genauso wenig kann ich glauben, dass ich hier stehe und es mir anhöre.«

»Und deswegen musste ich meinen Zumba-Kurs ausfallen lassen?«, beschwerte sich Melanie, erkannte aber sofort, dass Hauser die Größe dieses Opfers nicht zu schätzen wusste.

Lessings Handy klingelte und auf seinem Display erschien ein unvorteilhaftes Foto von Bornemann. Aufgenommen wurde es von einem Blogger, der sich heimlich in eine Dienstbesprechung geschlichen hatte. Der Blogger nahm das Foto in dem Moment auf, als Bornemann ihn entdeckte und auf ihn zukam. Sie sorgte dafür, dass das Foto von dem Blog verschwand, aber zu diesem Zeitpunkt besaß jeder in ihrer Abteilung längst eine Kopie.

»Ich muss gehen«, sagte Lessing, ohne den Anruf anzunehmen. »Schließlich habe ich noch einen Beruf und kann meine Zeit nicht damit verbringen, drei Nerds beim Wetttippen zuzusehen.«

»Aber was ist mit der Party?«, fragte Hauser enttäuscht.

Lessing lehnte sich an dem Detektiv vorbei, um zu den drei Hackern zu sehen, die tief gebeugt über ihren Laptops hingen. »Ich schätze, die hat ihren Zenit überschritten.« Seufzend schaute er Hauser in die Augen. »Womit habe ich eigentlich einen Freund wie dich verdient?«

»Keine Ahnung, ist wohl so eine Karma-Sache. Du musst wohl in deinem früheren Leben etwas richtig gemacht haben.«

Lessing verdrehte die Augen. »Ja, es kommt mir auch wie eine Belohnung vor. Haltet mich telefonisch auf dem Laufenden.«

***

Melanie saß im Schreibtischstuhl, kaute an einer veganen, glutenfreien Pizza mit Extra-Kapern und beobachtete gebannt die drei Mitglieder von *Deus ex Machina*. Sie konnte es sich nur so erklären, dass es sich um einen Wettbewerb zwischen ihnen handelte und derjenige verlor, der zuerst den Kopf hob. Nachdem der Pizzabote seine Lieferung gebracht hatte, stellte Hauser zwei aufgeklappte Kartons zwischen sie auf den Tisch. Er tat dies wie bei einer Raubtierfütterung: Aus niedriger Höhe fallenlassen und schnell die Hände zurückziehen.

Melanie fand es faszinierend, zu beobachten, wie die Hände der drei Hacker vorschnellten und sich ein Pizzastück nach dem anderen aus dem Karton schnappten, während sie einhändig weitertippten. Sie waren wie Frösche, die mit ihrer Zunge Fliegen fingen. Besonders bei Hoodie wirkte das so, da er die Pizzastücke komplett in der Kapuzenöffnung verschwinden ließ. Simone griff sich ihre Stücke so schnell aus dem Karton, als fürchtete sie, er könne wie eine Falle zuschnappen, wenn sie sich zu langsam bewegte.

Nachdem die Kartons geleert waren, ersetzte Hauser sie durch geöffnete Bierflaschen. Melanie erklärte, noch nie einer seltsameren Mahlzeit beigewohnt zu haben und auch auf dem Gebiet Geburtstagsparty setzte diese Veranstaltung neue Maßstäbe. Sie öffnete ihr zweites Bier und widmete sich ihrem Handy, während Hauser unentwegt um die Sitzgruppe kreiste. Er hatte sich selbst für die Dauer dieses Falls eine strenge Abstinenz verordnet. Er war zwar auch sonst noch weit von einem wirklich bedenklichen Konsum entfernt, aber momentan musste er einen klaren Kopf bewahren. Allerdings hielt ihn dieser Verzicht auch davon ab, sich zu entspannen.

»Hauser, bist du noch bei der Sache?«, fragte Hoodie und schnipste neben dem Kopf des Detektivs mit den Fingern.

»Klar«, log Hauser und beugte sich über die Couch, um auf den Monitor zu sehen. »Was kann ich sehen?«

Simone fasste ihre Ergebnisse sehr kurz zusammen: Sie hatten Niko gefunden, indem sie die wenigen Fakten, die Silvio herausgerückt hatte, bis zum letzten Tropfen ausquetschten. Sie fanden die Mutter über ihren Arbeitsplatz, der der Grund dafür war, dass

Silvio ihr mehrmals an derselben Stelle begegnete. Darüber kamen sie an den Namen und schließlich an den Wohnort. Anscheinend hatte die verheiratete Schwester der Mutter den Jungen adoptiert, um ihm einen anderen Nachnamen zu geben. Hauser überlegte, ob der Junge damals seine Tante für seine Mutter und die leibliche Mutter, die mit im Haus lebte, für seine Tante gehalten hatte. War es Jack Nicholson in seiner Jugend nicht ähnlich ergangen? Hätten sie gewusst, wie wenig Silvio an dem Jungen interessiert war, wäre den beiden Frauen diese Mühe erspart geblieben. Allerdings hätte er in dem Fall seinen Sohn heute schneller und ohne Hausers Hilfe finden können. Deshalb bekam die Maßnahme im Nachhinein noch ihre Berechtigung.

Die Hacker hatten verschiedene Grundschulen im Rhein-Main-Gebiet nach einem Niko abgesucht, der in den Jahren zwischen seinem fünften und siebten Lebensjahr eingeschult worden war. Die Zahl bewegte sich im mittleren zweistelligen Bereich. Die Eingrenzung nach Geburtsmonat und Geburtsjahr drückte die Zahl in einen übersichtlichen Bereich. Sie überprüften die Geburtsurkunden und anschließend blieben nur noch zwei Jungen, bei denen der Name des Vaters nicht angegeben war. Der Weg, den das Netzwerk beschritten hatte, war nicht einmal besonders scharfsinnig gewesen. Was das Netzwerk auszeichnete, war, dass es für sie kaum verschlossene Türen gab. Sie fanden immer ein Schlupfloch oder eine Hintertür.

Hauser blickte auf den Laptopmonitor. *Deus ex Machina* hatte alles aufbereitet. Nikos Schullaufbahn, seinen Werdegang und die diversen Umzüge bis zurück nach Frankfurt. Sein Leben war eine Chronologie des Scheiterns. Niemand konnte sagen, ob er überhaupt wusste, wer er wirklich war.

»Niko Rühmkoff. Die Adresse ist …« Hauser begann zu lachen. »Wir könnten mal schnell zu ihm rüberlaufen.«

Silvio hatte seinen unehelichen Sohn überall auf der Welt suchen lassen, dabei war dieser nie aus dem Großraum Frankfurt herausgekommen. Ein Anruf bei Silvio würde genügen und er wäre aus seiner Verpflichtung entlassen. Aber so einfach wollte Hauser es sich nicht machen.

20
DER VERLORENE SOHN

Die Wohnung befand sich mitten im Bahnhofsviertel. Hauser hielt den ganzen Weg über Ausschau nach den Helfern der Bosse, die ihn immer wieder aufgespürt hatten. Zu sehr wollte er sich nicht auf den Tarneffekt seiner neuen Kleidung verlassen.

Der junge Mann, der ihm die Wohnungstür öffnete, machte den Eindruck, als befände er sich noch in der Tiefschlafphase. Seine Augen klebten zusammen, im Mundwinkel glänzte Speichel und über die Frisur brauchte man kein Wort zu verlieren. Glücklicherweise hatte der Nacktschläfer die Zeit gefunden, sich einen pilzigen Bademantel überzuwerfen. Hauser wollte sich sofort anbieten, ihm bei der Suche nach dem Gürtel behilflich zu sein. Warum hielten sich bloß so viele Männer mit einem offenen Bademantel für ausreichend bekleidet?

Um dem offenherzigen Anblick zu entgehen, richtete er seine Aufmerksamkeit auf die Umgebung hinter Niko Rühmkoff. Nach den ganzen Nobelbehausungen, in die Hauser in letzter Zeit eingeladen oder verschleppt worden war, bot die Wohnung eine gelungene Abwechslung. Im Raum war Laminat in Naturholzoptik verlegt. Nicht die einzige Sünde, die ein Innenarchitekt auflisten würde. Einiges ließ sich auf die Beschränkungen eines legalen Einkommens zurückführen, für anderes gab es keine Entschuldigung.

»Was is?«, fragte der junge Mann undeutlich und musterte den Anzugträger mit der unpassenden Gesichtsbehaarung vor sich.

»Niko Rühmkoff?«, erkundigte sich Hauser.

»Wer will das wissen?«

»Oh, eine ganze Menge Leute. Allen voran Silvio Alfonsi.«

Das Desinteresse des jungen Mannes fiel augenblicklich von ihm ab und schnell wirkte er sehr wach. »Wer sind Sie? Schickt er Sie? Bitte lassen Sie mich gehen!«

Hauser lächelte. »Zunächst einmal hättest du leugnen können, überhaupt Rühmkoff zu sein.«

»Wer? Tut mir leid, ich kennen niemanden mit diesem Namen.«

Hauser lächelte nachsichtig. »Daraufhin hätte ich dir natürlich gesagt, dass ich sowohl ein Foto als auch eine Personenbeschreibung und die Adresse von dir habe.«

»Verdammt. Scheiße.«

»Was natürlich ein Bluff gewesen wäre.«

»Oh Mann, warum quälen Sie mich? Ich will doch nur meine Ruhe und vor allem möchte ich nichts mit diesem Gangster zu tun haben.«

»Dein Vater will dich kennenlernen. Es scheint dringend zu sein, vielleicht eine tödliche Krankheit oder so was.«

»So viel Glück habe ich bestimmt nicht.«

»Ich habe Silvio kennengelernt und obwohl ich ihn wirklich furchteinflößend finde, denke ich nicht, dass er dir etwas antun möchte. Ich schätze mal, er wird im Alter sentimental und besinnt sich auf die Familie.«

Niko lachte verächtlich auf, aber sehr schnell wurden die Laute klagend. Sein kompletter Körper fiel vor Hausers Augen in sich zusammen. Das Rückgrat bog sich nach vorn, als habe es sich in Gummi verwandelt. Die Schultern sanken hilflos herab und Hauser fürchtete, dass der Bademantel dem Beispiel folgte, wenn er keinen Halt mehr fand.

»Was tun wir jetzt?«, jammerte Niko. »Freiwillig gehe ich nicht mit, das kann ich Ihnen garantieren.«

Hauser kniff sich seufzend in den Nasenrücken, die Anzahl seiner Probleme schien nicht abnehmen zu wollen.

»Ich kann nicht zu meinem Vater zurück«, jammerte Niko. »Ich kenne den Mann überhaupt nicht. Selbst meine Mutter hat ihn kaum gekannt. Sie war nur eine Affäre für ihn und mit dem Beginn der Schwangerschaft hat er sie verlassen, um seine Ehe nicht zu gefährden. Alfonsi hat ihr damals Geld für eine Abtreibung angeboten, aber für Unterhalt wollte er nicht aufkommen. Er hat ihr ziemlich deutlich gesagt, welche Folgen Forderungen oder Erpressungsversuche haben würden, aber das wollte sie sowieso nicht. Ich kann Ihnen sagen, es war kein Zuckerschlecken für die arme Frau. Bis zu ihrem Tod hat sie alles gegeben und ich hatte keine Gelegenheit, ihr irgendwas davon zurückzugeben.«

»Und du hast keine Idee, weshalb Alfonsi plötzlich so versessen auf dich ist?«, fragte Hauser.

Niko zog die Nase hoch. »Doch, die habe ich. Vor zwei Monaten ist nämlich Fabio, sein legitimer Sohn, die stolze Frucht seiner Lenden, bei einem Reitunfall auf Korsika umgekommen. Wie bei allen Macho-Arschlöchern dieser Güteklasse macht ihn die Vorstellung wahnsinnig, ohne männlichen Stammhalter abzutreten.«

»Seine Ehefrau ist wahrscheinlich längst jenseits des gebärfähigen Alters?«

»Ja, aber das ist nicht das Problem. Er könnte irgendein junges Küken dafür bezahlen, sich von ihm schwängern zu lassen, aber das dauert ihm zu lange. Der Mann wird siebzig und rechnet nicht damit, noch besonders viele gute Jahre zu haben. In dem

Alter schaukelt man seine Enkel auf den Knien, aber man zieht keinen Thronfolger mehr heran.«

»Er braucht also einen Erwachsenen, bei dem er sofort mit der Lehre beginnen kann.«

»Oder wenigstens einen, der die Pubertät schon hinter sich hat.«

»Mit anderen Worten, er braucht dich.«

Niko Rühmkoff nickte traurig. »Es gibt sonst niemanden von seinem Blut, wie er sich wohl ausdrücken würde.«

»Du hast dich offensichtlich über deinen Vater auf dem Laufenden gehalten. Du weißt mehr über ihn, als er über dich.«

Niko zuckte mit den Schultern. »Kunststück, über mich steht nicht dauernd etwas in der Zeitung. Ich habe das aber nicht aus Interesse an seinem Leben getan, sondern aus Selbstschutz. Deshalb konnte ich viele Jahre völlig unbekümmert in derselben Stadt leben wie er. Aber seit ich vom Tod seines Sohnes gehört habe, bin ich auf dem Sprung. Dabei kennt der alte Drecksack noch nicht einmal meinen Namen. Hat ihn wohl bisher nicht interessiert.«

Hauser konnte das bestätigen. »Warum bist du noch hier?«

»Warum wohl? Mir fehlt natürlich das Geld, um woanders neu anzufangen. Nicht, dass ich das Geld hätte, um hier noch besonders lange durchzuhalten. Ich bin am Arsch.«

Hauser zog eine Visitenkarte aus seinem Beutel und reichte sie Niko.

Der warf einen Blick darauf und hielt sie ihm wieder hin. »Danke, aber ich denke nicht, dass ich mir in nächster Zeit einen Privatdetektiv leisten kann.«

»Du packst jetzt eine Tasche und ziehst in ein Hotel. Wenn du dort bist, schickst du mir die Daten. Ich komme für die Rechnung auf, bis ich die Angelegenheit mit deinem Vater geregelt habe.«

Niko blinzelt misstrauisch.

»Das kommt dir sicher komisch vor, aber ich kann es dir momentan auch nicht erklären«, sagte Hauser achselzuckend.

»Ist das eine Falle?«

»Für eine Falle bräuchte ich kein Hotel, dann müsste ich nur eine SMS mit der Adresse an deinen Vater schicken. Genaugenommen hätte ich noch nicht einmal persönlich herkommen müssen.«

»Okay, das stimmt.«

»Warte aber nicht zu lange«, sagte Hauser an der Tür. »Ich kann nämlich nicht ausschließen, dass ich verfolgt werde.«

Er tippte sich mit zwei Fingern an die Stirn und machte auf dem Absatz kehrt. Als er die Treppe nach unten stieg, hoffte er inständig, dass Niko seine Warnung ernster nahm, als Tony es getan hatte.

Als er aus dem Haus trat, zog er das Prepaid-Handy aus seinem Beutel und rief Hoodie an. Wie erwartet, musste nun Plan B in Kraft treten.

***

Melanie hatte die Zeit genutzt, um sich bei den zahlreichen Autovermietungen am Bahnhof einen neuen Wagen zu besorgen. Nach Schneiders Jaguar brachte es eine gewisse Umstellung mit sich, das Gaspedal durchzutreten und erst auf eine Reaktion des Wagens warten zu müssen. Hauser hob überrascht eine Augenbraue, als sie neben ihm hielt und zwängte sich dann in den Kleinstwagen.

»Und?«, fragte sie neugierig.

»Ein harmloser Bursche, der nichts mit seinem Vater zu tun haben will. Wir treffen uns gleich mit Hoodie, also gib Gas.«

»Leichter gesagt als getan«, maulte Melanie. »Die Kiste von Fred Feuerstein hat mehr Beschleunigung als dieses Autoimitat.«

»Ich stelle erfreut fest, dass die heutige Jugend doch noch die Klassiker kennt. Also, Yabadabadoo!«

Die Übergabe sollte am Kaiserplatz erfolgen, einem Ort, an dem der Legende nach jeder Frankfurter im Laufe eines Tages einmal vorbeikam. Wenn man jemanden suchte, musste man sich nur dorthin setzen und warten. Hauser stand am Brunnen und nippte an einem Becher aus dem Café an der Ecke. Um sich die Zeit bis zu Hoodies Eintreffen zu vertreiben, zählte Hauser die Tage, an denen er in seinem Abschlussjahr nicht bekifft die Schule besucht hatte. Das dauerte nicht sehr lange.

Da marschierte Hoodie mit gesenktem Kopf an ihm vorbei und schob einen gefalteten Umschlag in Hausers Armbeuge. Schon war er wieder verschwunden und Hauser machte sich auf den Rückweg zum Wagen.

21

TRAUERFALL

Silvios Assistent kam mit einem überraschten Gesichtsausdruck an die Tür, nachdem ihm Hausers Ankunft gemeldet worden war.

»Herr Hauser? Haben Sie bei Ihrem letzten Besuch etwas vergessen?«

»Hauser!«, rief Silvio vom oberen Ende der Treppe. »Warum bist du nicht auf der Suche nach meinem Sohn?«

»Weil ich ihn gefunden habe!«, gab Hauser zurück.

Der Don kam in einem Tempo die Treppe herunter, dass alle Anwesenden erschrocken die Luft anhielten. Unbeschadet erreichte er die unterste Stufe. »Du hast meinen Sohn gefunden? So schnell?«

Hauser zuckte bescheiden mit den Schultern. »Diese Art von Arbeit ist nun einmal meine Spezialität.«

»Wie können wir sicher sein, dass Sie uns nicht irgendjemanden präsentieren wollen?«, fragte der Assistent.

»Das ist eine ausgezeichnete Frage«, sagte Hauser.

»Vielen Dank. Und wie lautet die Antwort?«

Hauser zog einen zusammengefalteten Umschlag aus seinem Beutel und drückte ihn dem Assistenten vor die Brust. »Anhand dieser Unterlagen können Sie meine einzelnen Ermittlungsschritte nachverfolgen und ich habe alle relevanten Dokumente als Kopie beigelegt.«

»Du hast also Beweise für die Identität meines Sohnes?«, fasste Silvio zusammen.

»Natürlich, sonst wäre ich ja nicht auf seine Spur gekommen. Wollen Sie wissen, wie ich ihn gefunden habe?«

Silvio schüttelte ungeduldig den Kopf. »Nur die Fakten bitte.«

»Aber es war eine recht beeindruckende Leistung.«

»Ich weiß, dass du schlau bist, sonst hätte ich dich nicht engagiert. Eine Vorführung ist also nicht notwendig«, sagte Silvio. »Es sei denn, du möchtest unbedingt vor mir angeben, dann höre ich es mir eben an.«

»Nein, schon gut. Nicht nötig.« Hauser schmollte ein wenig.

Silvio blickte auf den Umschlag und sah seinen Assistenten an. »Überprüfen!«

Der Angesprochene nickte und eilte davon.

»Ihr Sohn hat die ganzen Jahre über hier in der Stadt gelebt«, sagte Hauser.

Das schien Silvio zu erschüttern. »Er muss doch gewusst haben, wo ich zu finden bin.«

»Das nehme ich auch an. Schließlich sind Sie ja keine unbekannte Größe in der Stadt.«

»Wenn er mich hätte sehen wollen, wäre es also kein Problem für ihn gewesen.« Der alte Mann wirkte von dieser Erkenntnis betrübt, obwohl er seinem Sohn nie Anlass geboten hatte, ihm gegenüber irgendwelche positiven Gefühle zu entwickeln.

»Ihr Sohn hatte einige Schwierigkeiten. Mit der Polizei und auch mit einigen Ihrer … wie soll ich sagen? Kollegen? Konkurrenten?«

»Geschäftspartnern«, korrigierte Silvio. »Aber warum hat er sich nicht an mich gewandt? Ich hätte ihm doch helfen können.«

»Wer weiß schon, was ihn gehindert hat? Stolz? Scham?«

Silvio warf dem Detektiv einen scharfen Blick zu und schien mit sich zu ringen, ob er beleidigt sein sollte, entschied sich aber dagegen. Die Freude über Hausers Erfolg überwog seine anderen Gefühle. Silvios Gesichtszüge entspannten sich, er schenkte Hauser ein durchaus freundliches Lächeln. »Du solltest dich freuen, dass du an der Zusammenführung meiner Familie mitgewirkt hast.«

»Ich hätte diese Entscheidung lieber Ihrem Sohn selbst überlassen.«

»Er wird sicher Verständnis dafür haben, dass du nur sein Bestes wolltest. Immerhin erwartet ihn ein Leben im Wohlstand, wenn er es möchte.«

»Und wenn er es nicht möchte?«, erkundigte sich Hauser.

»Wie bitte?«

»Ihre Branche ist gefährlich und nicht jedermanns Sache. Vielleicht möchte er damit nichts zu tun haben. Akzeptieren Sie auch, wenn er das Leben, das Sie ihm anbieten, ablehnen würde?«

»Das wird sicher nicht geschehen. Es sei denn, mein Sohn entpuppt sich überraschend als geistig minderbemittelt.«

Hauser schenkte sich eine Diskussion über unterschiedliche Lebensentwürfe. Wenn man dem Mafia-Knigge glauben wollte, stand für Leute wie Silvio die Familie an oberster Stelle. Ein verlorener Sohn, noch dazu ein fehlender Stammhalter, stellte einen quälenden Stachel in seinem Fleisch dar. Die Nachfolge war keine Frage egoistischer Wünsche, es kam einfach nichts anderes infrage.

In diesem Moment öffnete sich die Tür und der Sekretär kam wieder herein. Seinem Gesichtsausdruck nach zu urteilen, hatte er keine guten Nachrichten zu verkünden.

»Was ist los?«, blaffte Silvio den Mann ungeduldig an, weil er bei seinem Anblick bereits eine dunkle Vorahnung hatte.

»Ihr Sohn …«

»Was ist mit ihm? Habt ihr ihn schon abgeholt?«

Dem Sekretär war deutlich anzusehen, dass er seine Botschaft nicht überbringen wollte, aus Angst um den Boten, also ihn. Er druckste einen Moment herum, dann fasste er sich ein Herz und sprach die Worte aus: »Er ist tot.«

»Wie?«, fragte Silvio kalt. Sein Gesicht blieb völlig ausdruckslos, als habe er nicht gerade eine niederschmetternde Nachricht erhalten. Selbstbeherrschung musste in diesen Kreisen eine große Bedeutung haben und nur, weil Silvio äußerlich keine Regung zeigte, bedeutete das nicht, dass diese Information ihn nicht trotzdem mit der Wucht eines Zentner Briketts erwischt hatte.

»Er wurde ermordet«, legte der Sekretär nach.

Silvio alterte von einer Sekunde auf die andere um mindestens zehn Jahre, was bei Männern seines Alters besonders erschreckend aussah. Seine Knie knickten ein und er musste sich auf einer Sessellehne abstützen. Der Sekretär wollte ihm zu Hilfe eilen, doch Silvio verscheuchte ihn mit einer unwirschen Geste. Mühsam ließ Silvio sich in dem Sessel nieder. »Mein Sohn wurde ermordet?«

»Ich fürchte ja«, sagte der Sekretär. Der Mann war ernst, humorlos und schien für seine Tätigkeit zu leben. Man merkte, wie der Don seinen Worten vertraute und sie nicht im Geringsten anzweifelte.

»Laut Bericht der Polizei wurde Dustin Kohl vom Balkon seiner Wohnung geworfen. Er muss sofort tot gewesen sein.«

Hauser konnte am Gesicht des Sekretärs ablesen, wie Silvios Einstellung zu den aktuellen Vorkommnissen war. Er sah, wie der Sekretär unbewusst ein kleines Stück zurückwich und wusste, dass Silvio jetzt brüllen würde. Der schnelle Tod seines Sohnes schien Silvio kein Trost zu sein. »Sie hat ihn also Dustin genannt, die dumme Kuh«, murmelte er.

»Die Polizei ermittelt in dem Fall. Bei unseren Kontakten sollte es kein Problem sein, eine Liste der Verdächtigen zu bekommen«, versicherte der Sekretär.

Silvio sah ihn an. »Wir werden dafür unsere neue Geschäftsbeziehung zu Frau Bornemann nutzen und ihr zur Ermunterung ein oder zwei Fotos aus dem Video mitschicken.«

Hauser hob die Hand wie ein Schüler. »Ich weiß aus sicherer Quelle, dass Frau Bornemann sehr ablehnend auf Erpressungsversuche reagiert. Ich würde Ihnen zu einer anderen Quelle raten.«

Der Sekretär nickte und verschwand. Nachdem Silvio keine Anweisungen mehr geben konnte und ihm auch sonst nichts mehr zu tun blieb, sank er in sich zusammen. Seine schlaffen Hautfalten rutschten noch tiefer herab, die Schultern hingen wie schlecht befestigt am Rumpf und mit einem Mal wirkte Silvio Alfonsi doch sehr gebeugt.

»Mein Beileid«, versicherte Hauser dem alten Mann. »Es tut mir leid, dass ich mich mit Identität und Wohnort zufriedengegeben habe, um Sie so schnell wie möglich darüber zu informieren. Ich hätte natürlich auch nach aktuellen Informationen suchen müssen.«

Silvio winkte ab. »Das hätte auch nichts daran geändert. Ich hätte es eine Viertelstunde früher erfahren und mich nicht ein paar Minuten an der Vorstellung erfreuen können, doch noch einen Sohn zu haben.«

Der Sekretär kehrte zurück und kam Hauser noch eine ganze Spur blasser vor, als beim Verlassen des Raumes.

»Hat die Polizei einen Verdächtigen?«, kam Silvio ihm zuvor. Der Sekretär nickte zerstreut. Er schien in Gedanken die Konsequenzen durchzugehen.

»Wie konkret ist der Verdacht?«, wollte der Don wissen.

»Die Polizei ist sich sehr sicher, es gab wohl fünf Augenzeugen.«

»Ich will alles darüber wissen.«

»Dann sind wir im Reinen miteinander?«, erkundigte sich Hauser vorsichtig.

»Deine Arbeit ist erledigt, du bist deinem Ruf gerecht geworden.« Silvios Haltung veränderte sich. Er straffte seinen Körper und sein Blick wurde klarer, entwickelte eine bedrohliche Intensität. »Jetzt müssen wir uns mit dem Mörder beschäftigen und das ist nicht dein Spezialgebiet.«

Der Detektiv deutete eine Verbeugung an und verabschiedete sich. Als er die Haustür erreichte, hörte er Silvio sagen: »Also raus damit, wer hat meinen Dustin getötet?«

Hauser verschwand leise nach draußen, wo Melanie mit dem Mietwagen auf ihn wartete.

22
ALLES AUF ANFANG

»Wollen wir etwas essen?«, fragte Hauser, als sie an einer Ampel hielten. »Ich habe in letzter Zeit zu häufig auf reguläre Mahlzeiten verzichtet.«

»An was hast du gedacht?«

»Bei mir um die Ecke gibt es einen Asiaten.«

»Du willst in deine Wohnung?« Melanie war ebenso überrascht wie beunruhigt.

»Ich schätze, du würdest lieber in die Suite zurück, stimmt's?«

»Bisher hatte ich noch keine Gelegenheit, sie richtig zu genießen. Aber ich frage eigentlich eher wegen der Leute, die uns dort erwarten könnten.«

»Die haben doch inzwischen alle etwas Besseres zu tun.«

Melanie war davon nicht sehr überzeugt, ließ sich aber breitschlagen. Als sie kurz darauf vor dem Restaurant saßen und sich mit Stäbchen von ihren vollgehäuften Tellern bedienten, entspannte sie sich. Insgeheim war sie sogar beeindruckt von seiner Leistung. Wenn seine Genialität nur ein wenig zuverlässiger wäre oder sie wenigstens einschätzen könnte, ob seine bisherigen Erfolge auf kühle Berechnung oder unverschämtes Glück zurückzuführen waren. »Deine Schuld bei Aldo ist also beglichen«, fasste sie zusammen, »ebenso bei Silvio und Matze. Chevy ist erstmal zufrieden, weil Kellers Laden vorläufig geschlossen wurde. Der verdeckte Ermittler ist in Sicherheit und Silvio hält seinen Sohn für tot. Sämtliche Gefallen wurden erfüllt, die Zeugen sind in Sicherheit. Gut, Chevy ist für den Mord an Dustin nicht zur Rechenschaft gezogen worden, aber ansonsten kannst du doch zufrieden sein.«

»Ich schätze, Chevy wird einer höheren Gerechtigkeit zugeführt und zwar schon recht bald.«

Wenn die Geschichte hier zu Ende wäre, gäbe es für die meisten eine Chance, heil aus der Angelegenheit herauszukommen. Außer für Chevy natürlich. Und für Hauser, falls jemand durchschaute, was der Detektiv veranstaltet hatte.

»Hast du keine Sorge, dass einer von denen dich umbringen könnte?«, teilte Melanie seine Gedanken.

Hauser grinste. »Nicht, solange sie mich brauchen.«

»Das wird irgendwann vorüber sein.«

»Sie haben angedeutet, mich weiter beschäftigen zu wollen, ich sollte ihnen weiterhin das Gefühl geben, auf meine Dienste angewiesen zu sein.«

»Ob das ausreicht, wenn sie herausbekommen, wie du sie gegeneinander ausgespielt hast?«

Hauser legte keinen Wert darauf, weiter für die Bosse tätig zu sein. Lediglich als Lebensversicherung zog er das in Betracht. Mit Aufträgen von Bornemann wäre er besser bedient, denn dabei riskierte er nicht sein Leben. Vorausgesetzt, die Vorgesetzte von Lessing durchschaute die Zusammenhänge ebenfalls nicht, sonst würde sie ihm so ziemlich alles anhängen, wofür es in Frankfurt noch keinen Täter gab.

Plötzlich verdunkelte jemand hinter ihnen die Sonne. Solche Schatten hatte Hauser zuletzt im Film *Independence Day* gesehen.

Im selben Moment legte sich eine beharrte Pranke auf seine Schulter und drehte ihn herum.

»Mitkommen!«, knurrte der Linke der beiden Männer, die an ihren Tisch getreten waren. Die Menge an blauen Flecken und Pflastern, die ihre Gesichter bedeckten, verrieten Hauser, dass die beiden beim Aufeinandertreffen der Leibwächter nicht zu den Gewinnern gehört hatten. Wenn er sich nicht sehr täuschte, steckten unter den ganzen Pflastern Kai und Kerim aus Chevys Stall.

»Wir werden nicht wehrlos mitkommen«, sagte Hauser und fasste seine Essstäbchen fester.

»Etwas anderes hätte ich auch gar nicht erhofft«, erwiderte Kai. Sie zeigten kurz ihre Pistolen und Hauser ließ die Hölzer fallen. Er wusste, dass die Angelegenheit nicht bedeutend genug für eine Schießerei war, aber die beiden Kerle wirkten gereizt. Sie würden Melanie und ihn notfalls mit Gewalt aus dem Lokal schleifen und es war ihnen sicher egal, wie viele Leute dabei zuschauten.

Hauser seufzte. »Das Pech hat mich dieser Tage wohl auf der Kurzwahltaste.«

»Scheint mir auch so«, antworteten die beiden Männer gleichzeitig und führten Hauser zum Ausgang. Melanie blieb sitzen und für einen kurzen Moment glaubte sie, die beiden hätten kein Interesse an ihr, aber dann drehte sich Kerim zu ihr um und winkte sie heran. Kai reichte einem Kellner einen großen Schein, damit er keine Fragen stellte oder überlegte, was gerade geschah.

Melanie hätte davonlaufen können, um einen Hinterausgang zu finden, denn sie war früher mal eine passable Leichtathletin gewesen, aber die beiden besaßen Pistolen, deren Kugeln sie schnell einholen würden. Also trabte sie hinterher.

»Sind wir länger unterwegs?«, fragte Hauser von der Rückbank.

Kai begegnete seinem Blick im Rückspiegel. »Wieso?«

»Ich muss zwischendurch mal die Augen zumachen, sonst leidet meine Denkfähigkeit.«

»Du kannst doch jetzt nicht schlafen!«, sagte Melanie fassungslos.

»Ich sehe keinen Grund, es nicht zu tun. Ein kurzes Power-Napping, dann bin ich voll da.«

Hauser sehnte sich nach einem ruhigen Abend. Ohne Anrufe. Ohne Schläger an der Tür, um ihm eine neue Vertragsklausel ihres Bosses zu diktieren. Ohne einen schmollenden Lessing, der nicht auf seine Kontaktversuche reagierte. Er hatte sich einen Abend in der Badewanne versprochen, um mit einem Joint den Feierabend einzuläuten. Stattdessen würden ihn die beiden anschließend irgendwo im Grüngürtel der Stadt verbuddeln. Ihm wäre der Bethmannpark am liebsten. Nicht im Ostpark, wo ständig Fußballer über ihm herumrannten, Leute auf ihm grillten oder auf sein Grab pinkelten. Wie war er nur darauf gekommen, aus dem Gröbsten heraus zu sein?

***

Sie erreichten Chevys Anwesen. Melanie stieß den schnarchenden Hauser an, der sofort die Augen aufschlug. Als sie zur Haustür gingen, erwartete Bronson Feldmann sie bereits.

»Ich wusste gar nicht, dass du so charmante Kollegen hast«, sagte Hauser.

»Wir haben aufgerüstet«, antwortete Chevy anstelle seines Leibwächters. Er tauchte hinter Bronson auf und nickte Hauser zu. »Es kommen schwere Zeiten auf uns zu.«

»Mit uns meinen Sie auch mich?«

»Klar! Hauser, du gehörst doch zu meinem Team, oder etwa nicht? Du und deine kleine Freundin hier. Sorry, ich habe den Namen vergessen.«

»Verena«, sagte Hauser, bevor Melanie etwas Ungeschicktes sagen konnte, wie beispielsweise ihren richtigen Namen.

»Ich bin sehr zufrieden mit deiner Arbeit. Ich nehme doch an, dass du hinter der Razzia steckst?«

Hauser nickte eifrig. Chevy hatte die Aktion bei Matze Keller offensichtlich gefallen, aber Hauser ging davon aus, dass das dicke Ende erst noch kommen würde.

»Wir haben Keller damit einen ersten Schlag versetzt, aber das reicht natürlich nicht. Wir müssen nachlegen, sonst erholt er sich schnell wieder davon.«

»Was habe ich damit zu tun?«

»Zum einen brauche ich deine Hilfe und zum anderen kann ich nicht riskieren, dass die Konkurrenz dich anwirbt. Wenn ich deine Dienste nicht nutzen kann, dann soll es natürlich auch kein anderer können.«

Hauser fragte nicht, ob es sich um eine Drohung handelte, da er die Antwort schon kannte.

»Jetzt ziehst du die richtigen Schlüsse, also tu, was ich verlange.« Chevy legte einen Arm um Hausers Schultern. »Wir haben hier einen Krieg zu gewinnen und du bist mein genialer Feldherr.«

»Gegen wen führen wir den Krieg?«

»Na, gegen wen wohl? Gegen die Leute, die meinen Kopf wollen. Wir werden ihnen zuvorkommen. Matzes Laden ist vorerst geschlossen, Aldos bester Mann tot und Silvio entweder depressiv oder auf dem Kriegspfad wegen seines Sohnes, da gehen meine Informationen ein wenig auseinander. Jedenfalls ist jetzt der beste Moment, um sie anzugreifen. Du wirst mir eine Strategie austüfteln. Mit deiner Hilfe komme ich an die Spitze.«

»Was ist mit Ihrem Film?«, fragte Hauser, den Chevys Gerede langsam beunruhigte.

Chevy lachte. »Wer braucht schon einen Film, wenn die Spitze der Unterwelt in erreichbarer Nähe ist? Meine Lebensgeschichte muss ohnehin umgeschrieben werden. Jetzt wird es nicht mehr *Scarface*, sondern *Der Pate 2*.«

Die gute Laune von Chevy, angesichts seiner realen Situation, ließ auf einen ungeheuren Kokainmissbrauch schließen. Der Mann schien sich gern etwas durch die Nase zu ziehen und damit stand er nicht allein. Wissenschaftler hatten so um 2009 herum im Abwasser der Stadt Frankfurt die Rückstände von Kokain gemessen. Eine Hochrechnung ergab, dass es in Mainhattan rund siebzehntausend Kokser gab, mit einem Jahresverbrauch von sechshundert Kilogramm.

»Du bekommst eine Festanstellung als mein Chefberater, Hauser. Du wirst das Gehirn der ganzen Operation.«

»Aha«, machte Hauser mit geringer Begeisterung.

»Und Bronson wird mein Schwert.«

»Für welchen Posten werden Sie dann noch gebraucht, wenn wir Gehirn und Hand schon haben?«, fragte Hauser unschuldig. Melanie stöhnte leise auf.

»Natürlich das Herz«, erklärte Chevy fröhlich und ging einfach über die Provokation hinweg. Hauser nahm sich vor, bei Gelegenheit auch mal wieder Kokain als Stimmungsaufheller auszuprobieren.

»Was sagst du dazu?«, fragte Chevy ungeduldig.

»Kein Interesse. Die Gefallen sind aufgebraucht, wir sind quitt.«

»Wie viele Gefallen hast du mir bisher erwiesen?«

Hauser sah fragend zu Melanie, die unauffällig drei Finger hochhielt.

»Vier«, sagte er zu Chevy.

»In Ordnung, dann sind vier der fünf Zeugen sicher. Sag mir den Namen des einen, den du über die Klinge springen lässt. Wen soll es treffen?«

Hauser schwieg.

»Hallo?«, fragte Chevy leicht amüsiert, »Bist du noch da?«

»Das ist gegen unsere Absprache.«

Chevy legte erschrocken eine Hand vor seinen Mund. »Ach, du lieber Gott, du meinst, ich riskiere hier meinen Ruf, verlässlich zu sein und zu meinem Wort zu stehen?«

Melanie sagte nichts, aber das war auch nicht nötig. Er hoffte nur, dass sie sich in Gegenwart von Chevy beherrschen konnte und ihm nicht allzu deutlich zu verstehen gab, wie wenig sie von ihm hielt. Chevy würde nicht zögern, sie zu bedrohen, um ihn zur Mitarbeit zu zwingen.

Bronson hielt sich im Hintergrund und beobachtete alles. Es gefiel ihm nicht, was Chevy ausheckte und er dachte gerade über einen geeigneten Weg nach, um die bevorstehende Katastrophe zu verhindern.

Hauser seufzte. »Was soll ich tun?«

»So ist es brav.« Chevy hatte die Hände auf dem Rücken verschränkt und spazierte durch den Raum. Anscheinend entsprach dies seiner Vorstellung eines erfolgreichen Feldherren. »Du hattest zu jedem meiner Konkurrenten Kontakt und kennst ihre Schwächen. Genau da wirst du ansetzen. Ich will, dass du sie mürbe machst. Wir versetzen ihnen einen Schlag nach dem anderen, bis sie klein beigeben und mir einen Platz in ihrer Runde gewähren.«

»Das ist der ganze Plan? Sie wollen nur dazugehören?«, fragte Hauser.

»Für den Anfang. Nur um sie in Sicherheit zu wiegen. Wenn ich erst einmal auf Augenhöhe mit ihnen zusammenarbeite, werden wir sie nach und nach zurückdrängen und ihre Gebiete übernehmen.«

Hauser kratzte sich voller Unbehagen am Kopf. »Aber das kann Jahre dauern.«

»Wie gesagt, betrachte den Job hier als Festanstellung. Ich mache dich dafür zu einem reichen Mann.«

Hauser interessierte sich nicht für das Geld, das Chevy ihm in Aussicht stellte, aber das behielt er für sich. Diesen Leuten musste ein Mann, der sich nicht für Geld interessierte, völlig unberechenbar erscheinen. Unberechenbarkeit war für sie gleichbedeutend mit Gefährlichkeit und sie waren nur deshalb dorthin gelangt, wo sie sich nun befanden, weil sie gefährliche Menschen radikal aus ihrem Umfeld entfernten. Dieses Schicksal wollte Hauser nicht teilen.

»Der Plan ist riskant«, gab Bronson zu bedenken. Seinem Gesicht nach kannte er ihn ebenfalls noch nicht lange. »Dorn und die anderen werden sich das nicht gefallen lassen. Die schaffen dich aus dem Weg, wenn du ihnen auf die Füße trittst. Das ist bisher nur gutgegangen, weil sie dich nicht ernst genug genommen haben. Wenn sich das ändert, werden sie andere Saiten aufziehen.«

Chevy hatte sich entschieden, die Spitze zu erobern, und nichts würde ihn von diesem Plan abbringen, auch nicht die Aussicht auf eine Filmkarriere. »Ich habe Leute engagiert, die richtig heiß darauf sind, neue Gebiete zu erobern und diese auch zu verteidigen.«

Bronson schnaubte. »Ich hatte dir doch gesagt, was du von diesen schießwütigen Idioten zu halten hast. Die haben nicht die geringste Ahnung, was auf sie zukommt. Bestenfalls haben die ein paar Kneipenschlägereien erlebt und du willst ihnen schwere Waffen in die Hand drücken. Deren Erfahrungen stammen hauptsächlich aus X-Box-Gefechten. Das kann nur in einer Katastrophe enden.«

Chevy brachte ihn mit erhobener Hand zum Schweigen. »Ja ja, ich kenne deine Bedenken zur Genüge, denn das ist alles, was du in letzter Zeit noch einbringst: Bedenken, Sorgen und Vorhaltungen. Du kannst dir das echt sparen.«

»Du sollst nur nicht glauben, dass die anderen stillhalten, während du versuchst, ihnen ihr Gebiet abzunehmen. Das ist alles, was ich sage.«

Chevy wollte genervt etwas erwidern, als ihn das Klingeln seines Handys unterbrach. Zuerst wollte er es ignorieren, doch der Anrufer blieb hartnäckig und schließlich ging er doch dran. »Was?«, blaffte er in das Handy und schwieg dann eine Weile, während er zuhörte. Der genervte Ausdruck verschwand, Chevy wurde sehr ernst. Er sagte nichts, warf aber Hauser mehrmals einen Seitenblick zu. Wortlos beendete er schließlich die Verbindung und drehte sich zu Bronson. »Du hast recht. Sie schauen wirklich nicht tatenlos zu. Sieht so aus, als hätten sie bereits Maßnahmen ergriffen.«

Chevy steckte das Handy weg und zog dafür eine Pistole, die er auf Hausers Gesicht richtete. »Ich wurde gerade gewarnt, dass man einen Killer auf mich angesetzt hat. Das Tribunal hat über mich gerichtet und wer hat in letzter Zeit für alle drei gearbeitet, na?«

»Äh … ich«, erwiderte Hauser, da er es für die Antwort hielt, die Chevy erwartete.

Der Gangster nickte. »Ich habe dich für einen genialen Trottel gehalten, der keiner Fliege was zuleide tun kann. Aber jetzt muss ich erfahren, dass du Tony ausgeschaltet hast, Dorns besten Killer. Nicht mit einer Bombe oder Gift, auch nicht mit einem Gewehr aus sicherer Entfernung, nein, von Angesicht zu Angesicht, mit deinen eigenen Händen. Ich bin ebenso beeindruckt wie besorgt deswegen. Ich sollte dir sofort eine Kugel in den Schädel jagen. Aber vielleicht überlasse ich dich auch Bronson, der würde sich bestimmt darüber freuen. Schließlich war Tony ein guter Freund von ihm, nicht wahr?«

Bronson nickte schwach. Er hatte eine gemeinsame Vergangenheit mit Tony. Sie hatten zusammen ihre militärische Ausbildung erhalten, die ersten Aufträge gemeinsam erledigt und sich ein halbes Jahr lang dieselbe Frau geteilt. Solche Ereignisse konnten zwei Männer zu Todfeinden machen oder sehr eng zusammenschweißen. Er hatte Tony um seinen Auftrag bei Aldo beneidet, denn mit dem Namen Dorn konnte man in der Branche werben. Während man in Chevys Fall eher hoffte, dass niemand von diesem Beschäftigungsverhältnis erfuhr. Bronson hatte sich rechtzeitig von dem belächelten Aufsteiger absetzen wollen, ohne dass sein Ruf zu viel Schaden nahm. Aber er schob diese Entscheidung wegen der guten Bezahlung immer weiter vor sich her und nun war es zu spät.

Seine bedrückte Stimmung kam nicht daher, weil er einen guten Freund betrauern musste, sondern wegen eines Gesprächs, das er geführt hatte, bevor er in Chevys Haus gekommen war.

Bronsons Hand wanderte langsam in seine Jacke, doch sie kam nicht weit, dann stießen die Mündungen zweier Pistolen gegen seinen Hinterkopf. Kerim und Kai mochten Bronson Feldmann nicht besonders. Er hielt sie für ungeeignet für diesen Beruf, weil sie zu impulsiv, zu gewalttätig und vor allem viel zu dumm waren. Die beiden genossen es nun sichtlich, ihm seine Kündigung überbringen zu dürfen.

Chevy schwenkte seine Waffe von Hauser weg und richtete sie auf seinen Leibwächter. »Auch du, Bronson?«

23

DAS TRIBUNAL

Das Tribunal wurde auf Wunsch von Silvio Alfonsi einberufen, kaum dass Hauser sein Haus verlassen hatte. In einem Restaurant auf dem Lerchesberg, das eigens für diesen Anlass seinen Ruhetag unterbrochen hatte, saßen Matze Keller, Aldo Dorn und der Don um einen kleinen Tisch im Hinterzimmer, während ihre Leibwächter den vorderen Teil des Lokals bevölkerten. Die drei Männer hatten nur ein einziges Thema: Chevy Cheviliecovic und seine Beseitigung.

Natürlich kannten sich diese Gangster seit Jahren untereinander, doch Chevy war der Zugang zu diesem exklusiven Club verwehrt geblieben. Er war höchstens Kreisklasse. Es hatte die Bosse nicht gestört, ihm gelegentlich ein paar Brocken hinzuwerfen, denn sonst hätte er begonnen, sie sich einfach zu nehmen. Aber sie wussten auch, wie gefährlich ein ehrgeiziger Neueinsteiger werden konnte, besonders wenn er das Gefühl bekam, nichts mehr zu verlieren zu haben. Und an diesem Punkt stand Chevy nun, auch wenn es ihm selbst noch nicht bewusst sein sollte.

Chevy sollte einen Unfall haben. Nichts Spektakuläres oder Standesgemäßes. Kein Drive-by-shooting, keine Hinrichtung im Restaurant. Die Aktion sollte dem Opfer angemessen sein und deshalb wie ein dummer Zufall aussehen. Ein Unfall aus purer Dämlichkeit, der ihn noch in Jahren zur Lachnummer machen würde. Silvio war dafür, Chevy von seinem eigenen Leibwächter ausschalten zu lassen. Das wäre doch recht amüsant und man konnte sich darauf verlassen, dass die Aufgabe zuverlässig erfüllt wurde. Aldo bezweifelte, dass Bronson sich darauf einlassen würde und er behielt recht.

Silvio kontaktierte Bronson, aber der Geschäftskodex des Leibwächters erwies sich als hinderlich. Bronson wusste, was es bedeutete, sich den dreien zu verweigern und er wollte nicht in einem Kreideumriss auf dem Gehweg enden. Aber Aldo versicherte ihm, dass seine Loyalität gegenüber Chevy nicht länger erwartet wurde. Auch Silvio beteuerte, wie sehr er Integrität schätzte, selbst wenn sie seinen eigenen Zielen im Weg stand. Niemand würde schlecht von Bronson denken, wenn er sich nicht mit in den Abgrund reißen lassen wollte. Natürlich waren die Bosse weniger an seinem Wohlbefinden interessiert. Sie wollten vielmehr sichergehen, dass Bronson ihnen bei dem, was sie mit Chevy vorhatten, nicht in die Quere kam. Ein guter Leibwächter konnte ihre Absicht in eine kosten- und personalintensive Angelegenheit verwandeln.

Als Bronson nun in den Lauf von Chevys Waffe starrte, waren seine Skrupel schlagartig verschwunden.

»Was sollte das werden?«, stieß Chevy hervor. »Wolltest du dir eine Prämie verdienen? Erst schießen, dann kassieren?«

»Quatsch«, widersprach Bronson. »Ich würde niemals einen meiner Klienten verraten, geschweige denn töten.«

»Das ist Blödsinn!«, brüllte Chevy ihn so heftig an, dass Bronson fürchtete, die Waffe in seiner Hand könnte auf Versehen losgehen. »Versuch mir doch nicht solchen Mist zu erzählen. Jetzt ergibt alles einen Sinn. Deshalb versuchst du mir die ganze

Zeit meinen Plan auszureden. Deshalb hast du mich die ganze Zeit über klein gehalten. Knarre und Handy auf den Tisch, na los!«

Bronson tat, wie ihm geheißen wurde, Kerim nahm die Sachen an sich.

»Tut mir leid Chevy, aber das war völlig ernst gemeint«, sagte Bronson. »Wenn du dich mit den Bossen anlegst, kann dir niemand mehr helfen. Deine beiden Leibwächter nutzen dir nichts, wenn die Kugeln aus allen Richtungen gleichzeitig kommen.«

»Aber weshalb schicken die mir einen Killer? Die wissen doch noch gar nichts von meinem Plan.«

»Na ja«, machte Bronson, »das kann man so nicht sagen. Du hast mit deinen Plänen nie wirklich hinter dem Zaun gehalten. Jeder in der Stadt kennt deine Ambitionen.«

Chevy schlug nervös mit der Pistole gegen den Oberschenkel. Er wirkte ziemlich durcheinander, als würde es ihn völlig überraschen, dass die Lage plötzlich ernst wurde und die Gegenseite zu solchen Mitteln griff. »Ich verstehe nicht, dass die mich umbringen lassen wollen.«

»Da kann ich vielleicht helfen«, meldete sich Hauser. »Ich nehme einmal an, dass Silvio Alfonsi hinter diesem Auftrag steckt. Es geht dabei um Dustin Kohl. Er war der Sohn von Alfonsi.« Für einen Moment herrschte Stille. Hauser glaubte, sein Gesprächspartner sei vor Schreck ohnmächtig geworden.

»Sein Sohn? Das habe ich nicht gewusst«, stöhnte Chevy.

»Niemand wusste das, bis ich es herausgefunden habe.«

Chevy riss die Augen auf. »Du verdammter …«

»Das Problem ist nur«, mischte sich Bronson schnell ein, »niemand wird dir das glauben. Du hast Hauser als Erster beschäftigt, er könnte es dir gesteckt haben und dann hast du die Gelegenheit genutzt, um Silvio zu schaden. Kaum dass sein legitimer Sohn gestorben ist, nimmst du ihm die Hoffnung auf einen Ersatz als Thronfolger.«

»Das ist doch alles nicht wahr.«

»Ich weiß das, aber Silvio ist von seiner Version überzeugt. Er hat dich nie gemocht, und deshalb erscheint es ihm auch plausibel.«

»Dein Agent ist gerade mit seinem Büro vorgefahren«, sagte Kerim am Fenster, aber Chevy fand das überhaupt nicht komisch.

»Er soll verschwinden!«

Kai nickte und verließ den Raum.

Hauser, Bronson und Melanie saßen nebeneinander auf dem Sofa und mussten sich Chevys Sermon über Verrat und fehlendes Vertrauen in der Welt anhören. Der Monolog wirkte fast einstudiert, so flüssig kam ihm der Text über die Lippen. Inhaltlich war er äußerst schlicht und bestand aus zahlreichen Wiederholungen. Chevy kreiste larmoyant um die beiden Hauptthemen seiner Klage.

Hauser nickte mit halboffenem Mund und gebanntem Blick. Melanie kannte ihn bereits lange genug, um zu wissen, dass er überhaupt nicht zuhörte.

Chevy hatte nichts mehr zu verlieren und da er einen großen Mangel an Charakterstärke besaß, wollte er natürlich bei seinem Untergang möglichst viele Leute mit sich reißen. Er handelte nach dem Prinzip: Sterben und sterben lassen. Dieses Vorhaben stellte auch keine Überraschung dar. Chevy war ein Dummkopf und da er nie den Mund hielt, war dies auch für niemanden ein Geheimnis. Der Monolog fand kein Ende. Sogar Kerim warf ihnen zweifelnde Blicke zu. Es war abzusehen, dass Hauser und Bronson am Ende dieser Litanei hingerichtet werden sollten, deshalb sehnte der Leibwächter den Schießbefehl herbei. Oder etwas anderes, das Chevys Rede beendete.

»Wen von euch beiden soll ich zuerst erledigen?«, rief Chevy, der unvermittelt zum Ende gekommen war, und richtete seine Waffe abwechselnd auf Bronson und Hauser. »Wir könnten es auslosen. Kerim lässt gern die Münze entscheiden.«

Melanie war unauffällig ans Ende des Sofas gerutscht, das sich leider nicht so weit entfernt befand, wie sie es gern gehabt hätte. Unter anderen Umständen hätte sie etwas Beruhigendes zu dem Mann gesagt, aber es schien so, als würde Chevy sofort abdrücken, wenn man ihn ansprach. Aus Reflex oder um die Tatsache zu unterstreichen, in diesem Haus der Herr über Leben und Tod zu sein.

Mitten in die angespannte Stille hinein schnitt eine Stimme von der Eingangstür her. »Das soll er mir persönlich sagen.« Sie hörten tippelnde Schritte und dann kam eine kleine Gestalt herein, die gewisse Ähnlichkeit mit dem Regisseur Woody Allen besaß. Besonders in Bezug auf Größe, Kleidung und Alter. Er wirkte aufgebracht und sah sich im Raum um, bis er Chevy entdeckte. Wenige Sekunden später sah er auch die Waffe in der Hand seines Klienten, die auf die beiden Männer vor ihm gerichtet war.

»Vielleicht ist es doch besser, wenn ich später nochmal wiederkomme. Obwohl, wenn ich es recht überlege, kann ich die Entscheidung auch sofort akzeptieren. Schönen Tag noch.« Bernie Kaiser drehte sich um und wollte zur Tür hinaus. Direkt vor ihm trafen Kai und Kerims Schultern gegeneinander wie schließende Aufzugtüren.

Im nächsten Moment packte Chevy seinen Agenten von hinten am Kragen und zerrte ihn rückwärts zum Sofa. Er stieß ihn neben Hauser auf die Polster und hob dann wieder die Pistole.

Bernie sah seine Sitznachbarn an und wandte sich dann an Melanie. »Könnten wir bitte die Plätze tauschen?«

»Keine Sorge«, versicherte Hauser dem alten Mann. »Auf die Entfernung dürfte er nicht danebenschießen. Mein Name ist übrigens Hauser.«

»Bernie Kaiser, Agent«, stellte sich Bernie automatisch vor und war versucht, eine Visitenkarte aus der Innentasche seines Cordjacketts zu ziehen, merkte aber rechtzeitig, wie falsch diese Bewegung verstanden werden konnte.

»Sie sind der Kerl, der mit Chevy Filme drehen will?«, fragte Hauser überrascht.

Bernie lächelte stolz. »Ganz genau.«

»Wie sind Sie auf diese verrückte Idee gekommen?«

Für einen Moment blinzelte Bernie irritiert, aber sofort setzte sich der Profi in ihm durch. Außerdem entging ihm nicht, dass Chevy neben ihnen einem Dampfkessel kurz vor dem kritischen Punkt ähnelte. »Der Junge atmet Authentizität und wird sie auf die Leinwand übertragen.«

»Sind Sie verrückt? Der Kerl kann kein bisschen schauspielern!«, entfuhr es Hauser.

Chevy machte einen Schritt vor und drückte dem Detektiv die Mündung gegen die Stirn. »Damit hast du die Auslosung gewonnen«, presste Chevy zwischen den Lippen hervor.

Ein Handy klingelte. Kai hob entschuldigend die Schultern und meldete sich. »Die Bullen rücken an«, verkündete er.

Chevy ließ mit einem halblauten Fluch die Pistole sinken. »Was zum Teufel ist denn heute los hier?«

»Die Jungs am Tor fragen, was sie mit dem Bullen machen sollen?«, erkundigte sich Kai.

»Hat er einen Durchsuchungsbefehl dabei?«

»Nein.«

»Dann jag ihn und sein Gefolge zum Teufel.«

»Er ist allein.«

Chevy drehte den Kopf. »Nur ein Bulle?«

»Ja, ein Hauptkommissar Lessing. Er fragt nach Hauser. Was soll ich ihm sagen?«

Chevy überlegte kurz. »Es gibt hier keinen Hauser.«

Es dauerte einen Moment, bis die Botschaft weitergegeben und die Antwort empfangen wurde. »Der Bulle glaubt es nicht.«

»Was interessiert es mich, ob er es glaubt?«

»Er sagt, er wartet, bis er weiß, wo Hauser steckt.«

Chevy stieß die Luft aus. »Ich komme runter.« Er wandte sich an Bronson. »Woher, sagtest du, bekommst du deine Leute? Oder liegt es an deiner Ausbildung? Werden sie erst dadurch so bescheuert?«

»Soll ich ein paar der Jungs hochholen?«, fragte Kai, als Chevy an ihm vorbeiwollte.

»Nein, denen traue ich nicht, die hat Bronson engagiert und sie könnten die Seiten wechseln, wenn sie ihn hier sehen. Die sollen weiter ihren Job machen und das Haus sichern.«

»Es wird sicher keinen Großangriff der Bosse geben, wenn sie uns einen Attentäter geschickt haben, der die Angelegenheit still und leise erledigen soll«, sagte Kerim.

Die Schlussfolgerung war so logisch und vernünftig, dass Chevy ihn verblüfft anstarrte.

»Was ist?«, erkundigte sich Kerim.

»Nichts, ich wurde nur gerade Zeuge eines Wunders.«

Der Leibwächter verkniff beleidigt das Gesicht. »Hey, ich versuche nur, mich hier einzubringen.«

»Was sollen wir mit dem Kerl machen?«, fragte Kai und wies auf Hauser.

»Passt weiter auf ihn auf. Ich bin gleich zurück.«

»Aber der nervt total.«

»Ihr dürft ihn knebeln. Und haltet Abstand zu Bronson.«

Den beiden gefiel es genauso wenig, zu Babysittern degradiert worden zu sein, wie zuvor als Taxidienst. Das konnte bei einem Schläger schon gehörige Selbstzweifel auslösen.

»Und was ist mit den beiden?«, fragte Kerim und wies auf Melanie und Bernie, die sich sehr unauffällig benahmen, als könne man dadurch ihre Anwesenheit vergessen.

»Die sind Kollateralschäden«, erklärte Chevy mit einer wegwerfenden Handbewegung. »Sie haben sich mit den falschen Leuten eingelassen.«

Die Bemerkung sollte Hauser treffen. Der Detektiv verzichtete darauf, zu korrigieren, wer in Bernies Fall die falschen Leute gewesen waren. Chevy vertrug derartige konstruktive Kritik nur sehr schlecht.

»Das wird ein Nachspiel haben!«, beschwerte sich Bernie Kaiser. »Sie werden nie wieder in der Filmbranche arbeiten, dafür sorge ich.«

Selbst Chevy war klar, dass dieser Satz eine ungeheure Selbstüberschätzung von Bernie darstellte.

»Gut zu wissen«, sagte Chevy ruhig, »dann muss ich dich auf jeden Fall beseitigen, bevor du Gelegenheit dazu hast.« Damit verließ er den Raum, um sich dem unangemeldeten Besucher am Tor zu widmen.

24
FLUCHTGEDANKEN

Hauptkommissar Richard Lessing war auf der Suche nach Hauser nicht mit einer Hundertschaft angerückt, sondern stand allein und auch etwas verloren vor dem riesigen Tor zu Chevys Auffahrt. Kai und Kerim sahen vom Fenster aus zu, wie Chevy das Haus verließ und über den Hof zum Tor marschierte.

Die drei Männer und die junge Frau auf dem Sofa verhielten sich ruhig, als hätten sie sich in ihr Schicksal gefügt. Doch der Eindruck täuschte.

»Wir brauchen eine gute Idee, bevor Chevy zurückkommt«, flüsterte Hauser.

»Wir können keine Hilfe rufen, die haben unsere Handys einkassiert.«

»Ich habe meins noch«, sagte Bernie und hielt ein antikes Nokia in die Höhe. Sekunden später schloss sich Kais Pranke um Bernies Hand mitsamt dem Handy. Als er sie wieder wegzog, war Bernies Hand leer. Der Agent wollte protestieren, doch Kai legte warnend seinen Finger auf die Lippen.

»Okay, das war dämlich«, gab Bernie zu, »aber ich regele das.« Er reckte sich in eine aufrechte Position und wandte sich an die beiden Leibwächter. »Meine Herren, ich bin nicht ohne Einfluss in dieser Stadt und könnte mich erkenntlich zeigen. Wenn wir die Angelegenheit hier vergessen, wäre ich sofort weg und würde gegenüber niemanden ein Wort darüber verlieren.«

Die beiden reagierten überhaupt nicht auf ihn. Er versuchte es weiter, machte Angebote, um sie zu ködern, doch nichts weckte ihr Interesse. Natürlich zog Bernie daraus nicht den Schluss, dass sie loyal zu Chevy standen, sondern dass er ihnen nur noch nicht das richtige Angebot gemacht hatte. Mit jedem fehlgeschlagenen Versuch wuchs seine Ratlosigkeit, womit man die beiden in Versuchung führen könnte.

»Was stimmt mit den beiden nicht?«, fragte sich Bernie ratlos, als er Platz nahm. »Noch jemand eine Idee, wie wir sie ablenken könnten?«

»Melanie könnte sich für die beiden freimachen«, schlug Hauser vor.

»Das meinst du nicht ernst?!«, entfuhr es ihr, aber sie wusste es natürlich besser. Nach den ersten zwei Sekunden der Verblüffung verengten sich ihre Augen bedrohlich. »Ich werde das nicht machen. Nicht in tausend Jahren. Nicht einmal, wenn mein Leben davon abhängen würde.«

»Also, genaugenommen hängt …«

»Sei endlich still! Ich will nichts mehr davon hören.«

»Klappe halten!«, herrschte Kai sie an und machte drohend ein paar Schritte in ihre Richtung. Sie schwiegen sofort und senkten ihre Köpfe, bis der Leibwächter sich auf seinen Posten am Fenster zurückzog.

»Tut mir leid, wenn ich Hauser recht geben muss«, sagte Bronson, »aber das könnte funktionieren und ich würde dafür sorgen, dass es das Letzte ist, was die beiden in ihrem Leben zu sehen bekommen.« Er zeigte ihnen eine versteckte Klinge in seinem Gürtel.

Sie war nur fünf Zentimeter lang, aber sehr spitz und beidseitig geschliffen, zum Stechen und Schneiden.

Melanie schluckte. »Das willst du nicht wirklich tun?«

»Ich fürchte doch. Ihr nehmt die Sache nicht ernst genug. Chevy plant, uns alle zu beseitigen. Vergesst das bloß nicht. Wir handeln also praktisch aus Notwehr. Du könntest dafür sorgen, dass sie mit einer schönen Aussicht und warmen Gedanken abtreten.«

Melanie sah hilfesuchend zu Hauser. »Das kannst du nicht zulassen. Tu was!«

Bronson schien eine friedliche Lösung vollkommen ausgeschlossen zu haben. Aber Hauser versuchte ihn an seinem mörderischen Vorhaben zu hindern und gleichzeitig einen alternativen Weg nach draußen zu finden.

»Kerim, Kai, es gibt da eine Sache, über die wir reden sollten«, rief Bronson durch den Raum. »Etwas, dass Chevy euch nicht erzählt hat.«

Die beiden Leibwächter warfen sich einen Blick zu und überlegten, ob sie der Aufforderung nachkommen sollten. Bronson war ein gefährlicher Mann, aber das wussten die beiden, deshalb sorgten sie schon im eigenen Interesse dafür, dass er nicht in ihre Nähe kam. Als Bronson Anstalten machte, sich von dem Sofa zu erheben, wiesen sie ihm mit der Hand, sitzen zu bleiben. Kai näherte sich vorsichtig, während Kerim am Fenster blieb.

Bronson stand auf und hielt die Hände zur Seite, um seine Harmlosigkeit zu demonstrieren. Hauser erhob sich schnell und stellte sich neben ihn. »Jungs, wenn ich um eure Aufmerksamkeit bitten dürfte.«

Bronson bleckte die Zähne, als Hauser ihm in den Weg trat. Er machte eine kaum wahrnehmbare Kopfbewegung zur Seite. Hauser schüttelte ebenso unauffällig den Kopf.

»Setz dich hin und halte die Klappe, du Vogel!«, befahl Kai und kam drohend auf ihn zu. Hauser ging ihm einen Schritt entgegen, um ihn außerhalb von Bronsons Reichweite zu halten. Dafür hätte er fast einen Schlag von dem Riesen kassiert, weil er ihm zu dicht auf die Pelle rückte.

Beide Leibwächter zogen nun ihre Pistolen und bedrohten ihre beiden Gefangenen. »Hinsetzen, sofort!«

Hauser saß so schnell, als habe man ihm die Beine weggezogen. Bei Bronson dauerte es ein bisschen länger und er grummelte dabei Verwünschungen, die sich eindeutig gegen Hauser richteten. Das Verhalten des Leibwächters erregte das Misstrauen seiner Bewacher, schließlich hatten sie bei ihm einiges über Ablenkung und Täuschung gelernt.

»Zeig mir deine Hände!«, brüllte Kerim den sitzenden Bronson an und streckte seine Waffe vor. Bronson starrte ihm trotzig entgegen, denn es kam nicht infrage, sofort nachzugeben, dadurch hätte er sein Gesicht vor diesen Primaten verloren. Unendlich langsam bewegte er seine Hände hinter dem Rücken hervor und hob sie in die Höhe.

»Zufrieden?«, fragte er provozierend, als gäbe es die Pistole in seinem Gesicht überhaupt nicht.

Kerim antwortete nicht, aber er richtete seine Waffe nicht mehr auf ihn.

Bronson senkte die Hände und schob sie hinter seinen Rücken, zu der Stelle, wo er das Messer ins Polster gesteckt hatte. Er runzelte die Stirn und bewegte die Hände suchend umher. Nachsehen konnte er nicht, aber er begriff auch so, dass die Waffe verschwunden war. Er musste auch nicht lange nach einem Schuldigen suchen, denn der saß genau neben ihm. Hauser spielte die Unschuld vom Lande und wenn es nicht zu auffällig gewesen wäre, dann hätte er sicher auch noch ein Liedchen gepfiffen.

Melanie erhob sich von dem Sofa und stand einfach so da.

»Hey, was wird das?«, fragte Kai, mehr verwundert als verärgert.

»Ich möchte jetzt gehen«, sagte sie völlig ruhig.

»Also, wenn das so ist, dann möchte ich auch gehen«, schloss sich Bernie an.

»Klappe Alter, niemand geht hier. Und du setzt dich hin.« Den letzten Satz hatte Kai an Melanie gerichtet, doch die reagierte nicht, sondern blieb weiter reglos vor dem Sofa stehen.

»Hast du was an den Ohren, du blöde Kuh?«, brauste Kerim auf, den das Durcheinander zunehmend nervte. Er hoffte, dass Chevy bald zurückkam und ihnen sagte, was sie tun durften und was nicht. Der Boss konnte fies werden, wenn man zu eigenständig handelte, deshalb war es besser, sich bei ihm abzusichern. Chevy hatte zwar schon erklärt, dass keiner der vier das Haus lebend verlassen sollte, aber mit einem direkten Tötungsbefehl wäre Kerim auf der sicheren Seite gewesen.

Kai erkannte, dass seinem Kollegen sehr bald der Geduldsfaden reißen würde. Was darauf für gewöhnlich folgte, konnte kein Beteiligter als ein schönes Erlebnis bezeichnen. Er beschloss, Kerim zuvorzukommen. Mit ein paar schnellen Schritten durchquerte Kai den Raum und stieß Melanie auf das Sofa zurück, sodass ihre Füße für einen kurzen Moment in die Luft geworfen wurden.

»Schluss jetzt mit dem Theater! Stillsitzen und Klappe halten ist angesagt!«

Leider befand sich Kai durch sein Vorpreschen nun im Aktionsradius von Bronson Feldmann. Bevor er wusste, wie ihm geschah, stand Bronson neben ihm und versetzte ihm eine rasche Schlagkombination, von der niemand sagen konnte, aus wie vielen Schlägen sie insgesamt bestanden hatte. Kerim richtete seine Waffe auf Bronson, wurde aber im nächsten Moment von Hausers Beutel gegen die Brust getroffen und direkt danach von Hauser selbst. Gemeinsam gingen sie zu Boden. Der Detektiv war kein ausgebildeter Nahkämpfer und besaß eine starke Abneigung gegen körperliche Gewalt, besonders gegen solche, die ihm zugefügt wurde. Es bestand keine hohe Wahrscheinlichkeit, dass er Kerim besiegen konnte, also klammerte er sich wie eine Klette an den Schläger und bemühte sich, die Bewegungsfreiheit des Mannes so weit wie möglich einzuschränken. Melanie und Bernie kamen ihm zu Hilfe und knieten sich auf die Arme des Leibwächters. Obwohl sie beide zu den Leichtgewichten zählten, konnten sie zu dritt den kräftigen Mann am Boden halten. Kerim wehrte sich verzweifelt, versuchte seine Gegner von sich abzuschütteln, beschimpfte sie und probierte sogar zu beißen. Erst als Bronson ihm Kais Pistole gegen die Schläfe drückte, erschlaffte seine Gegenwehr. Kerim fügte sich in sein Schicksal und ließ sich von Hauser fesseln. Der schnitt mit Bronsons Klinge eine edle Gardinenkordel in handliche Stücke und verschnürte damit die beiden Leibwächter mit kompliziert aussehenden Knoten.

»Bist du mal zur See gefahren?«, fragte Bronson beeindruckt.

»Ich hatte mal so ein Übungsbuch. Hält die Finger beweglich und wirkt unheimlich entspannend.«

Sie hätten Kai und Kerim besser verschnüren können, aber letztendlich wäre das Zeitverschwendung, da Chevy jeden Moment zurückkehren würde und seine Leute befreien konnte. Deshalb reichten die Fesseln, die Hauser zur Hand hatte und die verhinderten, dass die beiden sich selbst befreien konnten. Melanie stand hinter dem Detektiv und versperrte Bronson den Weg, damit der keine Gelegenheit bekam, die Leibwächter für immer auszuschalten.

»Folgt mir!«, sagte Bronson, als Hauser sich erhob.

»Sollten wir wirklich auf ihn hören?«, fragte Bernie skeptisch.

»Ich habe das Sicherheitskonzept für das Anwesen erstellt und kenne jeden Winkel des Hauses, sowie den Schichtplan und jeden einzelnen, der sich darin aufhält. Aber wir können natürlich gern einen Weg nehmen, den ihr aussucht.« Bronsons drängende Stimme machte klar, dass ihnen nicht allzu viel Zeit blieb, um diese Entscheidung zu treffen.

»Du gehst vor«, sagte Hauser. Bronson nickte und führte sie in die Richtung, die Hauser als Erstes ausgeschlossen hätte. Melanie setzte bei der Flucht deutlich auf den Leibwächter, was Hauser kränkte, obwohl er ihr keinen Vorwurf machen konnte. Ihm ging es schließlich genauso.

»Der Weg ist weiter, aber dafür sollten wir niemandem begegnen«, erklärte Bronson.

»Klingt gut. Wie viele Wachen gibt es insgesamt?«, wollte Melanie wissen.

»Neben Chevys beiden Trotteln befinden sich noch sechs weitere Männer auf dem Anwesen. Einer bewacht vom Dachstuhl aus die Zufahrt, damit niemand ungesehen hereinkommt. Drei patrouillieren über das Außengelände, während zwei weitere sich für gewöhnlich im Haus aufhalten. Aber da Chevy keine Zeugen möchte, halten sich momentan wohl alle fünf draußen auf.«

Er öffnete die Tür und wäre fast mit einem jungen Mann zusammengestoßen, der aus dem Raum kam. Der Junge wich verdutzt zurück, weil er hier genauso wenig jemand anderen erwartet hatte.

»Hey, Bronson, machst du hier neuerdings Führungen?«

»Ein kleiner Nebenverdienst«, erwiderte der Leibwächter und lachte. »Und was führt dich in diesen Teil des Hauses, Dennis? Ich habe dich jedenfalls nicht hier eingeteilt. Solltest du nicht am hinteren Gartentor stehen?«

Das war Dennis offensichtlich peinlich. »Musste aufs Klo. Chevy hat mir verboten, in seine Büsche zu pinkeln. Sagt, wegen mir wird die Hecke braun.« Der junge Mann sah sich vorsichtshalber um und fügte ein »Spinner« hinzu.

»Wem sagst du das?« Bronson zwinkerte verschwörerisch. »Na ja, wir müssen weiter, ich soll seine Gäste zu ihrem Wagen bringen.«

Dennis runzelte die Stirn. »Da hätte es aber einen einfacheren Weg gegeben.«

»Klar, aber Chevy wollte, dass sie sein Haus bewundern können«, raunte Bronson, als könnten seine Begleiter ihn dadurch nicht hören.

»Was für ein Spinner«, wiederholte Dennis. »Ja, das passt zu ihm. Hey, sind Sie nicht der Agent, der Chevy beim Film unterbringen will?«

»Ja, stimmt«, gab Bernie geschmeichelt zu.

»Hätten Sie nicht auch was für mich? Ich hab einiges drauf, was man vor der Kamera gebrauchen kann.«

Bernie zauberte eine Visitenkarte zwischen seine Finger und streckte sie dem Jungen entgegen.

Oben wurden Rufe laut, die entweder von Kai oder Kerim stammten und ziemlich eindeutig klangen. Der Junge sah zuerst Bronson an und ließ dann seinen Blick über dessen Begleiter schweifen, bevor er zu ihm zurückkehrte. »Ärger?«

»Man könnte sagen, dass Chevy mich gefeuert hat.«

»Du Glücklicher«, sagte der Junge und wies mit dem Kopf auf die Visitenkarte in Bernies Hand. Der Agent verstand den Wink sofort. »Ich habe schon eine konkrete Rolle im Hinterkopf. In einem *Tatort*.«

»Das freut mich zu hören«, sagte Dennis, zupfte die Visitenkarte aus Bernies Fingern und trat zur Seite. »Ich wünsche den Herrschaften eine gute Heimreise.«

Bronson führte sie durch die Hintertür in den Garten und gebot ihnen, dort zu warten, während er um die Ecke des Gebäudes linste.

»Sind das nicht deine Leute am Tor? Würden die sich nicht auf deine Seite stellen, wenn es hart auf hart kommt?«, fragte Hauser.

»Ich habe sie ausgewählt und einige von ihnen sogar ausgebildet, aber sie arbeiten für Chevy. Ich denke nicht, dass sie aus sentimentalen Gründen ihre Anstellung aufs Spiel setzen würden.«

»Vielleicht haben sie schon mitgekriegt, dass sie demnächst arbeitslos werden«, sagte Melanie.

»Wir könnten es natürlich versuchen, aber wenn sie uns nicht glauben, ist es zu spät zum Weglaufen«, erwiderte Bronson. »Außerdem glaube ich nicht, dass Bernie so viele Rollen zu vergeben hat, um sie alle zu beschäftigen.«

»Ehrlich gesagt, nicht einmal die eine für Dennis«, gestand der Agent zerknirscht. »Ich bin sogar erleichtert, dass Chevy kein Interesse mehr an dem Film hat, denn so richtig erfolgreich war ich damit bisher noch nicht.«

Bronson grinste. »Wenn er das erfährt, wird er dich trotzdem töten. Interesse hin oder her.«

Melanie legte einen Arm um die Schultern des kleinen, alten Mannes, der mit einem Mal erschreckend blass aussah. »Das war nur ein Scherz«, versicherte sie und warf Bronson einen Blick zu, der deutlich zu verstehen gab, bloß nichts anderes zu behaupten.

»Na klar«, versicherte Bronson und grinste noch breiter. »Ich mach nur Spaß. Also los jetzt, wir müssen zu den Autos.«

»Können wir uns nicht durch die Büsche in das Waldstück schlagen?«, erkundigte sich Hauser und wies in die entsprechende Richtung.

»Zu Fuß kommen wir hier nicht weg, die bräuchten mit dem Auto keine zwei Minuten, um uns einzuholen.«

»Also ein Auto«, fasste Hauser zusammen.

»Das Problem ist nur, dass mindestens eine Wache bei den Autos steht und wir zu keinem den Schlüssel besitzen.«

»Ich habe meinen noch«, sagte Bernie und hielt den Wohnmobilschlüssel in die Höhe. Im nächsten Augenblick befand er sich in Bronsons Hand.

Bernie protestierte: »Das ist mein Wohnmobil, das können Sie nicht einfach stehlen.«

Bronson zuckte gleichgültig mit den Schultern. »Ich stehle es nicht, schließlich ist der Besitzer mit an Bord.«

»Dann handelt es sich um eine Entführung. Ich werde die Polizei rufen.«

»Gute Idee, geh doch mal im Haus fragen, ob du deren Telefon benutzen darfst«, schlug Bronson genervt vor.

»Niemand zu sehen, wir können los«, sagte Hauser und wollte quer über den Hof, aber Bronson streckte seine Hand aus und hielt sie wie eine Schranke vor die Brust des Detektivs. »Du vergisst die Wache oben im Dachstuhl. Wir müssen so lange wie möglich am Haus bleiben, sonst laufen wir ihm direkt vor die Flinte.«

Im Gänsemarsch bewegten sie sich hinter Bronson her, bis sie sich so dicht wie möglich an dem Wohnmobil befanden und er das Zeichen für den Endspurt gab. Hauser war nie sonderlich sportlich gewesen und allzu schnelle Bewegungen lagen ihm überhaupt nicht, doch dieses Mal verfiel er sogar in einer Art leichten Trab. Sie kletterten durch die offene Seitentür ins Wohnmobil. Bernie stürmte nach vorn, schnallte sich auf dem Fahrersitz an und klammerte sich entschlossen ans Lenkrad. »Nur ich fahre mein Wohnmobil, niemand sonst.«

Da keine Zeit für eine Diskussion blieb, händigte Bronson die Schlüssel aus. Der Agent startete den Motor.

***

Chevy hatte Lessing erfolgreich abgewimmelt. Der Hauptkommissar saß schon in seinen Wagen und fuhr los. Chevy kam durch das offene Tor herein und wollte einem der Wachleute den Befehl geben, es zu schließen, als er das Wohnmobil über den Hof angeschaukelt kommen sah. Das gemütliche Fahrzeug wirkte nicht besonders bedrohlich, aber es hielt direkt auf das Tor zu.

»Vollgas!«, befahl Bronson neben Bernie und musste feststellen, dass sie beide sehr unterschiedliche Vorstellungen von dieser Geschwindigkeit hatten. Kurzentschlossen stellte Bronson seinen Fuß auf den von Bernie und drückte ihn mitsamt dem Gaspedal auf das Bodenblech hinab. Das Wohnmobil machte einen gehörigen Satz vorwärts.

Chevy zog seine Pistole und legte auf den Fahrer an. Dann besann er sich einen Moment und blickte hinter sich, um zu überprüfen, ob der Bulle schon weit genug entfernt war, damit er den Schuss nicht mehr hören konnte. Als er sich beruhigt seinem Ziel zuwendete, war dieses so dicht heran, dass sich Chevy mit einem beherzten Sprung vor dessen Stoßstange retten musste. Er landete unsanft auf dem Grasstreifen, während die Räder des Wohnmobils sehr dicht an seinen Schuhsohlen vorbeirollten.

»Das Tor zu!«, brüllte Chevy, obwohl es längst zu spät war. Das Wohnmobil passierte die Durchfahrt und verließ das Gelände. Chevy sprang auf die Beine und winkte seine Leute zu sich. »Mach das verdammte Tor wieder auf!«, schrie er und rannte zum Haus zurück.

25
HÖLLE AUF RÄDERN

Der Frankfurter Stadtverkehr war selten entspannt und keinesfalls der geeignete Ort für eine Verfolgungsjagd. Zu fast jeder Tageszeit schoben sich die Autos Stoßstange an Stoßstange durch die Stadt.

»Ich will ja nicht der Pessimist im Team sein«, sagte Bronson Feldmann, »aber bei diesem Tempo holen die uns zu Fuß ein.«

»Wir bekommen Besuch«, sagte Hauser, der durch das Rückfenster schaute.

Bei dem Hummer, der sie verfolgte, handelte es sich nicht um die Variante für Hollywood-Proleten, sondern um die Militärausführung. Am Steuer saß der brüllende Chevy, der seine Finger ins Lenkrad gekrallt hatte. Seine Zähne leuchteten aus dem Dunkel der Fahrerkabine, während sich seine beiden Leibwächter in Angriffsposition begaben. Kai aus dem Beifahrerfenster, Kerim hatte sich durch die Dachluke nach draußen gewunden.

Hauser stellte sich Lessings Gesicht vor, wenn er von der Verfolgungsjagd hörte.

»Was gibt es denn bitte in unserer Situation zu grinsen?«, fragte Melanie fassungslos.

»Ich musste gerade an etwas Witziges denken«, gestand Hauser.

»Beneidenswert, wenn man so abschalten kann.« Bronson trat neben Hauser an die Heckscheibe. »Er hat nur Kerim und Kai bei sich. Warum sind die Dümmsten auch immer die Treuesten?«

»Wir werden die nie im Leben abhängen«, sagte Melanie.

Hauser machte ihr hektische Zeichen zu schweigen. »Du solltest unseren Fahrer nicht verunsichern, seine Aufgabe ist schwer genug.«

»Hört auf durcheinanderzureden, ich muss mich aufs Fahren konzentrieren«, rief Bernie. Wenn es ihm nicht völlig widerstreben würde, während der Fahrt die Hände vom Steuer zu nehmen, hätte er sie am liebsten auf seine Ohren gepresst. »Wohin soll ich fahren?«

»Auf keinen Fall dürfen wir anhalten, sonst haben sie uns sofort. Also, keine roten Ampeln, keine Staus.«

»Ich kann doch keine Fußgänger gefährden«, protestierte Bernie. Die Fahrt durch den Innenstadtverkehr forderte sein gesamtes fahrerisches Können und strapazierte das Nervenkostüm aller anderen. Bronson bot ihm an, das Steuer zu übernehmen, doch Bernie lehnte ab.

»Ich halte jetzt an und sage Cheviliecovic, dass ich kündige«, sagte er stattdessen und setzte allen Ernstes den Blinker und bremste.

»Ich glaube kaum, dass eine formelle Kündigung noch notwendig ist«, erklärte Bronson. »In dem Moment, als wir zusammen losgefahren sind, war dein Arbeitsverhältnis beendet. Chevy ist niemand, der für seine zweiten Chancen bekannt wäre. Also lass lieber jemand anderen ans Steuer, wenn wir überleben wollen!«

»Niemand außer mir wird dieses Fahrzeug lenken«, erklärte Bernie entschieden.

»Heute machen wir eine Ausnahme«, erwiderte Bronson und hob ihn von seinem Platz, während Melanie das Steuer übernahm. Bernie protestierte und wollte nach Bronson schlagen, doch der setzte ihn ab und schob ihn durch den Mittelgang nach hinten. »Halt mich nicht für undankbar, schließlich hat uns dein Fahrzeug gerettet, aber ich schwöre, ich werde dich fesseln, knebeln und im Bad einschließen, wenn du jetzt nicht Ruhe gibst!«

»Ich kenne mich hier aus und kann schneller reagieren, als dir Anweisungen geben«, sagte Melanie, um Bernie zu beruhigen. Der Erfolg dieser Worte ließ allerdings zu wünschen übrig.

»Melanie hat recht. Mit ihr am Steuer wird es diese Kiste besser überstehen«, mischte sich nun auch Hauser ein. Melanie fummelte an den Einstellungen des Sitzes herum, weil sie kaum an das Steuer reichte. Hauser versuchte behilflich zu sein und tastete zwischen ihren Beinen herum, bis er den Hebel an der Vorderseite des Sitzes fand. Melanie musste bremsen und rutschte gegen das Lenkrad. Sie schrie auf vor Überraschung und Schmerz. Rasch drückte Hauser den Sitz zurück und stellte ihn in einer günstigen Position fest.

Bernie hatte sich auf der Sitzbank angeschnallt, denn er wusste um den Sinn der Vorschrift, die untersagte, während der Fahrt im Wohnmobil herumzulaufen. Als Melanie beschleunigte, stolperte Hauser mit großen Schritten rückwärts durch den Gang und landete auf dem Bett. Sehr langsam arbeitete er sich zu der Sitzgruppe vor, in der Bernie saß. Er schob sich hinter den Tisch und zog den Anschnallgurt zwischen den Polstern hervor. Eine völlig nutzlose Aktion, denn im nächsten Augenblick kam vor ihnen der Verkehr zum Erliegen. Beide Fahrspuren standen. Bronson lief zum Heckfenster. »Chevy steht drei Reihen hinter uns, er könnte aussteigen und zu uns laufen.« Immer wenn Chevys Männer soweit waren, auszusteigen und die Distanz zum Wohnmobil zu laufen, sprang vorn eine Ampel auf Grün, oder es tat sich überraschend eine Lücke auf.

»Es geht weiter!«, rief Bernie aufgeregt. Doch die Freude schien leicht verfrüht, denn die Kolonne rückte gerade mal zwei

Fahrzeuglängen vorwärts, bevor sie erneut zum Stehen kam. Dies war mit Sicherheit die langsamste Verfolgungsjagd aller Zeiten.

Sie überquerten die nächste Ampelkreuzung bei grünen Lichtern und konnten endlich etwas Fahrt aufnehmen. Melanie wechselte mehrmals die Fahrspur, hielt sich meist mitten auf zwei Spuren, damit niemand sie überholen konnte. Diese Sorge erwies sich allerdings als unbegründet, da Chevys rabiater Fahrstil den nachfolgenden Verkehr auf Abstand hielt. Der Hummer hupte sich von Spurwechsel zu Spurwechsel, um näher an die Flüchtigen heranzukommen. Ein besonders mutiger Autofahrer ließ sich von dem blinkenden und hupenden Hummer hinter sich nicht einschüchtern und blockierte ihm mehrmals den Weg, wenn er zum Überholen ansetzte. Chevy lehnte sich aus dem Fenster und feuerte mehrere Kugeln in den Kofferraum des vorausfahrenden Autos. Der Fahrer sprang aus seinem Wagen und rannte davon.

Vor dem Wohnmobil wechselte eine Ampel auf Orange. »Fahrt weiter!«, schrie Melanie die Autos vor sich an. Der Fahrer auf der rechten Spur sauste bei Dunkelorange durch, doch ausgerechnet der Wagen auf der mittleren Spur hielt an. Melanie riss das Steuer zur Seite und zwängte das Wohnmobil durch die freie Spur, wobei sowohl die Seitenspiegel der Autos auf der mittleren Spur als auch die der geparkten Fahrzeuge am Straßenrand weggeknickt wurden. Bernie heulte entsetzt auf, jeder klammerte sich irgendwo fest. Der Fahrer auf der mittleren Spur brüllte dem abbiegenden Wohnmobil Verwünschungen hinterher und griff zum Handy. Laut wiederholte er mehrmals Bernies Kennzeichen, während er die Nummer der Polizei wählte. Er wollte gerade seine Beschwerde ins Handy brüllen, als sich der Hummer an ihm vorbeiquetschte, den Lack abschrammte und mit einem durchdringenden Geräusch die Karosserie eindrückte.

»Wir schaffen es nicht, diesen Wahnsinnigen abzuhängen!«, rief Bronson.

Kaum hatte der Hummer den Engpass bewältigt, holte er das Wohnmobil schnell ein. Melanie riss das Steuer herum und stieß gegen Chevys Wagen. Das Geräusch, das dabei entstand, ließ Bernie erbleichen. Das war auch schon die größte Auswirkung dieses Manövers.

»Ich habe den Eindruck, wir können an diesem Panzer zerschellen, ohne auch nur seinen Lack anzukratzen.« Mit Schrecken sah Melanie im Seitenspiegel, wie Kai aus dem Dachausstieg des Hummers kletterte.

Bronson sah nach draußen. »Kai ist ein Parcours-Fan und Adrenalin-Junkie, der wird springen. Bring uns über den Main, da ist weniger Verkehr. Immer an der Uferpromenade entlang und ignoriere die Ampeln.«

Das Wohnmobil fuhr über die Untermainbrücke und im verbliebenen rechten Seitenspiegel wurden die Wolkenkratzer kleiner.

Bronson riss die Hängeschränke auf und betrachtete die Konserven.

»Hauser, du übernimmst unsere Verteidigung.«

»Ich soll mich mit Doseneintopf wehren?«

»Hast du eine bessere Idee?«

»Wie wär's mit der Pistole?«, erkundigte sich Hauser.

»Solange es sich vermeiden lässt, würde ich gern darauf verzichten, in der Innenstadt herumzuballern.«

»Chevy hat keine solchen Bedenken.«

»Ja, eines seiner vielen Probleme.«

Also lud Hauser sich die Armbeuge mit Konserven voll. Hinten im Schrank fand er Dosen, deren Aufdrucke noch eine vierstellige Postleitzahl besaßen.

»Festhalten«, rief Melanie, als sich das Wohnmobil in eine Linkskurve legte. Hauser schwang herum und knallte gegen die Badezimmertür, aber er verlor keine Dose.

»Wir werden geentert!«, schrie Melanie und begann Schlangenlinien zu fahren.

»Was machst du da?«, rief Hauser.

»Ich versuche unseren Besuch vom Dach zu schütteln.«

»Eher bringst du uns zum Kotzen. Lass den Quatsch!«

Die Fahrt verlief wieder ruhiger. Hauser öffnete die Seitentür. Er hatte die Dosen auf der Spüle vor sich aufgestapelt, um sie nacheinander nach draußen zu schleudern. Bronson kniete hinter ihm und hielt ihn an seinem Gürtel fest, damit er nicht hinausstürzte. Langsam lehnte er sich aus dem Fahrzeug und staunte nicht schlecht, als er Kai über die Dachkante klettern sah. Hauser zögerte einen Moment zu lange, mit der Konservendose nach ihm zu werfen und kassierte dafür einen Tritt gegen den Kopf. Er taumelte ins Wageninnere zurück und fiel über den knienden Bronson. Kai rutschte von oben in den Türrahmen, hielt sich mit einer Hand fest und tastete mit der anderen nach seiner Waffe im Holster. Bernie sprang schreiend aus der Sitzecke und stieß den Schläger mit vorgestreckten Händen aus der Türöffnung. Melanie beobachtete im Seitenspiegel, wie Kai auf einen geparkten Wagen prallte und die Heckscheibe eindrückte.

»Nicht schlecht«, kommentierte sie. Im nächsten Moment zersprang ihr Seitenspiegel.

»Die schießen auf uns!«, schrie sie, aber die Warnung war unnötig, denn überall durchschlugen Geschosse die Karosserie des Wohnmobils, die zwar Wind und Wetter abhielt, aber Kugeln nur wenig Widerstand bot.

Der Hummer lenkte in den Gegenverkehr, zog schnell mit dem Wohnmobil gleichauf und drängte es zu den geparkten Autos auf der rechten Seite. Melanie versuchte dagegenzuhalten, aber hier trafen keine gleichwertigen Gegner aufeinander. Der zweite Leibwächter in der Dachluke des Hummers hielt Chevys riesige Pistole in der Hand und zielte damit auf den Fahrerplatz des Wohnmobils.

Hauser rief »Dosenöffner« und streckte seine Hand aus. Bronson sah sich ratlos um, aber Bernie war zur entsprechenden Schublade gestürzt und reichte ihm das geforderte Küchengerät. Hauser schob es sich in den Hosenbund und stopfte drei Konservendosen in seinen Beutel. Anschließend stellte er einen Fuß auf die Küchenzeile und stemmte sich nach oben, während er sich mit den Händen am äußeren Türrahmen hinaufzog.

Melanie drehte den Kopf und sah Hausers Beine vor der offenen Seitentür aufwärts verschwinden. »Was hat er vor?«, fragte sie.

»Irgendetwas Unappetitliches würde ich wetten«, sagte Bronson, drängte sich in die Sitzecke hinter ihr und schob den Vorhang zur Seite. Sofort schwenkte der Lauf der Pistole von Melanie weg auf sein Gesicht.

Kerim krümmte den Finger am Abzug, als sich sein Gesicht und sein Oberkörper in eine rote Masse verwandelten. Bronson zuckte zurück und brauchte einen Moment, um zu begreifen, was er gesehen hatte. Im nächsten Moment flog der Inhalt einer weiteren Dose Chilieintopf auf die Windschutzscheibe des Hummers. Die Scheibenwischer sprangen automatisch an und verteilten den schmierigen Brei über die gesamte Fläche der Scheibe. Hauser nutzte die Gelegenheit und schleuderte die dritte, noch ungeöffnete Dose hinterher, die das Glas aber nicht beschädigen konnte. Kerim in der Dachluke des Hummers war völlig orientierungslos, was ihn nicht davon abhielt, ein paar Schüsse abzufeuern, die den linken Vorderreifen des Wohnmobils zerplatzen ließen.

Das schwere Gefährt zog nach links und drängte den Hummer zur Seite, wo er mehrere geparkte Autos streifte, ohne Schaden zu nehmen. Aber er wurde zumindest abgebremst. Kerim war im Inneren des Wagens verschwunden und versuchte sein Gesicht soweit von dem Fertigeintopf zu befreien, sodass er wieder einigermaßen sehen konnte.

Bernie tippte Bronson von hinten auf die Schulter. Als er sich umdrehte, sah er, dass der Alte ihm eine Spielzeugpistole entgegenstreckte.

»Was soll ich damit?«, fragte er verwirrt und erkannte dann die wahre Funktion. Es war eine Signalpistole. Hinter ihm kletterte Hauser zur Tür herein.

»Die Suppe wird sie nicht lange aufhalten.«

»Sie kommen«, rief Melanie, die ihre Verfolger im verbliebenen Seitenspiegel beobachtete.

»Hilf mir hoch«, sagte Bronson und schob die Signalpistole in seinen Hosenbund.

»Da oben hat man nicht viel Halt, außerdem würde ich diese Knarre woanders tragen.«

»Ist notiert, jetzt mach schon!«

Hauser stützte den Leibwächter und schob ihn gleichzeitig in die Höhe. Mit einem Fuß auf der Küchenzeile und dem anderen auf der Rückenlehne der Sitzecke öffnete Bronson das Dachfenster und streckte sich hinaus.

»Fahr ruhig, ich hab nur einen Schuss!«, rief er nach unten.

»Soll das ein Witz sein?«, brüllte Melanie zurück, während sie verzweifelt die Stöße des Hummers auszugleichen versuchte. Der Geländewagen donnerte mit wildem Motorengebrüll heran, als seien nicht nur die Insassen wütend, sondern auch das Fahrzeug selbst. Bronson legte an. Es war keine Präzisionswaffe und er stand auf mehr als wackeligem Untergrund, während sein Ziel hektisch hin- und herschwankte. Er widerstand der Versuchung, über die Wahrscheinlichkeit eines Treffers nachzudenken, und drückte ab.

Funkensprühend flog die glühende Kugel dem Hummer entgegen, knallte gegen die Oberkante des Dachausstiegs und plumpste ins Innere des Wagens. Für einen Moment geschah überhaupt nichts, dann schleuderte das Fahrzeug zu beiden Seiten der Fahrbahn, während das Innere gleißend hell erleuchtet war. Chevy verlor die Kontrolle und fuhr Schlangenlinien, während sich der Hummer mit Rauch füllte. Durch die Dachluke stieg eine Rauchsäule auf, als handele es sich um ein dampfbetriebenes Fahrzeug.

»Erwischt!«, rief Bronson triumphierend nach unten und stemmte sich dann wieder aus dem Dachfenster, um besser sehen zu können. Mit voller Geschwindigkeit raste der Hummer gegen eine der Pappeln, die entlang des Sachsenhäuser Ufers gepflanzt waren. Durch die Wucht wurde der Baum komplett aus dem Boden gerissen und die Insassen heftig gegen die Frontscheibe geschmettert.

Melanie reagierte durch die Jubelrufe von Bronson zu spät auf die bremsenden Autos vor der Kreuzung. Sie riss das Steuer herum und stieß mit quietschenden Reifen in zwei geparkte Wagen am Straßenrand hinein. Bronson verlor durch den Aufprall seinen Halt auf dem Wohnmobil und rollte nach vorn vom Dach herab. Der Kofferraum eines gerammten Wagens stoppte seinen Fall. Er hätte gern behauptet, mit der Geschmeidigkeit einer Katze gelandet zu sein, doch in Wahrheit traf er völlig unkoordiniert auf. Im Wohnmobil rappelten sich alle hoch und wankten zur Tür. Hauser stützte Melanie, während sie aus dem Wagen kletterte, Bernie folgte ihnen auf allen vieren. Bronson kam um die Motorhaube herum und richtete seine Kleidung. Der Verkehr in der Straße war völlig zum Erliegen gekommen, und schnell verlängerte sich der Stau in beiden Richtungen entlang der Uferstraße.

Sie wankten hinter dem dampfausstoßenden Gefährt auf den Gehweg und blickten zu den Überresten des Hummers.

Die Polizei traf ein und sicherte den gesamten Bereich, aber sie kam zu spät. Chevy war längst aus dem Wrack des Hummers verschwunden und hatte sich aus dem Staub gemacht. Die Beamten konnten lediglich seinen Handlanger verhaften, der den üblen Geruch von Fertigeintopf verströmte.

Bernie saß vor den Resten des Wohnmobils und gab klägliche Laute von sich.

»Das kannst du deinem Klienten nicht mal in Rechnung stellen, was?«, sagte Bronson. »Ich bezweifle sogar, dass er noch lange genug lebt, um irgendwelche Rechnungen zu zahlen.«

Es blieb auch in anderer Hinsicht kein befriedigendes Ende, denn Hauser und seine Begleiter mussten jederzeit damit rechnen, dass Chevy ihnen auflauerte. Der Mann befand sich auf der Flucht vor der Polizei und der Unterwelt. Leider bedeutete das in seinem Fall wohl nicht, dass er untertauchte oder sich sogar ins Ausland absetzte. Mit Sicherheit würde er eine Dummheit begehen.

Der Bericht von einer Verfolgungsjagd zwischen Wohnmobil und Hummer durch die Frankfurter Innenstadt bildete für alle Radiohörer auf dem Nachhauseweg den dramatischen Höhepunkt dieses Arbeitstages.

26
CHEVYS ENDE

Bei Einbruch der Nacht saß Chevy allein in seinem Wagen. Eine Flasche Wodka lag auf dem Beifahrersitz, er hatte sie zur Hälfte geleert. Alkohol war in seiner Situation bestimmt keine Lösung, aber auch schon egal. Er fühlte sich allein. Daran fand er in der Regel nichts auszusetzen, da er es gewohnt war, andere für ihre Gesellschaft zu bezahlen. Doch nun fehlte ihm Schutz. Selbst diejenigen, die er bisher dafür entlohnt hatte, standen nicht mehr zur Verfügung. Sie richteten sich stattdessen nach den Anweisungen von Silvio. Wenn der Chevy tot sehen wollte, würde sich niemand dieser Entscheidung widersetzen. Silvio betrachtete ihn als den Mörder seines Sohnes. Deshalb würde er Chevy töten. Jeder in der Stadt und der Umgebung, der sich Silvio Alfonsis Wohlwollen sichern wollte, und derer gab es Legionen, würde bemüht sein, ihn dem Don auszuliefern.

Chevy hatte immer gewusst, dass er niemandem trauen konnte. In seinem ganzen Leben hatte er keine Erfahrungen gemacht, die einen anderen Schluss zuließen. Deshalb nutzte er schon immer jeden Vorteil, der sich ihm bot. Wer ihm den Rücken zuwandte, war selbst schuld. Sie alle lebten in einer schlechten Welt und deshalb musste man ein Wolf sein, wenn man kein Schaf sein wollte.

Sie sollten nur kommen. Chevy hatte sich dafür gerüstet, eine ganze Armee abzuwehren. Neben der Pistole in seinem Holster führte er im Kofferraum des Wagens noch eine Repetierschrotflinte und ein halbautomatisches Sturmgewehr mit sich. Außerdem eine Machete und zwei Handgranaten aus Armeebeständen. Die schusssichere Weste trug er bereits seit Stunden, der Schweiß darunter reizte seine Haut. Andererseits konnte er keine atmungsaktive Schussweste gebrauchen, wenn diese nur Kleinkaliber abhielt. Nur die Lebenden konnten sich kratzen, wenn es juckte.

Der Unfall hatte ihm blaue Flecken beschert, aber weder Verstauchungen noch Brüche verursacht. Als er aus dem Hummer gekrabbelt war, wusste er, dass ein erneuter Angriff keinen Zweck haben würde und ein taktischer Rückzug die klügere Entscheidung war. Obwohl sein Gesicht geschwärzt war, er aus einer Stirnwunde blutete und seine Kleidung nach Rauch und verschmortem Plastik stank, hatte er ein Taxi gefunden. Der Erfolg mochte mit dem Hunderter zusammenhängen, den er zum Heranwinken benutzt hatte.

Chevy hatte sein Anwesen verlassen vorgefunden, aber dieser Zustand würde sich schon bald ändern, sobald die Bullen den Halter des Hummers ermittelt oder jemanden aus dem Wohnmobil befragt hatten. Chevy war direkt in die Garage gegangen, wo ein speziell ausgestatteter SUV bereitstand. Ausgerechnet Bronson Feldmann hatte ihm geraten, immer einen Fluchtwagen parat zu haben, der mit Waffen, Geld und falschen Papieren ausgestattet war. Der Wagen könnte zum Instrument seiner Rache dienen, wenn er sich nicht längst zur Flucht entschieden hätte. Das sollte allerdings niemand erfahren.

Chevy fürchtete tatsächlich um seinen schlechten Ruf. Vieles durfte man ihm nachsagen, aber nicht, dass er vor einer Konfrontation kniff, auch wenn er genau das plante. Er blickte auf seine

Uhr. Sein Kontaktmann ließ auf sich warten. Chevy arbeitete zum ersten Mal mit ihm zusammen, hatte aber bisher nur Gutes über ihn und seine Gruppe gehört. Für seine Flucht hatte Chevy das Komplettpaket bestellt; neue Ausweispapiere, neue Kreditkarten und ein Bahnticket Erster Klasse nach Portugal. Diese Leute hatten alles übernommen, er musste ihnen nach der Kontaktaufnahme nur ein aktuelles Foto mailen, zusammen mit den Zugangsdaten zu seinen Konten, damit sie sein Geld in Sicherheit bringen konnten. Im Normalfall wäre ihm der letzte Schritt als leichtsinnig und unverantwortlich vorgekommen. Aber erstens hatte er gar keine andere Wahl, wenn er nicht mit leeren Händen untertauchen wollte, und zweitens konnten es sich diese Leute nicht leisten, einen Kunden aufs Kreuz zu legen, denn das würde sich schnell herumsprechen. Sie lebten nun einmal davon, dass die Leute ihnen vertrauten. Außerdem verlangten sie für ihre Dienste ein so unverschämtes Honorar, dass es ohnehin kaum noch etwas zu stehlen gab.

Eine Taschenlampe blitzte in der Dunkelheit auf. Das vereinbarte Signal mit seinem Kontaktmann, der auch den Treffpunkt ausgewählt hatte. Unter anderen Umständen hätte Chevy das Ambiente zu schätzen gewusst: ein verlassener Park-and-Ride-Platz an einer stillgelegten Nebenstrecke. Von den Lampen auf dem Parkplatz funktionierte nur noch eine einzige und die erlosch in regelmäßigen Abständen, um kurz darauf wieder flackernd anzuspringen. Die perfekte Noir-Kulisse für seinen Film, der niemals entstehen würde.

Die Lampe sprang erneut an, verbreitete in einem Radius von drei Metern um sich herum Discoatmosphäre, beleuchtete aber nicht den Besitzer der Taschenlampe.

Flinte und Gewehr waren Chevy zu unhandlich, um damit im Wagen zu hantieren. Er hielt die Pistole in der einen Hand und öffnete mit der anderen die Autotür. Die Übergabe sollte rasch erfolgen, doch als Chevy neben seinem SUV stand, näherte sich niemand, um ihm die Papiere zu übergeben. Er dachte an die abschreckende Wirkung der Waffe in seiner Hand und hielt sie rasch hinter sich, damit sie den Boten nicht verschrecken konnte. Die Straßenlampe ging aus.

»Zeig mir deine Hände!«, befahl eine Stimme aus der Dunkelheit.

Chevy schob den Lauf der Pistole in seine hintere Hosentasche und kam der Aufforderung nach. So stand er eine Weile herum, doch nichts geschah. Langsam ließ er die Arme wieder sinken. Ihn beschlich ein äußerst ungutes Gefühl.

»Du bist nicht der Kapuzentyp, mit dem ich mich treffen sollte, stimmt's? Das ist eine Falle.« Chevy vergaß seine Rachegelüste und Fluchtgedanken. Sie hatten ihn gefunden. Ob sie ihm Bronson schickten? Silvio wäre das zuzutrauen, er empfände es als eine angemessene Strafe, einem Mann seinen eigenen Leibwächter als Mörder zu schicken. Andererseits war Bronson zu anständig dafür. Seine beiden eigenen Leute dagegen … Chevy kannte sie schon lange, aber das stand auf einem anderen Blatt. Wenn man sie unter Druck setzte, würden sie umkippen wie Dominosteine. Glücklicherweise hatte Kerim sich zuletzt nicht in der Lage befunden, jemandem zu schaden. Und Kai lag vielleicht immer noch zwischen den geparkten Autos am Mainufer.

Die Straßenlampe blitzte auf und eine Gestalt war kurz auszumachen. Chevy wusste jetzt, wo sie sich aufhielt, aber für einen Schuss war es zu riskant. Er musste die Gestalt zum Reden bringen, um genau zu wissen, wo sie sich befand. Chevy konnte sich nicht erklären, weshalb der andere nicht längst geschossen hatte. Selbst schuld, wenn er diesen Vorteil verspielte. Chevy hätte ihm im umgekehrten Fall nicht den Hauch einer Chance gelassen.

»Schickt dich Silvio?«, rief er in die Nacht.

Keine Antwort.

Chevy schrie die Gestalt an. »Bleib mir vom Leib! Sag Silvio, dass alles nur ein schrecklicher Irrtum war! Ich kann es ihm erklären. Persönlich.«

Beim zweiten Versuch schaffte es die Lampe, für einige Sekunden hell zu bleiben. Die Gestalt hatte die Hände in den Taschen, so viel konnte Chevy erkennen. Wenn der andere es nicht einmal für nötig hielt, eine Waffe zu tragen, dann konnte das nur bedeuten, dass jede Menge anderer Waffen auf Chevy gerichtet waren. Sie würden ihn erledigen, bevor er auch nur die Hand an seine Pistole bekam.

»Ich verstehe, er hat sein Urteil längst gefällt. Daumen nach unten für Chevy, hab' ich recht? Er könnte mir wenigstens persönlich gegenübertreten, wenn ich schon sterben muss. Ich erwarte ja nicht, dass er es selbst tut, aber er könnte mir den Respekt erweisen und anwesend sein.«

Chevy spürte, wie sein Blut zu kochen begann. Er steigerte sich in seine Wut hinein und konnte sich nicht mehr bremsen. Chevy wusste um diese Schwäche, aber deshalb konnte er sich noch lange nicht kontrollieren. »Er hält mich wohl nicht für würdig, ich bin nur ein unbedeutender Emporkömmling, den er beseitigen lässt wie einen nervenden Hund. Bist du wenigstens jemand, den man kennt? Jemand, bei dem es nicht peinlich ist, von ihm erschossen zu werden? Ich will nicht das Opfer eines Nobodys werden.« Das Licht ging aus und er brüllte in die Dunkelheit. »Ich verlange einen Henker, der einen gewissen Ruf hat. Hörst du mich, verdammt nochmal?«

Chevys Arm zitterte vor Anspannung, er stand dicht davor, die Waffe zu ziehen und auf die Stelle zu feuern, wo er die Gestalt vermutete. Selbst wenn er bei dem Versuch starb, war das immer noch besser, als diese Stille weiter zu ertragen. Kein Geräusch war zu hören, er hätte genauso gut völlig allein auf dem Parkplatz stehen können. Die Lampe schien ihre Bemühungen komplett eingestellt zu haben. Chevy drehte sich lauschend im Kreis, leider vergeblich. Angst beschlich ihn. Einen Kampf würde er nicht scheuen, aber überraschend aus dem Dunkeln angegriffen zu werden, schreckte ihn. Als er wieder zu sprechen begann, schlug er einen gänzlich anderen Ton an.

»Ich kann verstehen, wenn Silvio mich nicht mehr sehen will. Die Trauer um seinen Sohn muss ihm schwer zu schaffen machen. Versichere ihm mein tiefempfundenes Mitgefühl. Es war nie meine Absicht, seinen Sohn zu töten. Ich wusste nicht, um wen es sich bei Dustin Kohl handelt, das schwöre ich bei meiner Seele. Wenn ich es gewusst hätte, hätte ich sicher einen anderen Weg gewählt.« Chevy gab einen frustrierten Laut von sich, weil ihm die Worte nicht ausreichend vorkamen, um den anderen zu überzeugen. »Ich bin bereit, Buße zu tun. Wenn es einen Weg gibt, wie ich ihm den Verlust erleichtern oder seinen Schmerz verringern kann, dann soll er nicht zögern, es zu sagen. Ich kann meine Tat nicht rückgängig machen, aber ich bedauere sie sehr.«

Chevy erwartete keine Antwort mehr, aber er fragte sich langsam, ob die Gestalt überhaupt noch dort war. »Hallo?«, rief er in die Schwärze hinein. Das Scharren eines Schuhes bestätigte, dass der Unbekannte seinen Platz nicht verlassen hatte.

»Was willst du denn noch? Sag mir, was ich sagen soll, dann sag ich es, aber lass mich hier nicht die ganze Zeit dumm rumstehen. Wenn du schießen willst, dann schieß endlich.«

Er wartete ab, zählte drei Sekunden langsam in Gedanken ab und seufzte ratlos. »Ja, ich habe Kohl getötet, aber ich wusste nicht, wer er war. Für mich war er doch nur ein kleiner Spitzel, der für die Bullen gearbeitet hat und noch für ein paar andere mehr. Ich will sein Andenken nicht beschmutzen, aber das ist die Wahrheit. Silvio hätte an meiner Stelle genauso gehandelt. Er soll in sein Herz schauen und mir versichern, dass er einen Spitzel verschont hätte. Ich denke nicht, dass er das kann.«

Chevy witterte plötzlich Oberwasser. »Genaugenommen habe ich ihm sogar einen Gefallen getan. Vielleicht hat Dustin auch seinen Vater für die Bullen ausspioniert. Wusste er überhaupt, dass Silvio sein Vater war? Wieso glaubt eigentlich jeder diesem Spinner Hauser? Guckt euch den Kerl doch mal an, glaubt ihr wirklich, der bekommt etwas heraus, das sonst niemand vor ihm entdeckt hat?«

Chevy geriet langsam in Panik und versuchte seinen Kopf auf jede erdenkliche Art aus der Schlinge zu quatschen. »Verdammt nochmal, ich könnte ein Filmstar werden, und jetzt soll alles zu Ende sein? Ich habe doch nur diese kleine Ratte vom Balkon geworfen!«

Er brach ab, weil ihm der Atem fehlte. Seine Stimme war immer lauter geworden, und die letzten Sätze hatte er geschrien.

Eine Männerstimme klang glasklar zu ihm herüber. »Ich denke, das reicht jetzt«, sagte Hauptkommissar Richard Lessing.

»Ich glaube, ich könnte dieses Geschwätz auch keine Sekunde länger ertragen«, pflichtete ihm Bornemann bei.

Alle Lampen auf dem Parkplatz gingen gleichzeitig an. Chevy musste seine Augen mit dem Unterarm gegen die Helligkeit abschirmen. Blaulichter begannen zu kreisen und ließen keinen Zweifel daran, wem Chevy Cheviliecovic gerade so offenherzig sein Herz ausgeschüttet hatte. Er ignorierte die Aufforderungen, die ihm per Megafon übermittelt und immer dringlicher wurden. Es gab zwei Möglichkeiten, wie dies hier enden konnte und keine sagte ihm wirklich zu. Die letzte Gelegenheit für ein legendäres

Ende, das allen im Gedächtnis bleiben würde. Wie der heiß verehrte Al Pacino oder Butch & Sundance.

Schließlich ließ er sein Kinn auf die Brust sinken und hob seine Hände in die Höhe. Sofort war er von Uniformierten umringt.

27
IM ASBEST

Hauser hatte ins *Asbest* eingeladen. Wenn Melanie in Bezug auf seine Finanzen recht hatte, konnte er es sich leisten, den ganzen Laden auszuhalten. Zur Not auch über mehrere Wochen. Das bedeutete natürlich nicht, dass er Boris Schneider aus seiner finanziellen Verantwortung entlassen würde. Das Aufspüren der fünf Zeugen, beziehungsweise Erben, als die er sie ausgegeben hatte, sollte ihn einiges kosten und der Anwalt würde bezahlen, wenn auch für eine andere Leistung. Nämlich dafür, dass Hauser ihm Chevy von Hals geschafft hatte. Boris würde nun nicht unfreiwillig unter die Filmproduzenten gehen müssen.

Das *Asbest* war eine generationsübergreifende Kneipe-Schrägstrich-Disco in einem mehrstöckigen, weitläufigen Haus. Im Keller befand sich eine Disco, im Erdgeschoss ein Saal für Konzerte oder ähnlich große Veranstaltungen und im hinteren Teil eine Kneipe mit kleiner Bühne für Livemusik. Das Alter der Gäste spielte keine Rolle, solange man einen ähnlichen Musikgeschmack teilte. Im ersten Stock standen mehrere Räume zur Verfügung. Eine Cocktailbar, ein Billardzimmer, ein Fernsehraum, ein Raucherzimmer, ein Kinosaal mit zwanzig Plätzen, ein Spielzimmer mit Darts, Flipper und einigen Spielautomaten und ein Leseraum mit Zeitungen, Zeitschriften und gespendeten Büchern. Dieses Gebäude war Hauser einer der liebsten Plätze auf Erden. Und hier war er auch die meiste Zeit zu finden.

Hauser pflegte seine Erfolge im *Asbest* zu feiern und bei den seltenen Niederlagen ließ er sich hier trösten oder volllaufen. Hier war der Fall Ludlow begossen worden, was sich im Nachhinein als keine gute Idee erwiesen hatte, und hier sollte auch der Fall Chevilіecovic seinen Abschluss finden. Nicht alle waren seiner Einladung mit Begeisterung gefolgt. Kathrin Bornemann hatte man regelrecht in das Gebäude zwingen müssen. Zum einen, weil sie kein Freund lauter Rockmusik war, zum anderen, weil sie wohl fürchtete, dort auf eine Menge Leute zu treffen, denen sie zu längeren Haftstrafen verholfen hatte. Kein Ort, an dem sie sich entspannen wollte oder konnte. Doch Chevys Verhaftung hob auch ihre Toleranzschwelle.

Melanie schien sich im *Asbest* ebenfalls nicht wohlzufühlen, was wohl mit dem damaligen Vorfall zu tun hatte, über den Hauser immer noch nicht mehr wusste, als am Morgen danach. Er würde sie nicht gehen lassen, bevor er nicht alles über besagte Nacht erfahren hatte. Als er die nächste Getränkerunde holte, winkte er den griechischen Barkeeper zu sich.

»Hi, Janis. Weißt du noch, was ich beim letzten Mal hatte?«

Strahlendweiße Zähne erschienen im Halbdunkel. »Klar, Hauser, und zwar in einer medizinisch bedenklichen Menge.«

»Gut. Heute Abend möchte ich nichts davon.«

»Geht klar.«

»Siehst du die dunkelhaarige Frau an meinem Tisch?«

»Und ob.«

»Du weißt nicht zufällig, was beim letzten Mal zwischen uns vorgefallen ist?«

»Die meisten, die dabei waren, wissen das noch. Von dir mal abgesehen.«

»Würdest du es mir verraten?«

Janis schüttelte bedauernd den Kopf. »Das geht leider nicht.«

»Wieso?«

»Weil Melanie mir verboten hat, es dir zu erzählen.«

Hauser drehte sich zum Tisch und sah Melanie winken. »Janis, bitte, es quält mich. *Sie* quält mich.«

»Sorry, Hauser.«

Es wurde Zeit, dass er die Tatsache akzeptierte. Er würde es nie erfahren. Es sei denn, es würde ihm irgendwann wieder einfallen. Hypnose sollte angeblich helfen, um verschüttete Erinnerungen freizulegen. Aber war er überhaupt bereit dafür, die Wahrheit zu erfahren? Manche Dinge ließ man besser im Verborgenen. Er nahm das Tablett mit den Cocktails entgegen und trug es zu der Sitzecke, in der sich alle Beteiligten versammelt hatten. Das waren die Menschen, die in den letzten Tagen eine große Rolle in seinem Leben gespielt hatten. Die Hacker von *Deus ex Machina* fühlten sich nicht wohl unter so vielen Menschen und blickten sich ständig um, als könnten sie jeden Moment angegriffen werden.

Lessing empfing ihn mit einem breiten Grinsen. »Du solltest dich echt was schämen, Alter.«

»Wovon bitte redest du?«

»Melanie hat mir erzählt, was du getan hast.«

»Dann lass mich bitte nicht dumm sterben und erzähl es mir.«

»Das geht leider nicht, ich musste versprechen, es dir nicht zu verraten.«

»Verdammt.«

Bornemann nahm einen Cocktail vom Tablett und zeigte die Andeutung eines Lächelns. »Sie sind gar nicht der harmlose Spinner, als der Sie sich ausgeben. Ich weiß nicht, ob Sie diese Kerle bewusst gegeneinander ausgespielt haben oder nur verteufelt viel Glück hatten.«

»Ich glaube, Hauser spielt allen den Trottel nur vor«, erklärte Melanie. »Das denke ich etwa zwei Drittel der Zeit, die ich mit ihm zusammen bin.«

»Und die übrige Zeit?«, erkundigte sich Bornemann.

»Halte ich ihn für den Trottel, der er zu sein vorgibt.«

Die beiden Frauen stießen miteinander an.

Hauser zuckte die Achseln. »So oder so wird meine Rechnung an Schneider ausfallen, als habe ich alles von Anfang an bis ins Detail geplant.«

Melanie musste lächeln, ohne es zu wollen. Er hoffte, dass sie ihm wenigstens verzieh. Er prostete ihr zu. »Auf die Zukunft.«

»Ich werde nicht mehr für Boris arbeiten«, erklärte sie. Hauser wohl auch nicht mehr. Schneider würde leugnen, ihn zu kennen und höchstens abfällig über ihn reden, weil er ihn für den Verlust seiner Assistentin verantwortlich machte. Dabei hatte er sie ihm doch aufgedrängt. Noch dazu gegen ihren Willen, wie sie bei wirklich jeder Gelegenheit unmissverständlich klargemacht hatte.

Dieser Fall würde Hauser keine neue Kundschaft bringen und war auch als Werbung nicht geeignet. Nun, er war noch am Leben und das war nicht zu jedem Zeitpunkt selbstverständlich gewesen.

Melanie würde unbehelligt eine andere Stelle antreten können und sich auf ein anderes, ungefährlicheres Fachgebiet spezialisieren. Hauser beneidete sie darum, denn dieses Glück dürfte ihm wohl nicht vergönnt sein. Die Bosse würden sich an ihn erinnern, sobald sich ihre Wege wieder kreuzten. Und dass sie sich wieder kreuzten, war in einer Stadt wie Frankfurt mehr als wahrscheinlich. Falls sie ihn künftig in Ruhe ließen, würde das sicher nur daran liegen, dass keiner von ihnen das Gefühl hatte, dieses Durcheinander zu durchschauen.

»Wirst du wenigstens eine Abfindung von ihm bekommen?«, fragte Hauser.

Sie schüttelte den Kopf. »Vielleicht sollte ich sie mir selbst holen. Die Kombination für Boris' Tresor besteht aus sieben Buchstaben, ich kenne die ersten vier, sie lauten P, S, K, B.«

Hauser lehnte sich zurück. »Mal angenommen, ich helfe dir mit der Kombination, könnten wir dann über meinen kleinen Fehltritt hinwegsehen?«

Melanie hob die Augenbrauen. »Mal sehen. Nicht, dass ich unbedingt an den Inhalt des Tresors möchte, aber mich würde interessieren, woher du seine Kombination kennst.«

»Versuch es mit K, S, P.«

»Du meinst, es ist nur die Umkehrung der ersten drei Buchstaben?«

»Vielleicht auch in einer anderen Reihenfolge.«

»Dann verstehe ich nicht, wie du darauf kommst. Ich erkenne da kein Muster.«

Hauser machte eine bedeutungsschwere Pause. Auch die anderen am Tisch interessierten sich inzwischen für die Auflösung.

»Nun red schon«, drängte Melanie.

»Was fällt einem als Erstes auf, wenn man sein Büro betritt?«

Sie überlegte. »Er ist ein patriotischer Frankfurter, die ganzen Wimpel und Plakate.«

»Genau«, bestätigte Hauser. »Die Kombination besteht aus den Anfangsbuchstaben der sieben benötigten Kräuter für die klassische *Grie Soß: Pimpinelle, Sauerampfer, Kresse, Borretsch, Kerbel, Schnittlauch und Petersilie.*«

»Das denkst du dir doch gerade aus«, protestierte Lessing.

»Eine rein logische Schlussfolgerung«, widersprachen Gertrude und Simone gleichzeitig, in einem Tonfall, der ihr absolutes Desinteresse an dem Thema perfekt zusammenfasste.

»Sollte er ausgeraubt werden, kenne ich die Hauptverdächtige«, sagte Bornemann laut und es war nicht einmal auszuschließen, dass sie es als Scherz meinte.

Hauser hatte nur Augen für Melanie. Er erwartete ihre Entscheidung. Als sie den Dackelblick nicht mehr aushalten konnte, seufzte sie ergeben. »Ich werde mich jetzt verabschieden, aber lass mich zuerst noch Folgendes sagen: Ich verzeihe dir.«

»Nun, um die Größe dieser Geste einschätzen zu können, müsste ich …«

»Mach's gut, Hauser«, sagte sie und rutschte aus der Sitzecke.

Hauser sprang auf, um sie aufzuhalten, entschied sich aber dagegen. Es war gut, einen Schlussstrich zu ziehen. Schweigend standen sie sich gegenüber, während die ganze Sitzgruppe gespannt abwartete, was als Nächstes geschah.

Eine Frau schlängelte sich durch die Menge und kam direkt auf sie zu. Melanie verschränkte sofort in einer abwehrenden Haltung ihre Arme, was sich Hauser nicht erklären konnte. Er betrachtete die Frau genauer und stellte fest, dass es sich bei ihr um eine ältere Version von Melanie zu handeln schien.

»Hast du eigentlich Geschwister?«, fragte er beiläufig, aber sie schnaubte nur.

»Hallo«, begrüßte er die ältere Melanie.

Melanie brummte Unverständliches und schien verstimmt zu sein. Hauser kannte den Grund dafür nicht, aber er musste ja schließlich nicht alles wissen oder verstehen. Es irritierte ihn allerdings, wie die Frau ihn ansah.

»Hallo, Hauser.« Ihre Stimme zeigte ein nicht unbeträchtliches Maß an Zuneigung, das Melanie verärgerte und Hauser irritierte.

»Hallo«, antwortete er zögerlich.

»Du erinnerst dich nicht an mich?« Schwer zu sagen, ob ihre Enttäuschung echt war oder sie sich nur amüsierte.

Hauser hob ratlos die Hände. »Tut mir leid. Wenn du mir einen kleinen Tipp geben könntest?«

»Könnest du bitte damit aufhören, Mama?« Melanie konnte sich kaum noch beherrschen.

»Moment mal, *Mama*? Wie meinst du das?« Hausers Blick wechselte mehrmals zwischen den beiden Frauen. »Wen nennst du Mama? Herrje, sie ist deine Mutter?«

»Du solltest dir die Frauen besser ansehen, mit denen du Sex hast.«

»Sex? Ich hatte Sex mit deiner Mutter?« Hauser klappte die Kinnlade herunter.

»Vielleicht hatte Mel recht und ich sollte wirklich beleidigt sein«, sagte Frau Beck, aber immer noch auf eine absolut liebenswürdige Art.

»Nein, auf gar keinen Fall«, versicherte Hauser eilig. »Das war doch sicher eine Teenagerschwangerschaft, oder? Ich meine, ältere Schwester, okay, aber Mutter? Das nimmt dir doch keiner ab.«

»Könntest du jetzt mal still sein«, fauchte Melanie ihn an.

Hauser nickte. »Ja, ich denke, das ist wohl besser. Aber vergiss nicht, dass du mir schon verziehen hast.«

Melanies Mutter hakte sich bei ihm ein und sah ihre Tochter an. »Wenn du weiter so unleidlich bist, laden wir dich nicht zu unserer Hochzeit ein.«

Nun klappte auch Melanies Kinnlade herab, und Hauser drohte in die Knie zu gehen. Die Frau an seinem Arm begann schallend zu lachen.

»Eure Gesichter, unbezahlbar. Ich wollte euch nur zeigen, dass es immer schlimmer kommen kann. Also Mel, wenn ich ihm verzeihen kann, dann schaffst du es auch.«

»Ich habe ihm schon verziehen.«

»Na prima, dann müssten wir als nächsten Schritt nur noch vergessen, was in der besagten Nacht geschehen ist.« Sie ruckte scherzhaft an Hausers Arm. »Du bist uns ja in dieser Hinsicht schon einen großen Schritt voraus.«

Melanies Blick durchbohrte ihre Mutter. »Ich würde mich freuen, wenn du diese Aufgabe an einem anderen Ort in Angriff nehmen würdest.«

»Mal sehen«, entgegnete ihre Mutter lächelnd.

Melanie zögerte, überlegte, ob sie noch mehr sagen sollte, zum Beispiel eine Warnung an ihre Mutter oder eine Drohung an Hauser oder umgekehrt, entschied sich aber für einen stummen Abgang.

Die beiden sahen ihr nach, bis sie den Ausgang erreichte, dann zog Mutter Beck den Detektiv dichter an sich. »Ich habe sie natürlich nur in Sicherheit wiegen wollen. Wir zwei Hübschen gehen jetzt dein Gedächtnis auffrischen, damit du endlich mitreden kannst.«

– E N D E –

»GRANDIOSE STORY MIT HERVORRAGEND AUSGEARBEITETEN CHARAKTEREN. SPANNEND, EMOTIONAL, MELANCHOLISCH UND NOSTALGISCH. UNBEDINGTE LESEEMPFEHLUNG.«

WOLFGANG BRUNNER
BUCHWELTEN

LUZIFER
VERLAG